HANNE-VIBEKE HOLST

Mann umständehalber abzugeben

D1858714

Buch

Therese, eine engagierte, ehrgeizige Fernsehjournalistin, die immer auf der Suche nach der nächsten großen Story ist, bekommt die Chance ihres Lebens: Weil der amtierende Moskaukorrespondent wegen der Geburt seiner Zwillinge nach Kopenhagen zurückkehrt, soll die junge Kollegin den vermeintlich ruhigen Sommerjob in Moskau übernehmen. Doch während karrieremäßig alles reibungslos verläuft, wird Therese privat gewaltig aus der Bahn geworfen. Sie verliebt sich. Und zwar in einen Kollegen mit Karriereknick – in Paul, der sich nach seiner Kündigung als freier Journalist durchschlagen muß. Er ist der erste Mann, dessen Charme sie ernsthaft erliegt.

Aber muß sie denn gleich schwanger werden? Alle außer Therese scheinen ganz begeistert von ihrem Zustand: Paul verspricht den idealen Hausmann abzugeben. Ihre Freundin gesteht, sich schon immer mindestens acht Kinder gewünscht zu haben. Ihre Mutter ist begeistert von der Aussicht, Oma zu werden. Und ihre Schwester läßt ihr rein babymäßig gerne den Vortritt. Nur Therese schwant: Es ist nicht alles Gold, was glänzt. Schon gar nicht, was den Vater in spe angeht …

Hanne-Vibeke Holst gelingt es, das Thema Nummer eins moderner Frauen – nämlich »Kinder, Küche, Kerle und Karriere« – auf eine neue, erfrischende Art zu variieren. Ihre Heldin ist kein märchenhaftes »Superweib«, dem alles gelingt – sie ist eine moderne Frau, die sich im klaren darüber ist, daß schwierige Situationen unkonventioneller Lösungen bedürfen sowie eines Schusses Pragmatismus und viel Phantasie.

Autorin

Hanne-Vibeke Holst ist in Dänemark eine der populärsten Autorinnen von Kinder- und Jugendbüchern. Die Fernsehjournalistin ist dreifache Mutter und wohnt in Kopenhagen.

Bereits erschienen:

Meerjungfrau sucht Mann fürs Leben. Roman (43899)

Hanne-Vibeke Holst

Mann umständehalber abzugeben

Roman

Aus dem Dänischen
von Christel Hildebrandt

GOLDMANN

Die dänische Originalausgabe erschien 1992 unter dem Titel
»Thereses tilstand« bei Gyldendal, Kopenhagen

Umwelthinweis:
Alle bedruckten Materialien dieses Taschenbuches
sind chlorfrei und umweltschonend.

Der Goldmann Verlag
ist ein Unternehmen der Verlagsgruppe Bertelsmann

Deutsche Erstausgabe 3/99
Copyright © der Originalausgabe 1992 by Hanne-Vibeke Holst
Copyright © der deutschsprachigen Ausgabe 1999
by Wilhelm Goldmann Verlag, München,
in der Verlagsgruppe Bertelsmann GmbH
Published by agreement with Leonhardt & Hoier
Literary Agency, Copenhagen.
Umschlaggestaltung: Design Team München
Umschlagfoto: ZEFA/Meyer
Satz: deutsch-türkischer fotosatz, Berlin
Druck: Elsnerdruck, Berlin
Verlagsnummer: 44262
Redaktion: Tina Schreck
RK · Herstellung: Heidrun Nawrot
Made in Germany
ISBN 3-442-44262-1

1 3 5 7 9 10 8 6 4 2

Erster Teil

Erst als wir rechter Hand Riga überfliegen und ich weiß, daß ich auf dem Heimweg bin, spüre ich seine Nähe. Die Sehnsucht überfällt mich wie der völlig überraschende Biß eines Raubtiers – schockierend und ohne Vorwarnung, so daß ich die Augen schließen und dagegen ankämpfen muß.

»Ist Ihnen nicht gut?« Eine Stewardeß beugt sich über mich, und ich versichere ihr, daß ich okay bin, nehme aber doch das Glas Wasser, das mir routinemäßig angeboten wird.

Paul. Ein Sommer und eine Revolution liegen zwischen uns, und ich habe in diesen Wochen, in denen ein Imperium zusammenbrach und eine Demokratie geboren wurde, an ihn weder denken können noch wollen. Oder doch. Manchmal, ganz plötzlich, in kurzen, aufflackernden Momenten, spürte ich ihn – in der Nacht, als die Panzer kamen und ich das erste Mal in meinem Leben bereit war, für eine Sache zu sterben, aber mit ansehen mußte, wie das andere für mich taten. Und als sie das Feliks-Dzierżyński-Denkmal umstürzten, da war es Pauls Hand, nach der ich griff, und erst hinterher, als wir wieder Luft holen konnten, wurde mir bewußt, daß es eine fremde, schwere Hand war, die ich so fest drückte.

Das Ironische dabei ist, daß niemand den ganzen Ereignissen gegenüber mehr Abstand haben könnte als gerade Paul. Paul ist ein Kindskopf, ein frankophiler Liebhaber und ein verdammt guter Fernsehreporter. Er gehört zu der Sorte, der ich inzwischen entwachsen bin, aber nichtsdestotrotz war es sein Bett, in dem ich an dem Morgen aufwachte, als ich losfahren sollte, vor fast einem Jahrhundert. Irgendwo sagte es *Klick* in dieser Nacht, die erfüllt war mit Flüstern und Rufen, und zum ersten Mal ahnte ich eine Messerspitze Verdruß darüber, daß ich wegfahren mußte. Wegfahren von der Möglichkeit, ihn laut diskutierend in der Kantine oder auf dem Redaktionsflur zu treffen, wie es so oft geschehen war. Wegfahren von einem Sommer, der vielleicht noch etwas anderes als nur Arbeit, Zufälle und die übliche Reise Richtung Süden beinhaltet hätte.

»Kommst du wieder?« fragte er, als ich mich im Morgengrauen verabschiedete.

Ich ließ eine zweideutige Antwort in der Luft hängen und flog nach Moskau. Ich plazierte ihn in die Kategorie der one-night-stands, wohin er nach der üblichen Definition auch gehörte. Dachte ich.

Je näher wir Skandinavien kommen, desto deutlicher zeichnet er sich ab und verdeckt das Gefühl der Souveränität und Euphorie, das ich hatte, als ich es mir in der business class gemütlich machte und mit mir selbst mit Champagner anstieß. I made it. Das waren drei Tage, in denen die Welt und auch ich erschüttert worden waren, aber ich habe es geschafft. Ich bekam meine Reportage fertig, blieb dem Lauf der Dinge immer eine Nasenlänge voraus und arbeitete tagelang, ernährte mich von Kaffee, Zigaretten und Toblerone, um auch nicht eine dieser atemlosen weltgeschichtlichen Sekunden zu verpassen. Und auch wenn ich nicht mit CNN oder BBC konkurrieren kann, so weiß ich doch, daß unter den gegebenen Bedingungen unsere Berichterstattung nicht viel besser hätte ausfallen können.

Ich bestelle einen GinTonic bei der Stewardeß und nehme ihn mit, als ich nach hinten gehe, um zu rauchen und das

Phantom zu verjagen. Ich bin müde. Wenn diese romantische Vorstellung von Paul, einem Kollegen, den ich kaum kenne, ein Ausdruck der Erschöpfung ist, so ist das entschuldbar. Jedenfalls flog ich am ersten Juli nach Moskau als Sommervertretung, weil Ferdinand, der feste Korrespondent, zu Hause wegen kombinierter Ferien und Entbindungsurlaub unabkömmlich war. Alle – mich eingeschlossen – glaubten, es würde alles still und friedlich sein, reine Routine. Und dann begann es tatsächlich, obwohl jeder ein gewisses Zittern schon gespürt hatte und meine russische Freundin Swetlana den ganzen Sommer mit einem abgehärmten Gesichtsausdruck herumlief und immer wieder murmelte: »Soon everything will be over! Finish!« Die Botschaften richteten Telefonketten ein und fertigten Evakuierungspläne an, und der kleine bleiche Brite vom *Independent*, der aussieht wie ein Internatsschüler, aber mit sicherer Autorität schreibt, vertraute mir an, daß »something is rotten in the KGB«. Das war keine wirkliche Neuigkeit, so daß ich sie nicht ernsthaft nachprüfte, sondern mich an die hielt, die der Meinung waren, daß ein eventueller Putsch nicht vor dem Spätsommer stattfinden würde. Oder wenn wieder ein Herbst ins Land zog und die Aussicht auf einen weiteren endlosen Winter ohne alles die Massen so weit aufwiegeln würde, daß die Forderung nach Recht und Ordnung und Lebensmitteln in den Regalen es den Erzkonservativen leichtmachen würde, die Macht zu übernehmen.

Aber so kam er dann doch eher, der Putsch. Swetlana rief mich um zwei Uhr nachts an und bat mich weinend, »to tell the whole world, while there's still time!«. Ich stand auf und schaute aus dem Fenster. Das, was ich sah, hatte ich mir zwar hin und wieder schon mal vorgestellt, aber trotzdem wollte ich nicht glauben, daß es jetzt zur Realität geworden war. Panzer rollten die Sadowaja hinauf. Ich rief zu Hause an und weckte den General, den Nachrichtenchef, der nicht umsonst ein alter Kriegsberichterstatter ist und in weniger als zehn Sekunden bereit war, den gesamten Apparat in Gang zu setzen.

»Wir sind um sechs Uhr dänischer Zeit auf Sendung, okay?« Und das waren wir, und bereits in diesen allerersten Stunden, in denen niemand ahnte, was wirklich geschehen war oder geschehen würde und in der jede Angst begründet erschien, hatte ich das ganz klare, ekstatische Bewußtsein, daß ich niemals etwas Größeres als das hier erleben würde. Während ich also mein Kamerateam mobilisierte und meinen Zigarettenvorrat überprüfte, dankte ich Lenin, Ferdinand und dem General, die dafür gesorgt hatten, daß ich mich dieses Mal zur richtigen Zeit an der richtigen Stelle befand. Und dann machte ich mich an die Arbeit – oder genauer gesagt, ich begab mich in diesen kollektiven Schwebezustand, in dem die Grenzen zwischen Beruf und Privatleben keine Bedeutung mehr haben. Die Studenten errichteten Barrikaden, die alten Babuschki gaben den Kindersoldaten Brot, und dann waren noch wir da, die die Geschichte erzählten. Und in den intensivsten Augenblicken hatten wir das Gefühl, daß *wir* die Geschichte waren. Die Weltgeschichte. Ihr verpflichtet – koste es, was es wolle. Ich nippe an meinem GinTonic und inhaliere tief den Rauch meiner Zigarette. Mehrere Wochen lang hatte ich kein Privatleben mehr. Das gab mir ein Gefühl der Erleichterung, ein Gefühl der Größe allein dadurch, daß ich einfach die üblichen Familienbanalitäten ignorieren konnte, mit denen man sich sonst herumschlagen muß. Aber was ist mit Paul? Was ist mit dieser undefinierbaren Sehnsucht, die mich den ganzen Weg über verfolgt hat und mich manchmal in einem Gefühl tiefer Melancholie hat aufwachen lassen? I don't know. Vielleicht ist es was Hormonelles. Vielleicht ist es ein Ausdruck sexueller Unterernährung. Vielleicht ist es mein Unterbewußtsein, überlege ich, das versucht, sich durch die feste Porzellanhülle zu bohren … Aber wenn ich ehrlich bin, dann ist er wirklich ein guter Liebhaber, und wer kann das nicht gebrauchen, wenn er aus dem Krieg heimkehrt?

Ich schlage die *Herald Tribune* auf und beginne zu lesen. Und als wir im Anflug auf Kopenhagen-Kastrup sind, bin ich cool, beherrscht, und meine Hände zittern nur noch leicht.

Ich habe außer der Produktionsassistentin keinem erzählt, daß ich mit dieser Maschine komme, deshalb ist auch niemand da, um mich abzuholen. Im Prinzip gefällt mir das – ich war immer froh, daß nicht ich diejenige war, die von einem Empfangskomitee mit Flaggen und Transparenten und dem ganzen rührseligen Drumherum abgeholt wurde. Aber heute abend wäre es dennoch schön gewesen, wenn ein Mensch dagewesen wäre – Birgitte oder Kiki –, um mich zu begrüßen. Und auch wenn es sinnlos und lächerlich ist, kann ich nicht umhin, ich muß nach einem bekannten Gesicht Ausschau halten, als ich an der Glasscheibe vorbei zur Gepäckausgabe gehe.

Aber unter den anonymen, leicht bekleideten, suchend um sich blickenden Sommerdänen ist niemand, den ich kenne – und wenn nicht der redselige, junge Taxifahrer gewesen wäre, der mich nach Østerbro fuhr, dann wäre meine Ankunft ein ziemlich trauriges Erlebnis geworden. Doch er erkennt mich sofort wieder und fragt, ob ich nicht die und die sei, und tröstet mich und schmeichelt mir gleichzeitig und läßt mich generös aufrunden, als ich den Taxischeck ausschreibe. Dafür schleppt er meine Koffer bis zur Haustür, wo ich frech übers Türtelefon meine Nachbarn über mir, die Obertunten Simon und Frank, um Gepäckträgerdienste bitte. Sie eilen die Treppe herunter, beide in schwarzen Radlerhosen und enganliegenden Boxerunterhemden – »Indian Summer, du, ist das nicht toll?« –, so daß auch eine irrelevante Heterofrau den Anblick ihrer olivgoldenen Bizeps und Trizeps genießen kann, als sie unaufhörlich plappernd das Gepäck in den vierten Stock tragen.

»Nun, und *wie* war es in Moskau? Mein Gott, ist das spannend! Ja, weißt du, wir waren dafür auf einer entzückenden kleinen griechischen Insel, fast keine Touristen, deshalb hatten wir keine Ahnung, als wir nach Athen kamen! Und zuerst haben wir gedacht, sie hätten Gorbi umgebracht. Und was soll ich dir sagen? Da haben wir uns einfach hingesetzt und geheult! Wie die Schloßhunde haben wir um die Wette geheult!«

Wir lachen, die beiden stellen die Koffer vor meiner Tür ab, und ich stecke meinen Schlüssel ins Schloß, schaffe es aber nicht, sie einzuladen. Statt dessen sage ich, daß ich ihnen ein Glas Pfefferwodka in den nächsten Tagen schulde. O ja, der Essensclub muß so bald wie möglich wieder ins Leben gerufen werden.

»Wie wär's mit griechisch am Donnerstag?« schlägt Simon vor.

»Das klingt gut!« entgegnet Frank und greift ihm an den Po. Ich muß wieder lachen. Simon und Frank garantieren immer Unterhaltung erster Klasse.

»Dann gibt's russisch am nächsten Donnerstag bei mir!« rufe ich ihnen nach, als sie schon die Treppe hinauflaufen.

»Ja? Und was ist das?« fragt Frank lüstern.

»Rote-Beete-Suppe!« grinse ich und schließe auf.

Ich mache die Tür hinter mir zu und bin allein. Ich gehe durch die Wohnung; sie wirkt verlassen, aber auch vertraut. Ich bin es, die hier wohnt. Das ist mein Territorium. Meine Bilder an der Wand, meine Bücher im Regal, meine Kissen auf dem ausgeblichenen blauen Sofa. Meine Pinwand mit alten Schnappschüssen, Restaurantquittungen, Presse-IDs von erinnerungswürdigen Begebenheiten. Mein Eineinhalbpersonenbett im Schlafzimmer.

Kiki, meine kleine Schwester, ist hiergewesen. Die Topfpflanzen sind ins Badezimmer gebracht und in der Duschwanne plaziert worden, die Post ist heraufgeholt und auf meinen Schreibtisch gelegt worden, auf dem auch ein sonnenvergilbtes Exemplar vom *Ekstra Bladet* liegt. Als ich es in die Hand nehme, entdecke ich einen kleinen handgemalten Stern und ein »Viel Glück« am Fernsehprogramm. Eine Vorschau handelt von mir. Von meiner Moskau-Berichterstattung. »Thereses Revolution« heißt der Artikel, und meine Ohren werden rot, als ich weiterlese: »Therese Skårup, die Urlaubsvertretung von Kanal 1, hat anscheinend alles. Einen nie enttäuschenden professionellen Überblick, ein wohlfundiertes Wissen und einen offenbar natürlichen Sinn für das Medium. Und es schadet auf keinen Fall, daß sie eine schier unglaubliche Ausstrahlung hinter der seriösen Fassade verbirgt. Wenn ich Nachrichtenchef mit Problemen wäre, würde ich auf Therese setzen, auch nach der Revolution …«

»Ganz meine Meinung«, murmle ich und muß auf eine Art lächeln, daß ich froh bin, allein zu sein. Meine Erziehung hat mir eine gesunde, natürliche Abneigung gegen die Boulevardpresse eingeimpft, aber manchmal haben sie ja doch recht … Und jedenfalls kann man, trotz aller gegenseitigen Beteuerungen, sicher sein, daß sie in der Chefetage gelesen wird. Ich blättere die Post durch – Kontoauszüge, Einladungen zu einer Vernissage und zur Versammlung der Baugenossenschaft, ein Brief von Sabine aus Köln und das Angebot eines schnellen Verlags, einen Beitrag zu einem Buch über »Die drei Tage« zu schreiben.

Und ganz unten im Haufen eine Ansichtskarte aus Skagen mit Meeresmotiv.

»Liebe Therese, ich habe gerade den Sonnenuntergang geschwänzt, um dich auf den Barrikaden zu sehen. Bis bald! Paul.«

Poststempel von vor einer Woche, stelle ich fest und lese den Text noch einmal mit stärker klopfendem Herzen. Was soll ich davon halten. Kameradschaftliches, kollegiales Lob oder eine Aufforderung zum Tanz?

Ich lege die Karte hin und ziehe die Jalousien hoch, so daß die Abendsonne durch die streifigen Fensterscheiben einfallen kann. Habe wie immer sofort Blickkontakt mit einer jungen Frau, die im Haus gegenüber wohnt. Gott allein weiß, ob sie den ganzen Sommer über so dagestanden hat, aus dem Fenster schauend, den großen, teigartigen Busen auf den gekreuzten Unterarmen ruhend. Ich sehe als erste weg und ziehe mich ins Zimmer zurück. Dann höre ich sie irgendwas in den Straßenschacht hinunterrufen. Ein Hund bellt ein paarmal, und eine heisere Männerstimme antwortet. Er sagt was von »Halben« und »im Gange sein«.

Dann gehe ich in die Küche und trinke ein Glas Wasser. Ein Korb mit verwelkter Kresse steht auf dem Fensterbrett, und eine dicke Fliege brummt verzweifelt gegen die Fensterscheibe. Ich öffne das Fenster und schmeiße sie raus, atme tief die Luft ein und gehe unruhig wieder ins Wohnzimmer. Lese Sabines Brief. Ob ich mal bei Gelegenheit anrufe?

Ich versuche es sofort, erreiche aber nur ihren Anrufbeantworter: »Hinterlassen Sie bitte einfach eine Nachricht.« Das mache ich, wonach ich sofort meine Mutter anrufe.

»Liebste Therese, ich bin ja *so* froh, daß du wieder zu Hause bist. Wenn du wüßtest, wie unruhig ich war!« zwitschert sie und klingt aufrichtig froh. Aber wie üblich, wenn sie weiß, daß ihre Nachkommenschaft sicher im Stall ist, verliert sie schnell das Interesse an uns und spricht nur noch von sich selbst und der Rolle, an der sie momentan arbeitet.

»Schatz, in vierzehn Tagen soll ich die Lady Macbeth spielen, und ich sage dir, *dieses Mal sterbe ich!* Nein, wirklich! Die bringen mich um! Entweder wird Blut fließen, oder sie lassen mich in aller Stille sterben! Und das wäre das schlimmste. Übrigens, herzlichen Glückwunsch, mein Schatz, alle sagen, daß du deine Sache ganz phantastisch gemacht hast!«

Wir verabreden uns zum Brunch am nächsten Vormittag, und ich lege mit einer leichten Irritation und einem Seufzer darüber auf, daß unsere Beziehung niemals intensiver werden wird. Sie ist enger mit ihren Kritikern als mit ihren Kindern verbunden. Aber ich hasse sie dafür nicht mehr.

Ich trinke noch einen Schluck Wasser, nehme ein Bad und gehe ins Schlafzimmer, um CNN einzuschalten. In Kroatien wird gekämpft; unter den sechzehn Toten sind auch Mitarbeiter eines österreichischen Fernsehteams. Während des ersten Werbeblocks – in dem sie erzählen, in welchem Hotel in Luleå ich CNN sehen kann – gehe ich wieder in mein Arbeitszimmer und suche seine Nummer auf meiner Telefonliste, in die ich ihn einmal aus irgendeinem Grund eingetragen habe.

Ich tippe schnell die Ziffern ein, und bevor ich es mir noch anders überlegen kann, höre ich seine Stimme.

»Hier ist Paul.«

Vielleicht ist es die Hitze, die wie eine Wand in dem von Menschen überfüllten Boltens Gård steht. Vielleicht ist es der Kulturschock, sich innerhalb so kurzer Zeit wieder mitten in der westlichen Dekadenz zu befinden. Vielleicht ist es einfach nur Müdigkeit. Jedenfalls löst das Wiedersehen mit ihm eine so starke physische Reaktion aus, daß ich unwillkürlich stehenbleibe und nach Luft schnappe, bevor ich mich die letzten Meter zum Cafétisch durchdrängle.

Dann entdeckt er mich, winkt kurz mit zwei Fingern und steht auf, um mich zu begrüßen. Er ist dunkel, sonnengebräunt und ganz in Weiß gekleidet, weiße Levis, weißes Hanes-Hemd und weiße Converse; irgendwie erinnert er mich an einen französischen Rot-Kreuz-Mitarbeiter – einen jungen, idealistischen Arzt –, und ganz gegen meine Gewohnheit umarme ich ihn unverhältnismäßig innig. Als bräuchte ich Trost, jemanden, der auf die Wunde an meinem Knie pustet.

Ich lasse ihn unvermittelt los und setze mich, bemühe mich angestrengt um einen neutralen Gesichtsausdruck, als ich seinem Blick über den Tisch hinweg begegne.

»Es ist heiß«, sage ich, und in dem Lächeln, von dem ich dachte, ich hätte es vergessen, erkenne ich, daß ich durchschaut worden bin.

»Glühend heiß!« bestätigt er. »Was willst du trinken?«

Normalerweise bestehe ich darauf, selbst zu bestellen und zu bezahlen, aber heute abend schaffe ich es nicht zu zeigen, was ich für ein Kerl bin. Also verhalte ich mich wie ein feminines Wesen. Passiv und empfangend.

»Das gleiche wie du!« sage ich und nicke zu seinem Glas.

»Kir Royal? Wie wär's mit 'nem Wodka?«

»Hatte ich zur Genüge!« sage ich nachdrücklich.

»Du siehst ein wenig müde aus«, sagt er, während er versucht, einen Kellner zu erwischen.

»Ja, ich sehe schrecklich aus!« stelle ich fest und fasse mir an meine bleichen Wangen.

»Nein, wunderbar. Sophisticated. Du siehst aus wie Meryl Streep in ›Sophies Entscheidung‹!« Er umfaßt mein Handgelenk, läßt es aber gleich wieder los, als er wunderbarerweise Kontakt zu einem der ungewöhnlich arroganten Kellner bekommt, der offensichtlich seine Bestellung akzeptiert und notiert.

»Werdet ihr eigentlich dafür bezahlt, daß ihr so unverschämt seid?« fragt er den jungen Typen. Ganz freundlich.

»Nein, wir werden überhaupt nicht bezahlt«, zischt der Kellner und entfernt ein paar leere Biergläser von unserem

Tisch. Ich suche in meiner Tasche nach Zigaretten, gucke verstohlen nach Brandmarken am Handgelenk, wo die Haut immer noch brodelt. Paul raucht Gitanes und lehnt meine Marlboro Light dankend ab, die ich eingetauscht habe gegen meine früheren Camel in einem Versuch, die Teereinnahme zu reduzieren. Wenn ich schon nicht aufhören kann.

»Warst du in Frankreich?« frage ich mit einem Blick auf die Zollmarke der blau-weißen Zigarettenpackung.

Er nickt.

»Drei Wochen in Nizza. Wir haben ein Appartement gemietet.«

»Und was war mit Skagen?« frage ich, während das Wort ›wir‹ blinkend in mir kreist. Das geht mich nichts an, und außerdem möchte ich gar nicht wissen, wer sie war.

»Arbeit. Ich habe da oben einen Artikel über deren Touristikkonzept geschrieben.«

»War's gut?« frage ich und bin froh, diesen Ton der Sachlichkeit zwischen uns legen zu können Er ist zu überwältigend, und ich bin zu müde. Ich sollte mich entschuldigen, sagen, daß mir nicht gut ist, und nach Hause gehen. Jetzt sofort. Bevor ich verbrenne.

»Routine. Aber es war in Ordnung, mal in Skagen gewesen zu sein. Auch wenn ich ziemlich viel vorm Fernseher gehangen habe.« Der Kellner kommt mit unseren Kir Royal. Natürlich bezahlt Paul, und ich mische mich nicht ein.

»Es war einfach saugut, was du da zustande gebracht hast. Laß uns darauf anstoßen!« Er stößt sein Glas leicht gegen meines.

»Findest du?«

»Das finden wir alle. Mal abgesehen von Ferdinand. Es heißt, er fühle sich ausgetrickst.«

»Aber das ist doch nun wirklich nicht meine Schuld, daß

er Zwillinge gekriegt hat!« protestiere ich. »Und jetzt hat er es ja überstanden!«

»Und der Champagner ist auch schon schal geworden!« Paul lächelt. »Wollen wir nun anstoßen oder nicht? Herzlichen Glückwunsch!«

Ich bedanke mich hocherfreut über seine Anerkennung, und nach seiner Aufforderung – »Wir beschränkten Inlandsjournalisten sind doch süchtig zu hören, was ihr Korrespondenten dort draußen in der großen weiten Welt treibt« – fange ich an zu erzählen. Offenbar habe ich ein ausgeprägtes Bedürfnis gehabt, alles zu erzählen, denn ich rattere wie eine Kalaschnikow, und Paul hört zu, lächelt und bestellt aufs neue. Um alles mitzubekommen, was ich in dem ansteigenden Summen von immer mehr Menschenstimmen an einem Samstag abend in Kopenhagen sage, muß er sich weit über den Tisch beugen. Schließlich, nachdem ich alles losgeworden bin – von den Kakerlaken in der Küche bis zu Jelzin im Panzer, Puschkins Poesie und die beeindruckende Trauerdemonstration auf dem Manegenplatz –, bin ich so heiser, daß ich die Musik aus der angrenzenden Diskothek nicht mehr übertönen kann. Wir sehen die Musiker von hinten durch eine riesige Glasfront, und Paul schlägt vor, hinüberzugehen und ein wenig neue Musik zu hören, »if you can't beat them, join them«, wie er sagt.

Und das tun wir. Die Band, wie auch das Publikum, ist sehr jung und mir vollkommen unbekannt. »Trains & Boats & Planes« nennen sie sich, und Paul behauptet, es sei mit die originellste Popmusik, die momentan überhaupt gespielt werde. Es gibt keine Sitzplätze mehr, also stehen wir dicht beieinander und wiegen uns sanft zu der melodiösen, melancholischen Musik, die von einem dunklen Cello und einem spröden, charismatischen Leadsänger bestimmt wird. Ich werde langsam betrunken, das ist mir nur zu klar, deshalb geht mir die Musik direkt ins Blut. Aber Paul wirkt kein bißchen überrascht, als ich mich ihm zuwende und ihn küsse. Gierig und lange.

»Soll ich dich jetzt nach Hause bringen?« fragt er nur.

Danke. Das darf er gern.

Ich beiße ihm in die Schulter und bohre meine Nägel in seinen Rücken, während er sich an meinem Hals festsaugt. Wir wimmern und schreien, stöhnen und seufzen, bis plötzlich alles in Rot explodiert …

»Du bist herrlich«, flüstert er irgendwann in der Stille, die folgt, und legt mir eine Hand auf die Hüfte.

»Mmh«, grunze ich mit geschlossenen Augen und fühle, wie sich die Welle langsam zurückzieht und zu einem berauschenden Prickeln wird.

»Ich habe dich vermißt«, sagt er und legt seinen Kopf zwischen meine Brüste.

»Das brauchst du nicht zu sagen!« Ich öffne meine Augen nur einen Schlitz, so daß ich gerade in seine sehen kann, in denen der Rand der Kontaktlinsen als ein Kreis um die Iris zu erahnen ist. Schweißtropfen hängen in seinen Wimpern, und ich erinnere mich vom letzten Mal daran, daß das sein postkoitales Merkmal ist. Daß er hinterher so unglaublich schwitzt. Als würde er alles ausschütten. Meines besteht in glühenden Wangen und einer Sanftheit, die ich nicht beherrschen kann.

»Aber es ist so!« beharrt er. »Das war eine absolut außergewöhnliche Nacht, als wir letztes Mal …«

»Das stimmt«, gebe ich zu. »Wirklich außergewöhnlich.«

»Hör auf zu spotten!«

»Ich spotte nicht!« versichere ich ihm und streichle seinen Rücken, bis er eine Gänsehaut bekommt. »Ich habe dich auch vermißt.«

Womit das gesagt und akzeptiert ist. Mit Hilfe des Alkohols, aber ohne Einschränkungen. Ich habe Paul vermißt.

Er stützt sich auf seine Ellbogen und sucht skeptisch die Wahrheit in meinem Gesicht.

»Wirklich?«

Ich nicke, und er rollt neben mich, meine Hand in seiner.

»Tes«, fängt er an und benutzt wie viele Kollegen mein Redaktionskürzel. »Ich habe ja nie geglaubt, daß du wirklich so ein kalter Fisch bist.«

»Vielleicht bin ich es ja morgen«, sage ich gedämpft und lasse meine Augenlider wieder ganz zufallen. Das Bett dreht sich wie ein Karussell, und Paul stopft die Decke um mich fest. Gibt mir einen Gute-Nacht-Kuß und läßt mich einschlafen, mit seiner Hand auf meinem Venusberg.

Wir wachen an einem Sonntagmorgen mit Regen, Donner und einem jähen Temperaturabfall auf. Ich bin wahnsinnig durstig und habe einen schweren Kopf, bin jedoch erleichtert, daß ich keine Reue spüre und es überhaupt nicht als verkehrt empfinde, neben Paul in meinem Bett aufzuwachen. Auch er hat offensichtlich keine unguten Gefühle – gibt mir nur einen lieben Guten-Morgen-Kuß und zieht mich an sich.

Wir bedanken uns gegenseitig für die Nacht. Reden über dies und das, necken uns, kuscheln aneinander. Dann stehen wir träge auf, gehen gemeinsam ins Bad und machen unter der Dusche Schaumliebe – eine Disziplin, die Paul souverän beherrscht. Aber das wußte ich ja schon – er ist wirklich ein guter Liebhaber. Hinterher, als wir endlich etwas angezogen und uns einen Liter Pepsi Light geteilt haben, der glücklicherweise im Küchenschrank übersommert hat, möchte Paul Frühstück und die Morgenzeitung haben.

»Das kannst du hier nicht kriegen«, sage ich, und mir fällt meine Brunch-Verabredung mit meiner Mutter ein. Die Uhr zeigt Viertel vor elf, ich muß los.

»Darf ich mitkommen?« fragt er, und ich stoße nur ein verwundertes »Was?« aus.

»Warum nicht?« fragt er und will mich an sich ziehen.

»Darum!« antworte ich und gestatte mir für einen Augenblick, die Berührung seiner Hände auf meinem Rücken zu genießen. Normalerweise kann ich es nicht ertragen, am Tag danach angefaßt zu werden.

»Weil du kalt bist heute?« ärgert er mich und gibt mir einen Kuß auf den Knutschfleck, mit dem er mich rücksichtslos markiert hat.

»Genau!« erwidere ich, mache mich frei und rufe ein Taxi. Übertriebener Luxus, aber das Fahrrad jetzt aus dem Keller heraufzuholen, das ist mir im Augenblick zu kompliziert, und außerdem gießt es draußen zu sehr, um auch nur trocken zur Bushaltestelle zu kommen. Und schließlich – wenn wir das Taxi zusammen nehmen, können wir auf dem Rücksitz noch Händchen halten …

Wir verabschieden uns vor seiner Haustür in der Nørre Søgade.

»Wann sehen wir uns wieder?« fragt er und hält meine Hand fest, nachdem er aus dem Wagen gestiegen ist.

»Früher oder später«, antworte ich.

»Dann aber lieber früher! Ich bin den ganzen Tag zu Hause.« Er drückt meine Hand, bevor er die Tür zuwirft, bleibt dann im Regen stehen und winkt mir nach. Immer noch in seiner weißen – sofort durchnäßten – Kleidung. Ich lehne mich im Sitz zurück und schnuppere den geheimnisvollen Duft, der aus meinem Schoß aufsteigt.

»Und jetzt zur Havnegade!« sage ich dem Fahrer im Spiegel und habe Lust, laut loszulachen.

»Mein Gott!« ruft meine Mutter aus, als sie mich umarmt hat. »Ist der russisch?«

»Was?« frage ich desorientiert.

»Der da!« lächelt sie und legt ihren Finger genau dorthin, wo Paul sich letzte Nacht festgesogen hat.

»Ist der russisch?« wiederholt sie, als handle es sich um ein besonderes Schmuckstück in Silberfiligran.

»Das ist ein Vampirbiß!« erwidere ich und hänge meinen Mantel auf.

»Ja, ja, die sind wild, die Russen!« Mutter kichert und überprüft automatisch ihr Aussehen, als sie am Garderobenspiegel vorbeikommt, um in die Küche zu gehen. Sie ist im Morgenmantel, aber ihr Make-up ist sorgfältig aufgetragen. Wie ein Zahnloser, der als erstes morgens nach seinem Gebiß greift, sucht sie ihre Kosmetiktasche. Seit ich von daheim ausgezogen bin, habe ich sie nie ohne Rouge und Wimperntusche gesehen. In der Küche ist hübsch für vier gedeckt, und es duftet verführerisch nach Kaffee. Vermutlich hat sie bereits einen halben Eimer getrunken.

»Kiki kommt auch – mit ihrem neuen Macker. Wie hieß er noch? Morten oder Martin oder so«, erzählt sie, während sie die Marmelade auf den Tisch stellt.

»Und was ist mit deinem Macker?« frage ich und schenke mir eine Tasse Kaffee ein.

»Der gute alte Freddy?« fragt sie und verzieht das Gesicht. »Er ist auf dem Land. Er hat mir feierlich erklärt, daß er sich NIEMALS wieder vor einer Premiere in meiner Nähe aufhalten wird. Er behauptet, ich wäre dann unausstehlich.«

»Das bist du doch auch!« Ich lasse mich mit der Tasse in der Hand auf einen Stuhl fallen. Ich habe das Gefühl, mich während eines Erdbebens in einem schwankenden Hochhaus zu befinden.

»Ich bin nur so verdammt nervös! Diesmal müssen sie mich auf die Bühne zerren!« Mutter zupft an ihrem Mundwinkel, ein Zeichen dafür, daß sie wieder Herpes bekommt. Ihre Premierennervosität zeigt sich immer in Herpesbläschen. »Sie werden mich umbringen!«

»Das sagst du jedesmal!« Ich nippe an dem Kaffee, er schmeckt scheußlich, bringt mich aber näher an die physische Realität heran.

»Ja, aber diesmal ist es ernst!« Mutter braust auf. »Wenn ich einen König hätte, der *mit* einem spielt und nicht *gegen* einen, dann ginge es ja noch … Wenn nicht der süße Viktor dabei wäre, hätte ich schon lange einen Nervenzusammenbruch gehabt!«

Mutter greift nach ihren Zigaretten auf dem Dunstabzug, zündet eine an und inhaliert nervös.

»Viktor ist genial. Er *macht* etwas mit mir. Er holt etwas in mir hervor, von dem ich selbst nicht gedacht habe, daß ich es kann …«

»Ist er jetzt wieder dein Liebhaber?« falle ich ihr schroff ins Wort und rutsche auf meinen alten Platz an der Wand. Mutter hat ihr festes Repertoire an Liebhabern, die sie in mehr oder weniger regelmäßigen Abständen immer wieder aufnimmt. Regisseure, die immer unmittelbar Zugang zu ihr haben, Schauspieler oder Back-stage-Leute, obwohl letzteres nun schon ein paar Jahre zurückliegt. Dafür, denke ich, hat sich jetzt wohl ein Theaterdirektor eingeschlichen, von dem sie letztlich auch mehr hat.

»Also, Therese, du klingst wie Freddy!« Mutter verdreht die Augen. »Er ist so unglaublich eifersüchtig. Er versteht einfach nicht, was es heißt, eine künstlerische Symbiose mit einem anderen Menschen einzugehen!«

»Nun mal ehrlich, Mutter, was kann man denn von einem Zahnarzt erwarten!«

»Ein bißchen Verständnis! Großzügigkeit!« Mutter streift die Asche von ihrer Zigarette ab, und ich kann ihr nur noch einen Blick zuwerfen, bevor wir Kikis drei kurze Klingelzeichen hören.

»Ich mache auf!« sage ich, und Mutter nickt.

Kiki ist auch keine Schauspielerin geworden. Sie hat

zwei, drei angefangene Ausbildungen hinter sich und arbeitet jetzt als Croupier in einem der großen Hotels. Aber auch wenn ihr Mutters elektrische Nervosität fehlt, ist sie ansonsten diejenige von uns beiden, die Mutter am meisten ähnelt. Sowohl vom Aussehen – rotblond, mit Sommersprossen und Kurven, während ich dunkel und knochig bin wie Vater – wie vom Gemüt her. Genau wie Mutter hat Kiki eine Art ewiger Kindlichkeit, eine unzensierte Unmittelbarkeit, die sie immer gesund, aufbrausend und direkt reagieren läßt.

Als Kinder hatten wir Probleme miteinander, weil der Altersunterschied zwischen uns nur gering ist, wir uns viel zu oft selbst überlassen wurden, aber so unterschiedlich waren, daß wir kaum etwas miteinander anfangen konnten. Ich war die Ältere und die Klügere, während sie die Stärkere und Robustere war, und deshalb gewann fast immer sie.

Ich habe es mir nie eingestanden, aber ich glaube, eigentlich fürchtete ich mich vor ihr. Sie machte mir angst. Kiki wütete und fluchte, warf sich hysterisch schreiend auf den Boden, fiel von Bäumen und brach sich Arme und Beine, steckte ihr Zimmer in Brand oder lief davon, während ich mich still und erhaben durch meine Kindheit bewegt habe, nur das einzige Ziel vor Augen: groß zu werden, um Anerkennung von meinem abwesenden Vater zu erlangen.

»Hallo, Superstar!« Kiki drückt mich begeistert an sich. »Spitze, dich wiederzusehen!«

Sie sieht aus, als meine sie das wirklich, und es erfüllt mich wie immer mit einer sonderbaren Form von guter Laune, daß ich von ihr akzeptiert werde. Und einer gewissen Erleichterung, denn sie hat sich nie, auch nicht, seit wir erwachsen sind, mit ihrer Kritik zurückgehalten.

»Das ist Marvin«, sagt sie und zieht den langhaarigen Typen nach vorn.

»Marvin?« Ich gebe ihm die Hand, und er beantwortet meine unausgesprochene Frage.

»Meine Mutter war Marvin Gaye-Fan. Nenn mich einfach Spunk.«

»Wie die Lakritzpastillen!« wirft Kiki ein und legt dabei einen Finger auf meinen Hals. »Nana?«

»Vampirbiß«, sage ich kurz.

Kiki grinst.

»Heißt er Paul? Und schickt Postkarten aus Skagen?«

»Du bist schrecklich, du Rotzgöre!« Ich schubse sie leicht, und Kiki legt ihren Kopf nach hinten und schüttelt grinsend die Regentropfen aus ihrem lockigen Haar. »Ja, aber ich habe doch recht, oder?«

Kiki und Spunk waren am Abend zuvor auf einem Fest, sind davon noch angeschlagen und knabbern an ihren Brotscheiben, die sie selbst mitgebracht haben. Und ich habe es mir aus praktischen Gründen in Moskau fast abgewöhnt zu essen – die humanste Lösung für einen Korrespondenten ohne Korrespondentenfrau –, und eine Nacht mit Paul ist, nach normalen Kriterien zu urteilen, auch nicht gerade appetitfördernd. Das einzige, wozu ich Lust habe, ist, zu rauchen und zu trinken. Und als Mutter und Kiki sich Blicke zuwerfen und zu einem Verhör ansetzen wollen, komme ich ihnen zuvor. Ich schlage vor, daß Mutter die Flasche armenischen Cognac öffnen soll, die ich ihr mitgebracht habe.

»So früh am Morgen?« fragt Mutter rhetorisch, während sie schon kleine Gläser aus dem Schrank holt.

»Wir schaffen es locker bis zum Mittag«, erklärt Kiki. »Übrigens habe ich einen Brief von ihm gekriegt«, fügt sie ohne Übergang hinzu.

»Wie geht es ihm?« fragt Mutter neutral, aber mit einer Stimme, die ein paar Oktaven höher liegt als sonst.

Spunk schaut verwirrt von einer zur anderen.

»Keine Ahnung. Als ich sah, daß er von ihm ist, habe ich ihn zerrissen, ins Klo geschmissen, mich hingesetzt und drauf geschissen!«

Wir starren sie alle drei wie gelähmt an.

Mutter steht der Mund offen, und ich schließe meinen erst, als Spunk seine Neugier nicht mehr länger bremsen kann. Oder seine Eifersucht.

»Wovon zum Teufel redest du, Weib!«

»Von meinem Vater«, lächelt sie beruhigend. »Oder genauer gesagt, von meinem verstorbenen Vater.«

»Kiki!« protestiert Mutter. »Mußt du so hart sein?«

»Yes, mam!« erwidert Kiki. »Wollen wir anstoßen?«

Warum nicht? Es gibt sowieso nichts anderes zu greifen, und nach ein paar Gläsern hat das Gespenst sich aufgelöst. Jedenfalls fast. Denn ich spüre, daß mich ein kalter Wind durchfährt und die Türen aufspringen, die ich sonst sorgsam geschlossen halte. ›Warum schreibst du ihr und nicht mir?‹ hallt das Echo nach, aber es dreht sich nicht um. Und dann ist es fort.

»Hallo! Träumst du von deinem Traumprinzen?« Kiki knipst mich zurück in die Küche, wo die Stimmung inzwischen ziemlich angeheitert ist. Und auch wenn Mutter die ganze Zeit mit ihrem Rollenheft wedelt und erklärt, daß sie jetzt unbedingt ihre Rolle lernen muß, ist sie andererseits doch froh, eine Entschuldigung zu haben, nicht damit anfangen zu müssen. Sie erscheint mir angespannter als normal, darum halte ich sie nicht zurück, als sie nach der Flasche greift, auch wenn ich weiß, daß sie manchmal etwas zuviel trinkt. Anscheinend hat sie Entspannung dringend nötig. Vielleicht ist es ja doch keine Lüge, daß sie diesmal nervöser ist als sonst. Vielleicht ist es das Alter, das früher oder später auch zu der bestkonservierten Diva kommt, sich über Nacht bei ihr einschleicht und sich als Leberflecken auf den Handrücken niederläßt.

»Theresekind, erzähl uns doch von Moskau!« fordert Mutter mich auf, als sie meinen prüfenden Blick bemerkt. »Hattest du nicht schreckliche Angst?«

Das ist lieb von ihr, und ich belohne sie mit einem Lächeln. Einem echten.

»Ich wäre fast vor Angst gestorben!« lüge ich und präsentiere eine Auswahl an spektakulären Details und Anekdoten von der Front, während ich mich selbst darüber wundere, warum die bewegendsten Begebenheiten in Rußland seit 1917 sich wie ein Märchen mit Helden, Schurken und einem glücklichen Ende anhören, wenn man sicher in einer dänischen Küche sitzt vor einem Publikum, das es gewohnt ist, alles im Fernsehen präsentiert zu bekommen.

»Wollen wir nicht auch dorthin!« ruft Spunk aufgeregt und stößt Kiki einen Ellbogen in die Seite, als ich von den Schlangen vor McDonald's und PizzaHut erzähle.

»Was zum Teufel sollen wir da?« Kiki bricht eine Ecke von einem Kopenhagener ab.

»Ein Fast-food-Restaurant eröffnen natürlich! Schließlich bin ich Koch«, erklärt er mir. »Hier gibt es kaum was für mich zu tun. Aber dort – in Rußland! Das ist doch fast wie Amerika neunzehnhundertzehn!«

Spunk ist hellauf begeistert und entwirft bereits eine Speisekarte mit Pastagerichten, Frikadellen und warmen Sandwiches.

»Siehst du es nicht vor dir?« fragt er mich, weil Kiki es einfach nicht will, und ich nicke und schlucke langweilige, wichtige Informationen hinunter, die seiner Begeisterung einen ziemlichen Dämpfer versetzen würden.

»Wir könnten steinreich werden!« Das ist ein Argument, das für einen Augenblick sticht, bis Kiki auch das locker pulverisiert hat.

»Und was sollen wir mit den vielen Rubeln machen?«

Ich grinse und unterstütze Spunk, indem ich erkläre, daß irgendwann auch der Rubel konvertierbar werden wird.

»Okay!« Kiki gibt ihm einen Kuß auf die Wange. »Aber dann will ich mein eigenes Kasino haben!«

Spät am Nachmittag, als Kikis und Mutters Fragen immer aufdringlicher werden, breche ich auf. Ich verweigere jede Antwort, aber Kiki bringt mich dennoch unter lautem, siegreichem Gejohle zum Erröten, als sie mit ihrer exakten Beschreibung den Nagel auf den Kopf trifft.

»Ist es der Windbeutel aus den Nachrichten? Dieser feuchte Dunkelhaarige?«

Als ich schließlich heimkomme, duftet mein Bettzeug immer noch nach ihm, dem Feuchten. Ich ziehe mich aus und gehe mit einem Stapel Zeitungen und einer Tasse Beuteltee in die Federn. Es regnet ununterbrochen, ich bin leicht beschwipst und müde und stöpsle das Telefon aus, bevor vielleicht jemand auf die Idee kommen könnte, mich anzurufen. Bevor *er* vielleicht auf die Idee kommen könnte ... Morgens hatte ich den Anrufbeantworter nicht mehr einschalten können, also weiß ich nicht einmal, ob er es nicht schon versucht hat. Ich schlafe über einem Auszug aus Raissas Autobiographie ein, die in der *Sunday Times* veröffentlicht ist – entweder sie ist vollkommen vernarrt in Michail, oder sie ist einfach gut erzogen –, und wache plötzlich ganz verwirrt von dem eindringlichen Summen der Türklingel auf. Einen Augenblick glaube ich, ich bin immer noch in Moskau und habe eine wichtige Deadline verschlafen ...

Natürlich ist er es. Ich bin nicht einmal richtig überrascht. Lasse ihn nur herein und versuche aufzuwachen.

Die Kälte aus dem Hausflur zieht meine nackten Beine hinauf; ich lasse die Tür offenstehen und krieche wieder ins Bett.

»Ist das eine Einladung?« fragt er in der Türöffnung, die

er mit nassem Staubmantel und breitkrempigem Borsalino ausfüllt. Er sieht aus wie Humphrey Bogart, und das ist wohl auch der Sinn der Sache.

»Play it again, Sam!« sage ich mit tiefer Ingrid-Bergman-Stimme, und bevor ich die Konsequenzen abwägen kann, hat er den Hut abgenommen, sich aus dem Mantel geschält und landet mitten in den Zeitungen.

»*Sunday Times*? Bist du immer so seriös?« Er fegt die Seiten zu Boden, von denen mich ein junger Gorbi mit einem sensiblen Mund anguckt, während ich Paul aus seinen Klamotten schäle, um an seine warme, büschelweise behaarte Brust zu kommen.

»Scharf«, murmelt er hinterher wie ein erschöpfter Boxer. »Scharf …«

»Und gefährlich«, füge ich hinzu, ohne sicher zu sein, daß er mich versteht.

Er nickt nachdenklich. Läßt eine Locke meines Haars durch seine Finger laufen.

»Lebensgefährlich.«

Später, als es dunkel geworden ist und wir mit einem leicht genierten Kichern Simons und Franks lautem Sonntagsbumsen zuhören mußten – wie sie es vorher bei uns mußten –, bestellen wir Pizza, die wir im Bett essen, während wir CNN leise laufen lassen. Der Montag wirft bereits seine Schatten, und wir möchten beide gern ordentlich angezogen antreten und die Situation wenigstens einigermaßen im Griff haben. Deshalb halten wir uns mit dem Alkoholkonsum zurück und verkorken bereits nach einem Glas den Chianti wieder.

»Kaffee?« frage ich.

»Aber du hast doch gar keinen, oder?«

»Nescafé?«

Paul schüttelt den Kopf.

»Nein, danke. Ich denke, ich sollte mich schleunigst auf den Nachhauseweg machen.«

Dann steigt er aus dem Bett, während ich liegenbleibe und die Verwandlung beobachte, die ich auch schon bei anderen Männern gesehen habe. Die Verwandlung von dem süßen, albernen Liebhaber zum seriösen, fernen Reporter. Vom Jungen zum Mann. Zum Glück muß er keinen Schlips umbinden. Ich fände es unerträglich, ihm dabei zuzusehen, wie er sich mit flinken, routinierten Fingern den Knoten bindet, beinahe ohne jede Ähnlichkeit mit dem, der vor kurzem noch mit meinem Körper gespielt hat. Ich sag's doch immer: Sex macht mich übersensibel. Erst als er vollständig angezogen ist, kommt er zu mir, setzt sich auf die Bettkante und nimmt meine Hand in seine.

»Ich bin froh, daß du wieder zurück bist.«

»Ich auch«, sage ich und lege einen Moment lang meine Wange an seine, wo der Zwei-Tage-Bart pikst. Dann lasse ich ihn gehen. »Hallo!« rufe ich ihm nach, als er schon an der Tür ist. »Den hier hast du vergessen!«

Ich werfe den Borsalino wie eine Frisbeescheibe durch das Zimmer. Er schnappt ihn im Flug und setzt ihn auf. Verzieht seinen Mund wie Bogart und ist fort.

»Ja«, sage ich zu mir selbst mit einem Seufzer wie eine alte Frau. »Jaja, soso, jaja ...«

Dann stehe ich auf und wasche ab. Packe meinen Koffer aus. Es regnet immer noch.

Ich habe mich am Montag morgen nach der Morgenkonferenz gerade beim Tagesdienst gemeldet, als der General mich schon zu sich ruft. Kirsten, die Producerassistentin, reckt den Daumen aufmunternd in die Luft.

»Keine Angst. He loves you!«

Es heißt, er ist gut zu Kindern und Tieren, aber ansonsten ist Freundlichkeit nicht gerade das, wofür unser Chef bekannt ist. Er ist eine harte Nuß, und es ist nicht ungewöhnlich, daß selbst sturmerprobte Kollegen schluchzend sein Büro verlassen. Deshalb schiebe ich die halboffene Tür mit einem gewissen Beben auf, obwohl ich ein absolut reines Gewissen habe.

»Therese Skårup!« ruft er laut und erhebt sich zu seiner ganzen imposanten Größe. Zwei Meter groß und hundertzwanzig Kilo schwer – und mit einem Ego versehen, das genauso überdimensioniert ist wie sein Körper. Wirklich ein Mann mit Stärke.

Er kommt mir mit ausgebreiteten Armen entgegen, um mich zu umarmen; bei seiner Flügelspannweite und überhaupt ist es unmöglich, die Umarmung zu parieren.

»Herzlichen Glückwunsch, ich bin stolz auf dich! Das hast du wirklich gut gemacht! Hast du das schon gesehen?« fragt er und fischt eine Fotokopie des Fernsehkommentars aus den Stapeln auf seinem Schreibtisch.

Ich lächle ironisch und antworte, daß ich es gesehen habe, aber bekanntermaßen haben diese Boulevardblätter ja Probleme mit der Wahrheit.

»Ganz deiner Meinung«, nickt er, schließlich ist er Lieblingsopfer der Seite zwei der Zeitung. »Aber die anderen Zeitungen sind auch auf dich aufmerksam geworden – positiv –, und hier im Haus sind wir *sehr* zufrieden!«

Und als wenn das nicht schon genug wäre, bekomme ich den wahren Ritterschlag, als er mir eine seiner starken griechischen Zigaretten anbietet. Ich bedanke mich, und er selbst schafft es, während der Audienz, die wie immer schnell vom General selbst handelt, zwei, drei Stück zu rauchen. Er erzählt von seiner Zeit als Kriegskorrespondent in Nahost und Südostasien. *Nam,* natürlich, das war sein Krieg, und »irgendwann muß ich doch mal ein Buch darüber schreiben, denn bislang hat es ja noch niemand beschrieben, wie es wirklich war!«.

Ich unterdrücke hinter dem dunklen Rauch ein Lächeln, als mir Paul in den Sinn kommt; er ist berühmt für seine Fähigkeit, den General bis ins Detail parodieren zu können, mit wortwörtlichen Zitaten.

Moskau kennt er natürlich auch in- und auswendig, der General – o ja! –, deshalb können meine Augenzeugenschilderungen und Analysen des Putsches ihn nicht wirklich vom Stuhl reißen. Sie dienen höchstens als Stichworte für seine eigene wortreiche Interpretation der Geschehnisse, die er als »Dilettantencoup« beschreibt.

Der Monolog wird schließlich von seiner Sekretärin unterbrochen, die ihn an eine Besprechung mit dem Fernsehdirektor um zehn Uhr dreißig erinnert. Der General sieht resigniert auf seine Uhr.

»All diese verfluchten Besprechungen. Tes, es macht viel mehr Spaß, Indianer zu spielen, als Häuptling zu sein!«

Ich habe große Lust zu fragen, ob ich ihn mit dieser Bemerkung zitieren darf, aber so sicher sitze ich nun auch nicht im Sattel. Er ist launisch und leicht zu provozieren, und ich habe keine Lust, einer der Mitarbeiter zu werden, die demonstrativ aufs tote Gleis geschoben wurden, weil sie den Gott geärgert haben. Als ich deshalb lieber untertänig lächle, statt garstig zu sein, bringt er mich noch bis zur Tür. »Nun ja, also willkommen im Club, Tes! Schön, ein Mädchen dabeizuhaben, das Haare auf der Brust hat!«

»Die Eier nicht zu vergessen!« pariere ich über die Schulter hinweg.

Er bricht in krächzendes Tabaksgelächter aus, das in Husten umschlägt.

»Eier! Hast du die auch noch? Das muß ich bei Gelegenheit mal überprüfen!«

Fast der ganze Vormittag vergeht damit, daß ich die Post durchsehe, mich aufs laufende bringe und mit den anderen rede. Ich liebe meine Arbeit, es ist schön, wieder in meinem Handtuch-großen Büro zu sitzen, und auch schön, die Kollegen wiederzusehen.

Aber meine Seele hängt immer noch irgendwo zwischen den Zwiebeltürmen des Kremls und dem Weißen Haus, und ich weiß aus Erfahrung, daß es ein paar Tage dauern wird, bis ich den unerträglichen Gesichtsausdruck abgelegt habe, mit dem wir Auslandskorrespondenten nach Hause zu kommen pflegen. Das hassen sie im Inland, wo sie sowieso der Meinung sind, wir wären alle nur eingebildete Angeber. Deshalb sind gemischte Ehen auch nicht so üblich …

»Hallo! Willkommen daheim!« Lea, eine etwas ältere Kollegin, kommt, um mich zu begrüßen. Sie ist gerade mit einem Rot-Kreuz-Flugzeug aus dem Sudan zurückgekommen. Offensichtlich hat sie den Drang zu reden, denn sie schiebt den Papierstapel vom Besucherstuhl und läßt sich darauf nieder.

»Skelette!« sagt sie nur. »Und wenn sie nicht verhungern, dann werden sie im Bürgerkrieg umgebracht. Merkwürdig«, sie schüttelt langsam den Kopf und steckt sich geistesabwesend ein Stück Nikotinkaugummi in den Mund. »Ich bin jetzt so oft in der Dritten Welt gewesen und habe alles schon gesehen. Normalerweise kann ich das wegstecken … auch die ausgetrockneten Säuglinge und die Fliegen. Aber diesmal …«

Lea kaut und sinkt in sich zusammen, während ich die Gelegenheit nutze, einen verstohlenen Blick auf den laufenden Fernseher zu werfen, der neben dem Gästestuhl steht. CNN sendet direkt aus dem Parlament, und auch wenn es jetzt Ferdinand ist, der den Laden dort drüben schmeißt, muß ich mit Bildern und Nachrichten auf dem laufenden sein und bereit, etwas zusammenzufassen oder zu kommentieren.

»Das ist so, seit ich Matthias bekommen habe«, fährt Lea grübelnd fort. »Seitdem geht es mir so nahe.«

Ich nicke verständnisvoll, während ich nebenbei registriere, daß Jelzin einen beunruhigten, scheißwichtigen Gesichtsausdruck aufgesetzt hat, und gleichzeitig überlege, warum Paul wohl nicht auf der Morgenkonferenz war.

Lea durchschaut mich und steht mit leicht geschürztem Mund auf.

»Na ja, das verstehst du erst, wenn du selbst Kinder hast.«

Ich verdrehe die Augen und greife nach dem Telefon. Lea ist ein abschreckendes Beispiel dafür, was aus einem eigentlich vernünftigen Menschen werden kann, der plötzlich darauf besteht, *Mutter* werden zu wollen – mit vierzig! Und dann noch *alleinerziehende Mutter.* Sie, die der tough Cookie der Redaktion war, bekannt für ihr Engagement und ihre Furchtlosigkeit, interessiert sich jetzt vor allem für Matthias' letztes Bäuerchen, ist ewig und drei Tage krank geschrieben und fährt nur noch auf Befehl fort, und auch dann möglichst nur in ›sichere‹ Gebiete. Und sie war einmal mein Vorbild.

Paul ist in die Kantine gegangen, erklärt mir die Sekretärin vom Inland, ich lege auf und beschließe blitzschnell, daß ja eigentlich Mittagspause ist.

Zu behaupten, ich hätte den ganzen Sommer über gehungert, ist übertrieben, aber sicher bin ich etwas unterernährt – ich habe vier Kilo abgenommen und spüre, wie mir das Wasser im Mund zusammenläuft, als mir der vertraute Geruch von Soße und Kartoffeln aus der Großküche entgegenschlägt. Deshalb kann ich es trotz des beunruhigenden Fahrstuhlgefühls im Zwerchfell nicht lassen. Ich *muß* Schweinebraten mit Rotkohl haben! »Das ist gut! Du brauchst ein bißchen Fleisch auf den Knochen«, murmelt er plötzlich hinter mir, als ich in der Kassenschlange stehe. »Und danke für den gestrigen Tag!«

Er pustet mir in den Nacken, und ich kann mich nur kurz nach ihm umwenden, bevor ich das Essen bezahlen muß, von dem ich mit einem Mal ganz sicher bin, daß ich es nicht hinunterbekommen werde.

Paul hat bereits gegessen – er ist nur hier, um Kaffee zu holen. Zwei Tassen. Ich gehe auf die Tische zu, die wie immer um diese Zeit von den Nachrichtenleuten besetzt sind. Sie erlösen mich, indem sie schnell und aufmerksam Platz für mich und mein Tablett machen und mich anschließend mit interessierten, freundlichen Fragen überschütten. Paul hat sich auf seinen Platz gesetzt, schräg gegenüber von Henriette, einer flinken Parlaments-Reporterin mit hochgestecktem Haar und einem Blitzen in den Augen. Sie ist es also, für die er Kaffee geholt hat, und sie nimmt ihn so entspannt und zurückgelehnt entgegen, daß kein Zweifel möglich ist.

Es gelingt mir, ihn vollkommen zu übersehen, während ich Fragen beantworte, Geschichten erzähle und den General preisgebe – das mit dem Häuptling und den Indianern ruft ungeteilte Begeisterung hervor –, und mit einer teuflischen Schadenfreude bemerke ich, daß *sie* diejenige von uns ist, die am meisten reingelegt wurde. Nicht der Schatten eines Mißtrauens ist in ihrem aufmerksamen Zuhören zu bemerken.

Mit einer gemurmelten Entschuldigung und einem fast unberührten Teller breche ich noch vor Paul auf und stelle mein Tablett auf das Stativ, ohne daß jemand von meinem Rücken irgend etwas ablesen könnte. Und da Paul – obwohl doch alle wissen, daß er der größte Herzensbrecher des Senders ist – diskret mit seinen Eroberungen umgeht, muß ich auch nicht befürchten, öffentlich vorgeführt zu werden.

Auf dem Weg zurück durch die labyrinthartigen Flure bis zum Ausland versuche ich mir selbst einzureden, daß ich überreagiere. Er hat mich weder angelogen, noch hat er mir etwas versprochen, und ich habe weder gefragt noch etwas gefordert. Dennoch sitzt eine eisige Enttäuschung in meinen Eingeweiden, was mich wiederum wütend macht.

Den ganzen Sommer über bis zu diesem Augenblick habe ich – ob eingestanden oder nicht – von ihm geträumt. Davon, zu ihm zurückzukommen. Aber Paul ist kein junger Prinz, der durch die Dornenhecke bricht und Dornröschen aus der Verzauberung befreit. Ich habe mich geirrt. Paul Weber ist Paul Weber – ein Mann, vor dem jede Mutter ihre Tochter warnen sollte. Schade, denn sie konnte ihn wirklich gut leiden. Den Auserwählten. Den Einzigen. Den Mann.

Sonst bin ich nicht so. Ich bin nicht so eine, die sich gleich nach dem ersten Kuß im Lilly-Modell-Hochzeitskleid sieht. Ganz im Gegenteil, ich habe noch nie so weit gedacht. Doch, einmal habe ich das. Aber da war ich so jung und wurde so enttäuscht, daß das Psychoanalyse für Doofe ist, warum ich seitdem ein gebranntes Kind bin. Das muß mir keine Quacksalberseele erklären, und ich denke, ich habe gelernt, mit der Wunde zu leben. Zumindest habe ich gelernt, mich soweit zu schützen, daß nur äußerst selten Salz in die Wunde gelangen kann.

Als ich aber schließlich im Auslandsflur angekommen bin, brennt sie so stark, daß ich schnurstracks in mein Büro trample und die Tür hinter mir schließe. Ich lasse mich auf den Stuhl fallen und stütze die Ellbogen auf die ausgediente IBM-Schreibmaschine, während ich auf die roten Vogelbeerbäume im Hinterhof schaue. Dann versuche ich die Situation kalt und ruhig zu analysieren, wie ich es immer tue. Und das einzige, was dabei herauskommt, nachdem ich den Baum nur noch wie durch einen Nebel sehe, ist, daß ich mich selbst nicht mehr wiedererkenne. Ich habe mich verändert.

Dem Putsch die Schuld zu geben, wäre zu pathetisch, obwohl jeder, der so einen Umsturz miterlebt hat, sich einbildet, nie wieder der gleiche zu sein. Nein, wenn ich ehrlich sein soll, kann ich alles nicht beantworten, weder warum, seit wann noch wie. Widerstrebend muß ich erkennen, daß ich irgendwo in mir einen vagen Traum von – believe it or not – Liebe hege. Was ich damit anfangen soll, weiß ich nicht. Noch weniger, was ich mit Paul anfangen soll. Abgesehen von dem Nächstliegenden – ihn zu exekutieren.

Als es an die Tür klopft, zucke ich zusammen und sage mit klopfendem Herzen »Ja?«

»Störe ich?« Es ist Ras, der Auslandsredakteur, der seinen kahlen Kopf hereinsteckt.

»Nein, nein!« versichere ich hektisch, als wäre ich auf frischer Tat ertappt worden, obwohl ich bezweifle, daß seine Sensibilität weit genug entwickelt ist, um zu begreifen, in was für einem Sturm ich mich gerade befinde. Wäre sie es, hätte er sicher nicht drei Exfrauen, sieben Wochenendkinder und katastrophale Finanzen. »Setz dich!«

»Wie geht's?« fragt er mit einem Blick auf meinen sonderbar leeren Schreibtisch.

»Gut. Ich akklimatisiere mich«, lächle ich beruhigend.

»Bist du müde?« fragt er.

Ich zucke mit den Achseln.

»Vielleicht eine Spur.«

»Wie wäre es mit Urlaub? Hast du noch welchen zu kriegen?« Er lehnt sich im Stuhl zurück, stopft seine Pfeife. Signalisiert ›viel Zeit‹.

»Noch zwei Wochen, aber der General hat mich gebeten, sie noch aufzusparen, bis die Situation sich stabilisiert hat.«

»Ja«, nickt Ras. »Er setzt große Stücke auf dich. Aber paß trotzdem auf, daß du nicht aufgerieben wirst.«

Unsere Blicke treffen sich bei der gleichen Gedankenassoziation, und wir lächeln beide verständnisvoll.

»Und zwar in jeder Beziehung!« Ras lächelt und zeigt dann auf den Bildschirm, der immer noch die CNN-Übertragung aus dem Parlament zeigt. »Darum kümmert sich Ferdinand, wenn du dich um die Republiken kümmern könntest. Visnews will gegen fünf neue Bilder aus Georgien und dem Baltikum haben.«

»Okay«, nicke ich und greife nach einem Kugelschreiber.

»Bist du inzwischen mit deiner Akklimatisation fertig«, fragt Ras, »oder soll ich die Tür wieder schließen?«

»Nein, laß sie nur offen!« sage ich und greife nach einem Stapel Tickermeldungen.

Wie immer am ersten Arbeitstag nach dem Urlaub oder einer Reise geht alles langsamer. Ich brauche viel Energie für Routinearbeiten, die normalerweise eben nur Routinearbeiten sind, für die ich mich jetzt jedoch richtig anstrengen muß. Aber alle sind nett und hilfsbereit, und ob ich nun ins Bänderarchiv, zur Graphik oder zu den Textern komme, die mal wieder einen russischkundigen Übersetzer brauchen, überall scheine ich mit neuem Respekt betrachtet zu werden. Und alle wollen Originaläußerungen direkt von der Quelle haben. Bis ich endlich wieder zurück in meinem Stall bin und bereit, einen Artikel zu schreiben, ist es schon spätnachmittags, und der Redaktionsschluß rückt mit rasender Geschwindigkeit näher.

Irgend jemand hat einen braunen Umschlag auf meinen Schreibtisch gelegt, und wenn ich schlau wäre, würde ich ihn dort liegenlassen. Aber ich reiße ihn auf, als würde mein gesamtes künftiges Schicksal von dem Inhalt abhängen. »Tes, ein spätes Essen heute abend? P.«

»No way!« murmle ich und knülle den Zettel zu einer Kugel zusammen, die ich in den Papierkorb schmeiße. Dann malträtiere ich die Schreibmaschinentastatur, vertippe mich und rege mich darüber auf, daß mein Computer immer noch nicht on line ist, rufe unten an und bestelle Aufnahmezeit in zwanzig Minuten.

Zum Glück ist es Søren, mit dem ich meinen Beitrag redigieren soll. Ein alter Hippie mit Lederweste und Pferdeschwanz, humorvoll und geduldig. Außerdem kann er einfach einen Kommentar gestalten. Was gerade heute Gold wert ist, denn mein eigener Überblick ist, gelinde gesagt, etwas verschleiert. Es ist schon nach sieben, als er mich ins Tonstudio schickt, aber er bleibt gelassen, nichts kann ihn aus der Ruhe bringen, weder die Ermahnungen der Redaktionssekretärin noch meine wiederholten Huster und Versprecher.

»Noch einmal«, sagt er nur. »Wir haben genug Zeit.« Die Nachrichten sind bereits auf Sendung, als wir unseren Beitrag endlich abliefern, ins Sekretariat gehen und ihn uns noch einmal ansehen. Ich kann nicht anders, ich muß mich einfach im Raum umschauen, nach *ihm* Ausschau halten. Aber er ist nicht da. Dafür jedoch Lea, die den Kopf wegdreht, als ihr Beitrag über den Sudan dran ist.

»Ist das nicht entsetzlich«, murmelt sie und beißt sich auf die Finger.

»Starke Geschichte«, nickt Søren mit soviel sozialer Entrüstung, wie er sympathischerweise noch besitzt.

Mein Beitrag geht unbemerkt durch – falls er kritisiert wird, wird das erst morgen früh bei der Redaktionskonferenz geschehen –, und gleich danach stehe ich auf und packe meine Sachen zusammen.

Als ich in unsere Abteilung komme, sitzt Ras immer noch in seinem Büro. Er telefoniert, beeilt sich jedoch, das ziemlich privat klingende Gespräch zu beenden, und winkt mich zu sich, als ich vorbeigehe.

»Zwei Dinge«, sagt er, als er aufgelegt hat. »Punkt eins: Ich gebe dir morgen unabhängig vom Dienstplan frei. Ich habe genug Leute, und falls etwas passiert, rufe ich dich einfach an. Punkt zwei: Soll ich dich in die Stadt mitnehmen?«

»In die Stadt? Wohnst du nicht in Farum?«

»Ich habe eine Verabredung!« grinst er und schiebt seine Pfeife zwischen die Zähne.

»Na, so was!« kommentiere ich mit einem vielsagenden Blick zum Telefon. Wenn es mir doch auch so ginge.

Obwohl Ras nur zehn Jahre älter ist als ich, hat er mich immer leicht väterlich behandelt. Und als wir in seiner alten Rostlaube, einem alten Postauto und beliebten Thema in den Spottliedern bei der Weihnachtsfeier, in die Stadt fahren, zeigt es sich schnell, daß er auch diesmal ein paar väterliche Worte auf Lager hat. ›Sich nicht aufreiben lassen‹, ›sich nicht auf den Lorbeeren ausruhen‹ und mehr in der Art. Vielleicht ist es in Wirklichkeit auch eine Art andersartigen Lobs, auf jeden Fall ist es freundschaftlich gemeint. Und als das erst einmal überstanden ist und ich entsprechend andächtig gelauscht habe, wird es eine angenehme Fahrt mit genau der richtigen Mischung aus Klatsch und Sachlichkeit. Ich necke ihn ein wenig mit seiner Mätresse und muß mir auf die Zunge beißen, um nichts zu der amourösen Verbindung zwischen Paul und seiner Christiansborg-Schnalle beizusteuern, als Ras irritierenderweise selbst auf sie zu sprechen kommt und sie als ein ›wahres Naturtalent‹ beschreibt.

»Sie ist mit dem Paul aus dem Inland zusammen«, erklärt er und fragt mich, wo ich aussteigen möchte. »Weber!« fügt er hinzu. Vollkommen überflüssigerweise.

»Ach, laß mich einfach hier raus! Ich kann den Bus im Jagtvej nehmen!« versichere ich, als ich am Åboulevard aussteige.

»Du mußt entschuldigen. Ich würde dich natürlich gern nach Hause fahren, aber ...« Ras sieht mich verzweifelt an. Für eine mittlere Führungskraft kann er nicht besonders gut unangenehme Beschlüsse fassen.

»Das ist schon in Ordnung!« lächle ich und bedanke mich fürs Mitnehmen.

Am nächstgelegenen Kiosk hole ich mir einen Hot dog mit gerösteten Zwiebeln. Ein Fettwanst mit tätowierten Händen rülpst laut und vernehmlich neben mir. Es ist mir ganz gleich. Ich stopfe nur in mich hinein. Versuche nicht an *ihn* zu denken, mir nicht vorzustellen, wie nah von hier er wohnt. Ich könnte in zehn Minuten bei ihm sein.

Der Fette rülpst erneut.

»Mahlzeit!« sage ich und gönne ihm einen Blick aus Schlafzimmeraugen. Er grinst träge, ich gehe zur Bushaltestelle.

Der Anrufbeantworter blinkt rot, als ich heimkomme. Drei Nachrichten. Die erste von dem Verlagslektor, der möchte, daß ich etwas schreibe. Die zweite ist ein wortloses Stöhnen, was alles von einem Psychopath bis zu Tante Mo aus der Provence sein kann – sie kommt mit Anrufbeantwortern nicht zurecht. Die dritte ist von Paul.

»Hallo, ich bin's. Es ist jetzt fünf nach acht. Rufst du mich mal an?«

Um das nicht zu tun, tippe ich blitzschnell Birgittes Nummer ein. Ich habe schon mehrere Male versucht sie anzurufen, gestern und heute, aber immer ohne Erfolg. Und auch diesmal dauert es so lange, bis sie ans Telefon kommt, daß ich fühle, wie sehr ich sie vermisse. Aber endlich ist sie da – ganz außer Atem.

»Hallo, Therese! Bist du endlich wieder zurück?« plappert sie los und klingt so froh, daß ich ganz gerührt werde. Dennoch zögert sie, als ich sie zum Tee einlade.

»Ach, Therese, ich würde ja schrecklich gern, aber ...«

»Was, aber?« Ich wickle mir die Telefonschnur um einen Finger, wie er sich mein Haar um seinen gewickelt hat ...

»Weißt du, ich bin so schrecklich schwanger inzwischen ...«

»Mein Gott, das hatte ich ja ganz vergessen!« sage ich und

ziehe den Finger heraus. Reiße statt dessen einen Fensterbriefumschlag auf. Die Elektrizitätswerke. Eine Mahnung.

»Wirklich? Na, das kann ich mir denken!« Birgitte lacht trocken. »Aber ich nicht. Du solltest mich sehen! Elefant in oversize!«

»Das muß ich auf jeden Fall!« kichere ich.

»Ich kann mich kaum noch von der Stelle bewegen. Ich war schon im Bett. Und Jens ist am Storebælt, er hat den Wagen ...«

»Ich sag' dir was, Birgitte, diese Ausreden lasse ich nicht gelten. Du nimmst dir jetzt ein Taxi auf meine Kosten, wenn es nicht anders geht!« beharre ich.

»Okay«, stimmt sie zu, nachdem sie sich den Vorschlag überlegt hat. »Ich komme. Aber du mußt mir versprechen, nicht zu lachen!«

Hinterher hole ich tief Luft. Beginne bei dem Anblick einer Gitane-Kippe im Aschenbecher zu träumen. Warum habe ich den nicht gestern saubergemacht? Lese unkonzentriert eine Lokalzeitung – die Polizei will die Hausbesetzer um die Ecke rausschmeißen, kann aber nichts tun, solange keine Anzeige vorliegt. Ich gehe in die Küche und setze Wasser auf, bleibe wieder träumend mit der Teekanne in der Hand stehen, als das Telefon klingelt.

»Entbindungsstation!« sage ich frech, fest davon überzeugt, daß es Birgitte ist.

»Wie bitte?« fragt Paul konsterniert.

»Ach, nichts. Ein interner Joke«, erkläre ich obenhin, während ich mich an der Tischkante festhalte, um nicht umzufallen. Und wieder habe ich den Finger um die Schnur, wie mein Bein sich um seines wickelte ...

Paul hat den falschen Einstieg ins Gespräch bekommen, und das ist mir nur recht. So kann ich leichter die Oberhand behalten. Freundlich, aber bestimmt.

»Hast du meinen Brief bekommen?« fragt er unsicher.

»Ja«, antworte ich kurz, während ich den wilden Drang unterdrücke, jetzt gleich mit ihm Telefonsex zu machen. Hier. Sofort.

»Aber du hast nicht geantwortet?«

»Ich hatte keine Zeit«, sage ich und kreuze die Beine. Dann setze ich mich hin und male Kringel auf den Rand der Zeitung.

»Therese, ich weiß nicht, was passiert ist, aber es kommt mir so vor, als wärst du seit gestern ziemlich abgekühlt. Ist der Eindruck richtig?«

»Nun ja«, murmle ich undeutlich. Ich kann es nicht lassen – schließe die Augen und sehe ihn vor mir. Heute kam er in Denimblau. Verwaschenes Hemd, das frau aufknöpfen kann, Knopf für Knopf. Seine Telefonstimme ist eine Spur heiser. Ist seine Fernsehstimme auch so? Wieso habe ich das bisher noch nie bemerkt?

»Und willst du trotzdem mit mir essen? Wenn du rüberkommst, könnte ich was in der Küche zaubern. Oder wir gehen in ›Kates Joint‹, falls sie nicht in Indien ist.«

»Ich kann leider nicht. Ich erwarte Besuch«, erkläre ich förmlich, während meine Phantasie mir mit weichgezeichneten Bildern von Paul und mir in den Rücken fällt, wir beide, wie wir Tandoori-Hähnchen essen …

»Mann oder Frau, wenn man fragen darf?«

»Das darfst du gern, aber du bekommst keine Antwort.«

Paul seufzt.

»Tes, verflucht noch mal! Ich vermisse dich! Sag mir, was ich falsch gemacht habe, damit ich mich bessern kann!«

Ein Taxi fährt vor dem Haus vor, und ich spreize die Lamellen der Jalousie. Birgitte steigt aus. Sie hat nicht besonders übertrieben. Sie ist wirklich gewaltig.

»Okay«, sage ich und hole tief Luft. Zögere.

»Ja?«

»Ich konnte es noch nie vertragen, die zweite zu sein.«

Paul seufzt erneut. Und das sei ihm hoch angerechnet, daß er mir keine direkte Lüge auftischt.

»Okay. Laß uns drüber reden. Wenn du jetzt also ...«

Wie ein gewünschter dramatischer Effekt ertönt aufs Stichwort die Türklingel.

»Grüß schön!« sagt er sauer, als ich das Gespräch mit einer vieldeutigen Entschuldigung beende. Als ich aufgelegt habe, entdecke ich, daß ich auf den Zeitungsrand lauter kindliche Herzchen gemalt habe.

»Du hast versprochen, nicht zu lachen!« ermahnt mich Birgitte, als sie hereinkommt und sich den Mantel auszieht.

Aber das läßt sich gar nicht vermeiden. Sie hat etwas so grotesk Komisches und gleichzeitig tief Rührendes an sich, wie sie in ihrem Overall dasteht, mit ihrem riesigen Bauch und den weichen, fast zerfließenden Gesichtszügen einem Mumintroll ähnelt.

»Das ist überhaupt nicht witzig!« sagt sie scharf. »Ich weiß sehr gut, wie ich aussehe! Ich bin einfach verdammt schwanger! Ha, ha!«

Plötzlich ist sie kurz vorm Weinen. Ihre Augen füllen sich mit Tränen, und ich nehme sie spontan in die Arme. Sie schluchzt einmal auf, aber dann macht sie sich mit einer abwehrenden Bewegung frei, räuspert sich und wischt sich mit einem Finger über die Augen.

»Liegt es an Jens?« frage ich, ohne zu mitleidig oder vorwurfsvoll zu klingen. Auch wenn Birgitte genau weiß, daß ich nie die große Offenbarung in dem sauertöpfischen Zeichendreieck von einem Ingenieur gesehen habe. Dafür ist er überzeugt davon, daß ich einen schlechten Einfluß auf seine Frau ausübe. Was ich als Kompliment betrachte.

»Nicht direkt. Man wird in diesem Zustand nur etwas labil. Aber schön, dich wiederzusehen«, sagt sie und hält meine Hand für einen Moment. »Wie ist es dir ergangen?«

Das berichte ich ihr, während wir in der Küche stehen, georgischen Tee kochen und Brote schmieren. Birgitte hat mich in Moskau besucht, als ich für ein paar Jahre im Kollegium des Ministerrats gewohnt habe, frierend und hungrig, und eine Salmonellenvergiftung von einer verdorbenen Wurst hatte, aber dennoch nur widerstrebend zugeben wollte, daß der idealisierte Sowjetkommunismus, den ich von meinem Vater und der dänischen KP kannte, nichts anderes als eine dicke Lüge und aufgeblasene Propaganda war.

Wir nehmen das Tablett mit ins Wohnzimmer und setzen uns jede in eine Ecke des Sofas, die Beine untergeschlagen – soweit sich das für Birgitte noch machen läßt –, wie wir es schon hundertmal zuvor gemacht haben. Und das ist entspannend, vertraut und dennoch anders als sonst. Birgitte ist anders. Sie, die immer überall dabei war und normalerweise diejenige ist, die mich über das Kulturleben auf dem laufenden hält, mit dem ich nur sporadisch Kontakt pflege, redet nur von Vorsorgeuntersuchungen, Atemübungen und erzählt voller Stolz, daß das Kind inzwischen circa dreitausend Gramm wiegt und sich bereits gedreht hat. Und auch wenn sie scheinbar meinen Putschschilderungen lauscht und vertiefende Fragen an den relevanten Punkten stellt, erscheint sie dennoch abwesend und in sich gekehrt und weicht jedesmal ab, wenn sie spürt, wie das Kind sich bewegt.

»Jetzt! Fühl mal!« ruft sie aus, eine Hand auf dem Bauch, als ich gerade dabei bin, eine ziemlich interessante Theorie über Gorbatschows Zukunft zu entwickeln. Seine Stellung wird immer schwächer werden, sein Spielraum immer kleiner …

Ich gehorche, lege eine Hand auf den Ballon, und es ist wirklich sonderbar, eine Ferse oder ein Knie zu fühlen, aber ehrlich gesagt hätte ich lieber Birgitte bei mir gefühlt. Sie wird erst richtig aufmerksam, als ich ihr beschreibe, wie die Frauen in sowjetischen Krankenhäusern ihre Kinder kriegen. Sie schüttelt sich, als ich ihr von der hohen Säuglingssterblichkeit erzähle, von Gebärenden, die in Reih und Glied liegen, von der fehlenden Anästhesie, sturzbetrunkenen Ärzten, korrupten Krankenschwestern und der wochenlangen Isolation von der Umwelt, in der frischgebackene Mütter gehalten werden.

»Soll das heißen, daß sie *allein* gebären? Ist der Vater nicht dabei?« fragt sie.

»Er darf unten auf der Straße stehen und warten, daß sich Mutter und Kind einen Tag später am Fenster zeigen. So war es jedenfalls. Vielleicht wird sich das jetzt auch ändern. Zumindest für die Reichen. Früher oder später wird es sicher eine kapitalistische, kooperative Geburtsklinik geben.«

Birgitte starrt in ihre Teetasse.

»Ich glaube ja ehrlich gesagt auch, daß Jens am liebsten drum herumkommen würde. Nicht dabeisein möchte, meine ich. Aber das traut er sich doch nicht direkt zu sagen, und er *muß* dabeisein. Schon um mir die Hand zu halten. Ich habe eine Scheißangst vor der Geburt!«

Birgitte lächelt unsicher und greift nach der Teekanne. Ich stehe auf, lege eine Platte auf und vermeide es, zum hundertsiebenundzwanzigsten Mal, unsere Freundschaft mit der Frage aufs Spiel zu setzen, was zum Teufel sie eigentlich mit diesem Mann will.

»Ich kann doch mitkommen!« biete ich ihr statt dessen an, als ich mich wieder gesetzt habe und die scharfe Leningrad-Band »Kinder der Zukunft«, sehr trendy, durch den Raum dröhnt.

»Du?« Birgitte lacht laut auf. »Und was ist, wenn es mitten in einem neuen Putsch passiert? Oder du gerade auf einer Reportagereise in Transkaukasien bist?«

Da hat sie natürlich den Nagel auf den Kopf getroffen, und das bringt mich dazu, von der Audienz beim General zu erzählen. Birgitte nickt aufmerksam, aber ich merke deutlich, daß ihr Interesse für meine Karriere ungefähr so groß ist wie mein Interesse für ihre Geburtsvorbereitungen.

»Und das da?« fragt sie plötzlich und deutet auf den beeindruckenden Knutschfleck, den ich den ganzen Tag erfolgreich mit Hilfe von Make-up und einem großen russischen Kopftuch versteckt hatte.

»Gar nichts«, weiche ich aus, wobei ich jedoch verräterischerweise bis zum Hals erröte.

»Nein, natürlich nicht, das sehe ich!« Birgitte triumphiert. »So einen roten Kopf habe ich bei dir seit Jahren nicht gesehen! Nicht mehr seit …«

»*Piep!*« unterbreche ich sie.

»Genau! Nicht mehr seit *piep*!« grinst sie. »Nun erzähl schon!«

»Er heißt Paul, ist Umwelt- und Arbeitsmarktreporter im Inland und ein gefundenes Fressen für zu viele Damen. That's it!« lüge ich und verstecke mich hinter meinem Teebecher.

»Abgesehen davon, daß du ganz scharf auf ihn bist.«

»Bin ich nicht!« widerspreche ich und erröte wieder. Das auch noch.

»Doch, bist du! Und wenn er auch so scharf auf dich ist, dann bin ich der Meinung, daß du ihn dir schnappen solltest!« beschließt sie kategorisch, als würden wir über ein Paar neue Schuhe reden.

»Ich habe keine Lust auf eine feste Beziehung«, erkläre ich.

Birgitte schenkt sich Tee nach. Sieht mich von der Seite her an.

»Das glaubst du doch selber nicht! Nun mal ehrlich, Therese, du brauchst gewisse Verpflichtungen! Einem anderen Menschen gegenüber!« erläutert sie, weil sie weiß, was ich ihr entgegnen will. Daß ich meiner Arbeit verpflichtet bin. Diese Debatte haben wir schon oft geführt. Der Unterschied dabei ist nur, daß ich sonst rein theoretisch argumentiere.

»Und warum?« frage ich und zünde die erste Zigarette des Abends an. Aus Rücksicht auf die Schwangere und ihren Fötus habe ich mich auch in diesem Punkt heroisch beherrscht.

»Damit du erwachsen wirst. Man kann nicht ...«

»Birgitte, nun hör aber auf!« brause ich auf. »Wird man deswegen erwachsen, weil man sich verpflichtet? Für Villa, Volvo und Waschmaschine? Meine Güte, schau dich doch nur einmal um!«

Ich weiß, daß ich damit einen Schritt zu weit gegangen bin. Mindestens. Aber das ist sie auch.

Birgitte sammelt sich. Leckt sich die Lippen. Guckt auf ihre Swatch.

»Nun ja«, sagt sie und kommt mit angestrengter Miene vom Sofa hoch. »Ich muß sehen, daß ich nach Hause komme. Zu meiner Waschmaschine!«

»Entschuldige, das war nicht persönlich gemeint«, sage ich und reiche ihr meine Hand.

»Natürlich war es das!« Sie wirft mir ein schräges Lächeln zu, als ich sie vom Sofa hochgezogen habe. »Der Dunkle ist es, nicht wahr? Der so aussieht wie Richard Gere?«

»Nein!« widerspreche ich. »Er sieht viel besser aus!«

Birgitte kichert wie ein Teenager. »Go for it!« sagt sie.

Ich benutze meinen freien Tag, um einfach nichts zu tun und zu mir selbst zu kommen. Schlafe lange, mache sauber, gehe ins Waschcenter, zur Bank und zur Post. Kaufe im Supermarkt die Grundausstattung und bei Jan, dem polnischen Gemüsehändler um die Ecke, Unmengen Obst und Gemüse.

»Strastwuitje!« begrüßt er mich strahlend, als ich das kleine Geschäft mit einem Korb Pflaumen betrete. Wir reden immer russisch miteinander. Obwohl er glühender Antikommunist ist und das bereits war, als es noch nicht ungefährlich war, ist er ein großer Liebhaber der russischen Sprache. Abgesehen von mir, gibt es nur noch ein paar Botschaftskunden, mit denen er russisch sprechen kann. Aber denen antwortet er nur mit mürrischen Einwortsätzen.

»Herrenvolk!« schnaubt er, als ein paar umfangreiche russische Diplomatenfrauen ins Geschäft rauschen. »Die können nichts lernen, die wollen nichts lernen! Die denken gar nicht daran, auch nur ein einziges ihrer zahllosen Privilegien aufzugeben! Und jetzt erst recht nicht! Ne, ne, so naiv dürft ihr hier im Westen nicht denken. Und dieser Boris, der soll ein Demokrat sein? Ein Volksverhetzer! Opportunist! Soll ich dir einen Witz erzählen?« fragt er schließlich, als er Tomaten abwiegt.

»Also, vier Staatsoberhäupter haben sich versammelt und unterhalten sich nach einer Konferenz. ›Wenn ich im Ausland bin, fahre ich immer Mercedes‹, sagt der deutsche Bundeskanzler. ›Ja, wenn ich im Ausland bin, fahre ich immer Citroën‹, sagt der französische Präsident. ›Und wenn ich im Ausland bin, fahre ich nur Rolls Royce!‹ sagt darauf der britische Premierminister. ›Und Sie?‹ fragen sie den russischen Generalsekretär. ›Wenn ich im Ausland bin, fahre ich immer *Panzer*!‹«

Ich lache, obwohl der Witz alt und überholt ist, und Jan belohnt das, indem er mir ein paar Tomaten zusätzlich einpackt.

»Willst du dafür den neuesten Genossenschaftswitz hören?« frage ich.

»Ja!« nickt er eifrig.

»Der kostet zehn Dollar!«

Jan lacht polternd und zustimmend, so daß sich einige dänische Kunden im Geschäft konsterniert umdrehen. »Ja, ja, in diesen Genossenschaften herrscht der reinste Kapitalismus!« kommentiert er und wendet sich mit einem beflissenen »Wassollessein?« dem nächsten Kunden zu.

Ras hat auf den Anrufbeantworter gesprochen – er wünscht mir einen schönen freien Tag und geht davon aus, daß er mich nicht braucht. Ein Kulturverein in Westjütland möchte mich für einen Vortrag einladen, und der Verlagslektor möchte gern, daß ich zurückrufe, am besten »heute noch«. The rest is silence. Was bedeutet: Keine Nachricht von Paul, was gleichzeitig eine Enttäuschung und eine Erleichterung ist. Ich koche mir mit meiner alten, ramponierten Sansibarkanne einen Espresso, rauche ein paar Zigaretten, gieße die Blumen. Dann rufe ich den Verlagslektor an und verspreche ihm, einen Beitrag zu schreiben, den ich in spätestens drei Wochen abgebe. Anschließend telefoniere ich mit der Vorsitzenden des Kulturvereins, die einen so starken westjütländischen Akzent hat, daß ich kaum verstehe, was sie sagt. Ein Vortrag ist etwas ganz Neues für mich, aber da allgemein bekannt ist, daß verschiedene Kollegen fabelhaft mit derartigen Nebenjobs verdienen, sehe ich keinen Grund, mich zurückzuhalten. Doch ich bin bescheiden mit meiner Honorarforderung, vielleicht zu bescheiden, wie ich hinterher überlege. Sie klang so zufrieden, diese kulturelle Vorsitzende, und war ganz eifrig darauf bedacht, sofort einen Termin festzumachen. Wir haben einen Termin Mitte November vereinbart – natürlich unter dem Vorbehalt, daß er in meinen Dienstplan paßt.

Und dann nehme ich mir die Bänder vor, die ich aus Moskau mitgebracht habe. Es sind mehrere Kilometer Film von Den Drei Tagen, als ich meinen Kameramann Sergej gebeten habe, die Kamera permanent laufen zu lassen. Viel von dem Stoff ist zu grob und durcheinander, um es senden zu können, aber je mehr ich mir ansehe, um so sicherer werde ich, daß daraus eine vibrierende, authentische und außergewöhnliche Reportage zu machen ist. Nach ein paar Stunden bin ich so vertieft und habe bereits angefangen, das Material zu strukturieren, daß ich Ras einfach anrufen muß.

Zuerst schimpft er.

»Du solltest doch freimachen, meine Liebe!«

»Das mache ich ja auch!« behaupte ich und erzähle ihm dann, daß ich Gold gefunden habe. Was trotz allem sein Interesse weckt.

»Und was denkst du, was man damit machen sollte?« fragt er schließlich.

»Einen Beitrag fürs Auslandsjournal«, schlage ich vor.

»Das heißt, daß du vom Dienstplan suspendiert werden willst?« fragt er leicht besorgt.

»Nur für ein paar Tage …«, wiegle ich ab.

»Das muß ich erst mit dem Journal checken und vielleicht auch gleich mit deinem ganz speziellen Freund«, entscheidet Ras und verspricht zurückzurufen.

Während ich auf seinen Rückruf warte, mache ich mit dem Video weiter. Spule vor und zurück und bin ganz wild darauf, in einen Schneideraum zu kommen. Das kann eine wirklich gute Story werden.

Es klingelt an der Haustür, und ich stehe auf, verärgert über die Unterbrechung, die mich aus einem Zustand reißt, den ich am liebsten mag: Arbeitseuphorie. Es ist ein Blumenbote mit einem riesigen Blumenstrauß. Zuerst bin ich überzeugt davon, daß es sich um ein Mißverständnis handeln muß, aber dann sehe ich die Karte und nehme den

Strauß an. Vierundzwanzig langstielige rote Rosen. No more, no less. »Voll Sehnsucht, dein P.«

Mehrere Stunden lang habe ich nicht an ihn gedacht, ihn höchstens als ein schwaches Sausen im Blut gespürt, und als ich nun mit dem monströsen, in Zellophan gewickelten Strauß in der Hand dastehe, möchte ich ihn am liebsten auf den Küchentisch legen und weiterarbeiten. Ihn zurückweisen, den Strauß als ein trojanisches Pferd betrachten. Aber dann fällt mir Tante Mo und ihr Rosengarten ein, der ihr Leben lang ihre Leidenschaft war, ob sie nun mit dem einen oder dem anderen verheiratet war, hier oder dort gewohnt hat oder schließlich Witwe ihrer beiden Ehemänner war. Und wie schon so oft ist es ihre Eisenhand in Samthandschuhen, die meine Handlungen steuert, als ich die Rosen aus dem Zellophan befreie, die Stiele anschneide, bevor ich schließlich Wasser in einen verbeulten Champagnerkühler fülle und sie hineinstelle.

Der Strauß findet in meinem Schlafzimmer auf dem Boden neben meinem Bett, wo es von Bändern und Notizen nur so wimmelt, ein Plätzchen, und widerstrebend muß ich zugeben, daß er schön ist. Obwohl ich davon überzeugt bin, daß Paul schon Tausende solcher Karten geschrieben hat, durchläuft mich doch ein Schauer, als ich sie noch einmal lese. Und noch einmal. Kurz bevor ich vor lauter verbotenem Entzücken zerfließe, ruft der General an. Himself. Er ist der Meinung, das mit den Bändern klänge »riesig«, schlägt aber vor, eine eigene Sendung daraus zu machen. Also eine richtige Dokumentation. Wenn ich denke, daß ich Stoff genug für fünfzig Minuten habe. Das denke ich.

Reichen mir sieben Redaktionstage, so daß der Film für den übernächsten Freitag ins Programm genommen werden kann? Auch das denke ich.

Gut, dann wird er es selbst mit Ras regeln, daß ich aus dem normalen Dienstplan herausgenommen werde.

So. Nachdem ich aufgelegt habe, bleibe ich eine Weile regungslos stehen und starre aus dem Fenster. Das Mädchen gegenüber hängt wie immer in ihrem Fensterrahmen, schaut mich gleichgültig an wie ein neunzehnjähriges Musterbeispiel für einen Menschen, den man durch Nichtstun vor die Hunde gehen läßt. Behindert durch Arbeitslosigkeit.

Das bin ich nicht, ganz im Gegenteil. Das Versprechen, das ich dem General gegeben habe, grenzt an Wahnsinn. Wenn ich es einhalten will, muß ich sofort loslegen. Ich wende mich vom Fenster ab, gehe aufs Klo, koche Kaffee. Und dann betrete ich den geschlossenen Raum der Konzentration.

Dort bleibe ich fast zehn Tage, von denen ich mich die meiste Zeit mit Søren, den ich mir als Techniker geangelt habe, hinter dem Mischpult befinde. Trotz seiner Flower-power-Ideale hat er Respekt vor meinem Ehrgeiz und meinem Ernst und läßt sich von meiner Vision anstecken, die ich anfangs nur vage als »eine Oper« bezeichnen kann. Ohne schwerfällige Analyse und Interpretation, sondern nur Bilder voller Pathos, Angst und Hoffnung. Untermalt von russischer Opernmusik.

»Du meinst, wir sollen *Kunst* machen? In sieben Redaktionstagen?« fragt er mich am ersten Morgen, als wir die Croissants vertilgen, die ich zum Kaffee mitgebracht habe. Als ich nicke, legt er mir eine Hand aufs Knie und sagt, daß ich wahnsinnig sei. Wenn das stimmt, dann sind wir es beide, denn von dem Moment an ist er hundert Prozent für mich und das Projekt engagiert. Läßt sich selbst von den Standbildern auf dem Monitor hinreißen – alte, bettelnde Frauen, ängstliche Kindersoldaten, junge Studenten im Freudentaumel. Das Volksmeer auf dem Manegenplatz und die stumme kollektive Trauer über die drei Opfer.

»Ist das schön!« sagt er mehrfach. »Ich wünschte, ich wäre dort gewesen …«

Ich erinnere ihn daran, daß wir eine Oper produzieren. Daß die Vorstellung zu Ende ist, wenn der Projektor ausgeschaltet ist. Aber Sørens Glauben an das *Volk* ist unerschütterlich, und als uns beim Schnitt nur noch die letzten Sequenzen fehlen, ist er dagegen, daß wir auch nur ansatzweise Skepsis gegenüber der russischen Revolution zeigen könnten. Erst nach stundenlangen Diskussionen beugt er sich und ist damit einverstanden, daß wir die Oper mit einer Bilderserie von Jelzin abschließen; die letzte Aufnahme, die mein Kameramann von unten gefilmt hat, läßt ihn wie ein Denkmal erscheinen. Ein großer Mann. Wie Lenin, Stalin oder Dzierżyński.

Meine einzige Kritik an Søren ist, daß er immer pünktlich geht. Er muß seine Tochter spätestens um fünf aus dem Kindergarten abholen, Viertel vor ist er also weg. Ohne einen Techniker kommt man schlecht weiter, aber ich bleibe dennoch sitzen, sehe mein Schnittmanuskript noch mal durch, höre mir die Musik an oder gehe auf den Auslandsflur, um die Lage zu peilen und ein wenig mit Ras und den Kollegen zu reden. Knud, ein älterer Kollege in der Osteuropa-Redaktion, pikst mich beleidigt an und kann nur schwer seine Unzufriedenheit darüber verbergen, daß ich mich mit einer eigenen Sendung, der Revolution und allem hervortun darf, während er wie alle anderen Doofen das tägliche Geschäft erledigen muß.

»Du bist nur neidisch!« erklärt die Producerassistentin mit ihrem losen Mundwerk und drückt ihm eine Thermoskanne in die Hand, damit er Kaffee kochen kann. Kirsten ist erst fünfundzwanzig, aber sie hat die notwendige, angeborene Autorität, so daß die alten Primadonnen ihr wie gutdressierte Hunde gehorchen.

Paul hat aufgehört, mich anzurufen oder mir Nachrichten zu hinterlegen, und es sind auch keine weiteren Umschläge oder Blumenboten gekommen. Da die Rosen schnell verwelken, weil ich weder das Wasser wechsle noch sie schneide, und ich ihm nur einmal in der Kantine über den Weg laufe, wo er – vielleicht mir zu Ehren – mit dem Arm locker um Henriettes Schulter sitzt, fehlt nicht mehr viel, daß ich ihn ganz verdrängen kann. Aber beim Essen mit Frank und Simon, wo ich etwas zuviel Retsina zum Moussaka trinke und die beiden nebeneinandersitzen, sich Küßchen geben und Zärtlichkeiten austauschen und dabei so unglaublich männlich sind, da muß ich doch von ihm erzählen. Und an dem Morgen, als ich sehe, wie er aus *ihrem* VW Cabriolet aussteigt, krampft sich in mir einiges zusammen.

Ich versuche einen primitiven Gegenzug – am Wochenende rufe ich einige meiner alten Flammen und Liebhaber an. Der eine würde verdammt gern kommen und hat schrecklich viel Lust, aber er steht kurz vor seiner Hochzeit. Ein anderer irritiert mich bereits fürchterlich während eines Essens in dem neuen thailändischen Restaurant, wo ich mich mit ihm verabredet habe. Den dritten besteige ich sogar, krabble jedoch schnell wieder herunter und lasse ihn frustriert, um nicht zu sagen erzürnt in einem Hotelbett in Vesterbro zurück.

In den letzten Tagen vor Redaktionsschluß habe ich keine Zeit, an ihn zu denken. Ich bin kurz davor, in Panik zu geraten, aber Søren erweist sich wieder einmal als Kumpel. Er überredet seine Mutter, die Tochter abzuholen, und da seine Krankenschwesterehefrau sowieso Nachtwache hat, kann er unbegrenzt bleiben. So sitzen wir die letzten beiden Abende bis spät in die Nacht da – bis es uns vor den Augen flimmert, der Nacken steif wird und wir nicht mehr in der Lage sind, länger vernünftig zu arbeiten. Erst am Freitag nachmittag – im allerletzten Augenblick – können wir stolz und guten Gewissens das fertige Band dem Sendeleiter abliefern.

Ich fühle mich ausgelaugt und euphorisch, habe das Gefühl, meiner Vision so nahe wie möglich gekommen zu sein, und spendiere Søren und den anderen im Redaktionsflur Wein. Nachdem die Leute nach und nach mit ihren Beiträgen fertig geworden sind, entwickelt sich das Ganze zu einer Art Umtrunk – zur großen Verärgerung des Sekretariats, in dem die Leute bis zum Ende der Spätnachrichten nüchtern bleiben müssen. So daß der General, der keine Gelegenheit ausläßt, sich aufzublasen, den Redaktionsflur entlanggerollt kommt, um mit seiner Rifle zu drohen. Ich nehme ihm den Wind aus den Segeln, indem ich ihm auch ein Glas anbiete. Er fragt, ob meine Arbeit denn wirklich so gut sei, daß ich es mir erlauben könne, mich selbst zu feiern, und ich antworte »you bet!« und gebe ihm eine Kopie des Bands. Er kann es sich ja selbst angucken, wenn er mir nicht glaubt.

»Ich habe keine andere Wahl!« sagt er und kippt den sauren Kantinenwein hinunter. Aber er nimmt tatsächlich das Band mit und versichert, daß er es sich sofort anschauen werde.

Søren und ich werfen uns Blicke zu – ich bin nicht wirklich davon überzeugt, daß der Bericht dem Geschmack des Generals entspricht. Er ist zweifellos mehr für Pulver und Kugel als für eine großartige Oper und *Kunst*! Während also der General mit dem Band in seinen Pranken den Flur entlangmarschiert, bereue ich bereits, daß ich unbedingt Emma Peel spielen mußte. Es ist schon früher vorgekommen, daß er interveniert hat und in letzter Sekunde eine Umarbeitung gefordert oder eine Sendung aus dem Programm genommen hat. Und natürlich kann er das jetzt auch noch tun.

Aber genau fünfundfünfzig Minuten später – in denen Søren und ich verschiedene Strategien diskutiert haben, wie wir uns im schlimmsten Fall verhalten, allerdings ergebnislos – kommt er zurück. Mit dem Band in der einen Hand und zwei Flaschen Wein in der anderen.

»Prima«, sagt er. »Anders, aber gut. Herzlichen Glückwunsch!« Dann gibt er mir das Band und die Flaschen und fordert schroff, daß wir doch bitte schön unser Fest aus Rücksicht auf die arbeitende Bevölkerung in die Kantine verlegen möchten. Ich starre mit offenem Mund auf die beiden Flaschen St. Emilion und komme erst wieder zu mir, als Søren mir in den Rücken boxt und »Wahnsinn!« ruft und die anderen um mich herum ebenfalls ihrer Anerkennung Ausdruck verleihen. Es ist nicht jedem vergönnt, Wein oder öffentliches Lob vom Programmchef zu bekommen. Und schon gar nicht beides zugleich.

Deshalb hebe ich auch besonders hervor, daß die halbe Ehre Søren gebührt, und überreiche ihm die eine Flasche. Danach gehorchen wir dem Befehl und verlegen das Fest in die Kantine, die zu diesem Zeitpunkt so gut wie leer ist. Wir trinken schnell die beiden Flaschen aus und kaufen weitere, nachdem sich das Gerücht in der Abteilung verbreitet hat und die Gesellschaft immer größer wird. Es ist außerordentlich selten, daß es hier ein Gelage gibt – normalerweise stürzen die Leute nach Hause, sobald sie können. In der Beziehung ist es ein langweiliger Arbeitsplatz.

Gegen sieben, als ich so viel getrunken habe, daß ich schon links und rechts heftig flirte, taucht Paul auf. Dicht gefolgt von Henriette, die in voller Kriegsbemalung und auf hohen Hacken daherstolziert und aussieht, als wäre sie auf dem Weg in die Stadt, um sich dort zu amüsieren. Im Gegensatz zu mir, ich trage flache Absätze, und von meinem Make-up ist nur noch ein bißchen verschmiertes Mascara übrig.

»Läuft es gut?« fragt Paul mich.

Ich nicke und biete überfreundlich Paul und auch Henriette ein Glas Wein an. Paul bedankt sich und setzt sich sofort hin, während Henriette den Kopf schüttelt und stehenbleibt – trippelnd und offensichtlich ungeduldig. Aber als er ihren Wink mit dem Zaunpfahl ignoriert, kann sie nicht länger an sich halten und begeht einen fatalen Fehler.

»Paul, wir müssen jetzt wirklich gehen, wenn wir nicht ...«

Paul schaut kaum zu ihr hoch, während er sie auszählt. »Du bist auch eingeladen. Ich habe jedenfalls vor zu bleiben. Okay?«

Das ist boshaft, und Henriettes Reaktion ist die einzig würdevolle. Sie geht. Verläßt die Kantine und ihren Traum vom Liebhaber Paul.

Jemand räuspert sich, andere scharren unangemessen mit den Füßen unter dem Tisch, und unmittelbar nach Henriettes Abgang löst die Gesellschaft sich auf. Der Zauber ist gebrochen, die Stimmung kaputt, und den Leuten fallen plötzlich Verabredungen und Versprechen ein, sie bekommen ein schlechtes Gewissen und stürzen heim zu Frau oder Mann. Sogar Søren hat es eilig auszutrinken – er muß seine Tochter bei seiner Mutter abholen –, aber er drückt meinen Arm und bedankt sich für eine tolle Zusammenarbeit, dann ist auch er fort.

Ich hätte während des allgemeinen Aufbruchs abhauen sollen, bleibe jedoch dummdreist sitzen und schaue ihn herausfordernd an, als wir allein sind.

»Danke für die Blumen«, sage ich dann.

»Ach, du hast sie also gekriegt?« erwidert er säuerlich. »Die Dankeskarten sind ja nicht gerade in überwältigender Menge bei mir angekommen.«

Ich zucke mit den Schultern. Lüge rund heraus und mit voller Absicht.

»Ich hatte keine Zeit.«

»Keine Zeit – wofür?«

»Keine Zeit zum Flirten.«

Paul bewegt seinen Kopf langsam von einer Seite zur anderen. »Tes –«, sagt er nur. Resigniert und sanft.

Sein Blick ist wie ein Laserstrahl, der sich durch weiches Fleisch schneidet. Ich schaue weg und sauge meine Zigarette glühendheiß, um den Drang zu überspielen, mich ihm an den Hals zu werfen. Meine Hände auf sein Gesicht zu legen, seine Lider zu küssen…

»Bist du noch nicht vor Hunger gestorben?« fragt er dann in einer ganz anderen Tonlage, die mich zum Lachen bringt.

»O doch!« gebe ich aus vollem Herzen zu, und von dort bis zu einem kleinen provenzalischen Restaurant in der Innenstadt ist es nicht sehr weit.

Beunruhigend kurz sogar, denke ich mit einem nervösen Kichern, als ich in der winzigen Toilette des Restaurants stehe und versuche, ungefähr so auszusehen, wie man sich eine Dame vorstellt. Unten in meiner Tasche finde ich glücklicherweise ein Paar große goldene Ohrringe und eine halbleere Parfumprobe. »Magie Noire« – die ich mir hinter die Ohren und zwischen die Brüste tupfe – just in case. Mit meinen schwarzen Jeans und dem schon etwas abgetragenen Body ist nicht viel zu machen, und wenn es soweit kommen sollte, muß er sich damit abfinden, daß mein Slip eher von H&M als von Aubade ist.

Wir einigen uns auf das Tagesmenu – Schnecken, Kalbsschnitzel und Crème caramel – und akzeptieren den Weinvorschlag des Kellners, einen jungen, kühlen Beaujolais. Paul ißt schmatzend und mit Genuß und spricht laut und begeistert über das Essen. Er läßt den jungen Wirt rufen und macht ihm Komplimente in etwas, das für mich wie perfektes Französisch klingt.

»Lernt man das in Skovshoved?« ärgere ich ihn und tunke mein Baguette in die Schneckensoße. Beim Sender ist das sein Handicap – daß er ein waschechter Oberklassensprößling ist.

»Meine Großmutter mütterlicherseits war Französin«, erklärt er nebenbei. »Und außerdem habe ich als Tellerwäscher in einem Restaurant in Marseille gearbeitet. Aber mein Vater stammt aus Viborg«, fügt er als Entschuldigung hinzu und tupft sich die Mundwinkel mit der weißen Stoffserviette ab.

Und dann reden wir über etwas anderes. Harmlos fröhlich, so daß ich während des Hauptgerichts keine Atemnot aufgrund der elektrisierenden Atmosphäre mehr habe, die mich, seit wir allein in der Kantine zurückblieben, zu einem einzigen stromführenden Teil gemacht hat.

Als jedoch der Kellner die Fleischteller entfernt hat und Paul sich über den Tisch beugt, mir eindringlich in die Augen sieht und seine Knie gegen meine drückt, habe ich dennoch das Gefühl, einen Schlag zu bekommen. 220 Volt.

»Okay, nun erzähl mal. Was ist zwischen Sonntag und Montag passiert?«

»Nichts«, weiche ich aus.

»Tes!« beharrt er.

»Ich habe mich nur geirrt. Dich romantisiert. Das ist nicht deine Schuld. Wenn ich mich ungeschickt verhalten habe, bitte ich hiermit um Entschuldigung«, erkläre ich und neige meinen Kopf auf japanische Art.

»Wenn es Henriette ist, von der du so kryptisch redest, so ist das nie etwas Ernsthaftes gewesen. Und wie du selbst gesehen hast, ist die Verbindung endgültig beendet.«

»Zack!« kommentiere ich.

»Dir zu Ehren«, sagt er ausdruckslos wie ein Samurai.

»Was für ein Geschenk!«

Paul schweigt. Spielt lange mit einem Brotkrümel, bevor er mich wieder anschaut.

»Ich verstehe deine Angst und deine Bedenken sehr gut.

Du kennst mich nicht, aber ich denke wirklich, daß ich so bin, wie du hoffst, daß ich bin.«

»Und wieso denkst du das?« frage ich mit dem letzten Rest angestauter Aggression.

Er spielt mit anderen Brotkrümeln. Fegt sie zu einem kleinen Haufen auf der Tischdecke zusammen. »Weil ich dich haben will!«

Zack!

Als wenn das ein Argument wäre! antwortet mein Gehirn, während mein Körper sofort zu singen anfängt. Hosianna, Halleluja! Und während ich nach einer entwaffnenden Antwort suche, werde ich in seine Augen gesogen, und genau in dem Moment, als das Dessert auf den Tisch gestellt wird, sage ich wie in Trance: »Ich will dich auch haben.«

Wir kosten pflichtschuldigst das goldfarbene Dessert, lassen aber die Löffel gleichzeitig sinken.

»Ist so eine Crème caramel nicht äußerst erotisch?« fragt Paul, worauf ich antworte, indem ich den Löffel in die Crème schiebe und ihn dann langsam ablecke. Paul stöhnt leise auf.

»Nun?«

Dann bezahlen wir. Stürzen aus dem Restaurant und erneut in ein Taxi, in dem wir uns halberstickt und ohne den sich räuspernden Fahrer zu beachten aufeinanderwerfen. Gegenseitig öffnen wir widerspenstige Reißverschlüsse, und als wir Pauls Wohnungstür hinter uns geschlossen haben, fallen wir im Flur übereinander her.

Danach siedeln wir in sein ockerfarbenes Schlafzimmer um und machen es noch einmal – aber ruhig, freundlich und mit einer schwindelerregenden neuen Zärtlichkeit. Ich bin auf diesem Gebiet unerfahren, spüre jedoch plötzlich in einem heiligen Moment, daß das der Weg zur Hingabe ist. Vielleicht sogar zur Liebe.

Ich lecke ihm die Schweißtropfen ab, schnüffle in seiner

Achselhöhle, küsse sein kleines Tier und habe nur noch den einen Wunsch: hier zu liegen und seinem Herzschlag zu lauschen, während er mir übers Haar streicht.

Früh am nächsten Morgen werde ich geweckt.

»Herzlichen Glückwunsch!« sagt er und raschelt munter mit der Tageszeitung.

»Was ist los?« frage ich schlaftrunken, aber nicht ganz sicher, ob ich träume oder wach bin, als ich Paul nackt auf der Bettkante sitzen sehe, die Zeitung in der Hand.

»Die Fernsehkritiker sind begeistert! Hör mal: ›Mit ihrer Oper in Rot gelang es Therese Skårup, die stereotype und oft reichlich langweilige Berichtform zu erneuern, so daß die russische Revolution Fleisch und Blut bekam. Sicher brach sie dabei mit dem Objektivitätskriterium, das ansonsten wie ein Mühlstein vielen Mitarbeitern der Staatssender anhängt, und traf eine bewußte Entscheidung, als sie die Reportage zu einer subjektiven Augenzeugenschilderung machte. Die Revolution, wie Skårup sie sah – mit ihren Helden und Schurken, mit ihrem Glauben und ihren Zweifeln. Man kann sich über ihre Beurteilungen streiten, aber wie mutig und wohltuend ist es doch, eine Reportage zu sehen, die persönlich und konsequent gemacht ist, sowohl in Form wie in Inhalt. Das ist die Art Fernsehen, die in die Zukunft weist und dem Medium in diesen bewußtlosen Glücksradzeiten einen Sinn gibt.‹«

Paul sieht mich triumphierend an, als hätte er es selbst geschrieben, während ich mich im Bett halb aufrichte und gähne. »Du gähnst? Nach so einer Kritik?« Paul sieht mich verblüfft an. »Es ist sechs Uhr«, gähne ich erneut. »Aber es war lieb von dir. Danke.«

»Danke gleichfalls!« Paul schüttelt den Kopf. »Sollte es jemals jemanden geben, der so über mich schreibt, dann würde ich … Wo ist dein Band?«

»Was für ein Band?« frage ich und sinke wieder in die Kissen. Ich habe Kopfschmerzen.

»Die Reportage? In deiner Tasche?« fragt er und schaut sich suchend um.

»Ja. Warum?« Ich bin schon fast wieder eingeschlafen.

»Weil ich sie sehen will!« sagt Paul über die Schulter und verläßt das Schlafzimmer.

»Jetzt?«

»Ja!« ruft er aus dem Wohnzimmer und kommt mit dem Band in der Hand zurück. Eigentlich sollte ich dagegen protestieren, daß er allein an meine Tasche geht, aber nun mal ehrlich, es ist sechs Uhr morgens …

Er schiebt das Band ins Videogerät und springt mit der Fernbedienung in der Hand erwartungsvoll wieder ins Bett. »Du bist ja geisteskrank!« erkläre ich.

»Man muß sich einen Vorsprung sichern!« grinst er und fragt, wann ich Kaffee haben möchte.

»Um neun. Um halb elf muß ich zum Friseur«, murmle ich, drehe mich zur anderen Seite und schlafe bei den Tönen zu »Boris Godunow« und meiner eigenen Stimme wieder ein. Wir frühstücken im Erker mit Ausblick auf den Dunst über dem Peblingesø. Teilen uns die Zeitung – von der Paul bisher nur die Fernsehrezension gelesen hat –, Inland für ihn, Ausland für mich. Und zum Schluß ein bißchen Kultur. Zwischendurch spähen wir immer mal wieder schnell über den Zeitungsrand, berühren uns, tippen mit den Zehen unter dem Tisch den anderen an. Sein Nagel vom großen Zeh wandert kratzend mein Bein hinauf und erzeugt bei mir eine Gänsehaut. Dafür lasse ich einen Fuß seinen behaarten Schenkel hinauflaufen – schubse seinen Kimono beiseite, so daß ich ganz hinaufkomme und meinen Fuß zwischen seine Beine legen kann. Er umfaßt meine Hacke, so daß ich gleichzeitig berauscht und sensibilisiert die Zeitung fallen lasse, um ihn ansehen zu können. Paul war schon immer ein hübscher Typ – das ist Teil seines Rufs. Aber an diesem Samstag vormittag, als er unrasiert und verlottert mir gegenübersitzt, da sehe ich, daß er schön ist. Ich suche nach Worten, um es ihm zu sagen – aber die Telepathie zwischen uns ist so konkret, daß er mir zuvorkommt.

»Tes, du bist schön«, sagt er, und ich schüttle schnell den Kopf. Geniert. Senke den Blick, fühle mich entblößt und voller Fehler. Fehler, die er vielleicht bisher übersehen hat, aber die er in diesem Morgenlicht der Erkenntnis unzweifelhaft bemerken wird. »Doch, das bist du!« beharrt er. »Es ist wunderbar, dich anzugucken.«

»Nein!« Ich schüttle den Kopf. »Meine Augen stehen zu eng zusammen, meine Nase ist schief, und mein Mund ist zu groß ...«

»Sonst noch was?«

»Ich kriege schon Falten!«

Paul grinst. Läßt meine Füße los und gießt Kaffee ein. »Let's face it! Du gehst hart auf die Neunundzwanzig zu!«

»Und du?«

»Ein junger Mann von siebenundzwanzig! Aber nur ruhig, ma chérie! Ich war schon immer scharf auf reife Frauen.«

Ich ohrfeige ihn mit dem Sportteil, während er mein Handgelenk packt und mich auf seinen Schoß zieht. Mich küßt und eine Hand besitzergreifend auf meine Brust legt, die sich bereits aufführt, als gehöre sie ihm. Schamlos, wollüstig.

Wir sind den ganzen Tag zusammen. Selbst als ich zum Friseur gehe, kommt er mit. Sitzt unbeirrt dabei und guckt von seinem Platz in dem dreieckigen Wartesofa aus in meinen Spiegel, verzieht seinen Mund zu einem imaginären Kuß und formt »Je t'aime« mit den Lippen, so daß ich geniert schmunzle und Bente, meine Friseuse, wissend breit grinst. Wir pflegen sonst immer sehr interessante Gespräche zu führen, sie und ich. Dostojewski ist ihr Lieblingsschriftsteller, und wir versuchen auch ein wenig ernsthaft über »Schuld und Sühne« zu reden, das sie im Urlaub erneut gelesen hat, aber Pauls Anwesenheit wirkt auf uns beide zu ablenkend. Also konzentriert sie sich aufs Schneiden, und ich sitze in dem gestreiften Hemd, das ich mir von ihm ausgeliehen habe, nur summend da. Gewöhne mich an meinen Schwebezustand. Spüre, wie das Eis bricht.

Anschließend gehen wir Hand in Hand den Strøget entlang. Immer wieder komme ich aus dem Schritt, und Paul fragt, ob ich auch so schlecht tanze.

»Ich bin nur aus der Übung«, erkläre ich und will ihn unwillkürlich loslassen, als wir ein paar Kollegen entdecken, die auf uns zukommen. Aber Paul hält mich fest, als wäre ich ein Hund, der an der Leine zieht, und redet in dem entsprechenden gewissenhaften, ruhigen Ton auf mich ein.

»Ruhig, ruhig! Die haben uns schon gesehen! Also kannst du ebensogut deinem Schicksal mit Würde entgegengehen!« sagt er und lächelt ihnen freundlich zu, als sie uns mit Augen, groß wie Kameralinsen, anstarren.

»Welchem Schicksal?« knurre ich zwischen den Zähnen.

»Daß wir spätestens Montag bei der Morgenkonferenz als das neue Paar des Senders gelten!«

Die Kollegen, zwei Typen von der Dokumentargruppe, halten sich nicht zurück, sie bleiben stehen und wollen mit uns plauschen. Ich bleibe demonstrativ stumm, während Paul, immer noch meine Hand fest in seiner, die absolute Komödie spielt und über Wind und Wetter und die Tamilensache plaudert, an der die beiden gerade dran sind.

»Herzlichen Glückwunsch«, sagt der eine schließlich direkt zu mir. »Das war eine tolle Reportage, die gestern von dir gelaufen ist.«

Ich bedanke mich und interveniere hastig, als Paul mit

der heutigen Fernsehrezension prahlen will. Auf dem Weg in die Stadt kauft er noch fünf weitere Zeitungen – zwei Morgen- und drei Abendzeitungen –, drei berichten positiv, eine ist sauer, und eine erwähnt die Reportage gar nicht.

»Warum sollte ich das nicht sagen?« fragt Paul, als wir die beiden Neugierigen endlich los sind.

»Hochmut kommt vor dem Fall!« erkläre ich drohend.

»Aber ich bin doch so stolz auf dich!« Paul drückt mich heftig an sich. »Ich finde, du bist phantastisch! Ich finde, es ist die wunderbare, prachtvolle und absolute Seligkeit, hier mit dir auf der Straße laufen zu dürfen! Ist das so schlimm?«

»Das weiß ich nicht!« antworte ich konfus, lege aber jedenfalls meine Hand wieder in seine.

Wenn er sich abzuheben traut, dann ich auch. Paul hatte es, soweit mir bekannt, nie eilig, seine neuen Eroberungen vorzuführen. Vermutlich, um anderen Damen nicht alle Hoffnung zu nehmen! Daß er jetzt so begeistert ist, mit mir gesehen zu werden, muß ein direktes Signal für mich sein. Er will für mich der sein, den ich mir erhoffe. Bleibt nur noch die Frage, wen er sich in mir erhofft.

Genau das frage ich mich, als wir am Abend wieder im Erker sitzen und coq au vin essen, für dessen Zubereitung er den ganzen Nachmittag gebraucht hat, während ich gegen seinen Willen nach Hause gegangen bin, um die Post durchzusehen, mich umzuziehen und ein paar Grad abzukühlen, bevor ich völlig dahinschmelze. Aber die Wirkung des kalten Wassers und eines Ablenkungsbesuchs bei Simon und Frank, wo ich Paul skrupellos auf seinen Körper reduziere – »ein knackiger Bissen« –, ist nur kurzlebig. Denn sobald ich wieder bei ihm bin, beginnen mein Schoß, mein Körper und meine Seele zu lechzen und zu glühen.

»Jetzt erzähle mir mal, wer du bist, Therese!« sagt er und schenkt mir Wein nach.

Normalerweise besteht meine Beziehung zu Männern, die diese Art rhetorischer Fragen mit verschleiertem Verführerblick stellen, nicht über das Ende eines candlelight dinner hinaus. Aber wenn Paul das sagt, dann ist das natürlich etwas vollkommen anderes. Ich drehe das Glas am Stiel, während ich nachdenke, bereit, eine richtige Antwort zu geben.

»Journalistin?« antworte ich und höre selbst, daß es eher wie eine Frage klingt.

Paul lächelt leicht.

»Journalistin? Und was noch?«

»Frau?«

»Frau«, wiederholt Paul und erfüllt das Wort mit einer neuen, warmen Sinnlichkeit, die meine Gebärmutter wie eine Seeanemone schaukeln läßt.

»Und weiter? Wer bist du noch?«

Ich zucke unsicher mit den Schultern.

»Ich selbst«, antworte ich schließlich, und das klingt vielleicht etwas poppig, ist aber deshalb nicht weniger wahr. Ich bin in erster Linie ich selbst, und so ist es schon immer gewesen.

»Und darauf bist du stolz«, sagt er und verwirrt mich, weil er so direkt in meine eigenen Gedankenbahnen eindringt.

»Wie meinst du das?« frage ich ablenkend.

»Du bist stolz, du selbst zu sein«, erklärt er. »Du bist Journalistin und Frau und stolz, du selbst zu sein.«

»Letzteres habe ich nicht gesagt!« protestiere ich.

»Was hast du nicht gesagt?«

»Daß ich *stolz* bin, ich selbst zu sein!«

»Ja, bist du es denn nicht?« Paul schiebt mir eine Packung Zigaretten hin, und ich ergreife das Päckchen mit einer heftigen Bewegung. Irgendwie fühle ich mich in eine Ecke gedrängt.

»Darf ich das nicht?« frage ich zornig und ignoriere demonstrativ das Feuerzeug, das er bereithält, während ich mich über den Tisch beuge und meine Zigarette an einer Kerze anzünde.

»Doch, natürlich. Wenn ich du wäre, wäre ich auch stolz auf mich. *Ich* bin ja auch stolz auf dich, das habe ich doch schon gesagt!« erklärt Paul und schaut mir ungeniert ins Dekolleté.

»Paul, was spielen wir hier eigentlich?« frage ich und schiebe den Stuhl hart nach hinten.

»Nichts«, antwortet er mit unschuldiger Miene. »Ich versuche nur herauszufinden, was für ein Mensch du bist.«

Das tut er dafür um so gründlicher und mit einer derartigen Hartnäckigkeit, daß ich mehr als einmal an diesem Wochenende das unangenehme Gefühl habe, wir würden Katze und Maus spielen. Wobei ich natürlich die Maus bin. Aber jedesmal, wenn ich frage, ob er mich zum Narren hält, schaut er mich ernst an und gibt mir die gleiche Antwort, in verschiedenen Variationen: »Ich will wissen, wer du bist.«

Und ich, die ansonsten bekannt dafür ist, reserviert zu sein und nie so eine war, die ihre Lebensgeschichte in der S-Bahn zum besten gibt, gehe am Sonntag Hand in Hand mit Paul um die Seen und erzähle ihm Dinge, von denen ich gedacht habe, ich hätte sie vergessen. Er hat ein seismographisches Gespür dafür, wo es weh tut, und ohne sich zu schämen, legt er genau dort seinen Finger drauf und bohrt weiter, bis er dahin kommt, wo meine Nervenstränge ungeschützt freiliegen. Ganz zurück in die Kindheit und zum Ursprung aller Schmerzen.

Also erzähle ich zum ersten Mal als Erwachsene von dem sieben Jahre währenden Strindberg-Drama meiner Eltern, das alle, außer den Akteuren selbst, ausschloß, so daß sogar die Kinder, die sie hervorgebracht hatten, zu Statisten oder Requisiten wurden.

»Das ist wirklich ein gutes Beispiel für zwei Menschen, die ganz und gar nicht füreinander geschaffen sind!« sage ich trocken.

Paul lächelt und macht mich damit aufmerksam auf meinen unbewußt aufgestellten Gegensatz zu uns beiden …

»Und warum waren sie das nicht?« fragt er und nimmt mich von dem einen Haken, um mich sogleich an einen anderen zu hängen.

»Ach«, ich breite die Arme aus und muß mich entschuldigen, weil ich fast einen alten Mann mit Stock geschlagen hätte. »Sie waren einfach zu unterschiedlich. Du weißt, mein Vater kommt aus einem strenggläubigen Kleinbauernmilieu auf Læsø, rebellierte und ging nach Kopenhagen, um Kunst zu studieren. Aber …«

Ich stocke, als wir einem Elternpaar mit Zwillingskinderwagen ausweichen müssen. Zum ersten Mal seit Jahren sehe ich meinen Großvater vor mir. Brütend und gewaltig, schwer in seinen riesigen, schlurfenden Holzschuhen, die Kiki und mich immer laut losprusten ließen. Sie fragte ihn einmal, ob er die auf einer Werft hatte anfertigen lassen, und das fand er überhaupt nicht lustig. Er fand sowieso, daß wir zwei ungezogene Kopenhagener Gören waren, und die wenigen Sommer, die wir die lange Reise nach Læsø machten und die Sommerferien in Großvaters Lehmhütte mit Strohdach verbrachten, in der die kalten Kammern nach Urin rochen und es weder ein WC mit Wasserspülung noch fließend Wasser überhaupt gab, sind in meiner Erinnerung immer noch in erster Linie furchteinflößend und exotisch. Noch jetzt kann ich das Gefühl plötzlicher Kälte und Klammheit spüren, wenn wir aus der sonnenflimmernden Læsø-Natur mit Hummeln in den Heckenrosen in Großvaters Küche traten, wo immer Kröten und Ohrenkneifer auf uns lauerten. Und dann Großvater selbst, der plötzlich in der Türöffnung erscheinen konnte, nach Stall stinkend und gefährlich. Außerdem sprach er in dieser unverständlichen Kartoffelsprache, die Kiki nachahmte, wenn wir im Bett lagen. Aber im Grunde genommen war er ein stummer Mann. Wir hörten ihn eigentlich nur etwas sagen, wenn er schimpfte oder das Tischgebet sprach. Selbst Vater hatte Angst vor ihm. Nur Mutter konnte wie ein Zitronenfalter um ihn herumflattern und ab und zu ein Blitzen in seinen Augen hervorrufen, und es geschah sogar manchmal, daß sie ihn zum Lächeln brachte. Aber wir fuhren immer zur falschen Zeit, und wenn Mutter nicht auf der Fähre nach Frederikshavn seekrank wurde und sich übergab, so stritten Vater und sie bereits auf dem Wasser, wie krank im Kopf Großvater war. Denn auch wenn Vater schrecklich frustriert war, verteidigte er trotzdem Großvater und warf Mutter vor, sie sei eine bourgeoise Ziege, die keine Ahnung von dem »wahren Leben« habe. Ein einziges Mal gab er zu, daß es »schlimmer geworden ist, seit Großmutter tot ist«, und da stritten sie nicht. Statt dessen sah ich zu meiner Verwunderung, daß Vaters Maske Risse bekam und ihm Tränen in die Augen stiegen. Mutter umarmte ihn, und darauf liefen Kiki und ich schnell zum Achtersteven und spuckten über die Reling. Das ist wohl so zwanzig Jahre her. Soweit ich weiß, lebt er immer noch.

»Dein Vater war also auf der Kunstakademie, aber?« fordert Paul mich auf.

»Aber«, fahre ich fort, »das ging wohl nicht so gut, oder er wurde einfach vom heiligen Feuer ergriffen. Jedenfalls wurde er zu einem glühenden Kommunisten, trat der DKP bei und fühlte sich berufen, ›sozialistische Kunst‹ zu machen. Er war bei der Gründung der Røde Mor dabei und malte Agitprop-Plakate für die 1.-Mai-Treffen und so. Und abgesehen von Mutter verehrte er Lenin, Marx und die Union der Sozialistischen Sowjetrepubliken.«

»Daher hast du das also?« Paul lächelt.

»Jedenfalls den Ansatz«, nicke ich. »Und Mutter war das bürgerliche Gegenteil. Tochter eines Kopenhagener Rechtsanwalts und seiner migränegeplagten Ehefrau, absolvierte die Schauspielschule des Königlichen Theaters, und als sie Vater kennenlernte, bereits ›ein vielversprechendes Talent‹. Aber wie alle anderen fand sie die Proteste romantisch, also flirtete sie zwischen ihren Ibsen-Proben ein wenig mit den Roten. Sie lernten einander auf einer politischen Veranstaltung kennen und …«

»Der Mann vom Volk verliebte sich in das hübsche Mädchen aus der Oberschicht, das weiche Knie kriegte, wenn ein Mann aus dem Volk sie küßte«, fährt Paul fort. »Aber dann endeten die faszinierenden Gegensätze damit, daß sie zu unverzeihlichen Fehlern wurden?«

»Klassenfeinde!« nicke ich und erzähle die Geschichte, wie ich sie von Tante Mo, der Schwester meines Großvaters mütterlicherseits und der einzigen, die den Kontakt zu meiner Mutter aufrechterhalten hat, gehört habe. Mutter hatte nicht auf ihre bürgerlichen Eltern gehört und meinen Vater geheiratet.

Ich war zu klein, um die Nuancen in dem Kampf der Klassen und Geschlechter zu verstehen – aber groß genug, um die Scherben zusammenzufegen, wenn wieder einmal Waffenstillstand herrschte und die Gegner eine heftige Versöhnung im Schlafzimmer versuchten. Damals, als der Krieg zu einem erschöpfenden Grabenkrieg geworden war und Vater den Tag mit sechs Bier und einer halben Flasche Schnaps begann, um das Dasein auszuhalten, holte Tante Mo uns ab und teilte meiner Mutter mit, daß wir erst wieder zurückkommen würden, wenn »geordnete Verhältnisse« herrschten.

Das einzig Vernünftige, da weder Mutter noch Vater die Kraft hatten, sich um uns zu kümmern und das Kindermädchen schon lange davongelaufen war. Wir lebten von Haferflocken mit Milch, denn das war das einzige, was wir selbst kochen konnten. Und als es keine Milch mehr gab, aßen wir sie ohne. Als Tante Mo – durch Intuition und einen Anruf meiner Klassenlehrerin – das entdeckte, nahm sie sofort die Sache in die Hand. Wir müssen ziemlich lange bei Tante Mo und Onkel Erik auf dem Land geblieben sein, denn ich ging dort in die Schule und hatte schon fast schreiben gelernt, als wir zurück in die Havnegade und eine Wohnung ohne Vater kamen.

»Und weißt du, was das schlimmste an der ganzen Geschichte ist?« frage ich Paul, der mich auf eine Bank zieht. »Mutter hat während der ganzen Zeit keine einzige Probe versäumt, nicht eine Vorstellung im Theater!«

»Disziplin?«

»Ja, in der Beziehung war sie immer wahnsinnig diszipliniert.«

»Und deshalb haßt du sie?«

Ich lehne mich an Paul, der mir seinen Arm um die Schulter legt. »Ich hasse sie. Und bewundere sie.«

Er hat offenbar fürs erste genug, denn jetzt läßt er mich in Ruhe. Wir gehen entspannt plaudernd weiter, die Østerbrogade hinauf zu mir. Gucken Schaufenster an. Kleidung, Küchen, Inneneinrichtung. Paul ist es, der immer wieder stehenbleibt. Ich möchte mich selbst nicht besser machen, indem ich behaupte, daß mich materielle Dinge nicht interessieren. Aber ich habe den Puritanismus der Partei nie ganz ablegen können, und außerdem habe ich keinen ausgeprägten ästhetischen Sinn. Früher war es immer Birgitte, die sich als meine persönliche Stylistin betätigt hat, und seit sie andere Prioritäten hat, sind mein Look wie auch meine Wohnung ziemlich nichtssagend geworden. Während Paul, und dafür wird er von den Hängeärschen im Sender verlacht, ein eitler Markenfan ist – und nach weniger als zwei

Tagen in seiner Wohnung kann ich berichten, daß er auch Einrichtungsmagazine liest.

Die Frage, die ich noch unausgesprochen und unbeantwortet zwischen uns hängen lasse, ist natürlich, wo er eigentlich das Geld für die teure Vier-Zimmer-Wohnung an den Seen mit Mahagoni-Küche, Badezimmer in norwegischem Granit und Le Corbusier und Philippe Starck im Wohnzimmer hat. Ganz zu schweigen von den Boss-Anzügen, den Stenström-Hemden und den handschuhweichen italienischen Schuhen!

Wir kaufen unterwegs Kuchen, und während wir händchenhaltend nach Hause gehen, bin ich fest davon überzeugt, daß man nicht noch spießiger werden kann. »Ist doch schön, oder?« grinst Paul, als ich eine Spitze über kleinbürgerliche Sonntagsvergnügen von mir gebe. Schön, zumindest als Abwechslung, denke ich, als ich uns in meine Wohnung hineinlasse, wo – was mir plötzlich bewußt wird – so oft die Sonntagsmelancholie in den Ecken gelauert hat. Und ich summe, als ich in der Küche stehe und Café au lait auf die altmodische Art und Weise mit Espresso und gekochter, geschlagener Milch mache. Es gefällt mir zu wissen, daß er drinnen auf meinem verschlissenen Sofa sitzt und eine meiner zerkratzten Platten hört, die auf meinem alten Plattenspieler läuft.

Die Freude über ihn und diesen Tag springt mir voran wie ein kleiner Gummiball und läßt ihn aufschauen, als ich das Tablett auf den Tisch stelle.

»Du lächelst?« stellt er fragend fest und lächelt selbst.

»Ich freue mich einfach, daß du hier bist«, erkläre ich, wohl wissend, daß ich mir damit eine Blöße gebe.

»Ich freue mich auch hierzusein! Komm!« Er lehnt sich zurück und will nach mir greifen.

»Zuerst der Kaffee!« sage ich.

»Zuerst ein Kuß!« beharrt er und küßt mich, daß ich den

Boden unter den Füßen verliere. »Und dann der Kuchen!« neckt er mich und schubst mich weg.

Ich beherrsche mich und mache mich statt dessen über den Mandelkuchen her, der nur ein billiger Ersatz ist.

»Und dein Vater?« fragt er plötzlich ohne Übergang, als er das erste Stückchen Kuchen im Mund hat.

»Mein Vater?«

»Ja, wo ist er abgeblieben? Einfach aus der Geschichte ausgetreten, als du neun warst, oder wie?«

Ich seufze. Vor allem vor Müdigkeit. Psychische Müdigkeit. »Können wir das nicht ein andermal durchnehmen, Sigmund?«

»Wie du willst. Ich bin nur neugierig.«

»Ja, das kann man wohl behaupten!« bestätige ich und erzähle ihm doch die Geschichte. Von Vater, der ein halbes Jahr später mit Entzugstabletten und vielen Versprechungen doch wieder zurückkam und fast ein halbes Jahr lang der perfekte Vater war. Lieb und witzig, zärtlich und anwesend. Von Mutter, die sich während einer Tournee durch die Provinz einem anderen Schauspieler in die Arme warf – Vater entdeckte das, weil sie wollte, daß er es entdeckt.

»Und dann ging er ganz fort. Legte einen Zettel und etwas Geld für uns auf den Küchentisch und verschwand. Reiste in Europa und Nordafrika herum und landete schließlich auf Mallorca, wo er anfing, Kitschportraits für Touristen zu malen, und damit so viel verdiente, daß er es sich leisten konnte, Alkoholiker zu sein. Dort ist er, soweit ich weiß, immer noch.«

»Hast du keinen Kontakt zu ihm?«

Ich schüttle energisch den Kopf.

»Im ersten Jahr schrieb er, und wir, meine kleine Schwester und ich, schrieben ihm zurück. Aber dann verlief sich das im Sand. Kiki, meine Schwester, hat ihn einmal an einem Strand da unten gesehen, aber ich habe ihn nicht mehr gesehen, seit er abgereist ist. Ich würde ihn wahrscheinlich gar nicht wiedererkennen, wenn ich ihm auf der Straße begegnen würde.«

»Vermißt du ihn?«

»Nicht mehr«, sage ich und mache dicht. Auch wenn es Paul ist …

Die letzte Vernehmung des Tages wird am späten Sonntagabend in meinem Bett durchgeführt. Hinterher.

»Du, Tes«, murmelt er. »Darf ich dir eine Frage stellen?«

»Soll das ein Witz sein?« frage ich und schnuppere an seiner Halsgrube. Plane einen Revanche-Knutschfleck.

»Hattest du 'nen Russenschwanz?«

»Wie bitte?« frage ich erstaunt und setze mich jäh im Bett auf, daß er zur Seite rollt.

»Hattest du 'nen Russenschwanz?« wiederholt er ruhig.

»Das geht dich doch überhaupt nichts an!«

»Aber … hattest du?« beharrt er.

»Nein!«

»Warum nicht?«

»Ich hatte keine Zeit. Außerdem ist die Perestroika auf dem Gebiet der Intimhygiene noch nicht eingeführt«, erkläre ich.

»Und das bedeutet?« Paul krabbelt zu mir hoch.

»Daß sie sich nicht waschen. Da«, sage ich und zupfe an seinem Pimmel.

»Au!« ruft er. Aber dann grinst er ein breites Jungsgrinsen. »Heißt das, daß es außer mir keinen anderen gab, seit letztem Mal?«

»Ja! Und ich wünschte, ich könnte das gleiche sagen!« erwidere ich und zupfe noch einmal. Strafend.

Er umschließt meine Hand mit seinen Händen.

»Tes, in meinem Leben hat nie eine andere Frau existiert. Du bist die erste. Und die letzte.«

»Ha!« fauche ich und will mich freimachen. Aber Paul hält mich fest.

»Glaube mir lieber.« Paul schlägt einen Flickflack mit den Augen. »Vielleicht ist das ja eine Drohung!«

Paul hatte vollkommen recht. Noch bevor wir – jeder für sich – am Montag morgen die Glastür durchschritten haben, sind wir bekannt als *das neue Paar.* Und obwohl wir uns darin einig sind, uns zurückzuhalten und das gemeine Volk nicht unsere zerbrechliche Romanze besudeln zu lassen, ist nichts zu machen. Wir sind hot news.

Lea lächelt warm und gratuliert mir. Kirsten schnalzt mit der Zunge, und Ras nennt mich eine »Renegatin«, weil ich mich mit einem vom Inland eingelassen habe. »Hättest du nicht einen aus unseren eigenen Reihen nehmen können?«

Ich bin überrumpelt von dem enormen Interesse an meinem Privatleben, und bevor ich das Visier herunterlassen kann und die Standardantwort »no comments« herleiere, ist es zu spät. Da das Dementi nicht umgehend erfolgt, weiß jeder im Laufe weniger Tage, daß die Geschichte stimmt: Die Hochzeitsglocken beginnen bereits zu läuten ... Ich hasse Journalisten!

Ich gebe mir große Mühe, mich wie immer zu verhalten, das heißt beschäftigt und professionell, während Paul immer wieder unsere Abmachung über Diskretion mit gestohlenen Küssen, einem Überfall im leeren Redaktionsraum und langen, tiefen Blicken über einen vollbesetzten Kantinentisch hinweg unterminiert.

»Ihr strahlt ja dermaßen!« ruft Lea eines Tages, als sie seinen Blicken nicht ausweichen kann, und bringt damit den ganzen Mittagstisch zum befreienden Lachen.

»Ja, es ist wirklich nervend mit all dieser Liebe!« meckert Kofoed, der Bornholmer Stützpfeiler im Sonntagsmagazin.

»Schade, sonst könntest du sicher was lernen!« pariert

Paul, der nie aus seiner Antipathie gegenüber dem geräucherten Bornholmer Junggesellen einen Hehl gemacht hat. Kofoed hat keinen Charme und ist deshalb nach Pauls Meinung die absolute Fehlbesetzung für einen Moderator.

Abgesehen davon verstehe ich sein Unwohlsein uns gegenüber ausgezeichnet. Ich war immer die erste, die sich über so ein Gelaber empörte, und war in dieser Beziehung nie – man braucht nur Birgitte zu fragen – besonders großzügig. Freude über das Glück anderer, wenn sie sich in lallende Stereotypen verwandelten, sobald sie meinten, den Mann/die Frau fürs Leben gefunden zu haben, war mir fremd.

Meine Entschuldigung: Ich bin nicht mehr ich selbst. Verliebtsein ist ja im Grunde ein krankhafter Zustand, eine Krise, deren Abklingen man abwarten muß. Danach – so liest Paul aus dem Alberoni vor, den er auffallend abgegriffen in seinem Regal stehen hat – kann das Verliebtsein plötzlich von Gleichgültigkeit oder sogar Widerwillen gegenüber dem zuvor so glühend Besungenen abgelöst werden. Oder – im Idealfall – in echte Liebe transformiert werden. Ersteres ist eine banale Erfahrung in einem kritischen Single-Leben und also auch in meinem. Mit letzterem kann man genauso sicher rechnen, wie damit, eines Tages von CNN einen Job angeboten zu bekommen. Hier kann ich auch ebensogut für Paul reden, denn auch wenn er ein beziehungsloser Peter Pan ist – gewesen ist? –, so weiß ich doch, daß er gleichzeitig ein »Born-to-be-wild«-Freak ist und nie daran gezweifelt hat, eines Tages die einzige auf seine Goldwing zu schwingen und in den Sonnenuntergang hineinzufahren.

Deshalb gibt es neben all der Freude, der Verwunderung und Glückseligkeit, die Augen morgens aufzuschlagen und seinen zu begegnen, auch stellenweise Frost in Herz und Hirn. Eine Abneigung dagegen, an den Haaren weggeschleppt zu werden, das verletzende Gefühl, gelockt und verführt zu werden, und ein grundlegendes, alles durchdringendes Mißtrauen gegenüber allzu engen Paarverhältnissen.

Anders gesagt: Es ist bei weitem nicht so, daß ich nicht auf der Hut wäre. Und gerade deshalb ist es so bedauerlich, daß meine Versuche, die Fahne aufrecht zu halten und die Zugbrücke hochzuziehen, so halbherzig sind. Oder genauer – mißglückt sind. Innerhalb von vierzehn Tagen wird »ich« zu »wir« und »mir« zu »uns«, und ich habe Probleme, mich daran zu erinnern, daß es jemals anders war. Aber am allerschlimmsten ist, daß ich, je weiter ich den Berg hinaufkomme, um so ängstlicher werde abzustürzen.

Manchmal, wenn ich allein bin und für einen Moment die Hypnose abschütteln kann, frage ich mich selbst, was es eigentlich ist, was an ihm so besonders sein soll. Was hat Paul, was all die anderen nicht hatten? Und endet vielleicht die ganze Geschichte damit, daß ich gedemütigt dastehe, angeschmiert und um eine Erfahrung reicher, während Paul weiterzieht? Wieder einmal reingelegt!

Aber wenn wir zusammen sind, erscheint mir jeder Zweifel vollkommen absurd, fast blasphemisch. »Man soll über Wunder nicht spotten, indem man ihnen zu entgehen versucht«, schreibt Paul mir einmal auf eine Reklamepostkarte aus einem Café, als ich meine Bedenken vorgebracht habe und ihn bitte, die Geschwindigkeit zu drosseln. »Genieße es, meine Geliebte. Genieße mich, genieße dich, genieße uns!«

Das lehrt er mich auch. Loszulassen und zu genießen. Also genießen wir einander in diesem reifen Spätsommer, in dem die Märkte sich mit Heide füllen und ein angeschwollener Wespenstich mich daran erinnert, daß ich immer noch nur ein Mensch bin. Und dazu nur ein halber Mensch – wenn ich allein bin, ohne ihn, und ins Leere greife, kann ich nichts anderes tun, als ruhelos darauf zu warten, daß er zurückkommt, damit wir unseren unterbrochenen Dialog, unsere abenteuerliche Expedition fortsetzen können. Denn das sind wir – zwei Entdeckungsreisende, die ein neues Land erobern und nie wissen, ob ihr nächster Schritt sie in Sumpfgebiet, zwischen Sanddünen oder in das verbrannte Gras der Savanne führt.

Derart – unter Tropenhelm und großen Gefahren – lernen wir einander kennen. Werden miteinander vertraut, flüstern intim, miteinander verschmolzen. Wir teilen Tage und Nächte, und ganz gleich, was wir tun, es ist für uns ein fast greifbarer Genuß, zusammenzusein: Ob wir nun französische Filme sehen, einkaufen oder zu Rockkonzerten gehen. Ob wir in Vesterbro türkisch essen oder beim Brunch im d'Angleterre sitzen. Wir reden, bis uns die Kiefer weh tun. Über die Filme, Bücher und die Musik eines ganzen Lebens. Wir zeigen einander Kopenhagen und überschütten uns gegenseitig mit Kindheitserinnerungen und alten Witzen. Wir rekonstruieren all die Gelegenheiten, wo wir vielleicht auf derselben Fete waren, im selben Bus, zum selben Springsteen-Konzert in Hamburg.

Manchmal glaube ich, Paul als Sechzehnjährigen mit gelocktem Haar und Mittelscheitel vor mir zu sehen, und er ist überzeugt davon, daß wir zum Soundtrack von »Grease« zusammen getanzt haben. Was ich nicht glaube, denn ich habe John Travolta immer verabscheut, und außerdem, argumentiere ich süßlich, würde ich mich doch auf jeden Fall daran erinnern …

Aber wir sind uns in unserer Verwunderung darüber einig, daß wir nicht schon lange aufeinandergestoßen sind. Das hätte zweifellos leicht geschehen können, wir haben verschiedene gemeinsame Bezüge und Bekannte und haben beide im »Tannhäuser« Absinth getrunken – um nur ein Beispiel zu nennen.

Allein die Tatsache, daß es uns geglückt ist, uns in der Journalistenhochschule aus dem Weg zu gehen, ist ein Mysterium. Ich hatte gerade mit dem Praktikum angefangen, als er mit dem ersten Theorieabschnitt in Århus anfing, und als ich zum zweiten Abschnitt zurückkam, war er im Praktikum. Paul behauptet, er hätte mich in der Kantine gesehen, als unsere Gruppe am Praxistag mitten im Praktikantenabschnitt in Lederjacken auftrat, und ich kann mich daran erinnern, daß ich von ihm gehört habe, weil eine Achtzig-Kilo-Frau aus meiner Klasse öffentlich erklärte, sie wäre bereit, sich den Mund mit Draht zunähen zu lassen, wenn sie dadurch Paul Weber kriegen würde. Diese Geschichte schluckt Paul mit einem breiten Pferdehändlergrinsen und revanchiert sich damit, daß er erzählt, diverse Typen in seinem Jahrgang wären ganz scharf auf mich gewesen.

»Ach Quatsch! Die kannten mich doch gar nicht!« antworte ich, nicht weniger angetan.

»Nein, aber sie kannten dein Namenszeichen. Wir waren alle stark beeindruckt von deinen Artikeln. Noch an der Hochschule und schon so etabliert, daß du übers Ausland schreiben durftest! Über Außenpolitik!«

Paul neckt mich. Kratzt an meiner Seriosität, kitzelt an meiner eigenen Ernsthaftigkeit. Vielleicht genieße ich an Paul in erster Linie seine unablässigen Herausforderungen, den Widerstand eines gleichwertigen Partners. Obwohl es genau diese Provokation ist, die einen Typen wie Paul so anstrengend und irritierend macht, ist sie vielleicht auch das, was ihn von den anderen unterscheidet. Daß Paul sich nicht abfindet, nicht mit einer schnellen Antwort oder taktischen Manövern abgespeist werden kann.

Dennoch brauche ich ziemlich lange, bis ich den Ernst unserer »Beziehung« begreife, wie ich sie nur zögernd nenne, weil ich mir immer noch einbilde, daß wir kein offizielles »Paar« sind. Gleichzeitig sehe ich selbst, wie lächerlich das ist, auch wenn Paul klug genug ist, es mir nicht auf die Nase zu binden. Denn ich binde mich an ihn, auch wenn ich so tue, als ob dem nicht so wäre.

Ich zeige mich öffentlich mit ihm, küsse ihn in der S-Bahn – also wirklich! – und führe ihn in den Teil meines Privatlebens ein, der normalerweise verbotenes Terrain für meine Liebhaber ist: Ich stelle ihn meinen Freunden und meiner Familie vor.

Birgitte trifft er das erste Mal auf der Wöchnerinnenstation des Rigshospitals, einen Tag, nachdem sie ihren Sohn geboren hat. Das war ein faux pas meinerseits, denn Birgitte sieht ziemlich ramponiert aus und will sich anscheinend nicht zu dem winzigen schlafenden Wesen bekennen, das in einem Plexiglasbettchen neben ihrem Bett liegt. Außerdem hat sie im Moment verständlicherweise wenig Interesse an meinen Angelegenheiten. Jens schaut sauertöpfisch wie immer und strahlt in keiner Weise beschützende Väterlichkeit aus. Wir verehren ihr einen von Paul ausgesuchten Mickymaus-Strampelanzug, der ein vorsichtiges Lächeln auf ihr Gesicht zaubert, während sie insgesamt fast traurig wirkt.

»Wirst du jetzt mütterlich?« fragt Paul im Fahrstuhl nach unten, und ich antworte ihm, indem ich die Augen verdrehe. Nein, ich werde weder diesmal mütterlich noch ein paar Wochen später, als Birgitte uns zu Pizza und Wein aus dem Karton einlädt. Ganz im Gegenteil. Die Szenerie ist beängstigend. Birgitte sieht immer noch aus wie etwas, das die Katze gefunden hat – ohne Make-up und mit ihren mindestens zehn überflüssigen Kilo, die sie notdürftig unter einem Sweatshirt und Leggings aus der letzten Saison verbirgt. Ein schlimmer Niedergang für eine Frau, für die Ästhetik einmal alles war. Aber diesmal zeigt sich jedenfalls eine Art Symbiose zwischen ihr und dem Kind, das bezeichnenderweise noch namenlos ist, weil die Eltern in dieser Frage festgefahren sind. Birgitte möchte ihn Maximilian nennen, weil er so groß war, und Jens beharrt auf Morten, was Birgittes Vorstellungen von einem Jungennamen diametral entgegengesetzt ist. »Warum nennt ihr ihn nicht einfach Susanne?« schlägt Paul vor und erntet das einzige Birgitte-Kichern des Abends, während Jens das überhaupt nicht witzig findet. Die Chemie zwischen Jens und Paul ist eindeutig nicht so, daß wir vier jemals eine Wandertour in den Alpen machen werden.

Der Junge, der immer noch winzig klein ist mit dünnen Froschbeinen und verschrumpeltem Gesicht, ist unruhig und schreit ununterbrochen, so daß Birgitte entweder mit ihm auf und ab läuft oder sich in das gewaltige ergonomische Stillkissen setzt und das Sweatshirt hochzieht, um das Kind erst an die eine, dann an die andere vor Milch fast platzende Brust zu legen.

Jens sitzt schäumend vor der Pizza, von der Birgitte kaum etwas probieren konnte, bis er endlich explodiert.

»Bring endlich das Kind zur Ruhe!« zischt er zwischen zusammengepreßten Zähnen hervor, wobei seine Halsadern hervortreten und er die Fäuste ballt.

»Was glaubst du denn, was ich hier mache!« schreit Birgitte, und Jens steht so abrupt auf, daß sein Stuhl fast umkippt. Wütend rennt er aus dem Zimmer, wirft die Tür hinter sich zu und poltert die Treppen hinunter. Birgitte bleibt wie erstarrt stehen, sogar das Kind hat instinktiv aufgehört zu weinen. Paul und ich sehen uns über den Tisch hinweg an und erwarten, daß sie weinend auf dem nächsten Stuhl zusammenbricht. Aber das tut sie nicht. Sie beißt sich auf die Lippen und reißt sich zusammen. Legt das jetzt ruhige Kind in den Wipper, schaukelt ihn leicht und wendet sich uns zu.

»Kaffee oder Tee?« fragt sie unheimlich ruhig und geht hinaus, um Wasser aufzustellen.

Wir kommen zu keinem vernünftigen Gespräch, denn als wir endlich mit unserem Tee dasitzen, meldet der Kleine sich umgehend mit durchdringendem Gebrüll.

»O nein, jetzt hat er sich schon wieder eingeschissen!« ist Birgittes Kommentar.

Paul bietet seine Hilfe an, aber Birgitte sagt mit einem müden Zucken um den Mund, daß sie das wohl am besten selbst macht. Als ich vorschlage, daß wir damit den Abend beenden, versucht sie nicht einmal zu protestieren.

»Ich komme ein andermal vorbei«, versichere ich ihr, als wir uns im Flur verabschieden.

»Süßes Baby!« neckt Paul sie auf dem Weg hinaus.

»Scheißsüß!« erwidert Birgitte mit dem Kind über der Schulter und ähnelt zum Glück endlich einmal wieder sich selbst.

»Sie ist sonst nicht so!« sage ich leicht verärgert, als wir in der ohrenbetäubenden Stille der Straße stehenbleiben.

»Du meinst, sie *war* sonst nicht so!« korrigiert Paul mich. Und dann gehen wir ins Kino. Wir schaffen es gerade noch zur Spätvorstellung im Grand.

Mutter lernt Paul bei der Premiere zu »Macbeth« kennen. Gewöhnlich war Birgitte immer meine Premierenbegleitung, aber da ich annehme, daß ihr gesellschaftliches Leben bis auf weiteres außer Betrieb ist, lade ich Paul ein.

Und während ich wie üblich angespannt mit hyperempfindlichen Sensoren für die Publikumsreaktionen dasitze und einen Voodooblick auf die Kritikerschar in der ersten Reihe richte, ist Paul hellauf begeistert.

»Wow, die hat Charisma!« ist sein Kommentar, sobald das Saallicht in der Pause eingeschaltet wird. Ich bin befangen und außerstande, ihre Darstellung zu beurteilen, während Paul ihr, nachdem der Vorhang gefallen ist, in der Garderobe begeistert gratuliert. Sie ist immer noch in Kostüm und Maske, und auch wenn die Theaterschminke langsam im Schweiß zerfließt und die Schminke von nahem grotesk übertrieben wirkt, muß ich doch zugeben, daß sie malerisch und beeindruckend zugleich ist, wie sie dasitzt und ihre Brust sich vom Premierenfieber und vor Erschöpfung hebt und senkt. Es gab stehende Ovationen und sechs Vorhänge, und obwohl Macbeth der eigentliche Star war und nicht Lady Macbeth, kann sie sicher sein, daß ein großer Teil des Applauses ihr gegolten hat. Dennoch ist die Angst echt, als sie sich vorbeugt und mich fragt:

»Wie ist es gelaufen?«

»Gut!« versichere ich ihr und werde sofort von Paul überboten.

»Souverän!« sagt er. »Im Guten wie im Schlechten!«

Damit bekommt er zehn Punkte und ein Divalächeln der Art, die mir Bauchweh verursacht. Ich habe es immer gehaßt, wenn sie die große königliche Schauspielerin spielte mit affektierten Manieren und gönnerhafter Leutseligkeit! Ich liebte meine Mutter, wenn sie ganz gewöhnlich zu Hause herumlief wie jede andere Mutter auch. Entspannt und weiblich, mit umgebundener Schürze Kartoffeln schälte oder Wäsche zusammenlegte. Und während Kiki immer darauf bedacht war, nach der Schule sofort nach Hause zu rennen, wenn eine Zeitschrift sich angemeldet hatte und Fotos für Weihnachten, Pfingsten oder Ostern machen wollte, hielt ich mich entweder fern oder schloß mich in meinem Zimmer ein und war nicht vor die Kamera zu kriegen. Deshalb gibt es Hunderte von herzzerreißenden, niedlichen Pressefotos von Kiki, aber nur wenige von mir aus der Zeit, als ich noch ein Baby war und mich nicht wehren konnte. Aber vielleicht hatte ich schon damals einen instinktiven Widerwillen, denn ich sehe auf allen Fotos böse und abweisend aus.

Paul lacht und küßt mich auf die Nase, als Mutter kurze

Zeit später während eines improvisierten Mittagessens – »und bringe auf jeden Fall deinen netten neuen Freund mit!« – Presseausschnitte zeigt, die Tante Mo gesammelt hat. Bei der Gelegenheit erzählt sie die Geschichte von einer Premierenfeier, bei der ich so wütend wurde, weil mich keiner beachtete, daß ich allen Blumen die Köpfe abriß. »Ich warne dich, Paul!« lacht Mutter. »Sie war schon immer eine kleine Furie!«

Ich schnaube, und Paul erwidert, daß auch Trolle gezähmt werden können, was Mutter außerordentlich witzig findet. Überhaupt ist sie so schräg und zum Flirten aufgelegt, daß die nächstliegende Assoziation zu Frau Junkersen in »Die chronische Unschuld« führt. Eine Filmrolle, die Mutter übrigens zu ihrer großen Empörung nicht bekam. Paul frißt ihr aus der Hand und läßt sich bereitwillig bezaubern, während ich den Tisch abdecke und mich wieder einmal darüber wundere, wie leicht selbst begabte Männer um den Finger zu wickeln sind. Vermutlich aus Opposition gegen meine Mutter habe ich nie so eine schmachtende femme fatale sein wollen – oder können –, sondern habe es im Gegenteil als ein Kompliment aufgefaßt, wenn ich als kalter Fisch bezeichnet wurde. Selbst unter meinen russischen Freunden, wo ich oft mit Hilfe von Wodka und lockerer Stimmung kurz davor war, mich gehenzulassen, behielt ich dennoch die ganze Zeit die Situation unter Kontrolle, und keiner ist mir an die Wäsche gegangen.

»Deine Mutter ist schön«, sagt Paul, als wir gegen zwei Uhr endlich aus der Havnegade Richtung Nyhavn gehen.

»Ja, sehr schön«, nicke ich und bin trotz allem eine zu loyale Tochter, um ihn auf den Verfall aufmerksam zu machen, der einem bereits in die Augen springt und sie ganz konkret betrachtet langsam Rollen kosten kann. Ich versuche statt dessen, sie mit seinen Augen zu sehen, mit den Augen eines Mannes. Dabei sehe ich weder Tränensäcke noch

Falten, sondern ein ausdrucksvolles Gesicht mit einer intensiven, funkelnden Augenpartie und einem großen, schönen Mund. Anstelle von Wülsten und Schwere sehe ich einen Körper, der immer noch adrett und vital ist. Sie versteht es nach wie vor, sich zu bewegen, zu kleiden und zu schminken, so daß sie gleichzeitig Klasse und Kunst ausstrahlt.

»Und du siehst ihr ähnlich«, stellt er fest, als wir die kleine Brücke über den Kanal überqueren. »Aber auf eine vollkommen andere Art und Weise. Beeindruckend!«

Wie ich Birgitte gegenüber einräume, als sie mich eines Tages beim Sender anruft – während der Kleine schläft –, ist Paul nicht einer von denen, auf die man jeden Tag stößt. Das weiß ich wohl. Und außerdem brauche ich nur Henriette anzusehen, die kaum ihren Kummer verbergen kann, wenn sie ab und zu das Pech hat, auf uns zu stoßen.

»Ja, er ist schon toll, aber ...«, sage ich und habe Schwierigkeiten, meine Unsicherheit zu formulieren. »Aber vielleicht ist er ein wenig manisch.«

Denn obwohl ich ganz scharf auf ihn bin, ist Pauls Interesse für mich und mein Leben, meine Vergangenheit und meine Gegenwart fast erschreckend systematisch. Er erforscht mich, fragt mich aus, trifft nur zu gern selbst meine eher peripheren Freunde und Bekannten – darunter Billy und Eva, die mit mir auf der Journalistenschule waren –, spielt Billard mit Kiki und Spunk in irgendwelchen obskuren Nørrebro-Spelunken, telefoniert mit Tante Mo in der Provence und Sabine in Köln und läßt schön grüßen, wenn ich mit Swetlana rede, die ab und zu aus Moskau anruft, um sich Luft zu machen oder mich bittet, ihr Vitamintabletten und Kondome zu schicken. Sie ist allein mit einem Kind, hat bereits drei Abtreibungen hinter sich und würde keine weitere überstehen. »Everything is still so difficult! When will

Russia ever be a civilized country?« klagt sie in ihrem stimmhaften Englisch, das sie gern zur Schau trägt, obwohl ich in aller Bescheidenheit sagen muß, daß mein Russisch besser ist. »In hundert Jahren!« antworte ich immer darauf, und dann seufzt sie und fragt, ob ich nicht einen reichen dänischen Mann für sie wüßte, damit sie rauskommt. Oder eher hinein – denn es ist inzwischen schwieriger, in die Wärme hineinzukommen als aus der Kälte heraus.

Ich verspreche, Paul mit der Aufgabe zu betrauen, und er sondiert wirklich seriös das Terrain in seinem alten Team von Goldküstenjünglingen, muß jedoch negativen Rapport erstatten. »Wenn sie nicht verheiratet sind, sind sie ungenießbar oder arrogant.«

Er lernt das russische Alphabet und kommt so weit, daß er unsere Namen in kyrillischen Buchstaben schreiben kann; er liest unaufgefordert meine englischsprachigen Nummern der Moscow News, damit er in meinem Spezialgebiet besser Bescheid weiß. Er lernt meine Lieblingsgerichte zu kochen und meine Lieblingsdrinks zu mixen. Eines Tages kommt er mit einem Geschenk, einem schwarzen, enganliegenden Kookaï-Kleid, das zu kaufen ich selbst mich nie getraut hätte, was mir aber perfekt steht und mich aussehen läßt wie eine Frau, die zu sein ich immer geträumt habe. »Woher wußtest du meine Größe?« frage ich verblüfft, als ich das Kleid anziehe.

»Ich habe mich vorgetastet«, antwortet er und legt mir die Hände auf die Hüften.

Ich bin geschmeichelt – wer wäre das nicht? –, und in gewisser Weise werde ich dadurch auch erweckt. Aber gleichzeitig fühle ich mich verunsichert. Wenn er wie ein wahrer Forscher nun alle Informationen zusammenfügt, die er mittlerweile über mich gesammelt hat, muß er mich doch bald besser kennen als ich mich selbst. Und wozu wird er dieses Wissen benutzen?

»Um herauszufinden, daß du die bist, die ich mir vorstelle!« neckt er mich, als ich ihn frage, und das wirkt in keiner Weise beruhigend. Ganz im Gegenteil, ich bekomme im Laufe des Herbstes ein immer stärkeres Gefühl, daß dieses Abenteuer nicht umsonst zu haben ist. Irgendwann werde ich bezahlen müssen – und den Preis kenne ich noch nicht.

Aber ich lebe die ganze Zeit in dem Glauben, daß ich mich zurückziehen kann, falls es zu heiß oder zu anstrengend wird, und deshalb glaube ich auch, daß es nicht ernst gemeint ist, als Paul während eines gemeinsamen freien Nachmittags fragt, ob wir nicht zusammenziehen wollen.

Wir sind mit dem Rad nach Sophienholm gefahren, um eine Ausstellung experimenteller Fotokunst zu sehen. Normalerweise ist Paul kulturell interessierter als ich. Ich habe die Tendenz zum Fachidiotentum, wenn mich nicht jemand mitreißt – aber diesmal bin ich es, die den Ausflug und das Ziel vorgeschlagen hat. Ganz einfach, weil ich den Künstler kenne. Nikolaj ist ein lieber, freakiger Typ, der eine Ausbildung zum Pressefotografen bei Politikern machte, als ich gerade als frisch ausgebildete, verklemmte Redaktionssekretärin dort in der Auslandsabteilung anfing. Er kam immer zu spät und ging etwas nonchalanter mit der Disziplin um, als es der Redaktionsleitung gefiel. Er rettete sich vor einem Rausschmiß, indem er die Chefin verführte. Schließlich kündigte er selbst, wenn man so eine offizielle Formulierung benutzen kann für die hingerotzte Art, in der er wissen ließ, daß er für den Einsatz bei Feuersbrünsten oder den Kampf in der Horde der Pressefotografen, um das beste Foto von heimgekehrten Geiseln oder einem Minister auf dem Weg zum Kommissionsgerichtshof zu schießen, ungeeignet sei. Nein. Nikolaj wollte KÜNSTLER sein, worüber wir in diesem Winter viel in der Kantine lachten.

Ich versuchte es ihm auszureden, schockiert darüber, daß jemand dem Geschäft den Rücken kehrte und ohne zu zögern ins kalte Wasser sprang. Und natürlich lief es auch nicht so einfach, wie er es sich in seinem Übermut gedacht hatte. Er schlug sich so durch, wie viele andere Selbständige mit hohen Idealen. Mit schwankenden Einnahmen, Bankkredit und einigen Mauscheleien. Ab und zu treffe ich ihn in der Stadt, und wir trinken einen Kaffee oder einen Calva zusammen, auf meine Rechnung, weil »du so reich bist und ich so arm«. Dafür ist er fröhlich und unbeschwert, hat immer etwas Phantastisches zu erzählen und macht sich langsam einen Namen. Und als er plötzlich eines Tages mitten im Sommer – noch vor dem Putsch – an der Tür zur Korrespondentenwohnung in Moskau klingelte, war das ganz in Ordnung. Aber auch anstrengend, denn ich ließ mich dazu überreden, ihm die Kontakte zu verschaffen, die er brauchte, um die Erlaubnis zum Fotografieren zu bekommen. Was damit endete, daß er die ganze Woche auf einem aufgeklappten Gästebett im Wohnzimmer schlief, und es fehlte nicht viel, und er wäre in meinem gelandet. Aber anscheinend war ich damals bereits, ohne es zu wissen, monogam geworden. Wenn ich also theoretisch ohne weiteres mit einem strohblonden Typen mit schmalen Hüften und goldbraunen Beinen in abgeschnittenen Jeans hätte anbandeln können, wußte ich doch nur zu gut, daß ich es später bereut hätte.

Trotzdem hatten wir viel Spaß, wenn wir uns abends trafen; ich nahm ihn mit ins »Usbekistan«, ein wirkliches Rummelrestaurant, oder mit zu Anna, der unterhaltsamsten skandinavischen Korrespondentin in der Stadt. Sie arbeitet fürs Svenska Dagbladet, ist Mitte Vierzig und hat eine reichlich pubertierende Tochter. Anna benutzt jede Ausrede, um improvisierte, feuchte Feste zu veranstalten, und kann in einer Dreiviertelstunde die halbe Stadt dazu bringen, in den mafiabeherrschten Vorort zu fahren, wo sie in einer modernen Slumwohnung wohnt – eingerichtet von einer teuren dänischen Handwerkergang – in einem der neuesten Ghettos für Ausländer. So war Nikolajs Anwesenheit natürlich Anlaß genug, eine kleine Grillparty auf ihrem Balkon zu veranstalten, und auch wenn es die Teenagertochter war, die ihn fast auffraß, war es schließlich Anna, die ihn schamlos in ihrem üppigen Schoß aufnahm. Als er am nächsten Vormittag angetappt kam und mit einem breiten Grinsen feststellte, daß ich sauer war, war er gleichzeitig am Boden zerstört und vollkommen aufgedreht. Natürlich war ich sauer. Auch wenn wir keine Beziehung dieser Art hatten, betrachtete ich ihn dennoch ein wenig als zu mir gehörend. Ich war sauer, weil er mit einer gebumst hatte, die seine Mutter hätte sein können. Wenn man seine ganze Kindheit hindurch Augenzeugin der mütterlichen Promiskuität sein mußte, ist es wohl nicht verwunderlich, wenn man zimperlich wird. Er kaufte mir einen Strauß weißer Kalla auf dem Wawilowamarkt, und ich ließ mich von ihm abknutschen; als er abfuhr, war ich gleichzeitig erleichtert und etwas traurig. Der Einladung zur Vernissage, die er mir schickte, hat er ein Foto von mir beigelegt, das er an einem klaren Morgen auf den Leninbergen gemacht hat. Es ist ein Schwarzweißportrait; ich bin darauf mit verschleiertem Blick und leicht geöffneten Lippen zu sehen, die Moskauer Skyline im Hintergrund. Eindeutig nichts für Paul, der nie glauben wird, daß ich mit dem Typen, der einen so zärtlichen Eindruck auf mein Gesicht zaubern kann, nie zusammen war. Und Pauls Röntgenaugen sollen meine Beziehung zu Nikolaj nicht trüben; ich möchte ihn gern als einen fernen, anziehenden Stern in meinem Universum betrachten. Als Reserve …

Als wir Nikolaj auf der Ausstellung treffen, begnüge ich mich mit einer förmlichen Begrüßung und beglückwünsche ihn zu seinen Bildern – vor allem bin ich angetan von seiner Badehäuser-Serie, den moskowitischen Banjas.

»Die sind ja direkt von der Atmosphäre angehaucht«, wage ich einen kleinen Scherz, den Nikolaj versteht, aber offensichtlich nicht wahnsinnig komisch findet. Sehr passend wird Nikolaj in dem Moment von einem leopardengemusterten Anorexie-Geschöpf überfallen, das Paul mir als eine bekannte Subkultur-Tänzerin vorstellt.

Nikolaj durfte nur bei den Männern fotografieren, weshalb ich, als wir die Ausstellung verlassen und zum See hinuntergehen, wo wir uns an einen Hang setzen und die Aussicht genießen, eine detaillierte Beschreibung der Frauenabteilung liefere. Dort ist es bei weitem nicht so logenartig, wie es Berichten zufolge bei den Männern sein soll. Dort sitzt man nicht schwitzend im Dampf, während man gesalzenen Hering mit Schwarzbrot und Fenchel ißt, mit Wodka nachspült und Geschäfte aushandelt und Schwarzmarktverträge aller Art abschließt. Bei den Frauen ist es vor allem der Körper, auf den sich alles konzentriert. Und nie habe ich so überwältigende Frauenkörper gesehen wie in den russischen Banjas. Uralte Frauen mit unförmigen Brüsten – nein, Eutern! – und Bäuchen, die bis zu den Knien herabhängen. Langes Haar, das sie normalerweise unter einem Kopftuch verbergen, das im Bad jedoch in dünnen Strähnen naß und grau über Schultern und Rücken fällt. Hühneraugen und Krampfadern, Fettpolster und riesige Warzen, Buckel und schlabbernde Hintern. Ein so hemmungsloser Verfall, wie ich ihn mir in unserer Zeit nicht vorstellen konnte, bevor ich ihn selbst sah und mich in meiner eigenen Nacktheit provozierend reich und gesund fühlte. Und dann dieser durchdringende Gestank von gegorenem Kefir, den sie in ihren Marmeladengläsern mitbringen und den sie nach dem Dampfbad, nachdem sie die Haut sorgfältig mit Birkenreisig rotgeschlagen haben, langsam einander auf die Haut klopfen, als nährendes Schönheitsmittel. »Das solltest du sehen!« sage ich. »Ich würde schrecklich gern einmal eine Reportage über eine Banja machen. Das Problem dabei ist nur, den Geruch rüberzubringen! Man versteht Rußland nicht, wenn man diesen Geruch nicht kennt.« Ich lasse mich noch ein wenig über das Thema Geruch und Fernsehen aus, bis mein Motor aussetzt und ich feststelle, daß Paul gar nicht zuhört.

»Woran denkst du?« frage ich und schiebe mir den Ausstellungskatalog unter den Po, während ich überlege, ob es trotz meiner ganzen Anstrengungen Eifersucht sein kann, die meinen Geliebten plagt.

»Wollen wir nicht zusammenziehen?«

Der Angriff kommt derart überraschend, daß ich reflexartig, mit einem Grinsen und einem Finger auf dem Abzug, antworte:

»O nein!«

»Aber, warum denn nicht? Eigentlich wohnen wir doch sowieso schon zusammen!« argumentiert er, und formal betrachtet hat er damit ja recht. Wir schlafen fast jede Nacht nebeneinander ein, pendeln zwischen unseren Wohnungen hin und her, haben in beiden eine Zahnbürste und schon seit langem die Ersatzschlüssel ausgetauscht. Eine Selbstverständlichkeit für ihn, eine Überwindung für mich.

Ich verfolge, wie das letzte Kajak der Saison graziös den blanken Spiegel des Sees zerteilt. Ein Einer.

»Du würdest schnell meine schmutzigen Unterhosen leid«, sage ich ausweichend. Ich bin ganz und gar nicht auf Konfrontation und festgelegte Positionen eingestellt.

»Ganz im Gegenteil!« ruft er aus. »Ich liebe sie! Ich will sie für dich waschen!«

»Und meine Blusen bügeln?« frage ich.

»Jawohl!« versichert er wie ein eifriger Pfadfinderjunge.

Ich lache etwas sanfter. Zünde mir eine Zigarette an und lasse meinen Blick wieder auf den Einer fallen, der in einem verbissenen Wettbewerb gegen sich selbst auf dem Weg ins

Ziel ist. Vielleicht sollte man es mal mit Segeln versuchen. Oder Surfen. Vor einigen Sommern, als ich eine kurze Beziehung mit einem strohdummen, bildschönen Helleruptypen hatte, habe ich es mal probiert. Er konnte alles im Wasser, war dagegen beim Sex vollkommen phantasielos. Und er war nicht in der Lage, eine Banküberweisung allein auszufüllen. Birgitte bumste mit seinem Kumpel in einem Zweimaster im Hafen von Rungsted. Ein paar Wochenenden verbrachten wir zu viert in einem Speedboot auf dem Sund draußen. Birgitte und ich starben jedesmal vor Lachen, wenn wir uns ansahen, weil die Jolly-Cola-Typen nicht wußten, daß wir nur mit ihnen spielten, wir aber nur zu gut wußten, daß wir zu diesem Quatsch eigentlich zu alt waren. Als wir sie fallenließen, waren sie tödlich beleidigt, und das war eine Art Rache für die Niederlage, die wir selbst in diesen Kreisen in unserer frühesten Jugend hatten hinnehmen müssen. Rache für Jakob, den treulosen Tennisspieler. Und was Birgitte betraf – Rache für die unzähligen Feste, bei denen sie nicht dazugehörte, wo sie absolut aus dem Rahmen fiel mit ihren chinesischen Eßstäbchen im Haar, ihren schwarzlackierten Nägeln und ihrem wütenden Diskussionseifer. Außerdem weigerte sie sich, die Haare an ihren Beinen zu entfernen, blieb ihrem Århuser Dialekt treu und hatte eine Mutter, die Sozialarbeiterin war und in einer Frauenwohngemeinschaft wohnte, und einen obdachlosen Vater, der in Århus geblieben war. Deshalb war Birgitte dazu verdammt, in einer Ecke zu stehen und Salzstangen zu essen, während die anderen knutschten und die Töchter aus gutem Haus mit langen, blonden Haaren und Gazellenlippen sie nicht einmal eines Blickes würdigten.

Im Verhältnis zu diesen Puppen paßte ich auch nicht ins Bild, aber meine Mutter war berühmt, und mir lief bald der Ruf voraus, eine Art »Satansbraten« zu sein. In der elften

Klasse gewann ich einen Aufsatzwettbewerb zu dem Thema »Die Jugend und die Ölkrise«, veranstaltet vom Rotary Club, in der zwölften wurde mein wutschnaubender Essay über die frauenfeindliche Indoktrination in den Schulbüchern in der Zeitung »Information« veröffentlicht, ich wurde zu einer Diskussion mit dem Unterrichtsminister in irgendeinem Rundfunkprogramm eingeladen, und in der dreizehnten nahm ich an einem skandinavischen Fernsehquiz für Jugendliche teil, bei dem ich dänische Siegerin und Zweite in der Gesamtwertung wurde. Außerdem war ich Redakteurin der Schülerzeitung, erklärte Kommunistin und nicht so sehr von Babyspeck, unerwünschtem Haarwuchs und Frustrationen geplagt wie Birgitte.

Ich war zumindest *interessant*, und wenn ich auch nicht wahnsinnig umschwärmt war, so wurde ich jedenfalls nicht komplett ignoriert. In der Regel saß ich in irgendeinem Zimmer und diskutierte mit den Jungs über die Weltlage und provozierte sie mit meiner Befürwortung der Diktatur des Proletariats und der Konfiszierung jeglichen privaten Eigentums. Wenn Birgitte ihr hoffnungsloses Warten am Rand der Tanzfläche aufgab, setzte sie sich dazu und ließ jede Diskussion platzen. Sie war verzweifelt und aggressiv, weil sie wieder einmal von diesen Menschen abgewiesen worden war, über die sie einerseits meckerte, andererseits aber nichts sehnlicher wünschte, als von ihnen akzeptiert zu werden.

Wie dreckig es Birgitte ging, begriff ich erst, als ich Jakob ausgeliefert war. Er war der große Bruder von einem aus dem Haufen, zu dem Birgitte und ich mehr oder weniger am Rande gehörten. Ich kannte ihn gut – alle kannten ihn, denn er war ein Tennisspieler auf dem Weg nach oben. Er sah verdammt gut aus, und außerdem war er *erwachsen*. Zweiundzwanzig und bereits in der großen Welt zu Hause, im wahren Leben. Reiste zu Turnieren, war zum Training in den USA und zum Wochenende bei Bjørn Borg.

Die Mädchen fielen fast in Ohnmacht, wenn er überraschend mit seinem kleinen Bruder auftauchte, und die Jungs brachten ihre Stimme in eine tiefere Tonlage und tranken in Null Komma nichts Unmengen von Gin. Als ich bemerkte, daß er mir und nicht den anderen eindeutige Signale zukommen ließ, beschloß ich sofort, daß er mich entjungfern sollte. Er sollte der Auserwählte sein, denn ein Teil des Mystischen, das mich in diesen Jahren umgab, bestand in der fehlenden Antwort auf die Frage: Ist Therese noch Jungfrau oder nicht? Und wer war dann mit ihr in der Koje? Die Wahrheit war, daß sowohl Birgitte als auch ich noch in der dreizehnten Klasse so jungfräulich wie Klosterschwestern waren. Das war unser größtes Geheimnis, auf das wir lange Zeit stolz waren – daß wir uns nicht von irgendwelchen Idioten hatten decken lassen –, aber von einem bestimmten Zeitpunkt ab war es zu einem dringenden Problem geworden. Vor allem für Birgitte, die mutig zugab, daß nicht mehr sie es war, die die Jungs verschmähte, sondern die Jungs sie verschmähten. Und ich war es leid, unwissend zu sein, und außerdem – ja außerdem waren wir beide einfach absolut bereit. Wir hatten schlicht und ergreifend Lust! Aber ich wollte nicht einen von den Üblichen haben. Ich wollte keine Trophäe sein, über die diskutiert und der eine Note auf einer Skala von eins bis zehn gegeben wird. Ich wollte es nicht mit einem machen, von dem ich wußte, daß er es auch mit all den anderen zum ersten Mal gemacht hatte. Und ich wollte es nicht mit einem von denen machen, weil er dann wußte, daß ich noch Jungfrau war.

Jakob, dachte ich, ist der ideale Partner. Er stand außerhalb, er war älter und sicher so erfahren, daß er die Führung übernehmen und mir helfen konnte, ohne meinen Mangel an Routine zu bemerken. Und außerdem war ich scharf auf ihn – ich wollte ihn gern haben.

Wir machten es noch am selben Abend – auf dem Rücksitz seines 2 CV. Diese Variante hatte er in den Staaten gelernt, und ich hatte sie im Kino gesehen, also war es kolossal schick. Aber ansonsten war es einfach unbequem, kalt und ziemlich unromantisch. Das schlimmste war, daß es auch noch »ohne alles« ablief. Er fragte nicht, ging einfach davon aus, daß ein so erfahrenes Mädchen verhütete, und mitten im Debüt brachte ich es nicht mehr über die Lippen. Hinterher fuhr er mich nach Hause, weil wir ja sowieso schon im Auto waren, und sagte, daß ich ein süßes Mädchen sei, daß er mich anrufen würde. Nie werde ich die Leere vergessen, die in mir wütete, als ich die Treppen zum fünften Stock hinaufging, mit feuchtem Slip, wunder Scheide und dem verzweifelten Wunsch, meine Mutter möge zu Hause sein, damit ich mich ihr an den Hals werfen konnte. Das war sie auch. Aber ich hatte kaum die Wohnungstür aufgeschlossen und eine unbekannte Lederjacke an der Garderobe erspäht, als ich bereits ein Seufzen und Stöhnen aus dem Schlafzimmer hörte. Reichlich komisch, aber ich konnte nicht darüber lachen. Nur die Tür hart hinter mir zuwerfen, in mein Zimmer stürzen und in voller Lautstärke Shit & Chanel aufdrehen. Schön und herrlich, sang Anne Linnet, während ich unter die Bettdecke kroch und lernte, daß Sex stinkt.

Er rief wirklich am nächsten Tag an, und obwohl ich mir in der Nacht geschworen hatte, auf jede seiner Fragen nur mit NEIN, NEIN und nochmals NEIN zu antworten, kam ich wie ein dummes kleines Hundebaby angetapst, sobald er mich im folgenden halben Jahr rief. Manchmal war er lieb, und manchmal war er ein wunderbarer Liebhaber. Manchmal war er witzig, lud mich ins Restaurant ein, und manchmal schenkte er mir zollfreies Eau de Toilette oder rief undeutlich aus irgendeinem fremden Land an. Einmal rief er von einem Davis-Cup-Turnier mitten in der Nacht an und sagte, er würde mich vermissen, fühle sich einsam und freue sich darauf, mich wiederzusehen und all diesen romantischen Quatsch, den ich so wahnsinnig gern von ihm hörte. Und in meiner unglückseligen Naivität reichte das, um mich alle Fehler, Demütigungen und Verletzungen vergessen zu lassen, all die Male, wo er mich enttäuschte. Seinen vollkommenen Mangel an Interesse für mich und meine Angelegenheiten. Seine Affären mit anderen und seinen Widerwillen, Kondome zu benutzen. Nach dem ersten ungeschützten Mal gab ich mir einen Stoß und kaufte eine Packung Kondome, die ich ihm mit einer rosaroten Schleife umwickelt überreichte. Er sah mich verwirrt an. Nimmst du denn nicht die Pille? fragte er, und als ich den Kopf schüttelte und einen Frau-kenne-deinen-Körper-Vortrag über die Nebenwirkungen von Antikonzeptiva hielt, lachte er nur und sagte, das könne ja alles sein, aber er sei allergisch gegen Gummi. Nur ein paarmal konnte ich ihn dazu bringen, sonst zog er sich heraus, und ich führte Buch über unsichere und sichere Tage. Aus irgendeinem unverständlichen Grund brachte ich es nie über mich, mir eine Spirale einsetzen zu lassen, wie Birgitte sie bereits jahrelang ungenutzt im Bauch mit sich herumschleppte.

Außerdem war Birgitte blaß vor Eifersucht und hielt mir einen flammenden Vortrag, schimpfte über meine Dummheit und zog sich schließlich ganz von mir zurück. Begann statt dessen mit Frustessen, schwänzte den Unterricht und tat sich mit ein paar ausgeflippten Althippies aus Christiania zusammen, die ihr zum einen das Haschischrauchen beibrachten, sie daneben aber auch nachdrücklich aus ihrem Jungfrauenstadium befreiten.

Kurz vor den Osterferien in der letzten Klasse ging es, wie Birgitte schon lange vorhergesagt hatte, schief. Jakob, der mich ein ums andere Mal versetzte und offensichtlich dabei war, mich fallenzulassen, schwängerte mich. Wir waren zum letzten Mal zusammen, und an dem Abend hatte ich, melodramatisch wie meine Mutter, eine Antwort verlangt. Waren wir ein festes Paar oder nicht? Also, wenn ich schon so fragte, dann waren wir das wohl nicht, oder? Aber wir konnten ja trotzdem Freunde sein, erklärte er und lächelte sein Colgatelächeln, und in meiner Verzweiflung darüber, verstoßen worden zu sein, schlief ich noch einmal mit ihm, obwohl meine Temperaturkurve eindeutig sagte, daß ich einen Eisprung hatte. Schwachsinnig, aber dennoch war ich überrascht, nein, schockiert, als ich schwanger war. Wie so viele andere Mädchen, die ungewollt schwanger werden, hatte ich einfach nicht geglaubt, daß mir so etwas passieren könnte. Ich war viel zu jung, um ein Kind auszutragen, und der Gedanke, daß man so leicht und gegen seinen Willen schwanger werden konnte, erschien mir komplett absurd.

Aber man konnte es also, und ich wurde es, und wenn ich noch einen vagen Jungmädchentraum dahingehend hatte, daß Jakob anständig reagieren würde, wurde der an dem Tag zerstört, als ich ihn anrief und ihm erzählte, daß der Test positiv war. »Und warum erzählst du *mir* das?« fragte er mit eisiger Stimme. Ich war wie gelähmt, konnte nur kläglich stotternd sagen, daß das doch wohl ziemlich normal sei, da er doch schuld daran war. »Woher willst du eigentlich wissen, daß ich es war? Du pennst doch mit der ganzen Stadt!« Das war so ungeheuerlich, daß ich noch zehn Jahre später spüre, wie meine Wangen vor Scham, Wut und Enttäuschung darüber, daß ich mich auf so ein Arschloch eingelassen hatte, knallrot wurden.

Ich blieb drei Tage lang im Bett und behauptete, »Bauchschmerzen« zu haben. Meine Mutter, die wie immer ausreichend mit ihren eigenen Problemen beschäftigt war, gab mir Schmerztabletten und ließ mich in Ruhe. Danach hatte ich meine Wunden soweit geleckt, daß es mir möglich war, mich wieder in der Stadt zu zeigen, in der auch er sich bewegte. Ich fuhr zu Tante Mo, schüttete ihr mein zerbrochenes Herz aus und bekam Earl Grey von Perchs mit Scones dazu. In Tante Mos Kokon blieb ich weitere zwei Tage, und am nächsten Montag ging ich zum Arzt und bekam eine Überweisung – und am Freitag wurde es entfernt. Während die anderen den letzten Schultag feierten, lag ich in Vollnarkose, und das, was ich mir als seelenlosen Schleimklumpen vorstellte, wurde abgesaugt. Tante Mo wartete auf mich im Aufwachraum und fuhr anschließend mit mir im Taxi nach Hause in die Havnegade, wo sie Mutter informierte. Ich glaube wirklich, Mutter war verletzt, daß ich mich ihr nicht anvertraut hatte. Sie wirbelte das ganze Wochenende um mich herum und sagte sogar eine vielversprechende Verabredung ab, um MUTTER spielen zu können. Sie flößte mir ziemlich viel Rotwein ein und forderte mich auf, alles rauszulassen, zusammenzubrechen, mich auszukotzen. Aber ich enttäuschte sie und blieb standhaft. Ich hatte nicht die geringste Lust, dieses dumpfe Gefühl von Verlust von etwas, das ich nicht einmal benennen konnte, in echten Schmerz übergehen zu lassen. Viel lieber wollte ich die Erleichterung, »es losgeworden zu sein«, pflegen und gleichzeitig die alberne Phantasie abschütteln, die ich von Jakob hatte. Und ich war froh, ehrlich froh, als Birgitte mit einem siebten Sinn dafür, daß irgend etwas nicht stimmte, anrief und die Hand zur Versöhnung ausstreckte. Sie war großmütig genug, nicht zu triumphieren, sondern solidarisch mit mir das Schwein zu verdammen. Außerdem brauchte sie mich auch – wenn keiner sie aus dem Sumpf zog, würde sie ihr Abitur nicht schaffen. Aber ich war immer noch wütend, glühte vor Zorn, und meine Wut benutzte ich als Absprungbrett, so daß ich trotz eines etwas ermatteten Körpers mich am Montag morgen um neun Uhr auf die Prüfungen vorbereitete. Ich sprintete durch den gesamten Prüfungsverlauf, verbissen und besessen, und schloß mit einem so hervorragenden Notendurchschnitt ab, daß ich auf jede Hochschule hätte gehen können ...

Eigentlich war mir das Abitur scheißegal, so egal wie alles andere zu dieser Zeit. Mein Auftreten diente einzig und allein dazu, Jakob zu demonstrieren, daß er von mir aus auf den Mond oder zu den French Open fahren konnte. Und das tat er auch – er zog ins Ausland und heiratete ein Tennis-Groupie, aber blieb immer nur vielversprechend, bis er zu alt war und wahrscheinlich als Tennislehrer in Kalifornien endete. Ich sah ihn vor gar nicht langer Zeit auf dem Strøget, eine aufgedunsene Null im blauen Blazer.

Aber leider, obwohl er es gar nicht wert ist, muß ich zugeben, daß ich Jakobs Erbe in mir trage: ein tiefes Mißtrauen Männern gegenüber. Und ich brauche gar nicht lange nachzudenken, um zu wissen, daß es zwischen Jakob und Paul keinen anderen gab, den ich ernsthaft über meine Türschwelle gelassen hätte. Das ist auch ganz in Ordnung, und ich lüge nicht, wenn ich sage, daß ich niemanden vermißt habe. Oder nichts. Auf keinen Fall bis zu dem Zeitpunkt, als Birgitte vor ein paar Jahren sich vom Minderwertigkeitskomplex ihrer Jugendzeit hat fällen lassen und mit Jens zusammengezogen ist. Vorher war sie blühend und verrückt, kreativ und immer auf dem laufenden. Sie veranstaltete Mammutfeste und organisierte Ausflüge, kreierte Hüte und Nudelsalate und war diejenige, die einen riesigen Kreis von Freunden und Bekannten zusammenhielt; sie war diejenige, die eine Tüte Gummibären, verkleidet als mail-art, zum Geburtstag schickte. Gleichzeitig ging es mit ihrer Karriere als autodidaktisches Multitalent im Bereich Einrichtung und Design bergauf, sie hatte ihren Babyspeck ab-

und sich einen Ladyshaver zugelegt. Der Århuser Dialekt hing ihr noch nach, aber nur als charmante sprachliche Eigenart. Sie hatte viele Verehrer, aber obwohl es ein paar wirklich gute Typen dazwischen gab, die ich selbst ernsthaft in Erwägung hätte ziehen können, ließ sie sie alle nach einer Weile fallen. Entweder waren sie zu häßlich oder zu albern, zu provinziell oder zu wild. Es dauerte ziemlich lange, bis ich sie durchschaute. Sie wollte es nicht zugeben, aber sie wartete darauf, daß ER auftauchte. Der hübsche Junge mit dem guten Hintergrund, der schönen Sprache und der hoffnungsvollen Zukunft. Der Ritter, der sie von ihrer anarchistischen 68er-Kindheit mit gemeinsamer Haushaltskasse, kollektiven Aussprachen und Gemeinschaftsmüttern in wechselnden auseinanderbrechenden Wohngemeinschaften befreien konnte.

Sie lernte Jens an der Bar im Café Victor kennen, kurz vor der Sperrstunde, wo er sie festhielt, als sie, mit einem gediegenen Rausch, von ihren hohen Absätzen rutschte. Das erwies sich als äußerst symbolträchtig, denn genau das war es, was dann folgte: Jens, der rechtwinklige Ingenieur mit ordentlicher Kontoführung, holte innerhalb von Null Komma nichts Birgitte, meine schräge, spezielle Lieblingsfreundin, auf den Boden der Tatsachen. Und da trampelt sie seitdem herum und versucht sich selbst und andere davon zu überzeugen, daß Jens der Mann ihres Lebens ist und es immer schon war. Deshalb ist unsere Freundschaft, auch wenn ich zugeben muß, daß sie tut, was sie kann, nicht mehr dieselbe.

Das mußte ich akzeptieren, denn mir blieb nichts anderes übrig, und auch wenn ich sie oft vermisse, reichte das nicht aus, um selbst auf die Jagd nach einem passenden Partner zu gehen. Ganz im Gegenteil, nachdem ich Zeuge ihres schnellen Verwelkens in dem Gefängnis der Paarbeziehung geworden war, war ich stärker als zuvor um meine eigene Identität bemüht. Ich will auf keinen Fall gefressen werden. Auch nicht von dem schönsten Löwen im Dschungel.

»Woran denkst du?« fragt Paul und zupft mich sanft am Ärmel.

»An gar nichts«, antworte ich und bewege meinen Blick vom Einer zu Paul. Er hat Sonne im Haar. »Warum bist du so scharf auf eine gemeinsame Adresse?« frage ich dann.

»Des Geldes wegen. Wir sparen eine ganze Menge. Nur eine Miete, ein Telefon, einmal Fernsehgebühren.« Paul kneift die Augen zusammen. »Und die vielen Taxirechnungen, die wir sparen. Ich habe es ausgerechnet. Du kannst eine ausgedruckte Budgetrechnung kriegen, wenn dich das überzeugt!«

»Und ich dachte, du wolltest das aus Liebe!« sage ich und mache Abstriche an meiner Wachsamkeit.

»Das auch, aber diese Argumente interessieren dich doch gar nicht! Für eine Frau hast du eine ziemlich überdimensionale linke Gehirnhälfte!«

Paul balanciert elegant auf der Linie zwischen leichtem Spott und tödlichem Ernst. Mir ist das bewußt, und schnell und gierig drücke ich meinen Mund auf seinen. Der Kuß wird erwidert, wir tändeln etwas herum und kommen uns unter der Rotbuche, deren Blätter noch wie ein kupferner Schild am Baum sitzen, ziemlich nahe. Trotz der Erleichterung darüber, daß ich einen Aufschub erreicht habe, weiß ich genau, daß es sich nur um eine mittelfristige Verschiebung auf der Tagesordnung handelt. Und als es am selben Abend zum ersten Mal er ist und nicht ich, der darauf besteht, nach Hause zu gehen und allein zu schlafen, weiß ich, daß es sich um eine direkte Strafe handelt und ich einen Vorgeschmack darauf bekomme, was mich noch erwartet. Auge um Auge, Zahn um Zahn.

Als ich in plötzlicher Angst vor dem Abstand meinen

Stolz hinunterschlucke und ihn zu überreden versuche, doch zu bleiben, triumphiert er boshaft:

»Leider«, sagt er und gibt mir einen Wangenkuß. »Weißt du, meine Integrität ...«

Die Episode ist möglicherweise unheilverkündend, aber nicht alarmierend. Wir setzen unser Pendlerleben fort, er mit seiner Kontaktlinsenausrüstung und ich mit meinen Antibabypillen im Gepäck, das in Plastiktüten von der einen Adresse zur anderen transportiert wird. Unser Verliebtsein ist immer noch frisch und glänzend, mir wird immer noch heiß und kalt, wenn ich ihn wiedersehe, und die Leute um mich herum sagen mir ganz spontan, daß ich so hübsch geworden bin! »Sex«, würde ich am liebsten antworten, denn ich fühle mich wie ein blühendes Mohnblumenfeld, hervorgezaubert durch die Liebe eines Mannes, zu dem die meisten meiner Kollegen ein ziemlich ambivalentes Verhältnis haben. Wie ich es auch hatte, bevor ich meine Hand in seine legte. Immer noch wird er als ein komischer Kauz angesehen, ein eitler, dummer Junge, dessen Talent nur von seinen eigenen Erwartungen übertroffen wird. Mit anderen Worten – Paul Weber wird nicht ernst genommen. Vielleicht nehme ich ihn auch nicht ernst genug, denn während ich zur Ruhe komme und mich auf dem Plateau, auf dem wir uns jetzt befinden, einrichte und sicher fühle, spüre ich doch, daß Paul höher hinaus will. In die dünne Luft, senkrecht die Bergwand hoch, und seine Fahne auf dem höchsten Gipfel einrammen.

Aber dennoch überhöre ich seine Signale, tue, als wenn nichts wäre, wenn er ein undurchsichtiges Gesicht aufsetzt, ignoriere sein schlafloses Hin- und Herwälzen. Nicht weil er um Aufmerksamkeit oder Anteilnahme buhlt – er wischt es lächelnd beiseite, wenn ich doch einmal frage, ob etwas nicht in Ordnung ist. Und die meiste Zeit ist er unwiderstehlich und ansteckend fröhlich. Nimmt mich in die Arme und wirbelt mich herum, küßt mich leidenschaftlich und grölt alte Schlager unter der Dusche. »Ich brauche keine Millionen, mir fehlt kein Pfennig zum Glück!«

So kommen wir auch froh und elegant – er in dunklem Anzug und ich in meinen Kookaï-Kleid und auf hohen Hacken – zum traditionellen »Arschkriecherfest« des Generals für speziell Auserwählte, zu dem wir beide eingeladen sind. Auch letztes Jahr waren wir beide da – woran ich mich nicht besonders gern erinnere, weil ich davon überzeugt bin, daß Paul und Henriette auf der Gästetoilette gebumst haben –, also müssen unsere Aktien ziemlich hoch stehen. Wir haben beide damit kokettiert abzusagen, aber zum einen will Paul den General davon überzeugen, daß er vom Inland zum Sonntagsmagazin versetzt werden sollte, was schon einmal von Kofoed abgelehnt wurde – »Sollte der Junge nicht erst einmal trocken hinter den Ohren werden?« –, und zum anderen sind wir wie alle verliebten Paare vergnügungssüchtige Narzißten, die es genießen, sich in der großen, weiten Welt zu spiegeln. Von ihr geneckt zu werden. Obwohl der Sender uns schon seit langem als »Schraube und Mutter« ansieht, wie Paul es hin und wieder anzüglich nennt, dürfen wir nicht nebeneinandersitzen.

Ich bin nämlich in der Rangfolge aufgestiegen und Ehrengast. Wenn man es genau nimmt, dann sind Henriette (!) und ich auf beiden Seiten des Gastgebers zur Dekoration angebracht, die weiblichen Talente. Am gegenüberliegenden Tischende sitzen Frau General, Lenemädchen, wie er sie nennt, und böse Zungen behaupten, daß sie es ist, die zu Hause das Sagen hat. Unter den Auserwählten ist außerdem auch Ras; der sitzt gemütlich zu meiner Rechten, ein paar von der alten Garde – die Waffenbrüder des Generals – und Kofoed mit einem für diese Gelegenheit aufgetragenen klebrigen Lächeln.

Paul sitzt an einem der kleinen Tische, wo es, den Lachsalven nach zu urteilen, sehr viel lustiger zugeht als an unserem Tisch, an dem wir der Protzerei des Generals ausgesetzt sind. Seine Gattin verzieht keine Miene – begnügt sich damit, den Kellnern kurze Anweisungen zu geben –, ansonsten verhält sie sich passiv und stumm. Ganz gleich, ob ihr mächtiger Mann nun vom Attentat auf Robert Kennedy erzählt – »Bob war verflucht noch mal ein feiner Kerl!« – oder seine undiplomatische Meinung über den neuen Fernsehdirektor zum besten gibt. Rivalinnen oder nicht, Henriette und ich treffen uns in verständnisinnigem Kichern hinter seinem Rücken. Und das muß ich ihr lassen: Sie ist keine berechnende Claqueuse. Sie hält nicht damit hinterm Berg, daß sie sich allmählich langweilt, was den General wiederum so sehr aus der Fassung bringt, daß er seinen Monolog unterbricht und seine kalte Zigarre anzündet. Unter anderen Umständen hätten wir uns treffen können, Henriette und ich.

Vor dem Käse hält er eine Rede. Predigt salbungsvoll von den »Freunden und Mitarbeitern«, die er an diesem Abend um sich gesammelt hat und die den Sender sicher durch die knochenharte Konkurrenz der Zukunft führen sollen – sowohl die inländische als auch die ausländische. »Und das schafft ihr, indem ihr *Neuigkeiten* produziert, Leute! Eure Unterhaltungssendungen und Quizprogramme sind ja gut und schön, aber es sind die *Neuigkeiten*, die das Rückgrat bilden, die tägliche Nachrichtensendung ist das Flaggschiff des Senders! Und das könnt ihr gern zitieren!«

Jubel und Applaus – und Pfiffe von Paul.

Nach einer längeren selbstgefälligen Sequenz beendet er die Rede mit einem herzlichen Toast auf »die jungen Talente«.

»Ihr seid das Fernsehen von morgen! Aber denkt daran, ihr steht auf den Schultern von uns Alten! Ohne uns wärt ihr gar nichts!« Großer Applaus von den Alten und erneut ein durchdringender Pfiff von Paul. Ich drehe mich nach ihm um, sehe ihn wie einen schnoddrigen Gassenjungen vor mir. Genieße diesen Anblick. Als der General sich wieder hingesetzt hat, fährt er mit seiner Belehrung an Henriette und mich gewandt fort.

»Ihr seid ja gar keine richtigen Reporter! Meine Generation damals, die hat vierundzwanzig Stunden am Tag gearbeitet. Wir sind nach Beirut geflogen und weiter nach Nam, ohne auch nur die Frau zu Hause anzurufen. Wir haben mit dem Paß unterm Kopfkissen geschlafen! Als Lenemädchen ihr erstes Kind kriegen sollte, mußte ich während der Wehen weg! Und bin erst zurückgekommen, als das Kind zwei Monate alt war! Stimmt's, Lenemädchen?«

Der General hebt grüßend sein Glas, und seine Frau erwidert ausdruckslos den Gruß. Lenemädchen sieht aus wie eine, die ihren Gatten eines Sonntags während des Kirchgangs erdolchen könnte.

»Nicht wahr? Habe ich recht?« wendet er sich seinen Waffenbrüdern zu, die brummen, daß das verdammt richtig sei, und dann folgt ein längerer Sermon von der Front, das Aufzählen von Sechs-Sterne-Generalen und Horrorgeschichten aus dem schwärzesten Afrika. Viel Wind, aber wenig Unterhaltungswert. Weshalb Paul ein abwehrendes Nicken als Antwort erhält, als er vorbeikommt, mich in den Nacken küßt und fragt, ob ich mich amüsiere.

»Meine Güte, was ihr doch für Angeber seid!« sagt Henriette schließlich, und das bringt den General, der sich inzwischen einen ordentlichen Rotweinschwips angetrunken hat, dazu, sein Hemd aufzuknöpfen und die Narbe einer Schußwunde zu zeigen, die er im Sechstagekrieg bekommen hat. Nur zwei Zentimeter vom Herz entfernt, betont er und hält zwei Fettwülste auseinander, damit wir die

Narbe sehen können. Henriette und ich platzen fast vor Lachen, aber der General fährt unerschüttert fort.

»Aber heutzutage! Die Jungen sind ja solche Schlappschwänze, am liebsten würden sie noch einen Leibwächter mitnehmen! Oder sie nehmen mal wieder Erziehungsurlaub! Oder sind kurz vor der Geburt! Oder müssen zum Elternabend in den Kindergarten!« faucht er und läßt seine Zigarrenasche auf die Käseplatte rieseln. »Wie soll man da vernünftige Nachrichten machen?«

»Du mußt zugeben, daß du gerade jetzt einen Mann in Kroatien hast!« werfe ich ein und denke an Michael, einen netten Kerl, Chef des Lottoclubs von der Auslandsabteilung und angenehm bescheiden.

»Ja! Michael, auf den kann man sich verlassen! Einen Toast auf Michael!« Der General hebt erneut sein Glas, und wir stoßen auf Michael an. Das hat er auch nötig. Inzwischen sind im jugoslawischen Bürgerkrieg schon so viele Presseleute getötet oder verwundet worden, daß man mehr als nur seine Pflicht tut, wenn man dort bereits die dritte Woche aushält.

»Und was ist mit euch, Mädels?« Der General breitet seine Arme wie Flügel um Henriettes und meine Schultern.

»Ihr kommt doch wohl nicht an und wollt Kinder haben, Erziehungsurlaub und all diesen Blödsinn, oder? Aber wie ich höre, hast du dich verlobt«, sagt er zu mir.

Ich murmle ablenkend, daß ich so verlobt ja nun auch nicht bin. »Und ich bin unfruchtbar«, trumpft Henriette auf und erhebt sich. Ein kleines Lächeln ist um Lenemädchens harten Mund zu ahnen.

Der General fordert mich zum ersten Tanz auf, und ich muß dankend nicken und ihm folgen, obwohl ich aus den Augenwinkeln sehe, daß Henriette Paul auffordert. Der General drückt sich fest an mich, seinen Wanst an meinen Bauch.

Paul und Henriette tanzen in der Peripherie meines Blickfelds, und obwohl mir in einem giftigen Augenblick die Szene von der Gästetoilette einfällt, bin ich nicht ernsthaft nervös. Nur etwas unruhig.

»Tes«, sagt der General ganz dicht an meinem Ohr. »Ich möchte dir gern was sagen, aber das muß unter uns bleiben.«

Der General macht eine Kunstpause, und ich biete ihm den gewünschten Gesichtsausdruck, neugierig und gespannt. »Ja?«

»Ich habe große Pläne mit dir.«

»Ach?« sage ich, hellwach und bereit. Er hat zuviel getrunken und redet nasal, aber ich habe gehört, daß er gerade in diesem Zustand gern seinen Mitarbeitern Hinweise gibt, die einen erschauern lassen.

»Möchtest du gern nach Moskau? Ich meine, willst du *Korrespondentin* in Moskau werden?«

Er zieht mich noch fester an sich, legt eine Hand reichlich zudringlich auf meine rechte Pobacke.

»Ein tolles Kleid hast du an!« stellt er sabbernd fest, das Schwein, und drückt zu. Vollkommen bewußt, daß ich in Erwartung der Fortsetzung festsitze. Ein Lehrbuchbeispiel für sexuelle Belästigung am Arbeitsplatz.

»Wenn ich du wäre, würde ich mir den Arsch – haha – abarbeiten, um auf mich aufmerksam zu machen, und dann würde ich mich um Ferdinands Nachfolge bewerben. Sein Vertrag läuft in zwei Jahren aus, aber ich habe die begründete Vermutung, daß er schon gern früher zurückkommen würde.«

»Und was ist mit Knud?« fragte ich mit sachlichem Pokerface und bin plötzlich froh darüber, daß ich festgehalten werde, damit ich nicht in Ohnmacht fallen kann. »Ist er nicht vor mir dran?«

Korrespondentenintrigen schmieden ist eines der Lieblingsspiele in der Auslandsabteilung. Wer geht wohin, wenn der und der Vertrag ausläuft? Gibt es irgendwelche Chefs, die hereinschneien und uns den Jackpot vor der Nase wegschnappen? Gibt es irgendwelche Joker? Jemanden, der in Ungnade gefallen ist, oder Posten, die im Zuge einer weiteren Sparrunde gestrichen wurden? Wir wollen schließlich alle raus, und wenn das Klima bei uns manchmal leicht eisig wird, dann hängt das oft mit irgendwelchen Rochaden zusammen. Wer triumphiert, wer wird übergangen? Meine Stärke ist mein fließendes Russisch, meine Sowjetleidenschaft und mein Geschlecht. Denn auch wenn der General ein Chauvinist der übelsten Sorte ist, weiß er doch genau, daß es nicht schlecht ist, sich mit ein paar feschen Mädels hervorzutun – fürs Senderprofil. Aber selbst in meinen gewagtesten Träumen bin ich davon ausgegangen, daß es in den nächsten fünf Jahren für mich nicht möglich sein würde, als feste Korrespondentin nach Moskau zu kommen. Der General sieht mich schielend an. Vielleicht ist er schon so breit, daß er nicht mehr weiß, was er sagt.

»Schon möglich, daß Knud glaubt, er wäre dran. Vor fünfzehn Jahren war er auch ausgezeichnet – und es ist schließlich nicht seine Schuld, daß nie irgendwas dort passiert ist. Aber jetzt will ich frisches Weiberblut auf dem Posten!« Der General lächelt teuflisch und drückt mir die Luft ab.

Da passiert es. Blitzschnell wie ein Hai kommt Paul und entreißt mich den Klauen des Generals. »Ich hacke dir die Hände ab, wenn du sie noch mal so anfaßt!« faucht er und sieht den General wütend an, während sich seine Hand wie ein Eisenring um mein Handgelenk legt.

Der General schüttelt verwirrt den Kopf, als könne er nicht glauben, was mit ihm geschieht. Mir geht es genauso. Das ist eine Szene von der Art, wie ich sie hochgradig verabscheue. Der Tanz um uns herum stockt, die Leute bleiben stehen und starren uns an. Die Peinlichkeit ist schier mit Händen zu greifen.

»Paul, nun mal ehrlich!« sage ich leise und ziehe meine Hand aus seiner.

Paul wirft mir einen einzigen Blick zu, und als ich nicht darauf reagiere, dreht er sich um und verläßt den Raum. Der General schleicht davon, füllt sein Glas, und ich stehe wie gelähmt da und reibe mir das Handgelenk, bis Ras kommt und anfängt, mit mir zu tanzen.

»Sind wir hier in der Steinzeit, oder was?« fragt er.

Ich lächle entschuldigend und tanze mechanisch Jitterbug. Ras hat Schweißtropfen auf seiner Stirnglatze und leicht feuchte Hände, und aus irgendeinem Grund kommt mir zum ersten Mal der Gedanke, daß er möglicherweise mehr als nur professionelles Interesse an mir haben könnte.

Jedenfalls scheint er verletzt, als ich mich nach dem Stück entschuldige und ihn allein auf dem Tanzboden stehenlasse. Pauls grauer Mantel hängt – wie erwartet – nicht mehr im Flur, als ich meinen eigenen nehme und ihn mir nur über den Arm werfe, bevor ich Hals über Kopf aus dem Haus stürze. Den Gartenweg entlang, auf die kleine Zufahrtsstraße und um die Ecke, wo ich endlich eine Gestalt im Mantel entdecke, die gerade in ein Taxi steigt.

»Paul!« rufe ich gellend und laufe hinter ihm her. Vollkommen bewußt, daß ich ihn nie wieder erreichen werde, wenn ich es jetzt nicht schaffe. Ich rufe noch einmal, aber entweder hat er mich nicht gehört, oder er will mich nicht hören, denn er zieht die Wagentür zu, ohne sich umzudrehen. Ich knicke um und verfluche meine hohen Absätze, und als das Auto langsam vom Fußweg herunterrollt, verfluche ich auch noch Paul.

Dann pfeife ich. Zehnmal so laut und durchdringend wie Paul während der Rede des Generals. Und das scheint zu wirken – vielleicht hat ja der Taxifahrer ein besonderes Ohr für Pfiffe – jedenfalls hält der Wagen an. Ich nehme meine Schuhe in die Hand und laufe das letzte Stück zum Auto auf Silk-look-Strümpfen, während ich mich mit jagendem Atem frage, ob er das wirklich wert ist.

Ich reiße die hintere Tür auf und werfe mich neben Paul auf die Rückbank. Außer Atem, mit laufender Nase von der Herbstkälte und Tränen der Wut in den Augen.

Paul guckt steif geradeaus.

»Fahren Sie nur!« sage ich zu dem Fahrer, der mich neugierig im Rückspiegel betrachtet.

»Was zum Teufel sollte das?« frage ich, als der Wagen sich in Bewegung setzt. »Glaubst du, wir leben in der Steinzeit, oder was?«

Paul dreht sich zu mir und sieht mich lange an.

Ein Backpfeifengesicht, widersinnig schön.

»Entweder du gehörst zu mir, oder du gehörst nicht zu mir.«

»So einfach ist das ja nun nicht!« protestiere ich.

»Doch, genau so einfach ist das. Bei mir gibt es nur entweder-oder. Und wenn dir das nicht gefällt, dann hast du die Wahl. Du brauchst nur den Fahrer zu bitten, anzuhalten und einen zweiten Wagen zu rufen.«

Ich öffne und schließe den Mund, außerstande, diesem fremden Mann mit dem verschlossenen Gesicht etwas zu sagen. Sinke statt dessen wortlos im Sitz zusammen. Eine derart bodenlose Arroganz habe ich noch nie erlebt! Die einzig richtige Reaktion wäre, laut loszulachen, auszusteigen und sich zu verabschieden! Mit diesem Gedanken spiele ich eine Weile in meiner Ecke, während die Vorstadt mit ihren Hochhäusern, Tankstellen und ihrem kalten Licht vorbeiflimmert. So einfach wäre das, wieder ich selbst zu sein und da weiterzumachen, wo ich aufgehört habe. Still und friedlich und ohne Dramatik und turbulentes Privatleben auf den Moskauposten hinzuarbeiten – auf meinen ultimativen Karrieretraum. Vielleicht Birgitte auf einer anderen Frequenz wiederzufinden, mein Krafttraining, das ich in letzter Zeit auf schändliche Weise vernachlässigt habe, wieder zu intensivieren. Fachliteratur und dicke russische Romane lesen. Mal hier und da mit einem bumsen.

Mal hier und da mit einem bumsen ... Der Gedanke ist absurd. Ekelerregend. Alles dreht sich in mir um, meine Gebärmutter stöhnt, meine Eierstöcke jaulen auf. Wenn ich es nicht schon lange wußte, dann jetzt. Es ist zu spät, um zu gehen, zu spät, umzukehren, zu spät, zu bereuen. Die Wahl existiert nicht einmal mehr als Möglichkeit. Denn es gibt nur Paul.

»Ich hasse dich!« zische ich und habe Lust, ihm sein makelloses Profil zu zerkratzen.

»Ich liebe dich«, sagt er, während ihm die Scheinwerfer eines entgegenkommenden Fahrzeugs übers Gesicht fegen.

Am nächsten Tag habe ich Dienst und werde vom Radiowecker um acht geweckt. Keine alarmierenden Neuigkeiten – der Abrüstungswettlauf wird fortgesetzt und die Kämpfe in Kroatien auch. Miles Davis ist gestorben, und das läßt mich an meinen Vater denken, obwohl er kein Jazzfan war. Ob er wohl auch verbraucht ist? Alt geworden? Als ich ihn das letzte Mal sah, war er wohl in Pauls Alter, so um die Dreißig und noch jung. Ich seufze und drehe mich zu Paul um. Paul, dessen Schulter bloßliegt. Paul, der sagt, daß er mich liebt. Paul, der noch schläft.

Nach dem Ritt der Nacht sind wir beide nackt. Er nahm mich, als wir heimkamen, und ich ließ es geschehen. Verführt von seinem Jähzorn, erregt von seinem Besitzanspruch. Hinterher fielen wir ausgepumpt und erschöpft um – ohne das sonst übliche Nachspiel, das wir intensiv pflegen. Manchmal ist schon einer von uns aufgestanden und hat Essen gemacht – Paul hat einmal um halb drei nachts Spaghetti gekocht –, das wir dann im Bett gegessen haben. Oder wir öffnen eine Flasche Wein, teilen uns ein Bier oder eine Zigarette, wenn ich so weich bin, daß ich das absolute Rauchverbot in meinem Schlafzimmer aufhebe. Und hier ist es – hinterher –, in der intim duftenden Bettwärme, wo wir unsere intensivsten Gespräche geführt haben. Über Bohr und Einstein, Gott und Buddha, über Stillstand und Bewegung. Hier haben wir am heftigsten diskutiert, über die genaue Anzahl der afrikanischen Staaten, über französisches Fernsehen und amerikanisches, über Clarence Thomas und Anita Hill. Und hier haben wir am leisesten geflüstert und am lautesten gelacht. Und hier habe ich die Liebe am natürlichsten gespürt und am wenigsten beängstigend. Du und ich, amen. Nichts darüber, nichts darunter, nichts daneben.

Aber heute nacht war Paul buchstäblich ausgepumpt, und ich war immer noch zu wütend zum Schmusen. Und während er sofort wie ein sibirischer Bär einschlief, lag ich hellwach neben ihm und ereiferte mich immer mehr darüber, daß er den Abend zu einem Western umfunktioniert hatte und mich zu einer Stellungnahme gezwungen, zu der ich nicht bereit gewesen war. Und weil ich nicht einschlafen konnte und darüber auch noch sauer wurde, weil ich am nächsten Morgen früh zur Arbeit mußte, bekam er auch daran die Schuld.

Ich mache das Radio aus und schalte auch nicht CNN ein, wie ich es sonst immer tue, werfe mir statt dessen meinen Kimono über und schleiche mich aus dem Schlafzimmer, um ihn nicht zu wecken. Ich möchte allein sein. Ich muß jetzt allein sein. Ungestört zu mir kommen.

Ich schäle eine Apfelsine am Küchentisch, stelle mich ans Fenster und gucke auf den trostlosen grauen Hinterhof. Das Schaukelgerüst ist verrostet, die Mülleimer sind überfüllt. Geistesabwesend mümmle ich meine Apfelsine. Den vergangenen Abend muß ich wohl als Wendepunkt ansehen. Er hat nicht nur sich selbst blamiert und ist voll ins Fettnäpfchen getreten, indem er den General öffentlich zur Schau gestellt hat. Er hat auch mich blamiert, mich sozusagen mit seiner unmöglichen Forderung nach blinder Ergebenheit in seinem Sturz mitgezogen. Und ich habe es zugelassen.

»Hier bist du?« klingt es plötzlich sanft verwundert hinter mir. Paul steht in der Küchentür und blinzelt verschlafen – splitternackt mit bläulichen Bartstoppeln und zerzaustem Haar.

Ich nicke mit der Apfelsine im Mund und werde von einer Mischung aus heißer Aggression und wilder Zärtlichkeit erfüllt. »Warum denn?« fragt er, und automatisch öffne ich die Arme und drücke ihn an mich, als er zu mir kommt. Sein Mundgeruch läßt mich unwillkürlich den Kopf zur Seite drehen.

»Darf ich dich nicht küssen?«

»Du duftest nicht gerade nach Lilien!«

»Entschuldige. Haßt du mich immer noch?« Paul drückt sich noch enger an mich, reibt sich an mir und klaut eine Apfelsinenscheibe.

»Ja!« sage ich mit Nachdruck. »Und der General garantiert auch!«

»Meinst du, er wird mich feuern?« Paul küßt mich auf den Hals, und ich öffne den Kimono, um ihn zu wärmen.

»Möglich. Ein verwundeter Stier ist immer gefährlich!«

»Und du? Du auch?« fragt er und hebt mich hoch, so daß ich mit einer Pobacke auf dem Rand des Küchentischs sitze.

»Habe ich eine Wahl?« murmle ich und bekämpfe meine Sehnsucht nicht länger.

»Die haben wir beide nicht!« pustet er mir ins Ohr, und dann denken wir nicht weiter.

Was ansonsten schwierig geworden ist – nicht zu denken. Nach einem ruhigen Sonntagsdienst, in dem ich problemlos einen Beitrag über norwegische Innenpolitik zusammenschustere und ein paar Telegramme zu Kurzmeldungen redigiere, habe ich drei freie Tage. Ich teile Paul mit, daß ich gern allein sein möchte, und diesmal wird das sogar ohne Diskussion zur Kenntnis genommen.

Und als der gerissene Stratege, der er ist, muß er sich deswegen auch nicht beunruhigen. Es gibt kaum einen Quadratmeter in meiner Wohnung, der nicht an ihn erinnert. Unablässig werde ich von all diesen Paul-Fetischen verfolgt, die mein Appartement füllen. Wenn ich morgens aufwache, kann ich die zweite Bettdecke umarmen, die er mitgebracht hat, und wenn ich mir die Zähne putze, kann ich seiner Zahnbürste zuwinken und seinen Rasierschaum begrüßen. Ich habe Danone-Joghurt im Kühlschrank und Noilly Prat im Wohnzimmer, seine momentane Lieblingsplatte liegt auf dem Plattenspieler und seine Entspannungslektüre, der letzte Jan-Guillou-Thriller, auf dem Couchtisch. Und damit nicht genug. Als ich stundenlang in einem verwüsteten Waschsalon stehe, kann ich seine Boxershorts und seine Hemden in der Bunt- beziehungsweise Feinwäsche sehen. Letzteres wird nur noch dadurch übertroffen, daß ich seinen Wollpullover trage.

Nachmittags laufe ich ziellos in der Stadt herum. Ich bin zu unruhig, um daheim zu sitzen, gleichzeitig aber zu sehr mit mir selbst beschäftigt, um andere Menschen zu besuchen. Einerseits würde ich gern mit jemandem reden, andererseits würde ich am liebsten meine Ruhe haben. Ich gehe ins Sputnik, den Buchladen der Dänisch-Russischen Freundschaftsvereinigung, wo es aussieht, als wollten sie einen Ausverkauf veranstalten, und dem ist wohl auch fast so. Der blasse Idealist, der mir fünf Pop-Art-Lenin-Postkarten verkauft und den ich sicher schon einmal in einem Sommerlager in Minsk getroffen habe, klagt jedenfalls darüber, daß im Mutterland alles im Umbruch ist.

»Wir bekommen keine Ware, und wir wissen nicht, bei wem wir uns beschweren sollen!« seufzt er desillusioniert und zwirbelt seinen dünnen Bart. Ich bin nicht die einzige, die die Orientierung verloren hat.

Würde Tante Mo noch in Virum und nicht in der Provence leben, wäre ich zu ihr gefahren. Und wenn meine Mutter die Fähigkeit hätte, sich mit etwas anderem als sich selbst zu beschäftigen, könnte sie mir wahrscheinlich eine Antwort geben. Oder Birgitte. Aber deren Ratschläge sind im Moment unerträglich. Ihre stürmische Begeisterung für die Ehe und die Familie gestattet keinerlei Kompromisse, weshalb ich lieber mein Fahrrad wende, als ich feststelle, daß ich auf dem Weg zu ihr bin. Es gibt nur eine Möglichkeit – abgesehen von Paul, dem Wolf selbst. Einen Menschen, dem ich mich jetzt anzuvertrauen wage. Sabine in Köln.

Als wäre es eine Frage von Leben und Tod, eile ich nach Hause und rufe sie im Büro an.

»Sabine Mitteregger ist im Moment leider nicht im Haus«, teilt ihre Sekretärin mit und verspricht ihr auszurichten, daß sie zurückrufen soll. Das tut sie auf der Stelle, also war die Sekretärin, wie ich schon vermutete, nur ein Filter.

»Tes, is that you!« ruft Sabine überrascht und ist hoch erfreut über die Aussicht, von mir Besuch zu bekommen. Sie muß nur noch ein paar Dinge organisieren und hat einige Termine, wenn ich mich also währenddessen ein paar Stunden allein beschäftigen kann, gibt es überhaupt kein Problem.

»It can wait«, sage ich, da ich weiß, wie voll ihr Terminkalender normalerweise ist.

»You need to come now, don't you?« werde ich verabschiedet. Und dann muß ich Ras anrufen und ihm ein paar Urlaubstage extra rausquetschen.

»Ich habe noch ein paar Urlaubstage und massenhaft Überstunden«, erkläre ich.

»Ja, ja, Tes. Das weiß ich«, seufzt Ras. »Aber du weißt auch, wie schwierig es ist, den Dienstplan zu ändern! Jelzin ist dabei, sich in einen Krieg in … was weiß ich, wie es heißt, einzumischen.«

»In Tschetschenien-Ingutschenien«, erläutere ich.

»Ja, genau, jedenfalls wird die Lunte an dem kaukasischen Pulverfaß immer kürzer! Und wen soll ich da dransetzen?«

»Lieber, guter Ras, es ist wirklich sehr, sehr wichtig für mich!«

»Willst du zum Honeymoon mit deinem Neandertaler?« fragt er spitz.

»Ganz im Gegenteil«, antworte ich, und da wird Ras deutlich entgegenkommender.

»Na gut, aber dann hinterlasse zumindest Telefonnummer und Adresse, daß wir dich anrufen können, falls es brennt! Ferdinand hat Bauchschmerzen, kapiert?«

Ich kapiere. Ich weiß nicht, was mit Ferdinand los ist, aber seine Berichte sind in letzter Zeit etwas unregelmäßig geworden. »Natürlich. Hast du was zu schreiben?«

Ich widerstehe der Versuchung, Paul anzurufen. Aber da er mich auch nicht anruft und ich nicht möchte, daß meine Fahrt nach Köln wie eine Seifenoper-Episode aussieht, schreibe ich ihm einen kurzen, undramatischen Hinweis auf eine der Lenin-Postkarten, daß ich für ein paar Tage verreist bin. »Um ein bißchen nachzudenken. Bis bald. Deine Tes.«

Ich werfe die Karte in den Briefkasten am Hauptbahnhof, greife entschlossen meine große Mandarina-Duck-Reisetasche und gehe zum Bahnsteig, wo der Nordexpreß schon bereitsteht. Während ich vorm Schaffner nach meiner Reservierung suche, ahne ich einen wachsenden Schatten am Rande meines Blickfelds. Als ich aufschaue, ist er zu Paul geworden. Unter dem Humphrey-Bogart-Hut. Ich versuche ihn wegzublinzeln, wie eine Fata Morgana. Aber er bleibt dort stehen, nimmt mich beim Arm und zieht mich vom Schaffner fort. »Haust du ab?« fragt er.

Ich schüttle energisch den Kopf, obwohl ich mich wie eine Gefangene fühle, die bei einem Fluchtversuch ertappt wurde.

»Das kannst du nämlich gar nicht!« sagt er und gibt mir einen Kuß.

»Was machst du hier?« frage ich verwundert.

»Gebe dir einen Abschiedskuß«, erklärt er und macht es noch einmal.

»Woher wußtest du, daß ich hier bin?« frage ich mechanisch, als hätte das irgendeine Bedeutung.

»Ein wenig Investigationsjournalismus hat man ja nun einmal gelernt«, erwidert Paul und infiziert mich mit sich.

Der Schaffner fängt an, die Türen zuzuwerfen, die Lokomotive brummt potent, und ich befreie mich von Paul.

»Wann kommst du wieder?« fragt er, als ich in den Zug gestiegen bin und er mir meine Tasche hereingereicht hat.

»Samstag. Wenn ich überhaupt zurückkomme!« sage ich, um zumindest eine Andeutung von Vorbehalt in diese unglaubliche Abschiedsszene zu schieben.

»Natürlich machst du das!« sagt er selbstsicher und wirft mir eine Kußhand zu, als die Lokomotive sich langsam in Bewegung setzt.

Ich kann mich nicht beherrschen, ich muß in mein Abteil laufen und ein Fenster runterziehen, damit ich Paul winken kann, der auf dem Bahnsteig steht und seinen Hut schwenkt. Und an dem offenen Fenster bleibe ich stehen, die Haare wehen mir ins Gesicht, und ich winke und winke, bis er zu einem undefinierbaren Punkt geworden ist. Ich bleibe stehen, bis die Lichter der Stadt nicht mehr zu sehen sind und wir das dunkle Land mit Feldern und Zäunen erreicht haben, beleuchtet von einem orangefarbenen Vollmond. Vielleicht hat es ja eine tiefere Bedeutung, denn als ich kurz darauf auf die Toilette gehe, um mich für die Nacht im Schlafwagen bereit zu machen, sehe ich die ersten Blutstropfen. Einen Tag zu früh, was mich stutzen und nachzählen läßt, denn seit Jahren war mein Zyklus genau achtundzwanzig chemisch gesteuerte Tage lang. Ich muß eine Pille vergessen haben. Shit.

Ich teile das Schlafwagenabteil mit einer dicken, deutschen Dame, die mir unter dem Mantel höflicher Andeutungen befiehlt, meinen reservierten Schlafplatz unten aufzugeben. Ich gehorche – ohne jede Form von Widerstand –, denn ich habe überhaupt nichts dagegen, oben zu liegen. Dort liege ich und versuche ohne Erfolg einzuschlafen, während mein Körper sich nach ihm sehnt und meine Seele hektisch bemüht ist, Abstand von ihm zu gewinnen – schließlich entferne ich mich ja auch rein physisch von ihm. Erst als Wasser zwischen uns ist, schlafe ich endlich ein.

Sabine wartet schon auf dem Bahnsteig, als der Zug am nächsten Morgen ganz früh in den Hauptbahnhof einrollt. Sie strahlt und wirft ihr langes dunkles Haar nach hinten, als sie mich aussteigen sieht, und wir umarmen uns glücklich und voller Wiedersehensfreude.

»Du bist aber dünn geworden!« ruft sie auf englisch aus. Wir haben uns auf einer Studienreise in Amerika kennengelernt, und es kommt uns merkwürdig vor, deutsch zu sprechen.

»Revolution & Love!« erkläre ich und weiß, daß sie mich versteht. Sabine ist einer der wenigen Menschen in meinem Leben, zu denen ich sofort Vertrauen gefaßt habe und denen gegenüber ich immer offen war; auch wenn wir uns nur ein paarmal im Jahr treffen können, besteht diese direkte Verbindung zwischen unserem Gefühlsleben.

Als ihr bei meiner Frage nach Reinhardt die Verzweiflung über das klassisch geformte Gesicht huscht, ist mir klar, daß die Beziehung nach wie vor frustrierend ist. Von ihrer Affäre, die sie nun schon drei Jahre mit einem bekannten Intendanten hat, weiß außer mir niemand. Zwar ist er auf dem Papier geschieden, das Problem ist aber, daß seine Exfrau, eine sehr bekannte und beliebte Schauspielerin an seinem Theater, sich weigert auszuziehen und damit droht, sich, ihn und seine Geliebte, falls er jemals eine haben sollte, umzubringen. Mit anderen Worten: ein Riesenskandal, der nicht weniger pikant durch die Tatsache wird, daß Sabine selbst ein bekanntes Fernsehgesicht ist – und die Tennispartnerin der Exfrau.

»Ich kenne Schauspielerinnen. Sie lieben Theaterdonner und Melodramen!« tröste ich sie, als wir beim Frühstück in Sabines kleiner Wohnung sitzen.

»Das kannst du laut sagen«, stimmt Sabine finster zu. »Das Problem daran: Sie ist *crazy*! Erinnerst du dich an ›Eine verhängnisvolle Affäre‹ mit Glenn Close und Michael Douglas?«

»War das der Film mit dem gekochten Kaninchen?«

Sabine nickt und schüttelt sich.

»Also, dann weißt du, was uns bevorsteht! Aber nun erzähle mal von deiner Liebe!«

»Er heißt Paul«, fange ich an. Und in den nächsten zwei Tagen gebe ich alles von mir. Des langen und des breiten. Über Paul in allen Nuancen und aus allen Winkeln, von nah und fern. Im Kunstmuseum, in Videocafés, in Modeboutiquen. Auf der Straße und in Sabines altem Mercedes, wo wir italienische Schlager und Hiphop hören, wovon sie, die sonst so seriös ist, nicht genug kriegen kann. Vielleicht schaltet sie ja hin und wieder ab, aber jedenfalls tut sie so, als höre sie mir zu. Lauscht und lacht, den Kopf zur Seite geneigt, als ich von dem unglaublichen Abend beim General erzähle.

»I wanna meet that guy!« erklärt sie, aber sie gibt mir keinerlei Rat, was ich mit ihm anstellen soll. Weshalb ich also anfange, laut zu denken, um aus diesem Labyrinth herauszufinden.

Erst im Dom schweige ich. Ergriffen von dem durch die Buntglasfenster hereinfließenden Licht und der andächtigen Stille, die ich – die Atheistin – immer als wohltuend empfunden habe.

Wir zünden beide zwei Kerzen an – eine für den Weltfrieden und eine für das persönliche Glück. Und als wir die brennenden Kerzen in die Halter gesteckt haben, sagt sie: »Vielleicht solltet ihr heiraten?«

Ich breche in unbeherrschtes Kichern aus, eine schwarzgekleidete Frau, die murmelnd vor sich hin betet, dreht sich um und bittet um angemesseneres Verhalten.

Draußen vor dem Dom frage ich: »Get married? Are you insane?« und muß wieder lachen. Etwas zu laut und zu demonstrativ, das merke ich selbst.

»Why not?« fragt sie ruhig, und ich kann nur widerwillig mit den üblichen Repliken antworten.

»Ich glaube nicht an die Ehe, das weißt du doch. Und auf jeden Fall nicht jetzt. No way!«

Sabine hakt sich bei mir ein, und wir gehen weiter.

»So ist es mir auch ergangen«, sagt sie, und ich nicke eifrig. Genau. Wir haben uns immer ein tolles Leben als Singles ausgemalt, mit unglaublich viel Erfolg, schnellen Autos und jungen Liebhabern. Und vielleicht, wenn wir siebzig sind und uns aus dem Scheinwerferlicht zurückgezogen haben, dann wollten wir überlegen, ob wir vielleicht einen unserer Verehrer auserwählen und heiraten würden. Einfach um der Leute willen und um jemanden fürs Grobe zu haben …

»Aber seit ich dreißig geworden bin«, sagt sie und bleibt einen Augenblick lang stehen, »da habe ich das Gefühl, irgendwas ist geschehen …«

»Eine Identitätskrise?« versuche ich es mit hochgezogenen Augenbrauen, aber sie ignoriert die Ironie und redet einfach weiter, und mit jedem Wort wächst meine Furcht vor dem Verrat. Nicht du auch noch, Sabine …

»Du weißt, ich liebe meine Arbeit. Ich mache, was ich will, und wenn ich Lust habe, kann ich es bis ganz oben schaffen. Meine Eltern sind stolz auf mich, und Reinhardt liebt mich zum Teil auch wegen meiner Erfolge. Ich fühle mich selbständig und frei – genauso, wie ich es mir immer gewünscht habe.«

»Superwoman!« werfe ich ein.

»Ach!« wehrt sie ab und setzt ihre Sonnenbrille auf, als ein gutbürgerliches Ehepaar sie offensichtlich erkannt hat und stehenbleibt, um sie anzustarren.

»Nun gut, jedenfalls war es so, als ich dreißig geworden bin«, fährt sie dann fort. »Da haben sie eine große Surprise Party beim Sender organisiert. Ich war zu Tränen gerührt, weißt du, sogar der Fernsehdirektor tauchte auf – mit einer Gehaltserhöhung! Und für mich sind Überraschungsparties schon immer der Inbegriff von Popularität und Erfolg gewesen. Wenn Leute so etwas für einen machen, dann entweder, weil man die Macht hat oder weil sie einen mögen. Im besten Fall, weil beides zutrifft. Ich stand also da, sonnte mich in der allgemeinen Aufmerksamkeit, und Reinhardt kam und gab mir einen Kuß auf die Wange – schließlich ist er auch Kulturredakteur! You made it, Sabine! habe ich mir gesagt und einiges getrunken, denn ich mußte ja mit allen anstoßen. Schließlich sind wir zu mir nach Hause gegangen und haben dort das Fest fortgesetzt – Reinhardt war auch dabei, wir konnten zusammen tanzen, und es war einfach schön. Aber ganz plötzlich war mir, als wenn der Ton verschwunden war – so, als hätte man den Ton beim Fernseher abgeschaltet. Ich konnte die anderen sehen, sie aber nicht mehr hören. Und in meinem Kopf begann es zu schrillen, es war wie eine Sirene – klagend und schmerzhaft. Ich habe mir meine Jacke geschnappt und bin von meinem eigenen Fest abgehauen. Habe den Wagen genommen und bin ins nächste Kino gefahren. Dort habe ich irgendeinen schrecklichen, bluttriefenden Film gesehen. Da saß ich dann und habe geheult, ohne zu wissen, warum. Ich habe mich einfach leer gefühlt, bedeutungslos. Und unbeschreiblich traurig.«

»Liebeskummer!« diagnostiziere ich. Diesmal sogar auf deutsch.

»Sure«, nickt sie. »Natürlich geht die Sache mit Reinhardt mir ziemlich nahe. Es ist unwürdig und lächerlich, und genau betrachtet habe ich eine Scheißangst vor dieser Hexe. Aber, Therese, das war es nicht allein. Das *ist* es nicht allein. Es ist die fehlende Perspektive. Der Wunsch nach Nähe und Gemeinsamkeit ...«

Sabine zögert. Sieht mich von der Seite an, ich bin gefaßt und vorbereitet. Und dann tut sie es. Sie verrät mich. Sie verrät uns. »Okay, to be frank. I guess, I want a family.«

Am nächsten Morgen verabschieden wir uns auf dem Bahnhof. Wie geplant, nicht früher und nicht zerstritten. Aber unsere Beziehung ist nicht mehr so eindeutig und makellos, wie sie war, als ich kam. Ich habe sie ein bißchen verloren und benötige den größten Teil der Rückfahrt, um das zu erkennen und zu verstehen. »Der Spiegel« mit einer eigentlich sehr interessanten Titelstory über die deutschen Weißrussen, die »heim ins Vaterland« wollen, bietet keine Hilfe, lieber döse ich in meiner Ecke am Fenster und lasse mich von der graugetönten Landschaft betäuben. Ich will auch heim. Aber wohin. Oder zu wem. Wieder ist es mein

Körper, der die Führung übernimmt: Auf der Fähre kaufe ich Yves Saint Laurent Bodylotion für mich und eine Stange Gitanes für ihn. Sans filtres.

Paul hat Dienst, wie ich weiß, deshalb gehe ich davon aus, daß ich still und friedlich nach Hause kommen und weiter überlegen kann. Aber gerade als ich aus dem Untergrund auftauche, um zur S-Bahn zu gehen, werde ich am Arm gepackt.

»Therese!« ruft er. Er ist gelaufen, der weiße Atem umhüllt ihn wie ein Heiligenschein, und in seinen Nasenlöchern glitzert ein dünner Rotzstreifen. Ganz simpler Rotz. Trotzdem sieht er mit seinen klaren, ozeanblauen Augen, die sich durch Rauch und Dampf schneiden und den Hauptbahnhof zu einer Kulisse werden lassen, wie ein Engel aus. Ein Winterengel.

»Hast du nachgedacht?«

»Ja!«

»Mit welchem Ergebnis?«

»Das weiß ich nicht«, murmle ich und verstecke mein Gesicht in seinem olivgrünen Parka, seiner Arbeitskleidung, während ich versuche, mich an alle Gegenargumente zu erinnern.

»Das wollte ich nur wissen. Bis dann!« lacht er und gibt mir einen hastigen Kuß. »Draußen wartet ein ganzer Ü-Wagen auf mich – im Halteverbot. Wir sehen uns heute abend!«

Und das tun wir natürlich. An diesem Abend und am folgenden, und ich fühle mich wie jemand, der erkannt hat, daß sein Schicksal besiegelt ist. Ich könnte mich zwar dagegen wehren, aber was würde das nützen?

Im Sender reden sie über uns, vor allem wohl über mich. Die kleine Szene beim General ist schon lange zu einem Mythos geworden – Billie ruft an und fragt, ob es wirklich stimme, daß Paul den General zu Boden geschlagen hätte, so daß dieser verarztet werden mußte?

Ich lache und wiegele ab, obwohl ich Billies Theorie kenne, daß man nie eine gute Geschichte dadurch kaputtmachen sollte, daß man die Wahrheit erzählt.

»Oh«, sagt sie. »Aber es stimmt doch wenigstens, daß er dich an den Haaren weggeschleppt hat?«

»Kaum!« sage ich scharf. Diese Version ist mir neu. Zumindest so direkt ausgesprochen.

»Das habe ich auch nicht geglaubt. Aber paß auf, daß er dich nicht mit Haut und Haaren auffrißt!« warnt Billie, deren eigenes Leben aus einem Katalog mißglückter Paarbeziehungen besteht, aus Fehlinvestitionen in verheiratete Männer und brünette Tarzantypen.

Ich versichere ihr, daß weder er noch irgendein anderer Mann mich jemals auffressen wird, und versuche gar nicht erst, ihr zu erklären, daß Paul nicht mit dem Begriff »ein Mann« zu fassen ist. Paul ist Paul, und ohne Paul gibt es nichts. Ohne Paul ist mein Leben eine Mondlandschaft – golden, bleich und steinig. Das klingt vielleicht romantisch, aber tatsächlich ist darin eine große Portion Rationalität enthalten: Ich halte mich an Paul, weil die Chance, etwas Besseres zu finden, gleich Null ist. Das Problem ist nur, daß mir der Zeitpunkt so ungünstig erscheint, mich gerade jetzt dem Einzigen, Auserwählten ganz hinzugeben, wo ich doch aller Vernunft und allen Erwartungen zufolge mich besser auf die Weltgeschichte und die neue Weltordnung konzentrieren sollte. Draußen forschen, statt in mir drinnen. In dieser Richtung habe ich mich selbst erzogen, und so sehe ich mich auch – als Frontkämpfer in Kaki. Ich habe nur wenige Heldinnen, dafür aber viele Helden und habe immer mehr Wert darauf gelegt, etwas zu tun als zu sein. Oder anders gesagt – ich habe die maskulinen Tugenden immer mehr bewundert als die femininen.

Ein ganzes Stück des Wegs läßt Paul mir mein Bild, und mit seiner Bestätigung fühle ich mich souverän und ohne Probleme. Ich vergesse meine Bedenken und meine Wachsamkeit, muß zugeben, daß zwei besser sind als einer allein, und öffne alle Fenster weit.

»Mein Gott, was tut er dir gut, der Paul!« sagt Mutter eines Tages, als wir uns in der Abteilung für Toilettenartikel im Kaufhaus begegnen. Und sogar Kiki akzeptiert ihn – wie könnte sie auch anders, setzt er doch alle seine Charmebomben und Überredungsmissiles ein. Aber vielleicht bin ich auch ungerecht – denn Paul mag sie wirklich gern. Ihre Einfachheit ohne jedes Protzen, und das spürt sie.

»Er ist zwar immer noch ein Windbeutel, aber er ist in Ordnung. Paß gut auf ihn auf!« sagt sie bei der Einweihungsparty für die Wohnung, die sie und Spunk gemietet haben. Ich war empört, daß sie ihre eigene aufgegeben hat, Paul half ihr dagegen beim Umzug.

Während Paul also hart daran arbeitet, in meine Familie integriert zu werden, weiß ich immer noch so gut wie nichts über seine. Er selbst ist äußerst sparsam mit Mitteilungen über sie, und ich dränge ihn nicht. Zwar bin ich schon neugierig, habe aber andererseits keine Ambitionen, »Schwiegertochter« zu werden. Außerdem habe ich immer mehr damit zu tun, das paarbildende Aktivitätsniveau zu dämpfen und mich auf meine Arbeit zu konzentrieren, je mehr der Herbst in den Winter übergeht und das Chaos die Sowjetunion bedroht.

So muß ich beispielsweise meinen Vortrag vorbereiten, den ich an einem stürmischen Novemberabend in einem Gemeindesaal in Westjütland halte. Es gibt gemeinsames Singen aus dem Hochschulgesangbuch, in der Pause Kaffee und Schnittchen, und während ich referiere, klappern mehrere Frauen mit ihren Stricknadeln. Ich habe ein zwanzig Seiten langes, durchgearbeitetes Manuskript mitgebracht, aber als ich leicht nervös am Rednerpult stehe und den vollen Saal mit den gedeckten Tischen vor mir sehe, ist mir schnell klar, daß diese Leute sicher nicht von weit her gekommen sind, um eine komplizierte Analyse zu hören, mit der ich in der außenpolitischen Gesellschaft brillieren könnte. Sie wollen etwas über die *Russen* hören, über die Menschen. Also bekommen sie statt des Referats einen Augenzeugenbericht vom Putsch, einige Alltagsbetrachtungen und meine eigene persönliche Meinung dazu, was geschehen wird. Dort und in Europa. Die Resonanz ist, vorsichtig gesagt, nicht gerade überwältigend. Daß ich die Versammlung nicht im Griff habe, bringt mich ein wenig aus der Fassung. Und während ich auf der einen Seite weiter spreche, sehe ich auf der anderen Seite Paul vor mir. Er hätte sie problemlos gefesselt – hätte die Frauen dazu gebracht, ihre Maschen zu verlieren, und die Männer, auf den Stühlen nach vorn zu rutschen.

Er verwirrt mich, so daß ich einen Moment lang Gefahr laufe, den Faden zu verlieren. Ich rette mich in Ähs und Ems und spüre, wie sich leichte Unruhe im Saal breitmacht. Aber sonderbarerweise habe ich plötzlich ein Gefühl, als wäre er bei mir. Als ließe er sich wie eine weiße Taube auf meiner Schulter nieder, was zu meiner Entspannung beiträgt. Und als wir die Pause erreicht haben, habe ich soviel Lächeln und zustimmendes Kopfnicken geerntet, daß ich weiß, ich habe es geschafft. Die Fragen nach der Pause – Was ich von Gorbatschows Zukunftsaussichten halte? Wie ich Jelzin einschätze? Ist die Versorgungslage wirklich so schlimm, wie man hört, und nützen westliche Lebensmittelsendungen dann überhaupt etwas? – beantworte ich souverän mit Hilfe des gelassenen Charmes, den ich mir von Paul leihe. Und als der Abend mit rhythmischem Klatschen und dem gemeinsamen Schlußlied ausklingt, sind wir Freunde geworden, der Saal und ich.

Ich erreiche gerade noch den letzten Flug nach Hause. Der Organisator hat mir zwar überaus herzlich angeboten, dort zu übernachten, aber ich wäre übers Wasser gegangen, um nach Hause und in seine Arme zu kommen.

Paul wartet mit Rotwein und Porreetorte, und ich sitze glücklich auf seinem Schoß und erzähle fast euphorisch von dem Abend. »Ist das nicht phantastisch! Man ist dort, wo sich Hase und Fuchs gute Nacht sagen, und da sitzt ein ganzer Saal voll, der danach lechzt, die Weltsituation zu diskutieren!«

»Therese hat das dänische Volk getroffen!« ärgert Paul mich. »Man muß nicht provinziell sein, nur weil man aus der Provinz stammt. Wie man auch nicht automatisch Kosmopolit ist, nur weil man kosmopolitisch lebt.«

»War das auf mich gemünzt?« frage ich gekränkt und zupfe ihn an der Nase. Eigentlich hat er es gar nicht verdient, aber ich kann mich nicht zurückhalten, ich muß ihm erzählen, daß er den ganzen Abend bei mir war.

»Eine weiße Taube? Vielleicht bin ich ja nächstes Mal ein schwarzer Rabe …«

Der Vortrag bleibt eine Ausnahme, auch wenn ich witzigerweise kurze Zeit später eine Anfrage von einem Verein in Esbjerg bekomme. Sie hätten gehört, ich wäre gut … Worauf ich erst einmal tief Luft holen und mein soziales Leben mehr oder weniger vertagen muß, um die Stapel ausländischer Zeitungen und Zeitschriften, die sich im Laufe der letzten Monate angesammelt haben, durchzusehen und auszuwerten. Ich überprüfe Informationsquellen, mache in regelmäßigen Abständen meine Runden in der russischen Botschaft und stoße auf ein paar gute Geschichten. Unter anderem über sowjetische Industriespionage und die Infiltration des KGB in Dänemark. Ras schüttelt den Kopf, aber mir macht es Spaß, John Le Carré zu spielen,

Geheimnisse zu entdecken, und auch beim Sender müssen sie zugeben, daß es erste Sahne ist, wenn ich alte »Kontakte« zum Plaudern bringe. Es ist interessant, wie sie dazu gebracht wurden, Räuber und Soldat mit Bart und dunkler Brille zu spielen. Unglaublich naiv. Einige der alten DKPler wissen – woher auch immer! –, daß ich die Tochter meines Vaters bin, und fragen so ganz nebenbei, wie es ihm denn gehe. Und als ich wahrheitsgemäß antworten muß, daß ich keine Ahnung habe, kommt es:

»Das ist aber schade. Er hätte auch einiges erzählen können!«

Ich bohre nicht weiter, bin aber kurz davor, nach Mallorca zu fahren, um ihn zu besuchen und ihm ein Mikrophon unter die Nase zu halten. War mein Vater ein KGB-Agent? Ein dänischer Spion? Ich glaube das nicht, denn was hätte er ausspionieren können? Er hatte zu keinerlei Informationen Zugang, die fremde Mächte hätten interessieren können. Und außerdem – wenn er wirklich auf ihrer Gehaltsliste stand, dann wäre sein Abgang sicher nicht so armselig gewesen.

Der General ist mit meinen bunten Geschichten zufrieden. »Prima, Tes! Mach der Auslandsredaktion mal ein bißchen Feuer unterm Hintern!«

Und meine Zufriedenheit wächst noch mehr, als die Printmedien sich auf den Knochen stürzen, den ich ihnen hingeworfen habe, und wochenlang ihr Süppchen damit kochen. Ich hoffe, daß ich meine Korrespondentenkandidatur damit auf einigermaßen sicheren Boden gestellt habe, trotz meiner Beziehung zu Paul, die mich offensichtlich einiges persönliches Prestige gekostet hat. Wieviel, das weiß ich nicht, ich spüre es nur als einen kühlen Hauch, vor allem im Umgang mit Ras. Und auch der General hat Paul nicht vergessen. Auch wenn er sich noch nicht gerächt hat, so zweifle ich nicht im geringsten daran, daß es eiskalte

Schikane ist, wenn Pauls Beiträge im letzten Moment rausgeschmissen oder seine Vorschläge bereits auf der Redaktionskonferenz abgelehnt werden.

In dieser Hinsicht – was die Arbeit betrifft – ist es für Paul ein frustrierender Herbst. Und auch wenn er klug und stark ist und genau weiß, wofür er bezahlt, braucht er mich möglicherweise deshalb um so mehr. Um in einem anderen Bereich Bestätigung zu bekommen.

Und gerade nach einem Streit mit seinem Redaktionschef, weil eine wirkliche Topstory über Greenpeace, an der Paul drei Tage dran war, so lange hinausgeschoben wurde, bis TV2 vorgeprescht war, lädt er mich zu seinen Eltern nach Skovshoved ein. Oder wie er formuliert: »Man möchte gern seine Verlobte kennenlernen.«

Ich protestiere gegen diese Warenbezeichnung, was er jedoch vom Tisch wischt und erklärt, daß es schließlich das erste Mal sei, daß er eine ernsthafte Beziehung zu Hause vorstelle, da dürfe er doch bitte schön etwas dick auftragen. Und um den Ernst der Sache noch zu unterstreichen, ist es auch noch der Martinstag, an dem wir zum Essen eingeladen sind. Wir sollen um zwanzig Uhr erscheinen, und da ich Dienst habe, muß ich mich hastig im Büro umziehen. Paul, der mich mit dem Taxi abholt, mustert mich kritischer als üblich. Stellt fest, daß ich mir die Nägel nicht lackiert habe, und kaut an seinen eigenen.

»Du bist nervös?« stelle ich verwundert fest, was er jedoch abstreitet. Sonst gibt er während der ganzen Fahrt keinen Ton von sich. Wobei ich gut ein paar Worte zur Vorbereitung gebrauchen könnte – denn falls Paul überhaupt seine Familie erwähnt hat, dann immer nur bitter und undurchschaubar. Sein Vater ist ein »inferiorer Direktor« in einer der großen Banken und seine Mutter eine »alkoholisierte Hirntote«. Außerdem hat er einen Bruder, der ein »geistloser Goldflipper« in einer Börsenmaklerfirma ist, verheiratet mit einer »Tochter aus reichem Hause«, mit der er ein »fettes, verzogenes Gör« hat. Allem Anschein nach eine ganz solide Familie, aus der er stammt. »Stützen der Gesellschaft«, wie er sie zu nennen pflegt. Diese Stützen der Gesellschaft haben, wie sich zeigt, ihren mondänen Sitz in einem alten Forsthaus mit geräumigem Wintergarten. Eingerichtet mit De-Sede-Leder, chinesischen Teppichen, geschmackvoller moderner Kunst und einem riesigen, aufgeklappten Flügel. Trotz der Erfolge meiner Mutter wurden wir nie reich, aber ich habe dennoch zu viele Bürgerkinder kennengelernt, um jetzt beeindruckt zu sein. Ich stelle nur fest, daß Paul mehr Geld im Rücken hat, als er zugibt, und daß es garantiert mom & dad sind, die ihm die teure Wohnung mit Blick auf die Seen bezahlen.

Wir werden ganz nach Vorschrift von Pauls Eltern empfangen, Helene und Ernst, die beide genauso stilvoll und gepflegt erscheinen wie ihr tadelloses Heim. Große, schlanke Menschen im modernen, klassischen Outfit – leger, aber in keiner Weise zufällig zusammengestellt. Ihre Haare sind weiß, seine grau, aber man kann immer noch sehen, daß sie es ist, von der Paul seine Farbe hat. Dafür ist es ansonsten der Vater, dem er am meisten ähnelt. Von ihm hat er das Lächeln, die lange, gerade Nase und den Schlafzimmerblick, der sich bei dem Vater hinter der goldeingefaßten Zweistärkenbrille verbirgt. Und als wir, nachdem wir die üblichen Höflichkeitsphrasen im Entree gewechselt haben, ins Wohnzimmer geleitet werden, sehe ich, daß Paul, wie so viele Söhne, auch wie sein Vater geht. Im Wohnzimmer sitzen bereits Pauls älterer Bruder Phillip und seine bildschöne Frau Marianne. Sie stehen höflich auf und geben uns die Hand, und ich kann mich nicht daran erinnern, Paul jemals so zugeknöpft erlebt zu haben wie in dem Moment, als er seinen Bruder begrüßt.

»Was darf ich euch anbieten?« fragt Ernst und zieht uns zur Hausbar.

Ich bitte um Gin mit Tonic, und Paul schließt sich dem ohne große Begeisterung an. Gemeinsam stoßen wir an und bemühen uns um eine Konversation, obwohl es mir äußerst schwer fällt, mich von Pauls demonstrativem Schweigen nicht anstecken zu lassen. Schlecht informiert, wie ich bin, habe ich keine Ahnung, was hier nicht stimmt. Abgesehen davon, daß er ganz offensichtlich keine besonderen brüderlichen Gefühle für Phillip hegt, der sich von dieser Antipathie nicht beeindrucken läßt; gut gelaunt und prahlerisch erzählt er im Börsenslang von gesteuerten Spekulationen, Optionen und »futures«, wieviel Milliarden in der Kaffeekasse sind und was für einen Schnitt er an einem guten Tag machen kann.

Die Frauen in seinem Leben, seine Mutter und seine Ehefrau, himmeln ihn an und erklären lachend, das seien böhmische Dörfer für sie, und Paul fragt, ob nicht mal jemand den Stecker ziehen könne. Ernst trinkt seinen Whisky mit einem aufmerksamen Gesichtsausdruck; wie es von einem guten Gastgeber erwartet wird, ist er jederzeit bereit einzugreifen. Als Phillip fragt, ob er etwa die Gesellschaft langweile, erwidere ich zweideutig: »Mich stört es nicht.« Ernst schmunzelt mir über sein Whiskyglas zu, und auch wenn Phillip ziemlich nervig ist, langweilig ist er nicht. Für Geld, Wirtschaft, Macht und die Mechanismen und deren Gesetzmäßigkeit interessiere ich mich in letzter Zeit aus beruflichen Gründen. Denn genaugenommen ist es unmöglich, die Sowjetunion und ihre langsame Annäherung an die Weltwirtschaft zu beurteilen, wenn man den Unterschied zwischen IWF und Weltbank nicht kennt und ohne zu zögern erklären kann, wie sich die Zinsen auf die Aktienkurse auswirken. Bei einem gemütlichen Streifzug mit Paul durch die Antiquariate des Univiertels fand ich vor kurzem etwas von Keynes und von Friedman, was ich mir an den langen Winterabenden vornehmen will. Paul, der bei derselben Gelegenheit Henry Millers Briefwechsel mit Brenda Venus gekauft hat, knurrte mich ungewöhnlich schlecht gelaunt an, als ich die Bücher zum Bezahlen auf den Tresen legte. »Geld ist doch wohl das Uninteressanteste auf der ganzen Welt!« erklärte er, worauf ich mit einem Blick auf Henry Miller erwiderte: »Gewisse Menschen würden meinen, daß Sex genauso uninteressant ist!«

»Schade für die«, sagte er und hätte mir fast die Tür an den Kopf geworfen, als wir das Geschäft verließen.

Damals verstand ich überhaupt nichts, und auch jetzt noch, nachdem ich seine Leichen im Keller kennengelernt habe, halte ich es für eine Überreaktion. Und um sozusagen Pauls störrisches Verhalten zu kompensieren, trage ich entgegenkommend zur Konversation bei, indem ich sage, daß ich mir unter *Börse* eine Menge hysterischer Männer vorstelle, die durcheinanderschreien, mit den Armen fuchteln und die ganze Zeit in direktem Kontakt mit Tokio, New York und Frankfurt stehen.

»Was gar nicht so verkehrt ist!« stimmt Ernst mir zu. Phillip breitet die Arme aus und bietet mir an, mich einmal mitzunehmen, warnt mich aber gleichzeitig davor, daß ich sicher enttäuscht wäre.

»Das Ganze geht ja on line am Computer vor sich. Heutzutage ist der Börsenmarkt global – er ist ein einziges großes Computernetzwerk. Wir in Kopenhagen kriegen die gleichen Informationen wie die in Singapur. Alles passiert zur selben Zeit. Der Markt ist so empfindlich, daß wir oft sehen, was geschehen wird, bevor es tatsächlich geschieht. Noch bevor ihr Journalisten etwas davon merkt!« Phillip lehnt sich gut gelaunt zurück und wirft sich eine Handvoll Erdnüsse in den Mund. Er sieht nicht so gut aus wie Paul, seine Züge sind nicht so harmonisch und seine Augen etwas schwer, aber er ist auf jeden Fall ein good-looking guy.

»Unglaublich«, sagt Ernst.

»Ja, nicht wahr?« stimmt Helene zu. »Man glaubt es kaum, nicht wahr?«

»Nehmen wir beispielsweise den Golfkrieg«, fährt Phillip fort, »da stieg der Dollarkurs bereits vor Bushs Rede. Und ich hatte das vorausgesehen, also haben wir Millionen Dollar gekauft. Allein am ersten Tag haben wir dadurch 26 Millionen verdient.«

»Mein Gott, ist das pervers!« Paul setzt sich aufrecht hin.

»Was ist pervers?« fragt Phillip kampfbereit, und ich bemerke einen alarmierenden Blickwechsel zwischen Helene und Marianne.

»Es ist ja wohl pervers, mit dem Krieg zu spekulieren! Das ist der reinste Zynismus! Fünfzigtausend Tote, und du sitzt da und redest davon, wieviel du verdient hast.«

»Weißt du was, Kleiner?« Phillip ist auf seinem Platz ganz nach vorn gerutscht. »Wenn es jemanden gab, der an dem Krieg verdient hat, dann wart ja wohl ihr beim Fernsehen das! CNN ist dabei reich geworden! Ted Turner grinst immer noch! Und ihr habt doch auch jede Minute genossen, gib es doch zu! Habt ihr etwa an Tote und Verletzte gedacht, wenn ihr um elf Uhr abends die Livesendung für die atemlose Nation gemacht habt?«

»Einige von uns auf jeden Fall!« sagt Paul so laut, daß es fast ein Schreien ist.

»Ach was, das stimmt doch nicht! Ihr habt an euren Schlips gedacht! An den Seidenschlips!« Phillip lächelt sein Großer-Bruder-Lächeln. Haushoch überlegen.

»Aber das ist schon ganz in Ordnung, Kleiner. Fernsehen ist ein Spiel. Die Börse ist ein Spiel, und wir beide holen uns dort unseren Kick. Der Unterschied ist nur, daß mein Gehaltsscheck deutlich höher ausfällt als deiner.«

Phillip hat gewonnen. Paul kann den Aufschlag nicht bedienen, er sitzt nur da und starrt Phillip an, und es fehlt nicht viel zum Brudermord, als Helene aufwacht. Sie wendet sich mir zu. »Soweit wir gehört haben, bist du Sowjet-Expertin?«

»Nun ja, was heißt Expertin«, murmle ich mit einem Seitenblick zu Paul, der neben mir zu Stein geworden ist.

»Ich habe mehrere von deinen Berichten gesehen«, sagt Ernst und übernimmt damit ganz natürlich die Rolle des Vaters, dem es allein schon durch seine Anwesenheit gelingt, Kain und Abel zu trennen.

»Das habe ich leider nicht. Um die Uhrzeit bringe ich Juliane immer ins Bett«, zwitschert plötzlich Marianne, wie eine Musterschülerin, die ihr Stichwort kennt. »Stimmt das wirklich, was man da sieht? Haben die überhaupt nichts in den Läden?«

»Das stimmt, aber ...«, setze ich an und überlege, ob ich bis zu den Menschewiken und Bolschewiken zurückgehen soll oder ob ich einer Person gegenübersitze, die doch mit gewisser Regelmäßigkeit Zeitung liest. Wie die strickenden Hausfrauen in Westjütland.

»Haben die auch keine Pampers?« fragt sie in anteilnehmendem Ton.

»Pampers?« wiederhole ich. »Das habe ich nicht überprüft. Aber da es weder Vitamintabletten noch Blutplasma oder Tampons gibt, haben sie sicher auch keine Pampers.«

Die Art, wie sie ihren dreifachen Diorring dreht, zeigt, daß ich ihr etwas zu nahegetreten bin, aber glücklicherweise kann ich das wieder auffangen, indem ich erzähle, wie einmal ein bekannter sowjetischer Schriftsteller seinen Einkaufswagen in dem finnischen Valuta-Supermarkt mit Pampers füllte.

»Und er hat mit seiner Golden Card bezahlt«, schließe ich ab und ernte dafür das zustimmende Gelächter der Gesellschaft – außer Pauls.

»Was für ein Leben«, sagt Marianne, angeregt durch

meine Freundlichkeit. »Was würden wir ohne Pampers machen, Phillip?«

»Dann hättest du eben noch eine Waschmaschine mehr!« lautet die Antwort, die Marianne losgackern und Helene in gespielter Verärgerung mit der Zunge schnalzen läßt.

»Aber liebste Mutter, schließlich ist das ihre Arbeit! Das ist doch eine faire, logische Arbeitsteilung. Ich bin draußen, und sie ist drinnen. Ich mische mich nicht in ihre Arbeit ein und sie sich nicht in meine. Genau so, wie ihr es gemacht habt.«

»Mein Gott!« sagt Paul leise und fährt sich mit einer zitternden Hand durch sein kräftiges schwarzes Haar. Eigentlich müßte es geschnitten werden, aber es gefällt mir besser so lang. Er sieht wilder damit aus. Sexy.

»Das ist ja auch nur, solange die Kinder – ja, wir planen ja bald noch ein paar mehr – also, solange die Kinder noch klein sind«, sagt Marianne defensiv. »Denn eigentlich bin ich Fremdsprachenkorrespondentin, Französisch und Deutsch ...«

Ich nicke verständnisvoll, was die reine Heuchelei ist, denn ich kann sie ganz und gar nicht verstehen. Ihr Leben erscheint mir sterbenslangweilig. Und ich hätte gar nicht gedacht, daß es so etwas noch gibt. Frauen, die zu Hause bleiben.

Helene versucht ihr zu Hilfe zu kommen mit ein paar Hinweisen auf Fehler von Pädagogen und Kindergärten, wobei Ernst sie jedoch, ohne mit der Wimper zu zucken, unterbricht und den Faden von vorher wiederaufnimmt. Er erzählt, daß er vor kurzem mit einer Bankdelegation in Moskau war, weil die Bank – »das ist auf keinen Fall für die Presse bestimmt« – kurz vor Vertragsabschluß in einem dänisch-sowjetischen Joint-venture-Projekt steht.

»Wir hatten einige äußerst positive Kontakte auf höchstem Niveau in der Außenhandelsbank und im Wirtschaftsministerium, aber ich muß zugeben, daß ich persönlich nicht so ganz überzeugt bin ...« Ernst kneift die Lippen in einer nachdenklichen Art zusammen, wie es große Männer zu tun pflegen, und steht dann auf, um allen nachzuschenken.

»Wenn das meine Millionen wären, würde ich sie lieber auf der Bank lassen«, sage ich und nicke, als mir ein neues Glas angeboten wird. Ich habe zufälligerweise gerade vor kurzem einen Bericht über die vernachlässigten Joint-venture-Projekte gemacht. »Westliche Geschäftsmänner drängen nach Moskau wie die Moslems nach Mekka, aber um es klar zu sagen: die Russen haben einfach kein Geld. Und selbst wenn man so optimistisch ist, an eine goldene Zukunft zu glauben, muß man es sich leisten können, reichlich Dollar oder D-Mark zu investieren. Außerdem darf man nicht erwarten, vor zweitausendsiebzehn auch nur einen einzigen konvertierten Rubel dafür zurückzubekommen. Kann die dänische Wirtschaft dabei mithalten?«

Ernst nickt altväterlich. »Sowohl die Wirtschaft als auch ich teilen deinen Pessimismus. Andererseits – hat die Ostasiatische Gesellschaft etwa ihre Investitionen in China wieder rausgeholt?« fragt er verständnisvoll. Er respektiert mich, und darüber bin ich erleichtert. Außerdem läßt mich sein natürlicher Charme nicht kalt. Paul muß ihn von ihm haben; seine Mutter ist zwar auch attraktiv, oder war es zumindest, aber sie ist nicht so offen. Selbst als sie mit einer vertraulichen Geste ihre Hand auf meinen Arm legt und sagt, daß ich meiner Mutter ähnlich sehe, die sie für eine unserer größten Schauspielerinnen hält, ist sie auf der Hut. Mir fällt auf, daß sie nur Schweppes Tonic trinkt, ohne Gin. Aber ihre Hände zittern leicht, und sie wirkt angespannt. Entzugstabletten vielleicht.

Ernst ist beruflich an meiner Einschätzung der ökonomischen Reformpläne interessiert, und obwohl ich mich langsam auf das dünne Eis der Unwissenheit begebe, rede ich selbstsicher weiter, wie eine Sowjet-Expertin, von Ernsts und Phillips anerkennendem Nicken bestärkt. Bis Paul, der lange Zeit gemault und eine Zigarette nach der anderen aus der Silberdose geraucht hat, mich schroff unterbricht.

»Wollen wir eigentlich heute nichts mehr essen?« fragt er seine Mutter.

»Doch, doch«, antwortet sie, schaut zunächst auf ihre Uhr und dann zu Ernst. »Der Tisch ist für neun Uhr bestellt, nicht wahr?«

Paul stöhnt demonstrativ, und erst jetzt fällt mir auf, daß es hier überhaupt nicht nach Essen riecht. Nach Rauch, Eau de Toilette und Schnaps, aber nicht nach Essen. Und schon gar nicht nach einer leckeren Martinsgans, wenn es das war, was er erwartet hat.

»O nein, ich glaube, ich bin in diesem Restaurant aufgewachsen!«

»Paul, du weißt doch, daß man keine Gäste mit meinen Kochkünsten beglücken kann«, lacht Helene nervös.

Wir bekommen schließlich Ente, Ente à l'orange, im Hotel, in dem einer der exquisitesten Küchenchefs des Landes in der Küche zaubert. Weshalb es natürlich besonders und ganz besonders teuer ist, und nach den aufmerksamen Kellnern und den kurzen Bemerkungen, die zwischen den Gastgebern und dem Geschäftsführer gewechselt werden, zu urteilen, muß die Familie wirklich zu den Stammgästen gehören. Das Menü ist schon im voraus bestellt, der Bourgogne seit einer Stunde entkorkt. Ernst lobt ihn in den höchsten Tönen und diskutiert mit dem Geschäftsführer die Jahrgänge, wobei dieser seinem Gast darin recht gibt, daß gerade dieser Jahrgang jetzt genossen werden sollte, solange er noch jung ist.

»Ja, so ist das mit bestimmten Weinsorten, genau wie mit bestimmten Frauen«, scherzt Ernst, und Phillip und Marianne lachen, während Helene gerade mal ihre Mundwinkel verziehen kann.

Phillip läßt sich lang und breit darüber aus, in welchen Wein man heute investieren sollte, und Marianne erzählt von einem Besuch in einem der Rothschildkeller während einer Weinreise im letzten Herbst. Ich kann ein paar Bemerkungen über georgischen Wein und russischen Champagner einwerfen, die direkt zur Vorspeise überleiten, Hummerbisque mit ganzen Kaiserhummerschwänzen, und einem Gespräch über Kaviar. Ernst hält am meisten von dem iranischen, Phillip behauptet, daß er weder Kaviar noch Austern vertrage. Marianne beklagt sich, wie empfindlich er beim Essen sei, und Helene meint irgendwo gelesen zu haben, daß gerade Kaviar einen schrecklich hohen Cholesteringehalt habe.

»Aber dann laß es doch einfach sein, liebstes Mütterchen!« zischt Paul, und die Stimmung ist ein weiteres Mal ganz unten. Ich weiß nicht, warum, aber ich fühle mich für ihn verantwortlich und rede während des Hauptgerichts hektisch weiter – über die Verunreinigung des Kaspischen Meers, wodurch die Störe vom Aussterben bedroht sind, so daß man nicht mehr wie in meinen ersten Moskaujahren zum Hintereingang des Restaurants Prag gehen kann und für ein paar harte Devisen zwei Marmeladengläser mit feinem, gräulichem Belugakaviar gefüllt bekommt. Kaviar ist zum schwarzen Gold geworden, das von den Anwohnern skrupellos abgefischt und auf Bestellung an die aserbaidschanische Mafia weiterverkauft wird.

»Ganz Moskau schwimmt in Mafiakaviar«, erzähle ich, was Phillip veranlaßt, eine Schmugglergeschichte zum besten zu geben. Ernst und Helene fallen sich gegenseitig ins Wort bei dem Versuch, von früher zu erzählen, als sie jung waren und zwei Jahre in Syrien lebten, wo Ernst einen Job bei einem Citibank-Ableger hatte.

Die Erinnerungen an die verflossene Jugend lassen Helene plötzlich lebendig und eifrig werden, und obwohl sie nur Selters trinkt, bekommt sie rote Wangen, als sie von dem orientalischen Abenteuer erzählt.

»Phillip wurde dort geboren – in dem amerikanischen Hospital«, erzählt sie und sieht Phillip zärtlich an, der sein Glas nimmt und ihr damit zunickt.

»Wirklich?« läßt Paul sich vernehmen und zündet sich eine Zigarette an, obwohl er der einzige ist, der mit seinem Essen fertig ist. Ernst räuspert sich und wedelt den Rauch von seiner Entenbrust, und ich spüre meine eigene Irritation wie ein mürrisches Gefühl auf den Wangen. Das ist einfach zu kindisch, ganz gleich, welche Gründe er für sein Verhalten haben mag. Aber alle beherrschen sich, auch wenn es Phillip nicht leichtfällt, essen zunächst französischen Käse und danach Nußkuchen mit Moccacreme, und dann sind wir uns alle einig darin, den Kellner zu bitten, unsere Komplimente an den Koch weiterzugeben. Nach dem Kaffee schlägt Ernst vor, den Abend mit ein paar gemütlichen Gläschen vor dem Kamin abzuschließen, aber als wir in der Garderobe stehen, erklärt Paul kurz, daß »wir« nach Hause fahren. »Warum denn?« protestiert Ernst verärgert und hilft mir in den Mantel.

»Ich habe Kopfschmerzen«, sagt Paul und bittet die Garderobiere, ein Taxi zu rufen.

»Doch wohl keine Migräne?« fragt Helene beunruhigt und zeigt zum ersten Mal an diesem Abend mütterliches Interesse für ihn.

»Ein bißchen«, sagt Paul, reibt sich die Schläfen, und ich schaue unentschlossen von einem zum anderen. Daß Paul an Migräne leidet, ist mir vollkommen neu.

»Ich habe bestimmt eine Tablette«, sagt sie und wühlt sofort in ihrer Tasche, aber Paul schüttelt abwehrend den Kopf.

»Hab' ich selbst«, erklärt er kurz und nimmt mich bei der Hand. Während ich mich von seiner Familie verabschiede, trippelt er ungeduldig von einem Fuß auf den anderen. Marianne ist kurz davor zu knicksen, als sie gute Nacht sagt, und Helene hält meine Hand in ihrer und sagt, das nächste Mal will sie ihr Fabergé-Ei aus dem Safe holen und es mir zeigen. Ernst wie auch Phillip küssen mich auf die Wange.

»Es war wirklich nett, dich kennenzulernen«, sagt Ernst, und ich meine es ernst, als ich sage »gleichfalls«.

Im Normalfall interessieren mich reiche Menschen herzlich wenig, und früher in meiner schwarzweißen Jugend war ich der Meinung, daß alle, die mehr als ein Facharbeiter verdienten, Klassenfeinde und Verbrecher waren, die man ebensogut gleich mit einer Kalaschnikow niedermähen konnte. Und auch wenn ich schon vor langer Zeit meinen Glauben an die rote Glückseligkeit verloren habe, hege ich immer noch eine tiefgründige Verachtung für die Bourgeoisie. Ihre Mitglieder sind in der Regel selbstgefällig, intolerant und stinklangweilig. Viele von ihnen sind unerträglich ignorant, als lebten sie in einer Art Reservat, einem Apartheidsystem, in dem sie sich mit so unangenehmen, häßlichen Dingen wie den Realitäten der übrigen Bevölkerung, der krankmachenden Arbeitslosigkeit, den Zwangsabtreibungen oder der Wartezeit auf eine Hüftoperation, nicht beschäftigen müßten. Und nichts wäre leichter, als mit dem Finger auf Pauls Familie zu zeigen, aber Hand aufs Herz, ich habe schon schlimmere Exemplare getroffen.

Deshalb kann ich seine Verdammung nicht teilen. Das einzige, was ich kann, während wir im Taxi sitzen – schon wieder eins! – und in die Stadt fahren, ist, dazusitzen, mir auf die Zunge zu beißen und den Mund zu halten. Ich muß mich beherrschen, um nicht auf ihn loszugehen und meiner Frustration darüber, daß er, mein Held, so viel

Schwäche gezeigt hat, in Beschimpfungen Luft zu machen. Er hat sich zu einem fünfjährigen kleinen Bruder machen lassen, der mit seinem Auto auf den Wohnzimmertisch haut, um auf sich aufmerksam zu machen. Aber ich habe keine Lust mehr, mich in aller Öffentlichkeit zu streiten, und ich will auch nicht diejenige sein, die den ersten Stein wirft; solange Paul schweigt, schweige ich auch.

Also wächst die Stille und wird zu einer Kluft zwischen uns, die mit jedem Taxameterschlag tiefer wird, und als wir Østerbro erreichen und jeder auf einer Seite aussteigt, ist sie zu einer schroffen Feindseligkeit geworden.

Auf der Treppe treffen wir Simon und Frank, die auf dem Weg zu Madam Arthur sind, und wie immer können sie nicht anders, sie müssen ein wenig mit Paul flirten, der in unseren Essensclub aufgenommen wurde und um den sie mich demonstrativ beneiden.

»Wollt ihr nicht mit in die Stadt?« fragen sie und stupsen uns dabei in die Seite. Sie sind geschminkt und bester Laune, und einen Augenblick lang überlege ich, ob ich nicht auf alles scheißen soll und einfach mit ihnen abhaue, mich beim Tanz zwischen Schwulen und Transvestiten und anderen, denen es gar nicht schräg genug sein kann, amüsiere.

»Nein, danke!« erwidert Paul abweisend und geht weiter die Treppe hinauf, während ich einen Blick mit meinen Übermietern wechsle.

»Na gut, dann vielleicht ein andermal?« sagen sie, blinzeln mir zu und wünschen mir mimisch »good luck!«, bevor sie albern kichernd die letzten Stufen hinuntereilen.

Paul ist direkt ins Schlafzimmer gegangen und bereits dabei, sich auszuziehen, als ich hereinkomme. Ich lehne mich an die Wand und beobachte ihn, während er, ohne eine Notiz von mir zu nehmen, sich weiter auszieht und an mir vorbei ins Badezimmer geht. Ich bleibe stehen, während ich ihn zuerst Zähne putzen, dann gurgeln und ausspülen höre – danach laut ins Klobecken pinkeln und spülen. Anschließend kommt er zurück, immer noch, ohne mich zu beachten, und geht ins Bett. Zieht sich die Decke über den Kopf und schließt die Augen.

Eine durch und durch komische Nummer.

»Willst du mir nicht gute Nacht sagen?« frage ich von meinem Posten aus.

»Gute Nacht!« tönt es unter der Bettdecke hervor.

»O Scheiße, bist du kindisch!« fauche ich und spüre, wie die Lava langsam den Krater hinaufkriecht. Ich habe nicht wenig Lust, mich mit ihm zu streiten, zu prügeln, Teller auf den Boden zu schmeißen!

»So ein verzogenes Zuckerbübchen«, fahre ich fort, um eine Reaktion des passiven Bündels zu provozieren. »Mag ja sein, daß deine Familie geisteskrank ist und dein Bruder eine Landplage, aber heute abend warst du mit Abstand der Lächerlichste …«

Da reagiert er. Als wenn der Film zurückgespult würde, sehe ich, wie er die Bettdecke zur Seite schlägt, aufspringt und sich anzieht …

»Was machst du?« frage ich ängstlich, sofort zum Rückzug bereit.

»Ich gehe!« sagt er kurz und reißt seine Sachen aus dem Schrank.

»Du gehst? Warum?« frage ich überflüssigerweise.

Paul dreht sich um. Nimmt mein Gesicht fest in seine Hände. »Meine Frau muß mich nicht verstehen. Aber sie muß mich verdammt noch mal akzeptieren! Ohne Einschränkung!«

»Und was ist, wenn ich das nicht kann?« frage ich mit pochendem Herzen und einer belegten Stimme.

»Das weißt du!« sagt er düster und bohrt seinen Blick tief in meinen.

»Ja!« nicke ich und lasse die Lava heraus. Lasse sie Olivenhaine und Dörfer begraben, Weinhänge und Schafpferche. Und Paul und mich, die wir uns kaum umdrehen können, bevor es zu spät ist. Dann werden wir begraben, wie die Liebenden von Pompeji, deren Kuß als eingetrockneter Abdruck zurückblieb.

Er läßt mich los und fängt an, seine Sachen zusammenzusuchen. Ich will nicht zusehen, kann aber trotzdem meinen Blick nicht abwenden und folge ihm, zoome ihn heran, während seine wohlgeformten Hände nach einem weiteren Buch, einem Schuh, einer Schachtel Zigaretten greifen.

Er scheint ruhig und kontrolliert wie ein Chirurg, und jedesmal, wenn er etwas Neues findet, was er in seine große Reisetasche packt, habe ich das Gefühl, als entferne er eines meiner Organe. Ich setze mich auf einen Stuhl an meinem Schreibtisch, sitze dort reglos und verblute. Aber entweder sieht er das nicht, oder es ist ihm vollkommen gleichgültig, denn als er die Tasche gepackt und zugemacht hat, zieht er seinen Mantel an und geht. Nachdem er mich stilgerecht auf die Wange geküßt hat. Fast brüderlich.

Dort auf dem Stuhl bleibe ich sitzen und mache mir den ganzen Umfang der Katastrophe bewußt, krümme mich zusammen, um das Loch in meinem Bauch zu verstecken. Ich greife nach einer Flasche Stolitschnaja und trinke systematisch mit dem einzigen Ziel, blau genug zu werden, um meinen Stolz hinunterzuschlucken. Wobei ich leise murmelnd vor mich hin monologisiere und mich immer wieder frage, ob es vielleicht soweit gekommen ist, daß ich mich selbst neu definieren muß. Ist es vielleicht doch nicht so ungemein spannend, das ganze Leben nur mit sich allein zu verbringen? Werde ich dann als fossiler Drachen, als frustrierte alte Schachtel, die etwas leistet, aber nichts genießt, enden? Die zusieht, wie die anderen, einer nach dem anderen, sich in ihre summenden Gärten mit Gänseblümchen und Kinderscharen zurückziehen, während sie selbst herumrennt und eine Welt beschreiben soll, die sie möglicherweise gar nicht versteht.

Als ich genug getrunken habe, mache ich mich auf zu ihm. Es ist ungefähr halb drei, die Fenster sind dunkel, wie ich von der Straße aus sehe, also schläft er hoffentlich. Tief, denn er antwortet nicht auf mein Klingeln, und jetzt kommt endlich der Augenblick, in dem der Schlüssel von Nutzen ist. Ich schließe auf, nehme den Fahrstuhl zu seiner Wohnung und schließe auch seine Wohnungstür auf, womit ich gegen meine eigenen, feierlich aufgestellten Regeln vom Schutz des Privatlebens verstoße. Mir kommt der Gedanke, und läßt mich kurz innehalten, bevor ich die Tür aufschließe, daß er mich bestrafen könnte, indem er mit irgendeiner blondierten Schnepfe bumst.

Das tut er nicht. Er liegt laut schnarchend auf dem Sofa, angezogen und mit einer halbleeren Flasche Cuervo Gold neben sich.

»Wodka für mich, Tequila für dich«, murmle ich, schwankend über ihm stehend, während ich versuche, ihn wach zu rütteln. »Paul!« rufe ich, aber er schläft fest, und ich werde plötzlich schrecklich lüstern und frivol, wie ich ihn da so entzückend fern liegen sehe, daß ich anfange, ihn auszuziehen. Zuerst reagiert er nicht, aber als ich ihn zielbewußt streichle, kommt er soweit zu sich, daß er eine »technische Erektion« kriegt. Und dann wacht er schließlich auf, blinzelt und sieht mich überrascht an, als wäre ich ein Traum – oder Alptraum. Aber er fragt nichts, zieht mich nur an sich, und dann lieben wir uns auf seinem englischen Ledersofa. Betrunken, halb schlafend und sonderbarerweise beide jammernd und greinend wie Kinder.

»Ich liebe dich«, sagt er, als wir zerschlagen und frierend am nächsten Morgen aufwachen.

Und ich liebe ihn. Natürlich tue ich das. Sonst würde ich ja nicht hier liegen und mich selbst nicht verstehen.

»Ich liebe dich auch«, sage ich mit morgenrauher Stimme. »Unfaßbar, aber es stimmt!«

»Nein, Tes! Das möchte ich klar und deutlich von dir hören!«

Ich befeuchte meine Lippen. Klappere mit den Zähnen und krieche ganz nah an ihn heran. Niemand kann behaupten, daß ich mit dieser Erklärung um mich werfe. Ich glaube sogar, daß ich es noch nie zuvor gesagt habe. Nicht einmal zu Jakob. Doch, vielleicht einmal zu Jakob. Vor lauter Verzweiflung. Ich schließe die Augen. Schnuppere seinen Duft, der mich weich werden läßt.

»Ich liebe dich, Paul.«

Und dann lieben wir uns erneut. Feierlich.

»Na, wie ist es, einen Liebsten zu haben?« fragt Birgitte, als ich am ersten Sonntag im Advent zu Gløgg und Æbleskiver in ihrem neuen Helleruphaus eingeladen bin. »Ein wahnsinniger Spontankauf«, wie Birgitte entschuldigend bemerkt. Es hat ein Vermögen gekostet, und ich bezweifle, daß die beiden das haben. Aber – »mit Kindern kann man doch nicht in der Stadt wohnen«. Wohlgemerkt Plural. Jens ist »am Storebælt«, und Paul hat Dienst. Sie sieht inzwischen besser aus – wenn auch immer noch etwas rund –, hat kastanienbraune Strähnen im Haar und sich Mühe beim Anziehen gegeben. Sogar etwas Make-up hat sie aufgelegt – mir zuliebe, sagt sie. Der Junge, der immer noch nicht getauft ist, den Birgitte jedoch Maxi nennt, liegt auf einer bunten Decke auf dem Boden, spielt mit seinen Zehen und gurgelt vor sich hin, und wenn ich es denn zugeben soll: Er ist ganz niedlich.

»Einen Liebsten?« frage ich säuerlich lächelnd. Ich habe mich immer noch nicht daran gewöhnt, Paul als solchen zu bezeichnen, obwohl es mir nach der Nacht auf dem Sofa sonnenklar war, das war der point of no return. Paul ist mein Freund, wir sind ein Liebespaar, auch nach außen und ganz offiziell.

»Herrlich», sage ich mit einem leichten Zittern. Ich habe ihn seit Mitte der Woche nicht gesehen – er ist wegen einer größeren Sache mit heimlich vergrabenen Giftfässern auf dem Land und zum Research auf Lolland-Falster. Er ist Feuer und Flamme für diese Aufgabe, wirklich engagiert und moralisch entrüstet über diese Umweltschweinerei, die sich die Wirtschaft erlaubt, obwohl sie doch immer wieder lauthals erklärt, »grün« und »umweltbewußt« zu produzieren. Ich kann es mir nicht verkneifen, ich muß ihn damit ärgern, daß ein Bürgersöhnchen so sein schlechtes Gewissen beruhigt. Das Václav-Havel-Syndrom, wie ich es nenne. Aber ich beneide ihn um sein eindeutiges Engagement, das ich selbst in meiner Beziehung zur Ostfront langsam vermisse, wo es immer schwieriger wird, sich engagiert und ehrlich mit dem auseinanderzusetzen, was dort passiert. Ich meine, die Mauer ist schließlich gefallen, das Baltikum ist frei, die Altkommunisten haben aufgegeben, und ich muß gestehen, daß ich es eher mit den Skeptikern halte, die obdachlose Desperados, Mafiosi und schlechtbewachte Atomwaffenarsenale mehr fürchten als einen Typen wie Bürgermeister Sobtjak, der St. Petersburg in »Newsweek« eine baldige Zukunft als strahlendes Energie- und Finanzzentrum voraussagt. Anyway, wie kann man anderer Meinung sein, als daß es eine verdammte Schweinerei ist, Gift einzubuddeln und Abwasser in den Bach zu kippen, so daß die Fische mit dem Bauch nach oben schwimmen. Paul recherchiert in einer eindeutigen Angelegenheit, und außerdem tut es ihm gut, aus einer Situation rauszukommen, die er in einer mehr oder weniger wohlbegründeten Paranoia als kafkaesk erlebt. Und auch für mich ist es gut, einmal allein zu sein, gut, ihn vermissen zu dürfen.

»Das ist wirklich was Ernstes, oder?« fragt Birgitte und schiebt mir die Schale mit dem Gebäck rüber.

»Was Ernstes?« weiche ich aus. Nehme zwei Æbleskiver, obwohl ich eigentlich nur eine nehmen wollte. »Er ist ein hübscher Typ. Uns geht es prima, wir können zusammen lachen, wir bumsen gut zusammen, wir sind beide heiß auf Pasta und Fernsehen, und er hat einen reichen Vater! Heißt das, daß es was Ernstes ist?«

»Was verdammt Ernstes!«

Wir essen, reden über den Gløgg, der ziemlich stark ist. Eine fertige Mischung, mit Cognac und diversen Einlagen angereichert.

»Jens kann Gløgg nicht ausstehen«, erklärt Birgitte. Paul ist auch nicht so scharf drauf, stimme ich zu. Dafür mag Jens gern Æbleskiver. Ja, Paul auch, und wie! Vor allem die von Brugsens! Nein, Jens zieht Irmas vor. Falls Birgitte sie nicht selbst macht ... Diese Unterhaltung wird in vollem Ernst geführt. Zwischen zwei erwachsenen Frauen, einst enge, revolutionäre Blutsschwestern. Jesus Christus! Ich will gerade etwas Witziges über uns sagen, als Maxi anfängt zu jammern und Birgitte aufsteht, ihn hochnimmt und an die Brust legt. Er saugt sich mit emsig arbeitenden Wangenmuskeln gierig fest.

»Danach schläft er sicher gut«, lächelt sie, worauf der Junge plötzlich ihre Brust losläßt und ihr direkt ins Gesicht guckt. Birgitte erwidert seinen Blick, plappert verliebt mit ihm, und ich bin genauso ausgeschlossen, als säße ich einem turtelnden Paar gegenüber. Ich nehme noch eine Æbleskive und bestreiche sie mit Johannisbeermarmelade – Schwiegermutters selbstgemachte – und bin mir meiner lächerlichen Eifersucht wohl bewußt.

»Ist er nicht süß?« sagt Birgitte begeistert, als das Kind die Brustwarze wieder schnappt und erneut anfängt zu saugen.

Ich nicke. Wirklich süß.

Dann wendet sie ihre Aufmerksamkeit wieder mir zu.

»Und was wollt ihr tun?«

»Wer?« frage ich verwirrt.

»Paul und du. Wollt ihr zusammenziehen?«

Ich setze mich unwillig im Korbsessel auf.

»Warum sollten wir?

»Das ist doch ganz natürlich«, Birgitte legt das Kind an die andere Brust.

»Ich lebe immer noch am liebsten allein«, sage ich und suche auf meinem Glasboden nach Mandelsplittern und Rosinen.

»Und wie ist es mit Paul?« Sie läßt nicht locker und füllt ihr Glas mit der einen Hand, während sie das Kind mit der anderen stützt.

»Es kann schon sein, daß wir auf diesem Gebiet unterschiedlicher Meinung sind«, sage ich leicht dahin, den Mund voll mit Mandeln und Rosinen.

»Prinzipiell?« bohrt sie nach. »Oder nur im Augenblick?«

Ich zögere. Eigentlich habe ich keine Lust mehr, ihr alles zu beichten. Andererseits – sie ist nun einmal meine einzige gute Freundin.

»Laß es mich so sagen: Ich bin mir nicht sicher, was draus wird, aber ich habe Lust, daß was draus wird ...«

Ich verziehe das Gesicht und reiche ihr mein Glas, das sie noch einmal füllt. Habe Lust, ihr von der Freude zu erzählen, die er für mich ist. Von den Augenblicken goldener Wonne, die ich in diesen Monaten erlebe. Von dem Genuß, eine Straße entlangzugehen und ihn wie einen Flügelschlag zu spüren, ihn wie eine Spiegelung über den Seen zu sehen, ihn wie den Rest einer Symphonie zu hören, den Nacken zurückzulegen und ihn in einem rosa Nachmittagshimmel zu fangen. Von engen Gassen, die entstehen, weil er durch sie gegangen ist. Von seiner Stimme, seinem Lachen, das zwischen den Häusern hängt, und von seinem Schatten, der mir beschützend folgt, bis er plötzlich vor mir ist, aus einem Eingang tritt und mich umarmt.

Birgitte lächelt. Warm, ohne jeden Stachel. Sie ist nicht dumm, wie konnte ich das denken. Birgitte weiß, was mit mir los ist. Ich nippe am Gløgg und spüre, wie sich eine schnurrende Wärme in meinem Körper ausbreitet, so daß ich eine erlaubte Übersprunghandlung vornehme und meine Strickjacke ausziehe.

»Du hast Angst, daß du enden könntest wie ich?« fragt Birgitte mit einer Handbewegung, die das ganze Wohnzimmer, in dem wir sitzen, umfaßt.

Was soll ich darauf sagen? Wie immer ist Birgittes Wohnung eine direkte Verlängerung ihrer selbst. Ein showroom, der zeigen soll, was sie im Augenblick zu bieten hat. Wer sie sein möchte. In der Wohngemeinschaft war ihr Zimmer eine Höhle mit Matratzen und selbstgefärbten Batikkissen auf dem Boden, Kerzen in Bastflaschen und einem halben Dutzend politischer Propagandaplakate, die von den Wänden um die Wette schrien. Später, als sie für kurze Zeit Architektur studierte, wohnte sie weißgestrichen und funktionell, als sie in der Werbebranche war, hatte sie eine durchgestylte Mickymaus-Periode, und damals, als sie glaubte, sie würde Bühnenbildnerin, wurde plötzlich alles schwarz und bronzefarben, die Vorhänge waren drapiert, und in allen Ecken waren Büsten mit Rokokokleidern aufgestellt.

In den Jahren, als sie wohl am ehesten sie selbst war und erkannt hatte, daß sie als Autodidaktin und ohne kreative Einschränkungen am weitesten kommen würde, war ihre fußkalte Ladenwohnung in Nørrebro eine schöne Mischung aus einer schlampigen Werkstatt, einer Kaffeestube und verfeinerter Wohnkultur. Alle besuchten sie gern und oft damals, kamen fast täglich vorbei, sie war immer mit irgendeinem neuen unglaublichen Projekt beschäftigt, lag entweder im Blaumann auf dem Boden und schweißte Eisenmöbel zusammen oder fummelte, in weiße Gaze gehüllt, an einem riesigen Hut mit Vogelfedern und vier ineinander geschlungenen Schwanenjungen herum. Anfangs verkaufte sie ihre Sachen vor allem an Freunde und Freundesfreunde, aber so langsam wurden auch etablierte Boutiquen in der City ihre Kunden, und mehrere ihrer Möbel gingen als Unikate an Paustian. Kurz bevor das Unglück – Jens – sie ereilte, war sie dabei, ein Café einzurichten, und hatte einige Kontakte nach Mailand, aus denen vielleicht etwas werden konnte. Es war also reichlich was los damals. Manchmal schob sie ihre Arbeit beiseite und trank Kaffee mit ihren Gästen, andere Male ließ sie sich davon überhaupt nicht beeindrucken, und wieder andere Male, wenn ein Abgabetermin kurz bevorstand, konnte sie uns ohne Zögern in ihre Arbeit mit einbeziehen. Wir beneideten sie, romantisierten sie vielleicht auch. Übersahen, daß sie zeitweise so arm war, daß sie kaum ihre Miete zahlen konnte und fortwährend mit Banken und Kreditgebern in Verhandlungen stand und sich dabei zäher zeigen mußte, als sie eigentlich war. Und dann gab es die Konkurrenz, den Kampf der Selbständigen um Aufträge, um etwas zu verdienen und nicht übergangen oder wieder rausgeschmissen zu werden. Ich glaube nicht, daß Pauls Einschätzung, Birgitte sei eine schwache Frau, stimmt. Ich betrachte sie als stark, aber sie ist nie über diese tiefe Verunsicherung hinweggekommen, die ihre Pubertät verpestet hat. Wenn sie einen Konkurrenten im Nacken spürt, schert sie aus und zieht sich zurück, statt die Zähne zusammenzubeißen und den Kampf aufzunehmen. Wie ich es machen würde. Und wie die meisten Männer es ganz instinktiv machen.

Als sie Jens gerade kennengelernt hatte, waren wir uns einig darüber, daß er nur eine Verkehrsinsel sein konnte. Eine Zwischenstation, auf der sie auftanken konnte und für eine Weile Schutz suchen, bis sie von der Bürgerlichkeit genug hätte und neue Kräfte, um sich weiter mit Bankkrediten und Steuerschulden herumzuschlagen. Ich persönlich fügte hinzu, daß Jens genau die Variante war, die ihr noch fehlte. Sie konnte sich so beweisen, daß sie auch einen kriegen konnte, und wenn sie ausreichend Bestätigung bekommen hätte, wäre sie imstande, der brennenden Sehnsucht der Vergangenheit den Rücken zu kehren und die Künstlerin zu werden, die sie sowieso schon immer war.

Aber in Null Komma nichts kündigte sie ihre Ladenwohnung in Nørrebro, zog in Jens' komfortable Østerbrowohnung, wurde schwanger und heiratete, ohne ein einziges Mal mit mir darüber zu sprechen. Trotzdem war ich bei ihrer Hochzeit, die sich vor allem durch den heftigen Zusammenstoß unterschiedlicher Kulturen auszeichnete – auf der einen Seite seine ordentliche Steuerberaterfamilie aus Nordseeland, auf der anderen ihre flippige Wohngemeinschaftsbande mit dem armen Århus-Vater und ihrer lesbischen Pädagogenmutter an der Spitze. Das hätte witzig sein können, war es aber nicht. Ganz und gar nicht. Ihr Vater war innerhalb kürzester Zeit betrunken, ihre Mutter hielt eine Rede, in der sie mehr oder weniger eindeutig ihre nicht sehr diplomatische Meinung über die Wahl ihrer Tochter von sich gab, worauf Birgitte heulend rauslief. Jens verweigerte den Brautwalzer; seine Familie saß eisig schweigend da und dachte sich ihren Teil. Auch auf dieser Seite hatte man sich offensichtlich etwas Besseres erhofft.

Das ist jetzt ungefähr ein Jahr her, und nun sitzt sie hier in der Helleruphütte, die sie so »originell« eingerichtet hat, daß es schon neurotisch wirkt. Der perfekte Rahmen für die perfekte Familie. Und da es heute der erste Sonntag im Advent ist und damit bald Weihnachten, ist das Wohnzimmer mit Nelkenapfelsinen dekoriert, einem gewaltigen Adventskalender und Mistelzweigen über den Flügeltüren zwischen den beiden Räumen. Der Adventskranz gehört zu der Sorte, bei der allein eine der dunkellila Kerzen ein kleines Vermögen kostet, und in dem geflochtenen Korb, der farblich genau zum Adventskranz paßt, liegen Vanillekränzchen und Spekulatius, die sie selbst gebacken hat. Das zusammen ist alles sehr schön und stimmungsvoll, und ich hätte nicht das geringste dagegen – vielleicht würde ich sogar die ästhetische Sorgfalt loben –, wenn es nicht ausgerechnet Birgittes Wohnung wäre. Für mich ist dieses geschmückte Wohnzimmer ein Symbol für die verlorene Birgitte, das Chamäleon Birgitte. Weshalb sie recht hat mit ihrer Frage, und wie immer hat sie den Mut, sie direkt zu stellen. Ja, genau, ihr Leben macht mir angst.

»Bereust du es nicht manchmal?« frage ich statt einer Antwort.

Birgitte rührt nachdenklich in ihrem Gløgg. Stellt fest, daß Maxi eingeschlafen ist, und legt ihn vorsichtig neben sich aufs Sofa. »Man bereut doch wohl nie ein Kind, oder? Man bereut vielleicht, daß man keins gekriegt hat!« erklärt sie und zeigt im selben Moment einen entschuldigenden Blick. Aber da ich nicht reagiere, fährt sie fort.

»Ich wollte doch immer gern eine Familie. Meine eigene Familie«, betont sie mit einer verständnisheischenden Grimasse.

»Und mußte das jetzt sofort sein?« frage ich und vermeide die Fortsetzung »mit ihm?«

»Wann sonst?« hackt Birgitte zu. »Wenn ich alt bin?«

»Aber, du warst doch gerade dabei ...!«

»Wobei war ich? Gerade bei etwas, das nicht warten kann? Weißt du was, Therese, alles kann warten. Das einzige, was nicht warten kann, ist dein Körper.«

»Deine biologische Uhr«, spotte ich. Ich bin es so leid,

daß man offensichtlich nicht einmal einen Cappuccino mit einer Frau um die Dreißig trinken kann, ohne daß sie irgendwann das Klischee vom unaufhörlichen Ticken der biologischen Uhr auf den Tisch bringt. »Du bist neunundzwanzig, du hast noch fünfzehn Jahre, um Kinder zu kriegen!«

»Ja, ja, und je älter du wirst, um so lustiger werden die Kinder!« sagt sie scharf und steht auf, um eine Decke für ihren schlafenden Sohn zu suchen. »Was ja nicht einmal gelogen ist. Wenn du also eins willst, dann überlege es dir!«

»Ich kann mir mich überhaupt nicht als Mutter vorstellen!« sage ich mit einem schnellen Blick auf Maxi.

»Du nicht!« grinst Birgitte. »Aber Paul! Also paß lieber auf!«

Bei mir zu Hause gibt es weder Adventskranz noch Adventskerzen, und ich sehe kaum die Dekorationen und Weihnachtsschaufenster in der Stadt. Weihnachten ist einfach nichts für mich. So war es immer, seit Tante Mo nach Frankreich gezogen ist, denn seit sie weg ist, gab es niemanden, der für uns ein Weihnachtsfest organisierte. In meiner Kindheit sind wir fast immer aufs Land gefahren, wo Onkel Erik und Tante Mo die traditionelle Weihnachtsfeier wie im Bilderbuch ausrichteten, mit Weihnachtsmann, Schlittenfahrt und Gottesdienst. Wir aßen das traditionelle Weihnachtsessen mit einer Mandel im Dessert, und der Tannenbaum, den wir selbst im Wald geschlagen hatten, reichte natürlich bis an die Decke. Mutter, die alle mit üppigen Geschenken bedachte, las mit ihrer geschulten Stimme das Weihnachtsevangelium und sang, während wir um den Baum gingen. Damals wurden wir nie enttäuscht, jedes Jahr war Weihnachten genauso herrlich wie im Jahr zuvor.

Nicht einmal, daß Vater plötzlich nicht mehr dabei war –

um zu necken, zu protestieren und mit Onkel Erik Schach zu spielen –, konnte es kaputtmachen. Solange er an uns dachte. Wir erwarteten nichts Teures oder Prächtiges von ihm, wir freuten uns über die Dinge, die er für uns gemacht hatte – Malbücher, illustrierte Erzählungen, ein riesiges Bild von Kiki und mir und unserem Kleinmädchenleben als Motiv. Die ersten Jahre nach seiner Abreise hat er immer an uns gedacht. Wir vergaben ihm, daß er fort war, denn wir spürten die Hingabe und die Sehnsucht, die in seinen kleinen Geschenken für uns steckte. Damals schrieb er auch Briefe – kleine, alberne Briefe mit kleinen, albernen Märchen vom Maultier Tortilla und den beiden kleinen Signoritas. Aber dann brach der Kontakt ab – mein zwölfter Geburtstag war der erste, den er ignorierte, und zum folgenden Weihnachtsfest kam auch nichts von ihm. Wir hatten ihm treu und brav etwas geschickt – Kiki und ich hatten mühsam und trotz tränenreicher Kämpfe einen zwei Meter langen bunten Schal für ihn gestrickt, da wir gehört hatten, daß es im Winter auf Mallorca kalt werden konnte.

Ich war bereits auf dem Weg in die Klarsicht der Pubertät und vergrub meine Enttäuschung in mir, hatte mich darauf eingestellt, daß er uns jetzt endgültig verlassen hatte. Aber Kiki war immer noch ein unschuldiges, eigentlich naives Kind, und sie reagierte wie immer gesund und direkt mit Weinen, Wut und Flüchen über das dumme Schwein. Aber Weihnachten hatte seine Magie verloren – und als Onkel Erik kurz darauf starb, war es sowieso nicht mehr das gleiche. Auch wenn Tante Mo in ihrem Haus in Virum sich alle Mühe gab, an den alten Ritualen festzuhalten, war es doch nie mehr das gleiche ohne Onkel Erik mit seiner offenen, lauten Freude. Ganz im Gegenteil, gerade Weihnachten wurde sein Verlust fast unerträglich, und als Vater anscheinend definitiv beschlossen hatte, uns aus seinem Gedächtnis zu streichen, wurde die Weihnachtsvorfreude auf den reinen Materialismus reduziert. Weihnachtsgeschenke, Süßigkeiten, Marzipanschweinchen. Später rebellierte ich gegen alles Bürgerliche, wollte auch Weihnachten abschaffen und ließ demonstrativ mein Weihnachtsessen unberührt auf dem Teller liegen aus Solidarität mit den Hungernden in den Entwicklungsländern; statt Weihnachtsgeschenke zu kaufen, überwies ich zweihundert Kronen für die Sandinisten in Nicaragua. Kiki besaß nie eine derartige politische Haltung, mit der sie sich herumschlug. Für sie war Protest immer etwas Physisches gewesen – sex & drugs & heavy metal –, dafür war sie erst dreizehn, vierzehn Jahre alt, als sie anfing, auch Weihnachten herumzuziehen. Gegen zehn Uhr teilte sie uns mit, daß sie jetzt genug vom ländlichen Feiern hätte, dann zog sie los und kam auf irgendeine Art tatsächlich in die Stadt. Mutter war auch nicht gerade in einer ihrer stabilen Perioden – jedes Jahr schleppte sie einen neuen Liebhaber an. Jedes Jahr sah sie unglücklicher aus als im vorigen, und jedes Jahr war die Wahl der Weihnachtsgeschenke ihres Liebhabers ein unumstößliches Zeichen für sie, daß er sie ganz und gar nicht verstand. Die Tante mischte sich nie direkt ein – aber ihre knappen, trockenen Bemerkungen genügten, um uns in irgendeiner Form gerade am Heiligabend unserer Misere bewußt zu werden.

Als Onkel Georg dazustieß, ließ er sich nie von uns aus der Ruhe bringen – er lächelte nur freundlich und zog sich schon früh am Abend mit einem anständigen Cognac und der Havanna-Zigarre, die Mutter ihm stets schenkte, in die Bibliothek zurück, wo er Verdis »Requiem« lauschte.

Als dann auch noch Onkel Georg starb und Tante Mo nach Frankreich zog, kamen wir stillschweigend überein, Weihnachten nicht mehr zu feiern. Das haben wir so beibehalten, und oft sind wir auch alle drei in irgendeinem anderen Winkel der Erde, ich habe zum Beispiel einige Heiligabende in Moskau verbracht. Ein paarmal haben wir ein improvisiertes Nichtweihnachtsessen zusammen verspeist. Manchmal haben wir uns verrückte symbolische Geschenke überreicht – Kiki und ich hatten ein paar Jahre lang so eine Art »das häßlichste Weihnachtsgeschenk der Welt«-Wettbewerb, und manchmal haben wir die Überraschungsmandel ins Chili con carne gesteckt, zuviel Weihnachtsbier getrunken und uns über alle anderen mit ihren verlogenen Feiern lustig gemacht. Jedenfalls hat Weihnachten keinerlei Bedeutung für mich, abgesehen davon, daß es mir ein paar friedliche freie Tage bescheren kann, wenn es günstig liegt. Deshalb, und ohne jeden Märtyrergedanken, melde ich mich freiwillig für den Dienst während der Weihnachtsfeiertage. Das habe ich letztes Jahr auch getan, und das ist eine einfache Methode, verdammt viel kollegialen Kredit zu erhalten. Denn selbst der ruppigste Reporter wird beim Thema Weihnachten weich, und wenn auch nur, weil er verheiratet ist und Kinder hat. Als Paul mich also Anfang Dezember fragt, was wir denn Weihnachten machen, kann ich ihm ganz einfach antworten.

»Ich weiß nicht, was du machst, aber ich werde arbeiten.«

»Arbeiten?« wiederholt er. »Aber hätten wir darüber nicht vorher einmal reden sollen?«

»Warum denn?« frage ich verblüfft.

»Warum? Weil es Heiligabend ist! Ich weiß nicht, ob du schon mal davon gehört hast? Das hat was zu tun mit einem, der Jesus heißt, und dann gibt's da noch so einige alte Traditionen mit Tannenbaum und so!«

Wir sind bei mir daheim. Spülen das Geschirr von den letzten drei Tagen. Ich wasche, er trocknet ab.

Vorsichtig lasse ich eine der hohen russischen Teetassen ins Wasser gleiten. Sie sind ein wenig kitschig mit Blumen und Goldrand, aber ich liebe sie, und sie gehen so leicht kaputt. »Ich hatte keine Ahnung, daß das für dich so wichtig ist. Bei uns zu Hause haben wir die letzten zehn Jahre überhaupt nicht Weihnachten gefeiert«, erkläre ich und bitte ihn, vorsichtig mit der Tasse zu sein.

Er sieht mich bedeutungsvoll an.

»Was für Zustände!«

»Macht ihr das denn? Feiert ihr Weihnachten bei euch?« frage ich und wasche eine weitere Tasse ab.

»Da kannst du aber Gift drauf nehmen! Wir tun alles, um uns selbst zu zeigen, was für eine gute, wohlhabende Familie wir sind. Leider hat das Restaurant Heiligabend geschlossen, weshalb Mutter immer eine Köchin engagiert. Aber dann gibt's von allem was – und mehr als genug!«

»Und im ris à l'amande sind Diamanten?«

»Nicht so sarkastisch, meine Geliebte!« Paul trocknet die Tasse demonstrativ vorsichtig ab. Ich muß lachen.

»Und da machst du wirklich mit? Wo du das Ganze doch derart verabscheust?«

»Ne, ne, normalerweise mache ich mit ein paar Kumpels Skiurlaub. Aber dieses Jahr hatte ich eigentlich damit gerechnet, daß wir beide ...?«

»Gemeinsam unsere Weihnachtskörbchen flechten ...?« singe ich und lasse neues Wasser einlaufen. »Du kannst mir ja 'nen Hamburger machen, wenn ich von der Arbeit komme.«

»Und was ist mit deiner Mutter? Und Kiki?« Paul schaut mich gespannt an.

»Mutter will mit Freddy zur Wallfahrtsreise nach Rom. Als Buße für Viktor, nehme ich an. Und ich habe gehört, daß Kiki Spunks unüberschaubarer Familie vorgeführt werden soll.«

»Also!« Paul sieht fast enttäuscht aus und reibt langsam das Besteck trocken. »Dann bleiben nur du und ich?«

»Ist das denn nicht in Ordnung?« frage ich.

»Meine süße, geliebte Tes! Aber das ist es doch, was ich

mir am sehnlichsten wünsche!« erklärt er und pustet mir in den Nacken.

Der Dezember rast dahin, wie es immer geschieht, wenn in einem Monat eine Nachricht die andere erschlägt. In Maastricht wird der Europavertrag formuliert, in Jugoslawien kämpfen sie weiter, und in der Sowjetunion hat Gorbatschow schließlich keine andere Aufgabe mehr, als hinter sich das Licht auszumachen. Immer mehr Republiken stellen sich unter den Schirm der Staatengemeinschaft, und Jelzin zeigt sich selbstsicher, als er im gutsitzenden Anzug den amerikanischen Außenminister im Katharinensaal des Kreml empfängt. Ich werde Gorbi vermissen.

Und als würde das nicht ausreichen, unsere genau berechneten Nachrichten zu füllen und uns Reportern Atemnot zu bereiten, wird auch noch auf Saddam Hussein im Dezember ein Attentat verübt, wonach er offensichtlich schwer verwundet in seinem Führerbunker liegt. Vielleicht ist er bereits tot; CNN zitiert anonyme irakische Ärzte, die behaupten, daß sie ihn erschossen und eindeutig tot gesehen haben. Die Aussage wird durch den Mangel an Fotos bekräftigt. Es gibt nur einige Sekunden vom Attentat selbst, die CNN herausschmuggeln konnte, aber keine offiziellen irakischen von einem lächelnden Saddam, der auf dem Krankenbett das Siegeszeichen macht. Die Welt hält den Atem an, und dieses Mal nicht aus Sorge, daß der Staatschef sterben könnte, sondern aus Angst, er könne überleben.

In der Redaktion hängen wir vor CNN und diskutieren, wer wohl hinter dem Attentat steht, das während einer Militärparade verübt wurde. Der Bombenwerfer ist offensichtlich selbst mit in die Luft geflogen, aber es gibt hartnäckige Gerüchte, daß die CIA dahintersteckt. Oder der Mossad. Die Producerassistentin opfert sich und holt uns etwas zu essen aus der Kantine, und über dem Salat, immer noch mit den Augen auf dem CNN-Bildschirm, tauschen wir unsere Attentatserinnerungen aus. Ras erinnert sich daran, wie John F. Kennedy getötet wurde, ich erinnere mich nur noch daran, wie im Rundfunk bekanntgegeben wurde, daß Robert Kennedy tot war, und die Erwachsenen plötzlich mit Trauer und Schock reagierten. Lea brach über John Lennons Tod zusammen, wie sie mit zittriger Stimme berichtet, und ich blieb wie erstarrt und laut heulend stehen, als ich eines Morgens die Zeitung holte und sah, daß Palme erschossen worden war. Aber das erzähle ich nicht.

Der General ist in seinem Element – wie ein Marschall, der seine Truppen durch eine Schlacht bringen soll, rennt er herum, schreitet die Front ab, mischt sich überall ein und ist unerträglich irritierend. Er ist es, der beschließt, daß wir einen eigenen Mann im Irak brauchen. Eine Verfügung, mit der Ras ganz und gar nicht einverstanden ist, weil ein aus Dänemark geschickter Reporter ja nun nicht die Chance einer Frau auf dem Bau hätte, eine bessere Geschichte nach Hause zu bringen, als wir sie übers Netz kriegen. Aber der General besteht darauf; »der eine Diktator ist immer vom anderen Diktator fasziniert«, interpretiert Ras und kaut auf seiner Pfeife. Sein Reisebudget ist so knapp, daß er absolut keine Lust hat, das Geld zu opfern, um sich lächerlich zu machen. Außerdem sieht er Probleme, einen Reporter so kurz vor Weihnachten zu finden, der in den Irak geht. Michael winkt gleich ab; er ist erst vor kurzem mit einer Binde um den Kopf und einem leichteren Granatenschock aus Kroatien zurückgekommen, und der Arzt hat ihm Ruhe und Entspannung verordnet. Eine Mitteilung, die beim General eher Verachtung als Verständnis auslöst. Er schnaubt, daß er notfalls selbst fährt, wenn keiner der Damen und Herren Manns genug ist.

Aber dann meldet Miriam sich plötzlich freiwillig. Sie ist

erst seit einem halben Jahr beim Ausland, ist jung und noch nicht sehr lange im Geschäft, relativ klein und unverkennbar jüdisch. Sie hat den Mittleren Osten als Fachgebiet, also ist es logisch, daß sie das Ereignis abdeckt. Aber Ras hat dennoch Bedenken – ob sie es schafft? Und sogar der General, der diese Art Dummdreistigkeit liebt, nimmt sie unter vier Augen ins Gebet, bevor er beschließt, sie fahren zu lassen.

»Und ich dachte, die Frauenbewegung hätte sich selbst in Grund und Boden gesiegt«, sagt sie spitz, als sie zurückkommt.

»Das war einmal«, erwidere ich und frage, ob sie mit mir essen gehen mag. Wir hatten bisher nicht viel Kontakt miteinander, aus irgendeinem Grund habe ich sie als Kuriosum des Flurs angesehen und ihr nie größeren Ehrgeiz zugetraut. Aber jetzt zeigt es sich, daß sie eiskalt ist und auch kein Problem darin sieht, als Jüdin einen Auftrag in einem arabischen Land zu erledigen.

»Aber die glauben doch, es war der Mossad«, bemerke ich. »Da können sie solchen wie dir gegenüber schon etwas ruppiger werden.«

»Wieso denn?« fragt sie herausfordernd und legt ihren Kopf mit den kurzen Haaren schräg. »Ich bin Dänin! Seit vier Generationen, verdammt noch mal!«

»Entschuldige«, murmle ich und gebe ihr ein paar gute Ratschläge, wie sich ein weiblicher Reporter im Feld sinnvollerweise verhalten sollte.

An dem Vormittag, als sie sich blaß und kaugummikauend in einer großen, bunten Daunenjacke verabschiedet, knuffe ich ihr kameradschaftlich in den Rücken und wünsche ihr gute Reise.

»Na, sehe ich aus wie eine heimliche Mossad-Agentin?« fragt sie und macht Kaugummiblasen.

»Vielleicht wie Mossad-Brut, also paß auf dich auf! Und

vergiß nicht, eine Postkarte zu schreiben!« sage ich, während ich sie zur Glastür bringe. Von dort sehe ich ihr nach, wie sie mit ihrem Koffer und ihrer Umhängetasche mit dem Logo des Senders drauf losfährt, und ich weiß ganz genau, wie herrlich und schrecklich zugleich sie sich in diesem Moment fühlt. Neugierig, reisefiebrig und nervös. Wird sie es schaffen, dort auf dem Schlachtfeld, wo sie sich mit CBS, ABC und ZDF um Telefone, Satelliten, Bilder und Geschichten prügeln muß? Oder fällt sie auf den Arsch, fällt durch und muß zurück und ihre Niederlage dem General beichten, weil sie es nicht geschafft hat, drei Tage hintereinander sich ihren Stoff zu beschaffen? Oder läuft es wie geschmiert – ist das geleaste Kamerateam gut und kooperativ, bekommst du deine Satellitenzeit rechtzeitig, paßt du auf, daß du dich zum Schneideraum nicht verläufst, hast du die Geschichte im Griff – dann darfst du euphorisch werden.

Miriam schafft es, sogar verdammt gut, und der General rennt im Sekretariat herum, plustert sich auf und prahlt damit, es wäre seine Idee gewesen, sie loszuschicken. Und natürlich kann er es sich nicht verkneifen, sie mir unter die Nase zu reiben.

»Von ihr kannst du noch was lernen! Sie hat es wirklich drauf!«

Ich lächle süß und nutze die Gelegenheit zu fragen, wie es denn mit meinen Aussichten auf die Korrespondentenstelle aussieht.

»Hoffentlich so wie geplant. In gewissem Grad hängt das ja auch von deinem Engagement ab«, erklärt er und dreht mir den Rücken zu.

Ich stehe unentschlossen da und starre wütend seinen krummen Rücken an. Genau diese Art hat den General zu einer verhaßten Person und die empfindlichsten Mitarbeiter zu pulverisierten Fällen werden lassen. Und wenn man das einmal zuviel durchgehen läßt, hat man paradoxerweise seinen Selbstrespekt wie auch sein Ansehen bei ihm verloren. Weshalb ich ihm drei Minuten gebe, um sein Büro zu erreichen, bevor ich mit einer bewußt entschlossenen Miene an seiner Sekretärin vorbeirausche.

»Ja?« sagt er nur und schaut kaum auf. Er hat etwas Weihnachtsschmuck und eine Schale mit Pfeffernüssen auf seinem Schreibtisch stehen – neben der CNN-Videokassette »Operation Desertstorm«.

Ich räuspere mich, um ihn zu zwingen, mich anzusehen. Was er auch tut. Fischartig.

»Falls du etwas an meiner Arbeit auszusetzen hast, dann wäre ich dir dankbar, wenn du die Kritik direkt formulieren könntest«, sage ich.

»So, so!« sagt er mit gekräuselten Lippen und sucht in seiner Innentasche nach einer seiner griechischen Karelia-Zigaretten. Ein Friedenszeichen. »Setz dich doch, Tes!« fordert er mich auf.

Ich gehorche, indem ich mich auf die äußerste Kante des geflochtenen Wegenerstuhls setze. Jetzt sind wir in gleicher Augenhöhe, vorher mußte er zu mir aufsehen.

»Ich bin mit deiner Arbeit nicht unzufrieden«, sagt er und inhaliert den Rauch. »Ganz im Gegenteil habe ich mir notiert, daß du schnell und gründlich arbeitest und daß es dir gelingt, deinen Stoff auch für Lieschen Müller begreiflich zu machen. Hervorragend! Aber dein Privatleben könnte mir Anlaß zur Besorgnis geben.«

»Mein Privatleben ist genau das: mein Privatleben!« betone ich.

Der General wedelt abwehrend den Rauch weg. »Ja, solange es nicht deine Arbeit beeinflußt, mein Schatz! Und abgesehen davon, daß ich nicht im geringsten die Wahl deines Partners gutheißen kann, so kann es mir doch wohl einige Sorgen machen, ein fast verlobtes Mädel wegzuschicken. Ich wünsche und erwarte volles Engagement von seiten meiner Korrespondenten. Ihr seid ja teuer genug, nicht wahr!«

»Entschuldigung, Chef, habe ich das richtig verstanden, hast du gerade gesagt, ich soll mich von meinem Freund trennen, um in die engere Wahl zu kommen?« frage ich und beuge mich vor.

Der General wird von einem plötzlichen Hustenanfall heimgesucht.

»Das habe ich nicht gesagt«, hustet er. »Aber wenn ich du wäre, dann würde ich mir überlegen, ob Paul Weber ... Schließlich ist es doch gar nicht sicher, daß er dich fahren lassen wird. Er könnte dir ein Ultimatum stellen, oder?«

Ich hole tief Luft, zum ersten Mal flackert mein Blick unsicher durch den Raum. Nicht weil ich mich vor dem General fürchte, sondern weil ich weiß, daß ich, wenn ich antworte, es gar nicht vermeiden kann, mehr über meine Beziehung zu Paul verlauten zu lassen, als mir lieb ist.

»So dumm ist er nicht«, sage ich und treffe wieder den Blick des Generals. Und dann verrate ich ihn ein wenig, meinen Geliebten: »Der Korrespondentenposten in Moskau ist mein Lebenstraum. Und wenn ich den verwirklichen kann, dann wird mich kein Mann auf dieser Welt dazu bringen, nein zu sagen.«

»Auch Paul Weber nicht?« fragt der General und wippt auf seinem Chefstuhl hin und her.

»Auch Paul Weber nicht«, erkläre ich mit fester Stimme.

»Gut«, nickt er zufrieden. »Willst du eine Pfeffernuß? Sie sind von meiner Mutter!«

Ich verlasse das Büro des Generals mit dem Mund voller Pfeffernüsse, den Kopf voll mit neuen, großen Aufgaben, die ich mir seiner Meinung nach für das Sonntagsmagazin vornehmen soll, und einem Herz voller Wehmut. Dort drinnen habe ich Paul verkauft, und das wäre nicht notwendig gewesen.

Am liebsten würde ich ins Inland rübergehen, ihn suchen und meinen Kopf an seine Brust legen, aber dafür habe ich keine Zeit. Ich habe eine Verabredung mit einem prima Kumpel aus dem Außenministerium, mit dem ich ab und zu meine Moskau-Nostalgie pflege. Er war dort drei Jahre lang Botschaftssekretär – wir haben uns bei einem Empfang am Nationalfeiertag vor ein paar Jahren kennengelernt. Jetzt ist er seit einem Jahr wieder zurück. Wir können gut miteinander reden, haben vieles gemeinsam, und ich habe ihn aus rein beruflichen Gründen – weil seine Analysen und Meinungen mich interessieren – kurz nach seiner Rückkehr einmal zum Essen eingeladen. Er lehnte dankend ab mit dem Hinweis, daß seine Frau auf einem Kurs sei und er die Kinder hüte, aber er würde sich gern mittags mit mir in der Kantine treffen. Damit hat er also klar und deutlich signalisiert, daß er über das Fachliche hinaus nichts mit mir am Hut hat.

Eigentlich finde ich, diese offiziell ihren Status zur Schau tragenden Familienväter so um die Zweiunddreißig haben etwas Komisches an sich. Ich glaube ihnen und ihrem Beharren auf Monogamie nicht. Aber das ist seine Sache, und da ich weiterhin uneingeschränkt sein Wissen respektiere und er eine ausgezeichnete und verläßliche Quelle ist, rufe ich ihn ab und zu an. Aber diesmal war er es, der mich anrief – ob wir uns nicht treffen und unsere gemeinsame Passion pflegen wollten?

Ich habe Paul nichts von der Verabredung erzählt, obwohl sie nun weiß Gott platonisch ist, und während ich in der repräsentativen Vorhalle des Ministeriums auf Christian warte, habe ich fast so etwas wie ein schlechtes Gewissen. Vielleicht wäre dem nicht so, wenn Christian häßlich wäre, aber im Grunde genommen ist er ein ziemlich attraktiver Typ von der rothaarigen, sommersprossigen Sorte.

»Wollen wir in die Stadt?« fragt er und schlägt ein nahe gelegenes Christianshavner Café vor. Warum nicht? Also machen wir das, und es kann daran liegen, daß wir uns außerhalb der Grenzen des Außenministeriums mit seinen wohlerzogenen, schlipstragenden Dschungeltrommlern befinden, jedenfalls ist er viel entspannter als sonst. Bestellt Wein, zieht sein Jackett aus und erzählt Geschichten und Anekdoten aus der Welt der Diplomaten. Und dann schwelgen wir natürlich hemmungslos in Moskau – ich erzähle lang und breit und bis in die topographischen Details vom Putsch, und er ärgert sich schrecklich darüber, daß er zu der Zeit mit seiner Familie im Sommerhaus an der Westküste saß und keine Ahnung hatte, was da vor sich ging, bevor es beinahe schon vorbei war. Und als der Wein ausgetrunken ist, sind wir uns einig, daß er versuchen soll, Botschafter zu werden – vielleicht in Riga –, und dann werde ich Korrespondentin, und dann werden wir tolle Kaviarorgien veranstalten und die ganze dänische Meinung über die Sowjetunion lenken. Alles viel Luft und Phantasie, aber wir amüsieren uns prächtig.

Als wir uns vor dem sandfarbenen Koloß des Außenministeriums verabschieden, umarmt er mich, wünscht mir schöne Weihnachten und sagt, daß er sich riesig darauf freut, mich nächstes Jahr wiederzusehen. Gleichfalls, lächle ich und gehe in bester Laune zurück zu meiner Arbeit.

Saddam überlebt und hält eine seiner psalmonierenden arabischen Fernsehansprachen, aber ich habe mittlerweile das Interesse für diesen Teil der Welt zugunsten meines eigenen Bereichs verloren. Eine Woche vor Weihnachten bittet mich der Redakteur des Sonntagsmagazins nämlich, eine Art Zukunftsvision von der neuen Sowjetunion für

Neujahr zu machen. Zwanzig Minuten, bitte schön, und ich habe freie Hand.

»Habt ihr das mit Ferdinand abgesprochen?« frage ich kollegial.

»Er hat das Angebot zuerst gekriegt, aber abgelehnt.«

»Und Knud?«

»Möchte auch lieber nicht. Außerdem ist er nicht der Bildmann dafür, oder?« schmeichelt der Redakteur.

»Und Ras?«

»Ihm sind die Hände von einem gewissen Herrn gebunden worden.«

»Ihr seid aber hartnäckig!«

Daß diese Aufgabe die Idee des Generals war, daran habe ich keinen Zweifel. Ich soll gefordert und getestet werden. Und wenn er es so haben will, dann soll er es verflucht noch mal so kriegen. Arbeit hat mich noch nie bange gemacht, auch keine Arbeit unter Druck.

Also mache ich mich frisch ans Werk. Rufe zu Hause bei Paul an, der frei hat, und erkläre ihm, daß wir in den nächsten Tagen nicht so schrecklich viele Weihnachtskörbchen miteinander flechten können.

»Und was ist mit Heiligabend. Da haben wir doch eine Verabredung, oder?« sagt er muffig, schluckt es aber ansonsten. Was er auch muß, hat er selbst doch die letzten Wochen damit verbracht, mit der Nase auf einer »interessanten, zum Himmel stinkenden Spur« herumzuschnüffeln. Eine Geschichte, die, wenn alles klappt, einen Riesenskandal auslösen wird. »Güllegate« auf ziemlich hoher umweltministerieller Ebene. Und vielleicht, was für Paul natürlich ein nicht unbedeutender Nebeneffekt wäre, den Sender dazu zwingen würde, ihm den verdienten Journalistenpreis zu verleihen. Wenn man es genau betrachtet, hat er für den Preis bereits einen Platz auf seinem Montana-Regal frei gemacht.

Wir haben also beide viel zu tun, und wenn wir uns endlich hier oder dort treffen, meist spätabends, sind wir so erschöpft, daß wir es nicht einmal mehr schaffen, uns gegenseitig über die Erlebnisse und Entdeckungen des Tages zu informieren. Oder wir sind einfach zu müde, um zuzuhören. Aber das ist nicht schlimm, weil wir unter den gleichen Bedingungen arbeiten und uns darauf eingestellt haben, daß die Bedingungen nun einmal so sind. Und wir sind beide darauf aus dabeizusein. Ich kann manchmal fast euphorisch werden, wenn ich das Gefühl habe, mich mitten im Weltgeschehen zu befinden, und ab und zu koche ich vor Begeisterung über und brauche jemanden, mit dem ich diese Begeisterung teilen kann. In der Regel kann ich den Dampf in der Redaktion ablassen, aber manchmal muß ich es einfach Paul erzählen, daß wir in einer phantastischen Zeit leben.

»Wir stehen mitten in einer Furt! Darüber habe ich auch mit Christian geredet ...«, verplappere ich mich eines Abends. »Du weißt doch, meine Quelle im Außenministerium, mit dem ich mich manchmal treffe.«

»Nein, das weiß ich nicht«, erklärt Paul, und seine Nackenhaare richten sich auf. »Ist das dein Liebhaber?«

»Paul!« protestiere ich und bemerke erst jetzt, daß er an diesem Abend viel stiller als sonst ist.

»Bist du müde?« frage ich und streichle seine Füße, die auf meinem Schoß liegen.

»Entschuldige«, nickt er. »Ich habe ein paar Probleme in der Redaktion, aber damit will ich dich nicht nerven. Was wünschst du dir zu Weihnachten?« fragt er dann zum x-ten Mal.

»Nichts Besonderes!« beteuere ich, ebenfalls zum x-ten Mal, »und das kriegst *du* auch nicht!«

»Aber ich habe doch gesagt, was ich mir wünsche!«

»Eine Ehefrau in Seidenpapier? Die kriegst du sowieso

nicht! Jedenfalls nicht von mir!« sage ich und schiebe seine Füße weg.

»Und warum nicht?« gluckst er.

»Weil ich nicht eingepackt werden kann!«

Am folgenden Tag verlasse ich die Arbeit im Schneideraum so früh, daß ich noch in die Stadt stürzen und ein paar Weihnachtsgeschenke kaufen kann. Gemäß uralter Tradition schenken Birgitte und ich uns etwas, und auch wenn ich daran zweifle, daß das noch aktuell ist, steht sie dennoch auf der Liste. Und Paul, natürlich. Wenn es etwas gibt, was ich nicht kann, dann Geschenke aussuchen. Aber für Birgitte kaufe ich Julia Wosnesenskajas »Das Decamerone der Frauen«, das Sittenbild einer Geburtsabteilung in einem Leningrader Krankenhaus, das ist wohl okay.

Paul hingegen bereitet mir richtiges Kopfzerbrechen. Was schenkt man einem Mann, der alles hat, inklusive eines eindeutig besseren Geschmacks als man selbst? Man resigniert schon bei den eigenen Ansprüchen und endet damit, ein Paar alberne Boxershorts und eine Spaghettimaschine zu kaufen. Weder sehr romantisch noch sehr phantasievoll, I know.

Als ich gegen sieben nach Hause komme, steht er in meiner Küche und schneidet Zwiebeln.

»Was machst du da?« frage ich eher verblüfft als anklagend und stelle meine Tüten ab.

»Koche Essen für dich!« sagt er und gibt die Zwiebeln in die Pfanne. Es riecht nach Knoblauch und Olivenöl.

»Ja, aber, hast du denn keinen Dienst?« frage ich und gehe zu ihm in die Küche.

»Doch, aber ich habe die Arbeit geschmissen.«

»Die Arbeit geschmissen?« plappere ich überrascht nach.

»Genau, ich habe jetzt bereits fünf Berichte fertig, und als heute wieder keiner davon auf die Sendeliste gekommen ist, bin ich zum General gegangen und habe ihm mitgeteilt, daß ich nicht auf Halde produziere.«

»Und dann?«

»Dann entwickelte sich daraus ein etwas lauteres Gespräch.« Paul zieht die Folie von einem Paket Hackfleisch ab und gibt das Fleisch zu den Zwiebeln. Sugo.

»Und?«

»Wir sind uns nicht einig geworden. Also bin ich nach Hause gegangen.«

»Ja, aber was nun?« frage ich und nehme meinen Schal ab.

»Jetzt werde ich für eine Weile Hausmann sein. Ich schaffe es gerade noch, für Weihnachten Schmalzgebäck zu backen!«

»Und du hast nicht vor, wieder zur Arbeit zu gehen?«

»Ne, nicht bevor sie meine Berichte gesendet haben. Und er hat selbst gesagt, daß er das nicht tun wird. Sie seien tendenziös, behauptet er. Willst du ein Glas Wein?«

Paul gießt den Wein ein, und ich schäle mich aus dem Mantel, während ich gleichzeitig versuche, mich von dem ekligen Judasgefühl zu befreien, das seit meinem letzten Treffen mit dem General in mir schlummert.

»Außerdem hat er mir in reichlich direkten Formulierungen erklärt, daß er sich nicht besonders viel aus meiner Person mache und mir sowieso keine besonders strahlende Zukunft voraussage. Eigentlich überhaupt keine.« Paul findet den Dosenöffner mit einer Sicherheit, als wäre es seine Küche, öffnet eine Dose Tomatenmark und kippt den Inhalt zu dem gebräunten Fleisch.

»Er hat dich gefeuert?« frage ich atemlos.

»Nein, dazu sah er sich leider nicht in der Lage. Ärger mit den Gewerkschaftsleuten, weißt du. Aber er hat mir deutlich zu verstehen gegeben, daß er alles tun wird, daß ich mich nicht lange halte.«

»Und was hast du darauf gesagt?«

»Daß er der aufgeblasenste, lächerlichste Narr ist, der sich jemals als Journalist bezeichnet hat, und daß er als sogenannter Chef ein Schandfleck ist und ein Skandal für unseren Sender wie für unseren ganzen Berufsstand.«

»Paul!« rufe ich aus und muß lachen. »Und dann?«

»Dann habe ich ihm fröhliche Weihnachten gewünscht und das Lokal verlassen.«

Ich schüttle den Kopf.

»Damit kommst du nicht lebend davon!«

Paul zuckt mit den Schultern. Gießt ein wenig Wasser und einen Schluck Rotwein in die Pfanne und rührt um.

»Solange ich dich habe, ist alles andere sekundär. Die kriegen mich nicht klein!« sagt er mit einem alten Christiania-Slogan und legt den Deckel auf den Sugo. »Wollen wir anstoßen?«

Pauls Kamikazeaktion ist natürlich *das* Gesprächsthema an den folgenden Tagen. Das meiste Gerede findet rücksichtsvollerweise ohne mich statt, und diejenigen, die es doch nicht lassen können und das Thema unbedingt anschneiden müssen, werden mit einem knappen »Kein Kommentar« abgefertigt. Falls also jemand eine rasende Furie erwartet hat, die bis zum letzten Blutstropfen für ihren Geliebten kämpft, so wird er enttäuscht. Ganz gleich, wie offiziell meine Beziehung zu Paul inzwischen ist, so behalte ich mir doch das Recht vor, nur für meine eigenen Angelegenheiten zu sprechen. Ich habe meine eigene, zwiespältige Beziehung zum General, um die ich mich kümmern muß. Und um es offen heraus zu sagen, meine eigene Karriere, die ich pflegen muß. Außerdem bin ich felsenfest davon überzeugt, daß Paul auch allein mit der Situation fertig wird.

Er scheint auch in keiner Weise niedergeschlagen oder

reumütig, eher fröhlich und erleichtert. Von einer Last befreit wie Krag, als dieser neunzehnhundertdreiundsiebzig als Ministerpräsident demissionierte. Und während ich an meiner eigenen Geschichte bastle und eine reichlich weihnachtsgestreßte Technikerin mit meinen perfektionistischen, anstrengenden Forderungen zum Wahnsinn treibe, genießt er es, zu Hause zu sein, oder ist in geheimen Missionen in der Stadt unterwegs. Wenn ich dann spät und ausgelaugt nach Hause komme, schwirrt er mit einer geheimnisvollen Miene um mich herum, als wäre er der Weihnachtsmann höchstpersönlich.

Am 22. findet das Weihnachtsessen von unserem Flur statt, an dem ich für ein paar Stunden teilnehme, aber ausgebuht und als Musterschülerin tituliert werde, als ich die fröhliche Gesellschaft mit einem einfachen Aquavit verlasse. Meine Entschuldigung ist meine Sendung – »ich muß morgen wieder früh raus!« –, aber die Wahrheit ist, daß ich hundertzwanzigprozentig sicher bin, mit wachsender Promille Zielscheibe ihres Klatsches zu werden. Ras ist bereits ziemlich angesäuselt, als er mich hinausbegleitet.

»Tes«, sagt er und hält mich zurück. »Warum verläßt du mich immer?«

»Ras!« bremse ich ihn, als er mich umarmen will.

»Was hat er, was ich nicht habe?« fragt er mit großen, wäßrigen Schnapsaugen.

»Power!« sage ich bissig und spüre plötzlich unbändige Lust zuzuschlagen. Ras blinzelt wie ein gemobbter Schuljunge. »Aber du bist trotzdem süß!« lasse ich mich erweichen. »Geh jetzt wieder zu den anderen rein«, sage ich und streichle ihm die Wange.

»Tes, falls du … irgendwann einmal … deinen Steinzeitmann satt hast, dann …«

»Psst!« schneide ich ihm das Wort ab. »Tschüs!«

»Tschüs!« sagt er und bleibt am gleichen Fleck stehen,

mit seinen nach oben zeigenden Ecco-Schuhschnäbeln und dem aus der Hose gerutschten Hemd. Er sieht aus wie eine Karikatur, als ich gehe. Er kann froh sein, daß ich kein Tratschweib bin.

Am Abend vor Heiligabend schauen wir bei meiner Mutter vorbei, die frei hat und dabei ist, die Koffer für ihre Romreise zu packen. Sie ist hektisch und nervös, die Herpescreme sitzt wie ein weißes Törtchen in ihrem Mundwinkel, und sie betont so ausdrücklich, wie froh sie doch sei, um Weihnachten herumzukommen, daß ich das Gefühl habe, sie würde es doch ganz gerne feiern. Vielleicht hat sie aber auch nur Panik bei der Vorstellung, eine ganze Woche allein mit Freddy zu verbringen, dem langweiligen Zahnarzt. Aber falls es zu arg wird, kann sie ja immer noch irgendeinen Piccolo in ihrem zweifellos mondänen Hotel verführen. Denn man kann viel über Freddy sagen, zum Beispiel, daß er impotent und langweilig ist oder daß er eine Hühnerbrust hat, aber er verdient reichlich Geld und zögert nicht, es auszugeben. Für Mutter.

»Du mußt schon entschuldigen«, sagt Paul, als wir gehen. »Aber ich mag sie einfach!«

»You're welcome!« sage ich gähnend. Ich muß am nächsten Morgen früh raus, weil um zwölf Redaktionsschluß ist. Und danach gilt wieder der normale Dienstplan, auf dem ich für die drei Weihnachtstage eingetragen bin. Weshalb mir unsere Verabredung zu einem Hamburger morgen abend bei Paul ausgezeichnet paßt.

Ich werde rechtzeitig fertig, schaue bei der Sonntagsmagazinredaktion vorbei und unterhalte mich ein wenig mit dem Redakteur. Grüße demonstrativ Kofoed, der mich offensichtlich in seinen Widerwillen, den er gegenüber Paul hegt, mit eingeschlossen hat. Hinterher gehe ich zum Auslandsflur und werde von einem etwas beschämten Ras aufs laufende gebracht. Wir haben uns seit seinem Antrag nicht mehr gesehen. Ich soll Stallwache schieben, und es sieht so aus, als würde das nicht schwer werden. Die ganze Welt ist in Weihnachtsferien, und der Teil, der es nicht ist, ist sowieso uninteressant.

»Du«, sagt Ras und senkt seine Stimme, als wir allein im Redaktionszimmer sind, »ich habe wohl letztes Mal ziemlichen Scheiß geredet ...«

»Alles vergeben und vergessen. Gehe nach Hause und tanze um den Weihnachtsbaum!«

Ras strahlt.

»Danke, Tes! Ich hatte wirklich einen ziemlichen moralischen Kater ...«

»Wieso, hast du es etwa nicht ernst gemeint?« necke ich ihn.

»Doch, doch, jedes Wort!« grinst er. »Feierst du Weihnachten mit ... deinem Freund?«

Ich lächle.

»Nenne ihn nur den Steinzeitmann. Wir essen einen Hamburger, ja.«

»Das klingt ja gemütlich«, sagt er sarkastisch und stopft seine Pfeife.

»O ja, das wird es bestimmt!« erwidere ich und greife zu dem bisher so stillen Telefon, das plötzlich laut schrillt. Es ist der London-Korrespondent. Er hat gerade gehört, daß die IRA eine Bombe im Harrods gezündet hat. Gleichzeitig kommen die stündlichen Nachrichten von Reuter. Das genügt. Sieben Tote, darunter der Weihnachtsmann eines großen Kaufhauses und zwei Kinder, und mehr als dreißig Verletzte.

»Ich bin schon weg!« sagt Ras. »Fröhliche Weihnachten!«

Trotz meiner Anti-Weihnachts-Gesinnung gehe ich schnell

bei mir vorbei und ziehe mich um, bevor ich den Bus zu Paul nehme. Simon und Frank haben mir ein Glas selbstgemachtes Mango-Chutney vor die Tür gestellt, mit einem lieben Weihnachtsgruß, und ich revanchiere mich mit einer Dose russischer Tschatkakrebse, die ich vor ihre stelle. Aus der Wohnung dringen Stimmen und fröhliche Weihnachtsmusik aus dem Radio, zu der irgend jemand, vielleicht Frank, grölt: »Wer hat gesehen, wie der Weihnachtsmann Papa geküßt hat?« und jemand anderes, vielleicht Simon, laut lacht. Sie haben ihre jeweiligen Familien zum Essen eingeladen, ein grenzüberschreitendes Projekt, mit dem sie beide letzten Monat intensiv beschäftigt waren. Offenbar funktioniert alles plangemäß – jedenfalls stinkt der ganze Flur nach gebratener Ente.

Zu meiner eigenen Überraschung überfällt mich eine merkwürdige Beklemmung – wie das kleine Mädchen mit den Schwefelhölzern, das ausgesperrt ist –, die ich auch nicht loswerde, als ich im Bus auf dem Weg zu Paul sitze und durch die weihnachtlich geschmückte Stadt fahre, mit den leuchtenden Sternen in den Fenstern und den zu erahnenden Tannenbaumspitzen dahinter. Eine Wehmut, weil ich keine normale Familie habe, mit der ich Weihnachten feiern werde. Genau wie die erwartungsvollen Fahrgäste, zwischen denen ich sitze. Aber, so tröste ich mich, für die meisten ist Heiligabend sowieso nur eine Pflichtübung, eine jährlich wiederkehrende Enttäuschung und der letzte Nagel zu ihrem Sarg. Kein Wunder, daß kurz nach Weihnachten auf dem Wohnungsmarkt immer so viel los ist.

Auch Pauls Flur duftet nach Weihnachtsessen. Und wieder werde ich von einer nostalgischen Welle überschwemmt – kann direkt Tante Mos krosse Ente schmekken, die glasierten Kartoffeln auf der Zunge fühlen, die Soße auf dem Teller sehen. Das macht fett! murmle ich vor mich hin und klingle.

Paul hat sich auch umgezogen. Er ist neu eingekleidet. Ein blaßgrünes, strukturgewebtes Hemd, die Krawatte in goldenen Farbtönen, passende Cordhose. Ich kenne ihn lange genug, um zu wissen, daß das kein Zufall ist, und als er mich feierlich ins Wohnzimmer führt, sehe ich das Gemälde. Wie ein Bühnenbildner hat er ein Universum in Grün und Gold geschaffen. Es gibt kein elektrisches Licht, das Wohnzimmer ist ausschließlich von unzähligen goldenen Kerzen erleuchtet. Auf dem Tisch liegt eine grüne Decke, dekoriert mit Goldäpfeln und Goldähren, und ums Zimmer herum hat er ein grünes Taftband befestigt. Birgitte hätte es nicht perfekter machen können.

Paul sieht mich gespannt an, während ich den Raum auf mich wirken lasse.

»Toll!« flüstere ich, aufrichtig beeindruckt.

Er lächelt und schenkt Rotwein ein – einen premier cru, den er sicher aus dem Weinkeller seines Vaters entwendet hat –, und nachdem wir angestoßen haben, entschuldigt er sich und verschwindet in der Küche.

Währenddessen gehe ich leise herum und genieße die Seligkeit, freue mich, bei ihm zu sein, freue mich auf den Abend, der vor uns liegt.

»Bitte zu Tisch!« gibt er bekannt und zieht mir einen Stuhl heraus. Man kann ja viel über die Bürgersöhnchen sagen, aber sie haben's nun mal drauf!

Und dann serviert er das Hauptgericht – auf einer Goldplatte! Garniert mit kleinen glasierten Kartoffeln und Rotkohl!

Ich öffne den Mund vor Verblüffung.

»Paul! Ich wollte doch nur einen Hamburger!«

»Therese, ich habe gelernt, deine geheimen Wünsche zu erraten!« sagt er und stellt die Soße – auch in einer goldenen Schüssel – auf den Tisch. Holt Johannisbeergelee, Salzkartoffeln und setzt sich endlich mir gegenüber.

»Mir fehlen die Worte!« sage ich und breite theatralisch die Arme aus.

»Ja, das stimmt tatsächlich! Fröhliche Weihnachten, meine Geliebte!«

Ich esse, bis ich fast platze, und jeder Bissen ist ein Schritt zurück in das verlorene Land meiner Kindheit. Als hätte er Zaubertropfen in den Wein getan oder ein magisches Pulver in die Soße gestreut – ich spüre, wie ich mit jedem Bissen schrumpfe und immer kleiner werde, bis meine Beine nicht mehr zum Boden reichen und mein Vater mir gegenübersitzt und mir verständnisvoll zublinzelt, während Onkel Erik am Tischende sitzt und einen Toast auf Tante Mo ausbringt, die »sich wieder einmal selbst übertroffen« hat. Mutter ist jung und schön, ich hatte fast vergessen, daß sie einmal so aussah, und sie füttert Kiki, die noch so klein ist, daß sie auf einem Kinderstuhl sitzt und ein Lätzchen umhat. Und ich habe Bauchschmerzen vor Aufregung, mache mir aber gleichzeitig große Sorgen um den Weihnachtsmann, der laut Onkel Erik durch den Schornstein kommen soll – wie soll er das schaffen, wo wir doch Feuer im Kamin haben? Ohne sich zu verbrennen, meine ich. Papa, was meinst du?

»Woran denkst du?« Pauls Stimme ist weit entfernt.

»An gar nichts«, sage ich und lege mein Besteck hin. »Danke für das köstliche Essen!«

»Es gibt noch Dessert!« Paul steht auf, streift mich mit einer Fingerspitze, als er meinen Teller abräumt. Ich will aufstehen, um ihm beim Abdecken zu helfen, aber er wehrt ab. »Bleibe nur sitzen. Willst du rauchen?«

Ich schüttle den Kopf. Lächle.

»Das ist auch nicht angebracht in Gesellschaft eines premier cru!«

Paul verschwindet in der Küche mit Platten und Tellern den Arm hochgestapelt – den Trick kann er also auch – und kommt mit kleinen Desserttellern zurück.

»Wenn es jetzt riz à l'amande gibt, heule ich!«
Paul lacht.
»Versprichst du mir das?«

Ich heule erst hinterher, als ich allein gelassen werde in einem vollkommen dunklen Wohnzimmer, mit einem kleinen, rosaroten Marzipanschweinchen – meinem Mandelgeschenk, wobei ich den starken Verdacht habe, daß ich es ganz ungerechtfertigterweise erhalte –, ich heule erst, als die Tür aufgeht und Paul zu den ersten Tönen von Verdis »Requiem« hereinkommt, einen brennenden Minitannenbaum in den Händen. Ich weiß nicht, wo er seine Auftritte probt, aber dieser ist so effektvoll, daß mir die Tränen in die Augen steigen.

Er stellt den Baum auf den Boden und setzt sich neben mich aufs Sofa, ich ergreife seine Hand und drücke sie fest. Während wir also Hand in Hand mitten in der Weihnachtsdekoration sitzen, die flackernden Kerzen betrachten und der Musik lauschen, die jetzt auch noch Onkel Georg in das Familienbild bringt, das ich den ganzen Abend vor Augen hatte, da muß ich schluchzen.

»Onkel Georg«, will ich erklären, aber Paul bringt mich zum Schweigen.

»Ich weiß schon! Bleib einfach hier sitzen. Wir haben viel Zeit.«

Viel Zeit – wozu? hätte ich fragen können, aber ich lehne mich nur gehorsam zurück. Bleibe ganz still sitzen und spüre die Welt, wie es, laut Paul, gemäß der pseudointellektuellen Populärwissenschaft möglich sein soll.

Kurz darauf bewegt Paul sich. Greift neben sich nach der Bibel, die ich schon vorher bemerkt hatte.

»Ich möchte gern ein bißchen für dich lesen«, sagt er und räuspert sich einmal kurz.

»Es begab sich aber zu der Zeit, daß ein Gebot von dem

Kaiser Augustus ausging, daß alle Welt geschätzt würde. Und diese Schätzung war die allererste und geschah zur Zeit, da Cyrenius Landpfleger in Syrien war. Und jedermann ging, daß er sich schätzen ließe, ein jeglicher in seine Stadt. Da machte sich auf auch Joseph aus Galiläa, aus der Stadt Nazareth, in das jüdische Land zur Stadt Davids, die da heißt Bethlehem, darum daß er von dem Hause und Geschlechte Davids war, auf daß er sich schätzen ließe mit Maria, seinem vertrauten Weibe, die war schwanger. Und als sie daselbst waren, kam die Zeit, daß sie gebären sollte. Und sie gebar ihren ersten Sohn und wickelte ihn in Windeln und legte ihn in eine Krippe; denn sie hatten sonst keinen Raum in der Herberge ...«, liest er, und seine Stimme bekommt Mutters Ton, und ich denke an sie, wie sie einmal war und wie sie vielleicht hätte werden können, und ich sehe sie vor mir in einem vornehmen Restaurant in Trastevere oder in einer engen, nach vorn drängenden Menschenmenge auf dem Petersplatz, in dem Wunsch, gesegnet zu werden. Von der Liebe oder von dem Leben selbst.

Als er das Buch zugeklappt hat – eine große, ledereingebundene Bilderbibel mit Golddruck! –, will er singen. Und auch wenn ich mich anfangs dagegen wehre, endet es schließlich damit, daß ich etwas heiser in »Stille Nacht« einfalle, auch wieder so ein Lied, das zu Tränen rührt.

Wieder ist das Timing perfekt, denn als wir mit der letzten Strophe zu Ende sind, sind die kleinen Kerzen auf dem Baum fast abgebrannt.

»Geschenke!« Paul reibt sich gut gelaunt die Hände, und ich muß hinaus und meine bescheidenen Geschenke für ihn holen, die vor dem poetischen Hintergrund des Abends noch prosaischer erscheinen als zu dem Zeitpunkt, als ich sie gekauft habe. Wenn ich sie doch wenigstens noch mal eingepackt hätte – statt sie in dem leicht wiedererkennbaren Geschenkpapier des Kaufhauses zu lassen.

»Ach, das ist nichts Besonderes!« sage ich und lege sie ihm in den Schoß. Aber Paul ist süß und entgegenkommend – sicher war er klug genug, seine Erwartungen nicht zu hoch zu schrauben, denn er lacht über die Boxershorts und die Spaghettimaschine.

»Danke schön«, küßt er mich, »auch wenn es etwas egofixiert ist!«

»Egofixiert?«

»Nun, ich gehe davon aus, daß du denkst, du wirst es sein, die sowohl meine selbstgemachten Spaghetti serviert bekommt als auch meinen scharfen Hintern hierin sehen wird!« erklärt er und hält die Shorts hoch.

»I can hardly wait«, verdrehe ich die Augen. Und das ist nicht einmal gelogen. Ich sehne mich nach ihm. Danach, ihm für diesen fragilen Heiligabend zu danken.

»Aber zuerst kriegst du dein Weihnachtsgeschenk!« sagt er, und an seiner Stimme und seinem angespannten Gesichtsausdruck kann ich erkennen, daß das für ihn der Höhepunkt des Abends ist. Auf den er hingearbeitet hat. Und das macht mich nervös und ein wenig ärgerlich – daß ich mich wieder einmal nach seinen Erwartungen richten soll. Hinzu kommt, daß ich keine Ahnung habe, was er sich hat einfallen lassen Das kann im Prinzip alles sein, von einem Hundebaby bis zu Abfahrtsskiern. Oder – was ich annehme – französischer Seidenunterwäsche.

»Hier!« sagt er und legt ein kleines flaches, viereckiges Päckchen, das er unterm Sofa hervorgezogen hat, vor mich hin. Eingepackt in Goldpapier, natürlich, zusammengehalten von grünem Tüll.

»Schön«, stelle ich erneut fest, während ich vorsichtig auspacke. Es ist ein bläuliches Samtetui, und ich muß schnell Paul ansehen und ein skeptisches »Nein!« loswerden, bevor ich mich traue, es zu öffnen.

Doch. Es funkelt und blitzt, als ich es öffne. Und auch

wenn ich schon ahnte, daß wir auf dem Weg in die Schmuckabteilung sind, hätte ich nicht verblüffter sein können, wenn ein Troll aus der Schachtel gesprungen wäre.

»Aber das ist nicht echt, oder?« flehe ich, doch Paul nickt mit den Augen, die ebenfalls zu funkelnden Sternen geworden sind.

»Aber Paul!« seufze ich verzweifelt und schaue den Schmuck an. Oder die Schmuckstücke. Eine Kette, ein Armband und zwei große Ohrringe mit weinroten, tropfenförmigen Steinen. »Was soll ich damit machen?«

»Es zum Beispiel tragen!« lächelt er. »Das ist von meiner Großmutter mütterlicherseits.«

»Dann hast du es jedenfalls nicht gekauft?« stelle ich erleichtert fest, was Paul zum Lachen bringt.

»Nein, Tes, das habe ich nicht! Zwar verhalte ich mich manchmal wie ein Penner, aber so hoch ist meine Kreditwürdigkeit nun doch nicht!«

»Und was ist das?« frage ich ehrfürchtig. Bereits von so viel Reichtum überwältigt.

»Das sind Rubine und Brillanten. Meine Großmutter bekam es um neunzehnhundertfünfundzwanzig als Liebesgabe von einem russischen Großfürsten in Paris. Er hatte es aus seiner Heimat mitgebracht – es war Teil seines Fluchtkapitals –, und meine Großmutter behauptete immer, daß es bei Fabergé gefertigt worden war. Aber das kannst du ja überprüfen lassen.«

»Was ist es wert?« frage ich weiter.

Paul lächelt leicht.

»Willst du es denn verkaufen?«

»Nein! Ich will es gar nicht haben! Es ist viel zuviel für mich!« Ich lasse den Deckel zuklappen und will ihm die Schachtel zurückgeben. »Wo hast du das denn her? Deiner Mutter gestohlen?«

»Keine Sorge, das habe ich geerbt. Meine Großmutter hat

mich sehr geliebt.« Paul öffnet das Etui wieder und nimmt die Kette in die Hand. »Sie ist gestorben, als ich zwölf war – hat übrigens sehr ärmlich in Vesterbro gelebt –, und meine ganze Kindheit hindurch hat sie von dem Schatz gefaselt, den sie in einem geheimen Bankfach hätte. Mutter hatte auch davon gehört, als sie noch ein Kind war, aber sie war der Meinung, es wäre entweder eine Lüge, oder Großmutter hätte es schon vor langer Zeit verkauft oder verpfändet.« Paul lächelt in sich hinein.

»Sie war eine ziemlich schillernde Person, meine Großmutter, und sie erzählte gern irgendwelche tollen Geschichten; je älter ich wurde, um so phantastischer wurden die Geschichten und um so französischer wurde ihr Dänisch. Zum Schluß, als sie leicht alkoholabhängig und senil war, war ich der einzige, der ihr noch zuhören mochte. Und die Geschichte von dem russischen Großfürsten und ihrem Schatz war natürlich eine meiner Lieblingsgeschichten, weshalb ich immer wieder um Wiederholung bat. Als sie starb, stellte sich heraus, daß sie ein Testament zu meinen Gunsten geschrieben hatte. Phillip wollte sich fast totlachen, aber nur bis zu dem Tag, als der Notar und Vater das Bankfach öffneten. Denn da lag er – Großmutters Schatz.«

Paul hält den Schmuck gegen das Licht und lächelt.

»Gute Geschichte!« erkläre ich, unsicher, ob ich ihm glauben soll oder ob das Ganze nicht ein herber Weihnachtsjoke ist. Vielleicht hat der ganze Krempel ja nur 98,50 in Daells Vareskur gekostet.

Paul nickt.

»Ja, die Geschichte hat mich oft in meiner trüben Jugend getröstet. Jedesmal, wenn Phillip mich verprügelt, gedemütigt oder mir mein Mädchen ausgespannt hat. Dann konnte ich immer hochgucken und Großmutter auf einer Wolke mir zuwinken sehen. Äußerst zufrieden damit, daß sie uns alle angeschmiert hatte!«

»Entschuldige, aber was hat deine Großmutter eigentlich gemacht?« frage ich und hätte es mir schon selbst denken können.

»Sie war eine professionelle Maitresse. Sie war sehr schön, und ihre Schönheit war ihr einziges Kapital, um aus dem Dreck rauszukommen. Angefangen hat sie als Tänzerin – in so einem Etablissement hat der Großfürst sie gefunden –, und er hat sie einige Jahre ausgehalten. Sie hat immer gesagt, daß er ihr Geliebter war, ›mon amour, Igor‹, und in den Jahren mit ihm fehlte es ihr an nichts. Sie war extravagant und teuer, ich sehe sie immer auf eine Chaiselongue drapiert vor mir, aber das lief nur so lange, bis der Großfürst pleite war, in den Bois de Boulogne fuhr und sich dort erschoß.«

»Was für eine phantastische Geschichte!« werfe ich erneut mit skeptischem Sarkasmus ein.

»Ja, und sie geht noch weiter. Denn mit Igors Tod wurde meine Großmutter wieder von einem Tag auf den anderen arm wie eine Kirchenmaus. Ihr wurde alles weggenommen – es gehörte ja ihm und damit seinen Gläubigern –, also stand sie im wahrsten Sinne des Wortes auf der Straße, in der Hand einen Koffer mit Kleidung und …«

»… einem Etui mit Juwelen!« werfe ich ein.

»Genau! Einem Etui mit Juwelen, das sie in einer ausgehöhlten Bibel versteckt hatte. Die wollten sie ihr zumindest nicht wegnehmen!« lächelt Paul. »Nun ja, aber dennoch war sie in einer schrecklichen Situation. Dreißig Jahre war sie alt – und das ist für eine Tänzerin und Maitresse ziemlich alt. Also konnte sie nur eines tun – ›die Perle‹ verkaufen, eine große Perle an einer Hutnadel, die auch übersehen worden war, weil sie im Hut steckte. Und damit quartierte sie sich in einer billigen, verlausten Pension ein. Sie überlegte, ob sie Gift nehmen solle, aber nach einer Woche stand sie doch wieder auf und war bereit, ums Überleben zu kämpfen. Und es vergingen auch wirklich nur ein paar Monate, bis sie ihre Krallen in einen wohlgenährten dänischen Großhändler schlagen konnte, dem sie den Kopf so sehr verdrehte, daß er sie mit sich nach Dänemark nahm. Natürlich war Christiansen auch verheiratet, und bereits im Zug nach Norden bekam er kalte Füße, aber da war es zu spät, denn da war Großmutter schon schwanger. Und«, erklärt Paul, moralisch seinen Kopf schüttelnd, »das war auch etwas schäbig von ihr gewesen. Denn sie wußte ganz genau, wie sie eine Schwangerschaft hätte verhindern können. Aber sie brauchte eine Leibrente – und wie sie behauptete, hatte sie außerdem den Wunsch nach einem Kind.«

»Deine Mutter?« frage ich.

Paul nickt.

»Ja, Mutter. Sie ist also, so gern sie das auch verdrängen möchte, ein echtes Hurenkind. Zwar eins der ersten Klasse, denn auch wenn Christiansen Igor nicht bis an die Manschettenknöpfe reichen konnte, war er doch so anständig, daß er – ordentlich – für seine uneheliche Tochter bezahlte und sie auch ziemlich oft in der Wohnung in der Bredgade besuchte, wo er sie untergebracht hatte. Dank ihm und seinen germanischen Verbindungen kamen sie mit heiler Haut durch den Krieg – und wundersamerweise hatte Christiansen auch danach keine Probleme, obwohl ich der Meinung bin, diese Verbindungen hätte man mal genauer untersuchen müssen. Dafür starb er, ein erneuter sozialer Abstieg für meine Großmutter. Aber da er die Vaterschaft juristisch anerkannt hatte, bekam meine Mutter ihr Pflichterbe – zur Empörung der Großhändlerfamilie. Während also Großmutter in eine Zweizimmerwohnung in einem Hinterhof in Vesterbro ziehen mußte und von dem lebte, was sie beiseite hatte legen können, verließ ihre Tochter das sinkende Schiff und zog zu ein paar vornehmen Schulfreundinnen, wurde Studentin und ging auf die Handelsschule. Dort lernte sie Vater kennen. Einen unsicheren Jungen aus Viborg, der die Regeln der Kopenhagener feinen Kreise nicht kannte und dem es vollkommen egal war, daß die Vergangenheit seiner Verlobten einige Flecken aufwies. Er war bis über beide Ohren verliebt, und wenn ich ihn irgendwie doch ein bißchen mag, dann deshalb. Er hat jedenfalls aus Liebe geheiratet, und ich bin mir nicht sicher, daß man das von meiner Mutter auch behaupten kann.«

Paul schiebt die Unterlippe vor, verloren in seinem Familiengemälde.

»Warum hast du mir das nie erzählt?« frage ich.

»Man soll nicht alle Schränke gleichzeitig öffnen!«

»Und warum darf ich dann keine Geheimnisse für mich behalten?« frage ich.

»Das ist was anderes!« sagt er und hält mir die Halskette hin. »Darf ich dich damit sehen?«

»Ja«, nicke ich zögernd.

»Aber du sollst ganz nackt sein. Ich will die Rubine auf deiner Haut sehen«, erklärt er in gedämpftem Ton, der fast in Flüstern übergeht und schließlich in ein heiliges Schweigen, als er mich auszieht.

Zunächst bin ich steif und widerspenstig – aber meine Stimmung an diesem Abend war schon vorher so unsicher, daß er mich schnell auch in dieses Spiel hineinlockt. Während meine Brustwarzen sich aufrichten und mein Schoß sich entspannt, füllt sich mein Bewußtsein mit Bildern von einer anderen Zeit. Und als ich ganz nackt bin und er die Ohrringe an meinen Ohrläppchen befestigt, das Armband um mein Handgelenk legt und schließlich meine Haare hochhebt, damit er die Kette um meinen Hals legen kann, bin ich ein Gemälde oder ein Märchen. Seine französische Großmutter auf einer Chaiselongue mit ihrem russischen Verehrer über sich.

»Paul!« schreie ich und kämpfe verzweifelt, um an seine Haut unter dem Hemd zu kommen, als er mich hochhebt und in mich eindringt. Blitzschnell geht es, dann spaltet das Bild sich in Atome, und ich spüre die Explosion wie ein Echo, das in meinem tiefsten Inneren widerhallt. Ich weiß nur, diesmal war es anders. Kosmisch, überirdisch, Urgestein.

»Tes«, flüstert er viel später. »Bist du da?«

»Ich weiß nicht«, sage ich und öffne meine Augen, blicke ihn an. In seinen Augen schimmert Wasser.

»Warum weinst du?« fragt er.

Ich lächle angestrengt.

»Aber du bist es doch, der weint!« Und dann spüre ich, wie eine Träne aus meinem Auge rinnt, die rechte Wange hinunter. Paul küßt sie fort.

»Es ist irgendwas passiert«, murmle ich belegt. »Vielleicht war das deine Großmutter. In Zukunft müssen wir es immer mit Rubinen machen!«

»Sie stehen dir gut«, sagt er, kniet sich hin und betrachtet mich. »Du siehst aus wie ein Gemälde eines flämischen Meisters.«

»So fühle ich mich auch. Darf ich eine rauchen?«

Paul holt seine Zigaretten und seinen Bademantel für mich und kommt mit zwei Gläsern Cognac wieder aufs Sofa. Nimmt die Fernbedienung für seine B&O-Anlage und läßt erneut Verdis Requiem spielen.

»Warum hat deine Großmutter den Schmuck nie verkauft?« frage ich, als wir eine Weile rauchend und trinkend dagesessen haben.

»Zunächst einmal war sie in ihrer ganzen Skrupellosigkeit ziemlich romantisch. Die Erinnerung an Igor, den sie wirklich als die Liebe ihres Lebens ansah, hielt sie den Rest ihres Lebens aufrecht, und es hätte ihr das Herz gebrochen, wenn sie sein Geschenk hätte verkaufen sollen. Ihr ›Schatz‹, das war ihre Identität. Und gleichzeitig ihr Katastrophenkapital – die Reserve für die äußerste Not. Und so weit kam es nie – oder sie wollte nicht zugeben, daß es so weit gekommen war –, daß sie ihre Wertgegenstände hätte veräußern müssen.«

»Und du?«

»Ich?« Paul sieht mich verständnislos an.

»Ja, hast du nie mit dem Gedanken gespielt, ihn zu verkaufen?«

Paul schüttelt heftig den Kopf.

»Nein! Ich bin nämlich auch ziemlich romantisch, wenn du das noch nicht gemerkt haben solltest. Außerdem kann ich ihn gar nicht verkaufen. Jedenfalls nicht, ohne die alte Hexe zu betrügen.«

»Wieso nicht?«

Paul schaut mich an. Wie ein Akrobat, der auf absolute Ruhe wartet, bevor er seine halsbrecherische Nummer zeigt, wartet er meine absolute Aufmerksamkeit ab.

»Sie hatte eine Bedingung gestellt«, sagt er dann. »Ich sollte den Schmuck meiner Geliebten schenken, der Liebe meines Lebens, an unserem Verlobungstag!«

Ich fliege in freiem Fall, das Blut verläßt die Wangen, die Ohren sausen, und ich fasse ins Leere, als ich instinktiv nach vorn greife. »Verlobungstag?« wiederhole ich japsend. Und in der Sekunde weiß ich es. Ich bin schwanger. Ich bin schwanger von Paul.

Zweiter Teil

Es ist erst sechs, als ich aufwache und das unangenehme Gefühl habe, die ganze Nacht einen Alptraum gehabt zu haben. Ich schalte den Halogenspot an, drehe mich zu Paul, und als ich ihn im Schlaf sehe, fällt mir der Traum ein: Zwei uniformierte Männer führen mich schreiend und um mich tretend ab, werfen mich in eine Zelle und schließen mich ein, während Paul auf der anderen Seite der Gitter steht und mich unergründlich anlächelt. Aus irgendeinem Grund ist er ganz in Weiß, trägt einen Strohhut und hat einen kleinen, silberbeschlagenen Stock in einer Hand. Wie ein Flaneur aus dem vorigen Jahrhundert.

Ich sinke zurück, will die Übelkeit hinunterschlucken, die wie die überflüssige Zugabe zu einem glasklaren Traum in meinem Hals aufsteigt. Ich mache die Lampe wieder aus und stehe lautlos in der Morgenfinsternis auf, schleiche mich ins Badezimmer, schließe die Tür und suche nach der kleinen Schachtel in meiner Kulturtasche. Meine Finger zittern, als ich sie öffne, und ich muß die Gebrauchsanweisung mehrere Male lesen, bevor ich bereit bin. Dann fange ich an – pinkle in den Deckel, sammle ein paar Tropfen Urin mit der Pipette und träufle sie in das eine Röhrchen, das ich in die Schachtel neben das andere zurückstelle. Dann heißt es warten. *Falls* – wird die Flüssigkeit innerhalb von zehn Minuten die Farbe wechseln, und nach einer halben Stunde ist das Resultat sicher. Ich gehe hinaus und hole die Zeitung, gehe wieder ins Badezimmer und setze mich aufs Klo, während ich versuche, mich auf die Schlagzeilen zu konzentrieren. Rußland ist zum Jahreswechsel offiziell zur Marktwirtschaft übergegangen, in Moskau herrschen zwanzig Grad minus, und vor den Volksküchen, die Kohlsuppe an die Armen austeilen, sammeln sich die Schlangen der Hungernden. Ein westdeutscher Lebensmitteltransport ist überfallen worden; ein Dichter hat in St. Petersburg Selbstmord begangen. Und in Jugoslawien haben sie sich bald alle gegenseitig auf barbarischste Weise umgebracht.

Ich lese das alles – während meine Gedanken die ganze Zeit bei dem Röhrchen mit der Flüssigkeit sind, die möglichst klar wie destilliertes Wasser bleiben soll. Aber bereits nach den ersten fünf Minuten zwinge ich mich hinzugucken und sehe einen schwachen purpurroten Schimmer; nach einer unendlich langen Viertelstunde gibt es keinen Zweifel mehr. »Positiv!« steht in Flammenschrift auf den weißen Badezimmerfliesen. »Positiv!« schreit die Handbrause. »Positiv!« gurgelt das WC-Becken, als ich spüle, nachdem ich mich übergeben habe.

Dann ziehe ich mich an und gehe zur Arbeit, ohne Paul zu wecken, was ich sonst immer tue. Setze nur den Kaffee auf und schreibe einen feigen Guten-Morgen-Zettel. »Du hast so schön geschlafen, bis bald. Deine T.«

Der Winter ist eigentlich mild, auch dieses Jahr, aber ausgerechnet an diesem Morgen liegt der Nachtfrost wie Schorf auf den Wasserpfützen und läßt meine Finger bereits in den wenigen Sekunden, die ich brauche, das Fahrradschloß zu öffnen, steif werden. Ich fahre jetzt mit dem Fahrrad zur Arbeit. Das ist ein Teil meiner Neujahrsvorsätze – stay fit. Seit Weihnachten habe ich also gejoggt, bin geschwommen und radgefahren wie eine Verrückte, habe ein Kilo abgenommen und festere Schenkel bekommen, aber das, von dem ich seit der Empfängnis sicher war, daß ich es in mir berge, habe ich nicht austreiben können. Ein instinktives Gefühl, das verblüffend schnell von ganz konkreten Zeichen bestätigt wurde – schwere Brüste, der Drang, zu pinkeln, und eine Übelkeit, die fast den ganzen Tag über anhält.

Vielleicht wäre es mir gar nicht aufgefallen oder ich wäre zumindest in der Lage gewesen, es mit Hormonschwankungen oder Streß wegzuerklären, wenn ich es nicht schon einmal erlebt hätte. Und wenn nicht Paul gewesen wäre, der mich auch in diesem Punkt sehr genau beobachtet.

»Sag mal, bist du über die Zeit?« fragte er vor knapp zwei Wochen.

»Ein paar Tage«, antwortete ich ausweichend, und als er nach weiteren drei Tagen das Thema wieder aufgriff, hielt ich einen längeren Vortrag über die neuen Ultraniedrigdosis-Pillen, die ich jetzt nehme. »Die können zu Blutungsstörungen führen, bis man sich an sie gewöhnt hat«, erklärte ich mit aufgesetzter Autorität. Paul sah mich forschend an und schlug vor, diesen Pillenzirkus zu beenden.

»Und was ist die Alternative?« fragte ich kampfbereit. Es hat mich schon immer geärgert, daß es kein vernünftiges Verhütungsmittel für Frauen gibt.

»Gummi, Pessar, Spirale – nichts«, antwortete er und zuckte mit den Schultern, als wäre das nicht so wichtig.

»Nichts?« wiederholte ich. »Du meinst, unterbrechen, kombiniert mit sicheren Phasen?«

»Ich meine *nichts*«, betonte er. »In sechs Wochen bin ich arbeitslos, da brauche ich eine Beschäftigung.«

»Du kannst ja meine Blumen gießen!«

»Nein, nun mal ganz ernsthaft. Für mich wäre das keine Katastrophe. Ich würde mich riesig freuen!«

Nach dieser Mitteilung ist es für mich einfach unmöglich, ihm meine Gefühle mitzuteilen. Aber da mein Körper sein Instrument ist, wie er selbst behauptet, hat er sich in letzter Zeit mehrfach darüber gewundert. Vor allem über den Marilyn-Monroe-Busen, den ich als prämenstruell definiere, und er hat mich ein paarmal nachts erwischt, als ich zum Pinkeln hoch mußte.

»Bist du sicher, daß du keinen Test machen willst?« fragte er vor einigen Tagen.

»Warum denn?« fuhr ich ihn an.

»Weil du anders aussiehst. Dein Blick ist anders geworden.«

»Verflucht, das ist er nicht!« fauchte ich, um jegliche Form der Romantisierung der »schwangeren Frau« von mir abzuschütteln. Aber ich bin nicht mehr achtzehn, und etwas habe ich doch seit dem letzten Mal gelernt. Zum Beispiel rechtzeitig zum Arzt zu gehen. Je eher, um so besser.

Deshalb habe ich gestern den Test gekauft, zusammen mit Nasentropfen, Vitamintabletten und Heftpflaster, damit er nicht offen auf dem Tresen liegen und mich verraten würde. Es genügte, daß die Apothekenhelferin sich bemüßigt fühlte, eine längere Belehrung über die Vor- und Nachteile des einen Tests gegenüber dem anderen von sich zu geben – die ganze Apotheke als interessiertes Auditorium dabei. Das einzige, was eigentlich noch fehlte, war, daß der General zur Tür hereingerauscht wäre.

Dann würde er endgültig seine Hand von mir abziehen und mich in seinem kleinen schwarzen Buch streichen – wenn das nicht schon vor langer Zeit passiert ist. Möglicherweise in Verbindung mit Pauls spektakulärer Kündigung/seinem Rausschmiß, worauf ein Diskussionsbeitrag folgte, den er die Weihnachtstage über geschrieben hat. Der Artikel, der in »Ekstra Bladet« auf einer ganzen Seite unter der Spaltenüberschrift »Der häßliche Führer« gedruckt wurde, war ein ausschweifendes, gehässiges Portrait eines kleinen, machtgierigen Menschen in einem großen Körper. »Wir kennen ihn alle, den regionalen Napoleon. Ihn, dessen wichtigste Eigenschaft darin besteht, Angst und Schrecken zu verbreiten. Ihn, der jeden Anflug von Kreativität und neuem Denken unterbindet, weil das seine eigene Mittelmäßigkeit entlarven würde. Kein Wunder, daß die Organisation langsam versandet, die Mitarbeiter an Feuer verlieren und die Konkurrenz sie überholt ...«

Es wurden keine Namen genannt, aber das Ziel war deutlich. Auch für *himself*, der sofort Paul zu sich zitierte – begleitet von einem Kollegen des Personalrats – und ihm im Laufe dieses Gesprächs fristlos kündigte. Auf der Stelle! Der Mensch vom Personalrat protestierte zwar mit Hinweis auf die Meinungsfreiheit der Mitarbeiter, und Paul fragte, ob der General sich denn getroffen fühle: »Bist du denn ein machtgieriger Napoleon?« Leider mußte das Personalratsmitglied lachen, und das war zuviel. Der General, der sich die ganze Zeit um Fassung bemüht hatte, verlor die Beherrschung und ging auf Paul los, so daß der Mann vom Personalrat sich dazwischenwerfen mußte und die Sekretärin auf den Flur stürzte und um Hilfe rief. Die Situation wurde genauso peinlich für den General, wie Paul es geplant hatte. Der General schwor, außer sich vor Wut, daß er persönlich dafür sorgen werde, daß Paul nie wieder einen Auftrag bekäme. Nirgends!

»Du bist fertig, Paul Weber!« schrie er mit blutunterlaufenen Augen und Schaum in den Mundwinkeln, als Paul mit einem halb abgerissenen Jackenärmel aus seinem Büro ging.

Das ist Pauls Schilderung, und der Mann vom Personalrat bestätigt alles. Am Tag darauf sah der General seine Dummheit ein; er mußte sich zu einem Kompromiß durchringen. Paul akzeptierte die Kündigung unter der Bedingung, daß er seine dreimonatige Kündigungszeit plus alle noch nicht vergüteten Überstunden bezahlt bekam. Ein Triumph für Paul, aber seitdem hat mein oberster Chef mich nicht mehr gegrüßt.

Die Uhr zeigt erst Viertel nach sieben, als ich in die Østerbrogade einbiege und mich unter die ersten, gut eingepackten Radfahrer mische. Wir sind viele, und wir treten kräftig in die Pedale, weil es kalt ist und weil wir es eilig haben. Mir gefallen diese Morgenfahrten gut, ich mag diese entschlossene, energische Stimmung, während wir unsere Batterien aufladen, den Körper in Schwung bringen.

Eine Mutter rollt neben mich, als wir am Strandboulevard bei Rot halten müssen. Sie hat zwei kleine bunte Michelin-Kinder auf dem Rad, eins vorn, eins hinten, und einen Rucksack auf dem Rücken. Das kleine hinten schläft mit schief hängendem Kopf und Schnuller im Mund, das große guckt aus einem Spalt in der Elefantenhaut. Entdeckt mich und starrt mich neugierig mit großen, braunen Augen an. Ich probiere unsicher ein kleines Lächeln – und versuche, das Alter zu erraten. Ist es drei, vier oder fünf?

Seine Mutter fährt bereits bei Gelb an, so daß sie vor mir losfahren. Aber dann guckt es an ihrem vorgebeugten Körper vorbei und winkt mir mit seiner Handschuhhand zu. Ich winke zurück und verliere erst den Kontakt zu ihm, als sie bei der ersten Seitenstraße abbiegen. Hinterher wundere ich mich – ich kann mich nicht daran erinnern, jemals mit einem Kind geflirtet zu haben.

Dampfend und außer Atem komme ich beim Sender an – nachdem ich mich einmal in die Büsche übergeben habe – und stoße vor der Glastür mit Ras zusammen, dessen Dienst bereits um acht Uhr anfängt.

»Schon so früh?« bemerkt er, und ich leiere sofort geschäftsmäßig die Schlagzeilen des Tages herunter und welche Geschichten ich zu verfolgen gedenke.

»Immer mit der Ruhe, Tes! Zuerst Kaffee und einen Kopenhagener, dann ein paar Zeitungen und eine Pfeife, und dann können wir mit der Arbeit anfangen! Und wenn du Kaffee kochst, hole ich die Kopenhagener.«

Ras ist immer noch etwas peinlich berührt wegen des Weihnachtsessens, um ihn also nicht zu verletzen, muß ich seine Einladung annehmen.

»Machst du eine Schlankheitskur?« fragt er mit einem Blick auf meinen übriggelassenen halben Kopenhagener, als ich den Teller wegschiebe.

Ich nicke, während die gegessene Hälfte in meiner Speiseröhre auf und ab rutscht und groteske, glasierte Dimensionen annimmt. Mit dem Kaffee geht es sonderbarerweise besser, aber als er seine Pfeife anzündet, muß ich mich mit der Entschuldigung, dringend telefonieren zu müssen, zurückziehen.

Ich telefoniere wirklich – rufe meine Ärztin an und bitte um einen Termin. Sobald es geht.

»Worum dreht es sich?« fragt die Sekretärin, und ich antworte kurz, daß ich das nicht sagen möchte. Dafür hat die Sekretärin weder heute noch morgen einen Termin frei.

»Es ist äußerst wichtig!« beharre ich.

»Das sagen sie alle«, seufzt die Sekretärin. »Dann kommen Sie um halb zwei.«

Es ist nicht einfach, sich um diese Uhrzeit davonzuschleichen, aber ich erfinde »eine Verabredung mit einer Quelle in der Stadt« und verlasse um ein Uhr das Haus. Damit gelingt es mir auch noch, einem Anruf von Paul auszuweichen, der sonst mindestens zweimal am Tag anruft, »um meine Stimme zu hören«. Er will es nicht zugeben, aber er langweilt sich, obwohl er mittlerweile seine bezahlte Freizeit dazu nutzt, Bernstein & Woodward zu spielen, die ins »Güllegate« tauchen. Er ist fast fertig mit seinen Recherchen und hat jetzt angefangen, das Buch der Bücher zu schreiben, das die Spitzen der Landwirtschaft dazu bringen wird, »sich in die Hosen zu scheißen«.

Die ältere Sprechstundenhilfe begrüßt mich mit zusammengekniffenem Mund und bittet mich, im Wartezimmer Platz zu nehmen, wo bereits zwei ältere Leute sitzen. Ein ungemein fetter, alter Mann mit rasselndem Atem und einem Stock zwischen den Beinen und eine alte Frau mit zu Berge stehenden Haaren und geschwollenen Beinen. Ich hole die »Moscow News« aus der Tasche und fange an zu lesen, werde jedoch von der laut redenden Sprechstundenhilfe gestört, die hereinkommt und den alten Mann holt, um seinen Blutdruck zu messen. »Ja, und jetzt einmal aufstehen, Herr Jensen! Ja, so geht es!« Der Alte erhebt sich schnaufend und stöhnend und stützt sich auf den Arm der Sprechstundenhilfe, während sie aus dem Wartezimmer stapfen.

»Nein, nein, es ist nicht leicht, alt zu werden«, erklärt die Frau, während sie ihnen nachblickt und mich dann vorwurfsvoll ansieht, als wäre es meine Schuld. Sie stützt sich auch auf einen Stock, als sie aufgerufen wird, und somit bin nur noch ich übrig. Ich bin unruhig, stehe auf und gehe zum Fenster, wo ich in Augenhöhe mit einem kleinen, flinken Vogel auf einem kahlen Baum bin. Das erinnert mich an den Jungen von heute morgen, und ich muß lächeln, als mir sein erhobener Fäustling wieder einfällt.

»Therese Skårup!« ertönt die Stimme der Ärztin hinter mir, und ich drehe mich um, nehme meine Tasche und gehe vor ihr ins Sprechzimmer.

»Ja, bitte?« sagt sie auffordernd hinter ihrem Schreibtisch, als ich mich gesetzt habe.

»Ich fürchte, ich bin schwanger«, sage ich und treffe ihren Blick hinter den klaren Brillengläsern. Sie hat einen jugendlichen, gefönten Pagenschnitt und ein leicht rundes Gesicht, aber nach ihrer handfesten Ausstrahlung zu urteilen, würde ich sie dennoch auf mindestens fünfundvierzig schätzen.

»Haben Sie selbst einen Test gemacht?« fragt sie.

»Positiv«, nicke ich.

»Aber Sie nehmen doch die Pille?« sagt sie, meine Karte studierend.

»Ich habe ein paar vergessen. Mein Leben ist in letzter Zeit ziemlich hektisch gewesen«, entschuldige ich mich wie ein unzuverlässiger Teenager.

»Dann wollen wir mal sehen!« sagt sie und bittet mich, »sich unten freizumachen und auf dem Untersuchungsstuhl Platz zu nehmen«.

Was ich auch tue, aber sie muß mich mehrere Male bitten, mich zu entspannen, während ich mit den Beinen in den Stützen liege – eine Stellung, die ich verabscheue –, bevor sie mich untersuchen kann.

»Entspannen Sie sich!« sagt sie erneut, während sie herumtastet und fühlt. »Doch ja«, sagt sie schließlich. »Ihre Gebärmutter ist bereits deutlich vergrößert, und Sie haben auch schon die richtige violette Farbe in der Scheide. Herzlichen Glückwunsch!«

»Vielen Dank!« murmle ich und wische mich mit dem Papier ab, das sie mir reicht, nachdem sie sich die Handschuhe abgestreift hat.

»Wann war der erste Tag Ihrer letzten Menstruation?« fragt sie, als wir wieder einander gegenübersitzen, den Schreibtisch zwischen uns.

»Am zehnten Dezember«, erkläre ich, während die Ärztin eine Drehscheibe aus der Schublade zieht.

»Zehnter Dezember?« wiederholt sie und dreht die Scheibe. »Dann sind Sie nach medizinischen Maßstäben in der sechsten Woche und haben den Termin um den sechzehnten September. Aber das ist nicht einfach, das ganz genau zu bestimmen, weil Sie die Pille genommen haben.«

»Aha«, sage ich.

»Sie sind nicht sonderlich begeistert?« fragt sie und legt Drehscheibe und Kugelschreiber auf den Tisch.

»Nicht direkt«, sage ich.

»Warum nicht?« fährt sie fort.

»Zum einen bin ich mir gar nicht sicher, ob ich überhaupt ein Kind haben will. Und zum anderen auf jeden Fall nicht jetzt, und zum dritten lebe ich in keiner festen Paarbeziehung. Nicht direkt.«

»Dann wollen Sie das Kind also nicht behalten?« fragt sie in einem Ton, den ich unnötig tendenziös finde.

»Nein.«

»Das müssen Sie natürlich mit sich selbst und Ihrem Partner ausmachen. Aber«, sagt die Ärztin und beugt sich wieder über meine Karte, »es ist sozusagen meine ärztliche Pflicht, Sie darauf aufmerksam zu machen, daß eine Abtreibung kein ganz risikofreier Eingriff ist. Es gibt immer ein gewisses Risiko der Infektion und der Sterilität – und die wird mit der Anzahl der Abtreibungen nicht geringer. Und Sie hatten ja schon mal eine.«

»Das ist mir klar«, sage ich kurz. Ich brauche keine Moralpredigten.

»All right, aber dann müssen Sie noch mal auf den Stuhl. Sie müssen auf Clamydia und Gonorrhoe untersucht werden – reine Routine«, sagt sie und schiebt die Brille hoch, als ich protestieren will.

Also wieder von vorn, und hinterher bin ich gezwungen, ihr erneut am Schreibtisch gegenüberzusitzen, während sie eine Überweisung fürs Krankenhaus ausschreibt.

»So! Die weitere Prozedur kennen Sie, nicht wahr?« sagt sie und schiebt das Formular in einen A5-Umschlag. »Aber!« sagt sie und beugt sich vor. »Ich kenne Frauen wie Sie gut genug, um zu wissen, daß sie nicht schwanger werden, wenn sie es nicht wollen. Ich denke, Sie sollten einmal mit Ihrem Unterbewußtsein darüber reden!«

Auf dem Weg hinaus muß ich die Tür für die nächste Patientin aufhalten. Eine frischgebackene Mutter mit ihrem winzig kleinen Baby. Mein Über-Ich ignoriert sie, aber mein Unterbewußtsein atmet den Duft eines Säuglings ein.

»Wie war deine Verabredung?« fragt Ras, als ich zurück zum Sender komme.

»Gut!« antworte ich und nehme begeistert den Stapel Telegramme entgegen, die er mir entgegenhält.

»Ich hätte gern fünfundvierzig Sekunden für Jelzin in Frankreich, und außerdem habe ich eine verdammt gute BBC-Reportage über die neureichen Moskowiter eingekauft, die du redigieren kannst.«

»Warum haben wir das nicht selbst gemacht?« frage ich, gieße mir einen Kaffee ein und nehme ein Stück Sahnekuchen. Die Übelkeit ist für heute vorbei, jetzt bin ich hungrig und durstig zugleich. »Wer hat den Kuchen ausgegeben?« frage ich.

»Der Wettclub. Sie haben hundertachtundvierzig Kronen auf einen Zehner gewonnen. Ich dachte, du machst eine Diät«, sagt er, während ich genüßlich kaue.

»Ich habe einen labilen Charakter«, lächle ich und wiederhole meine Frage. »Warum haben wir die Reportage nicht selbst gemacht? Und warum machen wir sowieso nicht viel mehr von der Straße? Ich habe gestern mit einer russischen Freundin gesprochen, und sie sagt, die Mafia hat überall die Daumen drauf! Inklusive westlicher Hilfslieferungen.«

»Nun, nun, junge Frau! Nicht so schroff!« mahnt Ras mich. »Ferdinand hat genug, um das er sich kümmern muß.«

»Du könntest ihm doch ein wenig Assistenz rüberschicken!« schlage ich vor und gehe in mein Büro.

Dort mache ich mich sofort an die Arbeit, selbstvergessen und stur, und der überwältigende Müdigkeitsanfall am Nachmittag wird mit Kaffee, Zigaretten und Adrenalin bekämpft. Mitten im schärfsten Sperrfeuer ruft Paul an: »Wo bist du den ganzen Tag gewesen?« Aber er akzeptiert es, mit viel Arbeit als Entschuldigung abgespeist zu werden. Er sagt, daß er etwas für mich kochen will – selbstgemachte Pasta –, und das ist in Ordnung.

Erst auf dem langen Radweg nach Hause denke ich wieder an meinen »Zustand« und den Besuch bei der Ärztin, dieser moralischen Schnepfe. Bei ihrer abschließenden Bemerkung über das Unterbewußte verweile ich nur kurz, schalte schnell um zum eigentlichen Problem bei der ganzen Sache: Paul. Gewisse rabiate Feministinnen älteren Jahrgangs wären vermutlich eiskalt in der Beziehung zu ihrem Partner, aber ich bin trotz allem der Meinung, daß er als Verursacher das Recht auf Information hat. Und das kann ebensogut heute wie morgen passieren.

Paul leidet zur Zeit, in der er die meisten Tagesstunden allein vor seinem Computer verbringt, an einer Form von Hausfrauensyndrom. Er redet und redet – darüber, was er in dem italienischen Spezialgeschäft erlebt hat, wo er Semouille und Pesto gekauft hat, von der Arbeit am Buch und über einen Beamten vom Umweltministerium, der ihm trotzdem helfen will – off the record. Deshalb habe ich erst bei Käse und Obst, die immer Pauls Menüs abschließen, die Gelegenheit, es ihm zu sagen.

»Ich war heute bei der Ärztin«, fange ich an, während ich mit dem Löffel eine halbe Kiwi aushöhle.

»Ja, und?« fragt er und hört auf zu kauen.

»Ja, du hattest recht. Ich *bin* schwanger.«

»Ist das wahr?« fragt er mit angehaltenem Atem.

»In der sechsten Woche.«

»Wahnsinn!« ruft er aus, und erst jetzt zeigt er das breiteste Lächeln der Welt. Von einem Ohr zum anderen, von einem Auge zum anderen. Er besteht nur noch aus einem großen, alles schmelzenden Lächeln. Er nimmt meine Hand, hält sie fest, während er wie ein Ballettänzer um den Tisch herumtänzelt und sich vor mir niederkauert, die Hände auf meinen Knien.

»Und es ist von mir?«

»Also, Paul! Natürlich ist es von dir!« sage ich und schaue seufzend zur Seite.

»Ja, und?« fragt er.

»Ich will es nicht haben!« schreie ich gellend.

Paul zieht ungläubig die Augenbrauen zusammen, und das Lächeln erlischt. Er steht auf und geht einen Schritt von mir weg.

Ich esse meine Kiwi zu Ende, während er hinter mir in der Wohnung herumläuft. Ein Feuerzeug klickt, Tabakwolken kommen heran. Frank Cessno, CNN INTERNATIONAL, wird mitten in einem Satz abgewürgt. Dann geht er in die Küche, setzt Wasser auf, füllt Kaffeepulver ein, klappert mit den Tassen, stellt sie aufs Tablett, gießt kochendes Wasser auf den Kaffee. Öffnet den Kühlschrank, holt die Milch heraus, gießt sie in eine Kanne – die mit dem Muschelmuster. Ein einziges Mal höre ich ihn seufzen, aber da ist er schon wieder auf dem Weg zu mir. Und dann stellt er das Tablett auf den Tisch, setzt sich mir gegenüber und serviert ruhig den Kaffee, wie immer. Schiebt mir die Packung Zigaretten rüber. Gibt mir Feuer, als ich mich vorbeuge.

»Okay«, sagt er dann. »Entschuldige. Laß uns noch mal von vorn anfangen. Du bist schwanger, und du möchtest das Kind wegmachen lassen ...«

»Warum sagst du das so?« fahre ich auf. »Die Ärztin wollte auch schon unbedingt ...«

»Psst!« heißt er mich mit einem Finger auf den Lippen

schweigen. »Darüber wollen wir ja reden. Aber wenn du es lieber anders definieren möchtest, dann sagen wir eben, daß du einen provozierten Abort vornehmen lassen willst.«

Meine Schultern verkrampfen, und ich rauche die Zigarette heiß. Fängt es jetzt wieder an wie Katze und Maus?

»Ja!«

Paul nickt wie ein ermunternder Pädagoge.

»Gut. Rein juristisch ist es ja dein Kind – entschuldige, dein Fötus –, aber wärst du trotzdem so lieb, mir zu sagen, *warum*?«

»Weil«, setze ich an und streife meine Asche ab, während ich die Argumente aneinanderreihe. Ökonomische, praktische, politische. Sogar ökologische. Gute, akzeptable Argumente, zu denen er nickt, so daß ich glaube, er versteht mich. Ist vielleicht sogar zum Teil meiner Meinung. Er läßt mich eine Ewigkeit reden, bis er mich schließlich rauh unterbricht.

»Warum willst du kein Kind mit mir haben, Tes?«

Ich schaue ihn an und sehe ein unrasiertes Gesicht in Grau und Schwarz.

»Paul«, murmle ich. »Darum geht es doch gar nicht, es ist doch nicht, weil du …«

»Worum geht es dann?«

»Nun sei doch nicht kindisch!« weise ich ihn zurecht. »Ich bin einfach nicht bereit dafür! Und vielleicht möchte ich gar kein Kind! Im Augenblick habe ich ganz und gar keine Lust, ein Kind zu kriegen!«

»Wozu hast du dann Lust?« fragt er.

Ich zucke mit den Schultern. Weiß, daß alles, was ich jetzt sage, ihn verletzen wird.

»Zum Beispiel habe ich Lust zu arbeiten«, werfe ich dahin und gieße mir noch einen Kaffee ein.

»Zum Beispiel hast du Lust, Korrespondentin in Moskau zu werden?«

»Ja, dazu habe ich riesige Lust. Und was ist bitte schön so falsch daran?« hacke ich trotzig zurück. »Das ist der Traum meines Lebens, und ich habe ihn fast in Händen. Kannst du nicht verstehen, daß es jetzt einfach nicht der Zeitpunkt ist, Windeln zu wechseln und *Mutter* zu sein?«

»Doch, das kann ich gut verstehen«, sagt Paul, jetzt wieder mit klinischer Genauigkeit. »Aber das hättest du dir vielleicht vorher überlegen sollen!«

»Wie bitte?« schreie ich.

»Ja, da hättest du besser aufpassen sollen, chérie!«

»*Wir* hätten wohl besser aufpassen sollen!«

»*Du* hättest besser aufpassen sollen! Wenn du dir so sicher warst, daß du nicht schwanger werden wolltest, dann hättest du nicht so schludrig verhüten dürfen! Wie oft hast du die Pille vergessen? Zweimal? Dreimal?«

»Du hast mich verführt!« knurre ich.

»Du wolltest verführt werden!«

Touché. Jetzt steht es Klinge gegen Klinge, Stahl gegen Stahl. »Außerdem«, fährt er fort und sticht die Klinge in mein ungedecktes Fleisch, »ist es ja nicht das erste Mal, also hättest du es doch wissen müssen!«

»Wovon redest du?« frage ich, während mir die Hitze in die Wangen steigt. Das Kapitel über Jakob und die Abtreibung ist eins von denen, die ich fest versiegelt halte.

»Du warst das doch damals mit Jakob Lassen, oder?« Paul schiebt den Stuhl nach hinten und steht auf. Geht wieder auf und ab.

»Ja, ich habe dir ja selbst erzählt, daß wir eine kurze Zeit zusammen waren ...«

»Stimmt, aber du hast mir nicht erzählt, daß er dich dick gebumst hat. Dafür hat er mir das selbst gesagt.«

»Das glaube ich nicht!« fahre ich auf und weiß, daß ich direkt in die Falle gegangen bin.

Meine Rache dafür, hereingelegt worden zu sein, besteht

darin, daß ich sehe, wie sich über seine Augäpfel eine Haut zieht. Das hätte er nicht nötig gehabt.

»Nun gut«, sagt er dann. »Dann steht's jetzt fifty-fifty.«

»Was meinst du damit?« flüstere ich.

»Ich war selbst einmal Vater eines abgetriebenen Fötus.«

Ich lache trocken.

»Und wer war die Mutter?«

»Ist doch egal. Sie ist heute Fotomodel in Japan. Und es hätte sowieso nie mit uns geklappt, aber trotzdem war ich damals stinkwütend.« Paul setzt sich wieder hin. »Ich habe ihr sogar angeboten, das Kind großzuziehen. Aber sie war auf dem Weg zu Eileen Ford in New York, und das war ja schlecht möglich mit dickem Bauch. Sie hat sich für ihre Karriere entschieden ...«

Paul lächelt schief, seine Aggression ist jetzt absorbiert. Meine Wut ist auch verflogen, jetzt lasse ich mich dafür von der Eifersucht aufzehren. Paul als Vater eines Kindes einer anderen. Unerhört!

»Verstehst du das nicht?« frage ich.

»Doch, natürlich tue ich das. Ihr seid es, um deren Körper es geht. Aber ich habe mir damals geschworen, daß ich nie wieder eine Abtreibung mitmachen will.« Paul denkt nach. »Deshalb ...«

»Deshalb ?«

Paul nimmt meine Hand und hält den Kopf schräg.

»Deshalb bin ich der Meinung, wir sollten das Kind kriegen.«

»Und wenn ich nicht will?«

»Das weißt du.«

Alle anderen Menschen auf dieser Welt würden still und friedlich beieinandersitzen, eine Tasse Kaffee trinken und vernünftig die Situation besprechen. Sie würden darüber schlafen, einen undramatischen Beschluß fassen, ihn durchführen und hinterher still und friedlich in ihrem Dasein weitermachen.

Aber so läuft das nicht mit Paul. So läuft das nicht bei uns. Minen werden ohne Vorwarnung gezündet, Granaten werden einander zugeworfen. Das weiß ich, und deshalb bin ich jetzt an der Reihe, meine bescheidenen Eigentümer in künstlerische Supermarkt-Plastiktüten zu stopfen, während Paul mit einem vergrämten Gesichtsausdruck zuguckt. Aber in dieser Sache ist es nicht möglich, einen Kompromiß zu schließen. Der Beschluß ist gefaßt, und zwar von mir. Ich kann und will jetzt kein Kind haben.

Paul macht keine Szene. Und wenn das der endgültige Bruch ist, dann verläuft er glücklicherweise sehr zivilisiert – fast sanft. Zwei Liebende, die vom Leben selbst getrennt werden. Zum Heulen, eigentlich, aber das tue ich nicht. Das kann ich gar nicht – verkniffen, wie ich bin.

Aber in den folgenden Tagen bin ich hart und biestig und verbreite eine derart miese Stimmung, daß ich einen Anschnauzer von der Producerassistentin bekomme.

»Nun mal ehrlich, hast du Liebeskummer, oder was?« fragt sie mich direkt, und als ich sie abweisend anfauche, bittet sie mich, in meinem Zimmer zu verschwinden und die Tür zu schließen. Und in der Theaterkantine, wo ich vor Probenbeginn mit Mutter einen Kaffee trinke, gelingt es mir, einen ihrer Schauspielerfreunde zu verärgern, der oft bei uns daheim war und mir beigebracht hat, auf dem Klavier »Everybody loves Saturday night« zu spielen. Und der Frauenabend mit Eva und Billie, den ich selbst angeregt habe, wird ein Fiasko. Weil ich mürrisch und empfindlich bin, nichts von meiner »love story« preisgeben will und keine Lust habe, meine Zeit mit dem üblichen Tratsch zu vertun. Für Evas hoffnungslose Affäre mit einem pakistanischen Taxifahrer habe ich nur eine hochgezogene Augenbraue übrig.

Paul läßt wie erwartet nichts von sich hören, und eigentlich kann ich mich ja gleich daran gewöhnen, je eher, um so besser. Wieso eigentlich. Das Spiel ist aus; ich muß es einsehen, als ich mit der Überweisung ins Rigshospital in der Hand dastehe. Sie sind barmherzig – es sind nur noch sieben Tage dieses höllischen Vakuums zu überstehen.

Sieben Tage, in denen ich schlafe, esse, arbeite und fernsehe, Quiz, Talkshows, MTV. Ganz gleich, was, wenn es mich nur betäubt. Sieben Tage, in denen ich mir alle Mühe gebe, nicht zu denken und nicht zu fühlen. Sieben Tage, in denen ich meinen Kopf vom Körper trenne und mich routiniert übergebe.

Am siebten Abend gehe ich mit Andrej Amalriks verblüffender Prophezeiung »Wird die Sowjetunion überleben?« ins Bett, geschrieben 1969. Nein, könnte ich dem Verfasser antworten, wenn er nicht bei einem Autounfall in Spanien ums Leben gekommen wäre. Aber ich lege das Buch weg – außerstande, mich auf politische Analysen zu konzentrieren. Lösche das Licht und versuche einzuschlafen – ich soll am nächsten Morgen nüchtern um zehn Uhr im Krankenhaus sein. Gegen ein Uhr dämmre ich endlich ein und bin fast auf dem Weg ins Refugium des Schlafs, als ich plötzlich ganz deutlich den kleinen Jungen auf dem Fahrrad vor mir sehe. Sehe, wie er seinen Handschuh hebt und mir zuwinkt … Ich drehe mich auf die andere Seite, um ihn zu verscheuchen, aber das Bild wird überblendet von einem Feuerwerk durcheinanderwirbelnder Bilder, einem schnell geschnittenen Popvideo: fruchtbare Frauen, dicke Bäuche, Neugeborene mit Speckrollen, Kinderwagen, Maria und ihr Kind, die Skulptur einer stillenden Frau, eine stillende Birgitte, flaumige Köpfe, Windelreklame und ich selbst als Kind in Fötusstellung. Und ich sehe grüne Kittel und gelbe Raubtieraugen über den Masken und Metallschüsseln und Messer, die durch die Luft zischen … Und ich sehe den Eimer, in den sie den Fötus werfen werden, und ich sehe das Blut und rieche den Tod, und ich höre ein kleines Herz schnell wie das eines Vogels schlagen … Und schließlich höre ich ein neugeborenes Kind weinen – ängstlich und durchdringend, und ich sehe mich selbst hinzueilen, um es zu finden und zu beschützen, panisch im Kreis herumrennend, vergeblich, bis ich entdecke, daß es tief, tief in mir selbst ist, und ich spüre, wie sich meine Brüste mit Milch füllen, und da höre ich, wie das Weinen aufhört und zu einem schmatzenden Saugen wird …

Ich wache auf und stelle fest, daß mein Gesicht feucht ist. Ich putze mir die Nase und wische mir die Augen trocken, aber die Tränen rinnen in einem unaufhörlichen Strom immer weiter. Werden zur Quelle, Flut und zum Meer. Ein ständig ansteigender Ozean, aus dem ein fremdes, aber dennoch bekanntes Wesen mich ernst mit seinen sonderbaren, stilisierten E.T.-Augen ansieht. Ich möchte nach ihm greifen, stoße jedoch mit der Nase gegen Glas, und der Fötus schlägt mit seinem Seepferdchenschwanz und verschwindet irgendwo in seinem Aquarium aus meinem Blickfeld.

Das läßt mich laut und klagend weinen, und endlich bin ich richtig wach, setze mich im Bett auf und verberge mein Gesicht in den Händen, während ich jämmerlich weine und mich dabei mit dem Oberkörper vor und zurück wiege. Ich bekomme vor mir selbst Angst und will die Vernunft zurückholen, aber sie ertrinkt in diesem Schwall aus Wasser, Bildern und unerträglicher Sehnsucht.

»Baby, Baby, Baby!« murmle ich und weine über das Kind, das ich einmal verloren habe, über das Kind, das ich bald verlieren werde, und den Mann, den ich auch verloren habe.

Ich bin so entrückt in meiner Verzweiflung, daß ich nicht höre, wie ein Schlüssel ins Schloß geschoben wird, und als ich seine Stimme höre, dauert es eine Weile, bis ich begreife, daß er es wirklich ist. Erst als ich den festen Griff spüre, als er mich am Arm packt.

»Tes? Was ist?« ruft er voller Panik.

»Paul?« antworte ich mit belegter Stimme.

»Hast du was getrunken? Hast du Tabletten genommen?« fragt er und sucht hektisch mit seiner freien Hand auf meinem Nachttisch herum.

Ich schüttle den Kopf und werfe mich schluchzend an seine Brust. Heule Rotz und Wasser, bis sein Sweatshirt durchnäßt ist. Klammere mich an ihn und weine hemmungslos, wie ich es nach meiner Erinnerung noch nie gemacht habe. Nicht einmal als Kind. »Ja, schon gut!« tröstet er brüderlich, streicht mir übers Haar und klopft mir auf den Rücken, bis ich soweit bin, daß ich ihn loslassen kann. Aber meine Lippen zittern immer noch, und mein ganzer Körper bebt.

»Soll ich einen Notarzt holen?« fragt er besorgt. »Brauchst du was zur Beruhigung?«

»Nein, aber ich hätte gern eine Zigarette«, antworte ich mit dünner Stimme und greife nach den Kleenextüchern auf dem Nachttisch.

»Hier?« fragt er mit schiefem Grinsen und einem Hinweis auf meine rigiden Schlafzimmerregeln.

»Hier«, nicke ich und putze mir die Nase, während Paul eine Gitane anzündet, die er mir zwischen die Lippen schiebt. Danach zündet er sich auch eine an, und wir rauchen schweigend und halten einander an der Hand.

»Was ist denn los?« fragt er schließlich. So freundlich, daß ich wieder schluchzen muß.

»Das Kind. Es soll doch morgen früh weggemacht werden, aber ...«, erkläre ich und kann fast nicht mehr weiterreden. »Aber ich glaube nicht, daß ich ...«

»Du glaubst nicht?« flüstert er, und jetzt werden seine Augen auch feucht. »Ja, und?«

»Dann muß ich es wohl behalten«, sage ich geknickt.

»Du meinst ...« Paul legt eine Hand auf meinen Bauch unter der Bettdecke. »Du meinst, daß wir ein Kind kriegen werden?«

»Ja, das heißt es wohl«, sage ich zweifelnd. Aber der Zweifel dauert nur einen Moment. Dann höre ich die Münzen in der Gewinnlade rasseln, der Engelschor bricht in einen Hosiannajubel aus: Jackpot und Ave Maria!

Ich putze mir energisch die Nase. Lächle Paul an. Erlöst durch meinen Entschluß, schwindlig und euphorisch darüber, wie einfach das doch ist. Ich bin schwanger. Ich werde ein Kind kriegen.

An nächsten Morgen rufe ich im Krankenhaus an und sage ab; danach die Ärztin und bitte um einen neuen Termin; und erst als ich am Nachmittag in ihrem Sprechzimmer stehe, dicht gefolgt von Paul, glaubt er wirklich, daß ich es mir nicht noch anders überlege.

»Ja bitte?« fragt die Ärztin, als wir uns gesetzt haben.

»Ich habe die Abtreibung abgesagt. Wir wollen das Kind haben«, sage ich entschlossen, während Paul strahlend neben mir sitzt.

»Herzlichen Glückwunsch! Das ist ja eine schöne Neuigkeit!« lächelt die Ärztin freundlich und ähnelt gar nicht mehr dem Moralapostel, dem ich letztes Mal gegenübersaß. »Und Sie beide sind sich einig darüber?«

»Absolut einig!« antwortet Paul und erwidert das Lächeln der Ärztin. Man kann ja viel sagen, aber auf jeden Fall wird das Kind einen schönen Vater haben.

»Ja, dann müssen wir Sie jetzt erst mal ordentlich untersuchen!« sagt die Ärztin gut gelaunt, und damit mache ich den ersten Schritt in ein Universum, von dessen Existenz ich bisher keine Ahnung hatte.

Ich werde gewogen, der Blutdruck wird gemessen, ich

werde über frühere Krankheiten ausgefragt – Hatten Sie Röteln? – und über schlechte Gewohnheiten und bekomme schließlich ein paar ärztliche Ratschläge hinsichtlich meines Nikotin- und Alkoholkonsums mit auf den Weg. Das beste wäre, ich würde ganz aufhören zu rauchen oder es zumindest drastisch einschränken. Und nur ab und zu ein Glas Wein trinken. »Die ganz Eisernen sagen, gar kein Alkohol, aber ganz so spartanisch muß es ja nun nicht sein«, sagt sie und notiert alles in ein Heft, das sie »Mutterpaß« nennt. »Aber auf jeden Fall müssen Sie darauf achten, nicht zuviel Streß ausgesetzt zu sein. Das tut weder Ihnen noch dem Kind gut!«

Paul beteuert, daß er schon auf mich aufpassen wird.

Wir bekommen einen festen Händedruck, als wir sie mit dem Mutterpaß verlassen, und die Information, daß wir von der Entbindungsklinik zur Hebammenuntersuchung eingeladen werden – in der sechzehnten Woche.

Und dann stehen wir an einem feuchten, aber milden Februartag auf der Straße und sind jetzt offiziell werdende Eltern. Paul grinst albern und umarmt mich, kauft im nächsten Blumenladen zwölf rote Rosen und lädt mich zum Essen ein. Mit einem – »aber nur einem!« – Glas Elsässer Wein dazu und einer halben Zigarette danach.

Paul ist euphorisch, redet in einem fort und sieht mich an, als wäre ich ein Wunder – die Heilige Maria mit Glorienschein und allem. Ich selbst hege zwar keinen Zweifel daran, daß die Entscheidung richtig war, aber jetzt, wo das Problem, sich dazu zu bekennen, ausgestanden ist, fühle ich mich dennoch unsicher und verletzlich und voller unbeantworteter Fragen über das Wie und Wann.

»Paul? Können wir uns auf etwas einigen?« frage ich und unterbreche ihn damit in seinen Ausführungen, was wohl besser sei: ein erstgeborenes Mädchen oder ein erstgeborener Junge.

»Worauf?«

»Daß wir es noch für uns behalten, bis auf weiteres. Als unser süßes Geheimnis«, locke ich ihn.

»Warum? Bereust du es etwa schon?« fragt er ängstlich.

»Nein, nein. Ich brauche nur etwas Zeit. Um mich an den Gedanken zu gewöhnen. Gibst du mir die? Bitte!«

»Am liebsten würde ich es ja laut verkünden«, sagt er. »Aber ich werde mein Bestes tun«, verspricht er und küßt mir die Hand.

Es ist nicht einfach für ihn, sein Versprechen zu halten, denn Paul ist einfach die Inkarnation des schwangeren Mannes. Er kauft dicke Handbücher, aus denen er endlos zitiert. Er weiß, was ich essen und trinken soll. Er kauft Eisentabletten und preßt Zitrusfrüchte aus, gibt mir morgens Kekse auf der Bettkante zu essen, um die Übelkeit zu bekämpfen, und legt mir abends Kissen unter die Beine, um meinen Blutkreislauf anzuregen.

Und dann redet er – von dem Moment an, in dem ich durch die Tür trete, werde ich mit Worten überschüttet, mir werden Meinungen und ein Engagement abgefordert, das ich bedauerlicherweise nicht habe. »Nein, ich will jetzt nicht entscheiden, ob ich eine Epiduralanästhesie während der Geburt haben will – ich weiß doch kaum, was eine Epiduralanästhesie ist! – Nein, ich habe keine Ahnung, was der Unterschied zwischen der Eröffnungs- und der Austreibungsphase ist. – Doch, doch, ich finde es ja auch phantastisch, daß das Herz bereits in der siebten Woche vollständig ausgebildet ist …«

»Du brauchst nicht traurig zu sein«, sagt er dann meist mit seinem Kopf auf meinem Bauch, wenn er über meine geringe Begeisterung über »unser kleines Wunder« verletzt ist, »deine Mutter hat da einige Rollenprobleme, aber sie liebt dich trotzdem«.

Dann schnalze ich mit der Zunge und erkläre ihm, daß er lächerlich und sentimental zugleich ist, worauf Paul aufgekratzt pfeifend in sein Zimmer geht und auf seinem Macintosh klappert. Er ist fast fertig mit seinem Buch – meine Schwangerschaft hat ihm einen längeren Atem gegeben, sagt er. »Jetzt habe ich wirklich etwas, wofür es sich zu arbeiten lohnt.«

Ich begreife seine Reaktion nicht, fühle nicht diesen Instinkt, den zu haben er behauptet, was ich ihm nicht so recht glaube. Paul will einfach ein glücklicher werdender Vater sein. Und natürlich wäre es herrlich, wenn ich auch eine glückliche werdende Mutter wäre. Aber seit der Nacht, die Paul als »Mariä Verkündigung« bezeichnet, bin ich nicht wieder von irgendeiner Form religiöser Gefühle heimgesucht worden. Und wenn ich nicht diese Übelkeit hätte und Paul, der mich ständig daran erinnert, würde ich meine Schwangerschaft wahrscheinlich tagelang einfach vergessen.

Beim Sender wissen sie nichts – auch wenn Kirsten mich an einem Vormittag kritisch betrachtete, als sie hinzukam, während ich mich in der Damentoilette übergab.

»Bist du krank?« fragte sie, als ich herauskam und mir Wasser ins Gesicht spritzte. Sie stand vor dem Spiegel und zog ihren Lidstrich nach. »Habe mir den Magen verdorben«, log ich und vermied ihren Blick im Spiegel.

Und als Ras eines Nachmittags in mein Zimmer rauschte, wo ich auf dem Boden lag, um ein kurzes Nickerchen zu machen – ich bin noch nie so müde gewesen! –, habe ich ihn mit einer Lüge über eine schlaflose Nacht abgespeist.

»Warum hast *du* denn schlaflose Nächte?« fragte er verblüfft, als wäre es ganz unmöglich, mich mit etwas anderem als harmonischem, gesundem Nachtschlaf zu verbinden.

»Ach, Ras, ich mache mir solche Sorgen über die Weltlage

und den Zusammenbruch der Sowjetunion«, erklärte ich und stand auf.

Ras lachte.

»Don't overdo it, Tessie!«

Glücklicherweise, wie Paul gelesen hat, soll die Übelkeit und auch die Müdigkeit im vierten Monat nachlassen, und dem nähern wir uns bald. Er hat mir auch erzählt, daß ich erst drei Monate vor der erwarteten Niederkunft verpflichtet bin, meinen Arbeitgeber zu unterrichten. Das läßt mir ja noch etwas Zeit, meine Verteidigungsrede zu formulieren, denn ich weiß nur zu gut, daß es genau das sein wird, was ich von mir geben muß. Ich muß den General davon überzeugen, daß ich kein schizophrenes Miststück oder eine abtrünnige Korrespondentenkandidatin bin, sondern ganz im Gegenteil eine moderne Superwoman, die Mutterschaft und Karriere unter einen Hut bekommt.

Ich bin froh, daß ich ihm nicht schon übermorgen die Idee verkaufen muß, denn ehrlich gesagt stehe ich selbst der Tragfähigkeit dieser Idee etwas skeptisch gegenüber. Aber auch diesen Problemkomplex hat Paul schon seit langem analysiert und eine Lösung gefunden. Und hier haben wir endlich ein Thema, das auch mich interessiert: Wie werden wir die Zukunft praktisch organisieren? Das diskutiere ich viel lieber mit ihm als Jungs- oder Mädchennamen oder die Inspiration, die aus der Reproduktion erwächst ...

Für Paul ist die Lösung ganz einfach, er macht weiter als Freier und geht entweder mit mir zusammen nach Moskau, als mein Mann und »begleitender Gatte«, oder er bleibt mit dem Kind zu Hause in Kopenhagen und wird der hauptverantwortliche Elternteil. Wobei Paul der Meinung ist, daß letzterer Vorschlag, der meiner Meinung nach durchaus reizvolle Momente hat, ausgesprochen unnatürlich ist. »Man kann doch Mutter und Kind nicht trennen!« Andererseits gefällt es ihm durchaus, sich selbst in Szenen von »Kramer gegen Kramer« vorzustellen.

»Das Kind wird mich vergöttern, und die Frauen werden mich umschwärmen«, malt er sich aus. »Aber keine Angst, sugar, ich liebe nur dich!«

Und das tut er dafür um so intensiver. Noch nie wurde ich so begehrt wie jetzt.

»Du solltest immer schwanger sein«, grunzt er und knetet und massiert meinen Körper, als könne er dadurch mit ihm verschmelzen. »Wann wirst du denn mal dicker?« beklagt er sich dann.

»Rede bloß nicht davon!« Ich verziehe das Gesicht. Ich habe nicht die geringste Lust, in Umstandskleidern herumzuwatscheln. Allein der Gedanke an Birgitte genügt, mich Bauchgymnastik machen zu lassen und einen großen Bogen um Ras' Kopenhagener zu machen und überhaupt diesen entsetzlichen Hunger zu bekämpfen, der mich inzwischen immer wieder überfällt. Wenn ich meinen Gefühlen nachgeben würde, könnte ich problemlos den Tag mit Frikadellen, brauner Soße und zwölf, vierzehn Kartoffeln beginnen, abgerundet mit irgendeinem üppigen Dessert.

Paul lacht, wenn ich ihm von dem puritanischen Magerjoghurt mit Müsli erzähle, den ich statt dessen zu mir nehme, und freut sich darauf, daß ich wirklich bizarre kulinarische Gelüste entwickle.

»Du brauchst es mir nur zu sagen – ich serviere dir auch gebratenen Hering in Schokoladensoße! Was du willst – wenn du nur dicker wirst!«

Erst in der vierzehnten, fünfzehnten Woche beginnt mein sonst ziemlich flacher Bauch sich plötzlich nach vorn zu wölben. Ich zwänge mich weiterhin in meine engen Jeans und die pepitagemusterte Stretchhose, aber sobald ich allein in meinem Zimmer bin, öffne ich den obersten

Knopf, und wenn ich abends nach Hause komme, schlüpfe ich als erstes befreit in ein Paar von Pauls alten Jogginghosen. Jedesmal unter Pauls mißbilligenden Blicken. »Tes, du weißt, ich finde es einfach bezaubernd. Aber das hier ...!« kommentiert er.

»Ich habe nichts anderes«, zucke ich mit den Schultern.

»Sollen wir nicht endlich mal was für dich zum Anziehen kaufen?«

»Umstandskleidung?« fauche ich und beiße laut in ein Stück Knäckebrot.

»Das wäre sicher das praktischste, wenn man alles in Erwägung zieht«, erwidert er spitz und folgt mir ins Bad, wo ich pinkeln muß. »Auch wenn du nicht glaubst, daß es dir passieren wird, irgendwann endet es doch damit, daß du einen Bauch kriegst!«

»Ja, das wird sicher ganz reizend!« verdrehe ich die Augen.

»Genau! Und wenn wir schon mal dabei sind, den Realitäten ins Auge zu blicken – bist du nicht auch der Meinung, wir sollten unser sogenanntes süßes Geheimnis so langsam öffentlich kundtun?« Paul steht in der Türöffnung, und ich suche auf dem altmodischen Terrazzoboden mit Karomuster Hilfe. Spüre, wie Panik in mir hochkommt. »Oder hast du dich immer noch nicht an den Gedanken gewöhnt?«

»Ne«, sage ich und pinkle fertig. »Habe ich wirklich noch nicht!«

Erst als wir – natürlich gemeinsam – bei der ersten Hebammenuntersuchung im Krankenhaus sind, habe ich das Gefühl, als würde ein ganz feiner Riß durch die Glaswand gehen, die sonst mich und den Fötus umgibt. Nicht, weil ich jetzt als schwanger definiert werde, Erstgebärende mit Stempel, und das ganze Ritual mit Urinprobe, Blutprobe und Gewichtmessen durchlaufen muß. Und auch nicht das

Ausfragen der professionell freundlichen Hebamme über dies und das ist es, was mich aus dem Gefühl der Unwirklichkeit erlöst.

Aber als ich auf der Liege bin – wie oft werde ich wohl noch so daliegen und Flagge zeigen! – und sie den Herztonmesser auf meinen Bauch setzt, da ist plötzlich alles anders. Ich höre den schnellen Herzschlag, duck-duck-duck, wie ein Læsø-Kutter auf dem Weg aus dem Hafen, und er ist wie ein Gruß aus dem inneren Universum. Pauls Augen beginnen zu glänzen, und ich beiße mir ergriffen auf die Lippe.

»War das nicht das schönste Geräusch der Welt!« ruft Paul begeistert und macht einen Satz wie ein Basketballspieler, als wir wieder im Aprilwind stehen. »Sie hat nach Papa gerufen!«

»Oder nach Mama!« erkläre ich und halte meine Haare fest. Ich fühle mich anders. Reif, unüberwindlich, werdend.

Deshalb kann ich Paul nun auch recht geben. Eigentlich kann ich es ebensogut selbst verkünden, bevor es sowieso herauskommt. Und als die Producerassistentin am Tag nach dem Krankenhausbesuch eine möglicherweise subtile Bemerkung fallenläßt, daß ich wohl etwas in die Breite gegangen bin, gibt es kein Halten mehr. Ich muß mich dazu bekennen, wie ich es nenne, denn mir geht es dabei ungefähr so wie einem verdeckten Schwulen in einer Volksschule in den Sechzigern.

Okay, ich beschließe, langsam anzufangen, und aus irgendeiner verschütteten Verehrung bestehe ich darauf, daß Mutter es als erste erfahren soll. Als allererste. Von mir und nur von mir, auch wenn Paul nur zu gern Zeuge dieses historischen Augenblicks wäre.

Aber als ich mein Fahrrad die Købmagergade auf dem Weg zur Havnegade hochschiebe, laufe ich Birgitte mit ihrem Kinderwagen in die Arme. Wir haben uns seit einem Nachweihnachtsfest bei uns – bei mir! – nicht mehr gesehen. Und auch wenn ich ein schlechtes Gewissen habe, so ist es nicht allein meine Schuld, daß wir uns aus den Augen verloren haben. Sie wird vollkommen von ihrem Familienleben aufgesogen und hat mich mehrere Male versetzt, weil Maxi krank geworden ist oder der Rechtwinklige »zum Großen Belt« mußte. Aber ich muß zugeben, daß ich auch kein Treffen mehr verabredet habe, seit meine Schwangerschaft feststeht. Eine Abtreibung mit Birgitte zu diskutieren wäre undenkbar gewesen, und hinterher hatte ich Angst, sie könnte mich durchschauen.

Und das tut sie auch.

»Tes! Long time no see!« ruft sie und umarmt mich, tritt dann jedoch einen Schritt zurück und mustert mich forschend von oben bis unten, während sie automatisch in die Knie geht und den Schnuller aufhebt, den Maxi aus dem Kinderwagen schmeißt.

»Was ist mit dir los?« fragt sie, was mich kichern läßt.

»Ach, gar nichts …«

»Hast du zugenommen?« fragt sie und kneift die Augen zusammen.

»Kann sein, etwas«, winde ich mich.

Dann strahlt sie.

»O Scheiße, Therese«, ruft sie so laut, daß Maxis kleines Gesicht sich verzieht. »Du bist doch wohl nicht schwanger!«

»Doch, bin ich!« lache ich und werde noch einmal kräftig gedrückt und bekomme anschließend zartgelbe Narzissen, die sie vor Berings aus der Auslage holt.

»Ja, ja, ich bezahle sie schon!« erklärt sie beschwichtigend, als ich protestiere. »Das ist die schönste Neuigkeit des Tages! Aber warum habe ich davon noch nichts gewußt?«

»Abgesehen von Paul bist du jetzt die einzige, die es weiß!« erkläre ich und schnuppere an den Blumen. »Ich wollte selbst erst mal damit klarkommen, bevor ich damit nach außen gehe.«

»Typisch!« sagt sie. »War das gewollt? Oder hat Paul dir ein Kind verpaßt?«

»Wohl eher letzteres!« Ich verziehe das Gesicht, und Birgitte erinnert mich lachend, daß sie mich gewarnt hat. Und dann fragt sie nach dem Termin, nach meinem Befinden, empfiehlt mir, so bald wie möglich Stützstrümpfe zu kaufen, zur Geburtsvorbereitung zu gehen und Leinsamen zu essen …

»Immer mit der Ruhe!« unterbreche ich sie, »ich bin doch nur …«

»Jaja! Aber trotzdem willkommen im Club!« strahlt sie, und mit schlechtem Gewissen denke ich, daß ich seit undenklichen Zeiten nicht mehr einen so direkten Kontakt zu ihr hatte. Eigentlich nicht mehr seit Jens.

Wir umarmen uns noch einmal zum Abschied und verabreden, uns so bald wie möglich zu treffen. Nur sie und ich, ohne die »Kärle«, wie sie es in ihrem rest-århusianischen Akzent sagt. Und ich flirte mit Maxi, der festgestopft in seinem Kinderwagen sitzt und zahnlos sabbert. Übrigens hat er den Namen Thomas gekriegt.

Gut gelaunt durch das Zusammentreffen mit Birgitte schaue ich bei van Hauen im Strøget rein und kaufe Kuchen. Warum das Ganze nicht ein wenig festlich gestalten – abgesehen davon, wie ungewöhnlich es für mich ist, geschieht es schließlich nur ein einziges Mal im Leben, daß man die Ankunft des Erstgeborenen bekanntgibt. Ihr erstes Enkelkind.

»Therese, bist du es?« ruft Mutter aus dem Wohnzimmer, als ich hineingehe.

»Nein. Hier ist der Gerichtsvollzieher!« antworte ich mit tiefer Stimme.

Mutter lacht und kommt mit einem Textheft in der Hand und der Lesebrille an einer Schnur um den Hals hängend heraus. »Ich bin gerade dabei, das fertigzumachen. Magst du mich abhören? Dann können wir ja hinterher Kaffee trinken.«

Das mag ich eigentlich nicht, aber ich weiß, daß es aussichtslos ist, ihre Aufmerksamkeit zu gewinnen, wenn sie arbeitsmäßig nicht zufriedengestellt ist. Dann sind ihre Gedanken die ganze Zeit nur beim Text, den sie bis zur nächsten Probe auswendig können muß.

»Das ist verflucht schwer, aber auch wahnsinnig spannend! Botho Strauss«, informiert sie mich und reicht mir das Heft. Ich lege mich mit dem aufgeschlagenen Heft aufs Sofa, und Mutter geht auf dem abgelaufenen Parkett hin und her. Das haben wir schon Hunderte von Malen durchexerziert, und ich weiß genau, was ich zu tun habe. Wann sie nur eine Kunstpause macht, wann sie ins Stocken gerät, so daß ich ihr soufflieren muß, und wann ich die Regieanweisungen oder die anderen Repliken lesen soll. Auf diese Art und Weise habe ich das ganze klassische Theaterrepertoire durchgenommen und darüber hinaus einen Teil des neuen – ohne jemals von der Faszination des Theaters gepackt zu werden. Für mich war die Wirklichkeit immer spannender als die Fiktion.

Ich lasse sie fast eine Stunde arbeiten, bis ich mir erlaube nachzufragen, ob wir nicht bald Kaffee trinken wollen? »Was?« fragt sie geistesabwesend, und ich muß sie in die Gegenwart zurückknipsen. Diese alles aufsaugende Konzentration, selbst bei einer trivialen Repetition wie dieser, muß ein wesentlicher Teil ihres *Giftes* sein. Und auch eine Erklärung – und teilweise wohl auch eine Entschuldigung – dafür, warum sie es so schwer mit uns hatte.

Sie braucht Zeit, um sich zu sammeln, und ich lasse sie eine Zigarette rauchen und herumlaufen, um sich zu entspannen, während ich Kaffee koche und den Tisch decke.

»Kuchen?« sagt sie munter, als sie sich schließlich zu mir

setzt. Ich schmeichle mich richtig bei ihr ein, habe sogar ihren Lieblingskuchen gekauft – natürlich Sarah-Bernhardt-Baisers. »Na ja, eigentlich bin ich auf Diät«, sagt sie. »In dieser Rolle soll ich zehn Jahre jünger sein, als ich bin, und es wird ja nicht einfacher mit der Zeit, diese Illusion zu vermitteln!« sagt sie und kann dennoch dem Kuchen nicht widerstehen.

»Na, nun erzähl mal, wie geht es denn unserem süßen Paul? Hat er was zu tun?«

Typisch, daß sie mehr daran interessiert ist, wie es *ihm* geht, als wie es *mir* geht. Aber ich kommentiere das nicht. Statt dessen lächle ich großzügig.

»Es geht ihm gut. Sehr gut sogar. Er liest gerade die zweite Korrektur für sein Buch. Es wird in einem Monat als Schnellschuß rauskommen.«

»Und danach?« fragt sie kauend.

»Ja, danach …«, setze ich an, und dann ergibt es sich ganz von allein. Ohne Vorwarnung oder künstliche Einleitung. Einfach so.

»Danach wird er in erster Linie Vater sein …«

»Er wird Vater sein?« fragt sie konsterniert.

Ich nicke und muß dabei die Mundwinkel verziehen.

»Du meinst doch nicht …?« Mutter reißt ihre großen Augen auf, ich nicke und sehe, wie sich darin schäumend das Meer erhebt. »Meine Güte, Therese, wirst du Mutter? Ich meine, bist du schwanger?«

»In der vierzehnten Woche«, sage ich und kratze von meinem Teller die letzten Creme- und Schokoladenreste. Ich weiß nicht, was ich mir vorgestellt habe. Doch … daß sie sich freut. Aber das tut sie ganz offensichtlich nicht, und das erzeugt bei mir ein merkwürdiges Prickeln, eine Mischung aus Wut und Enttäuschung.

»Ja, aber, was wird dann mit deinem Job? Bist du dir auch sicher … Hast du dir das gründlich überlegt?«

»Ja!« schneide ich sie ab. »Die praktischen Probleme sind dazu da, daß man sie löst!«

»Na ja, du bist schließlich erwachsen. Es ist nur ...!« Mutter legt dramatisch ihren Kopf nach hinten und schaut zur Decke. »Mein Gott, Therese, dann werde ich ja Großmutter. *Großmutter!*«

Tusch! Das war der beste Kommentar überhaupt. Die Parodie des Jahres. »Dann werde ich ja Großmutter!« Ich starre sie sprachlos an, meine Mutter. Starre sie in Grund und Boden, zu einer Fremden, einem Bild in einer Wochenzeitschrift, einer Figur auf der Bühne.

»Du kannst den Titel ja ablehnen, wenn du ihn so schrecklich findest. Und keine Sorge, ich rechne in keiner Weise mit deiner Hilfe«, sage ich mit belegter Stimme und stehe schroff auf. Ich will raus, weg. Sie nie wiedersehen!

Mutter sieht mich erschrocken an, sie ist es nicht gewohnt, derart direkte Reaktionen von mir zu bekommen. Faßt meinen Arm und hält mich fest.

»Entschuldige, Therese-Kind. Herzlichen Glückwunsch. Meinen aller-, allerherzlichsten Glückwunsch!«

Bullshit. Durch und durch wäßriger Dünnschiß.

Kiki und Spunk kommen noch am selben Abend unangemeldet vorbei – Mutter hat die Neuigkeit sofort in der Familie verbreitet –, und wenn ich über Mutters fehlende Jubelschreie enttäuscht war, so bin ich dafür um so gerührter über Kikis uneingeschränkte Freude.

»So was, dann werde ich ja Tante!« sagt sie und schenkt mir zwei Schnuller, die sie an einem Kiosk unterwegs gekauft hat. Einen rosaroten und einen hellblauen.

»Und morgen kaufe ich Wolle!« erklärt sie.

»Willst du etwa stricken?« frage ich und befreie mich aus Pauls besitzheischendem Arm, als das Telefon klingelt. Es ist Tante Mo aus der Provence.

»Herzlichen Glückwunsch, mein Mädchen! Deine Mutter hat gerade eben angerufen«, zwitschert fröhlich ihre satellitengetragene Stimme.

»Wirklich? Dabei war sie doch gar nicht so begeistert!« erkläre ich spitz.

»Ach«, besänftigt Tante Mo mich. »Irgendwann muß sie ja auch mal lernen, daß sie erwachsen ist. Mach dir nichts draus. Sie wird ihr Enkelkind schon ins Herz schließen.«

»Meinst du?« frage ich skeptisch und drehe der Gesellschaft den Rücken zu. Ich sehne mich plötzlich heftig danach, mit Tante Mo allein zu sein, mit ihr reden zu können. Sie ist der klügste Mensch, den ich kenne, und die Klügste in unserer sonderbar amputierten Familie mit meiner Großmutter mütterlicherseits, die wie eine Drohne im Pflegeheim hockt, meinem Großvater mütterlicher- und meiner Großmutter väterlicherseits im Grab und meinem Großvater väterlicherseits wie einem unwirklichen Monolithen.

»Natürlich«, versichert sie. »Und ich bin jetzt schon entzückt. Ich habe eine Flasche richtig guten Wein geöffnet und stoße jetzt mit mir selbst an!«

Ich lächle. Sehe sie vor mir, mit ihrem mundgeblasenen Rotweinglas in ihrem groben Steinhaus in dem südfranzösischen Dorf. Alles um sie herum erscheint gleichzeitig zierlich und voller Energie, wie die Gärten, die sie immer anlegt.

»Und dazu rauchst du vielleicht noch ein kleines Zigarillo?« necke ich sie.

»Vielleicht ein ganz, ganz kleines. Aber erst nach dem Wein, so viel habe ich von meinen Männern nun doch gelernt!«

Wir zwinkern uns durch die Leitung zu.

»Und was sagt der Arzt?« frage ich.

»Das Übliche. Daß ich es bleibenlassen soll, wenn ich

hundert werden will. Aber dazu habe ich gar keine Lust, obwohl jetzt die Zukunft natürlich eine neue Perspektive bekommen hat!«

»Na ja«, zögere ich, »Perspektive ...«

»Aber entschuldige, Therese, du bist es schließlich, über die wir reden sollten! Wie geht es dir, mein Mädchen?«

»Merkwürdig«, antworte ich und versuche herauszufinden, wo Paul ist. Anscheinend draußen in der Küche. Vielleicht hat Kiki ihn dort beschäftigt. »Schließlich war es nicht gerade geplant«, erzähle ich und senke die Stimme. »Fast hätte ich mich auch noch anders entschieden ...«

»Ach, Therese, Gott sei Dank, daß du das nicht hast!« ruft Tante Mo. »Das erste Mal war schon schlimm genug ... Nein, nein, es hätte mir für dich doch zu leid getan, wenn du das noch einmal hättest durchmachen müssen. Was bin ich froh, daß du die richtige Entscheidung getroffen hast!«

»Ja, aber wie soll ich das nur schaffen?« murmle ich in den Hörer und formuliere all die Zweifel, die ich Mutter gegenüber runterschlucken mußte und die zu diskutieren Paul sich hartnäckig weigert.

»Wie genau, das weiß ich natürlich nicht, aber ich weiß, daß du es schaffen kannst. Vielleicht wird dein Leben etwas anders werden, als du es dir vorgestellt hast, aber damit nicht unbedingt schlechter. Und auch wenn ich nicht mehr ganz jung bin, will ich dir natürlich helfen, wo ich kann!«

»Ich ziehe einfach zu dir runter! Mit Kind und Windeln!«

»Ja, bitte, du bist herzlich willkommen. Wann immer du willst!«

Pauls Familie nehmen wir uns am Sonntag vor. Paul ruft ein paar Tage davor an und lädt uns bei ihnen zum Essen ein – »aber privat, nicht im Hotel!«

»Ich habe euch nämlich etwas Wichtiges mitzuteilen«, verkündet er bereits am Telefon.

Und als seine Mutter vorsichtig fragt, ob es denn in Ordnung ist, wenn sie Phillip und Marianne auch einlädt, antwortet Paul sonderbarerweise, daß er das sehr gut findet!

Also sitzen wir bei einem kultivierten Sonntagslunch mit einer Dose fettem, gräulichem Belugakaviar, dem persönlichen Beitrag des Bankdirektors zu der Mahlzeit, und dem ungewöhnlich fröhlichen Schlagabtausch zwischen Paul und Phillip als eigentlicher Unterhaltung. Marianne kümmert sich automatisch um ihre verzogene dreijährige Tochter, die sicher bereits mit Lackschuhen an den Füßen geboren wurde und sich laut ihrer Mutter weigert, in etwas anderem als Spitzenstrümpfen und französischen Kleidern in den Kindergarten zu gehen.

Aber nachdem das Kind uns lange genug genervt hat, ein Glas Cola über sich gekippt, wie ein Säugling geheult und seiner Mutter in die Hand gebissen hat, wird es glücklicherweise mit einem Disney-Video und einer Tüte Gummibärchen auf dem Ledersofa ruhiggestellt.

»Mindestens fünfundvierzig Minuten Ruhe«, erklärt Phillip, nachdem er die Deportation durchgeführt hat.

Inzwischen sind wir beim Käse angekommen, und jetzt kann Pauls Mutter, die seit dem Augenblick unserer Ankunft bereits nervöse Spannung ausstrahlte, nicht länger an sich halten. »Nun, Paul, was ist es denn, was du uns sagen willst?« fragt sie.

»Ja, wir sind wirklich gespannt«, fügt sein Vater hinzu. »Hast du einen neuen Job?«

»Ja, sicher als Informationschef bei den Grünen«, wirft Phillip spitz ein mit einem Hinweis auf den neuen, lockeren Stil seines Bruders. Der Dreitagebart ist inzwischen zu einer Art Vollbart geworden, und auch wenn er zusammenpassende Jeans und Sweater angezogen hat, so ist er doch bei weitem nicht so schick wie sonst.

»Oder wollt ihr heiraten?« zwitschert Marianne.

Paul nimmt meine Hand und lacht.

»Ja, das könnte eine natürliche Konsequenz sein. Oder was meinst du, Tes?«

Ich meine gar nichts. Ich esse Ziegenkäse.

»Nun ja, darüber reden wir später«, sagt er bedeutungsvoll und drückt meine Hand. Dann richtet er sich feierlich auf und sagt stolz mit erhobenem Kopf: »Vorläufig werden wir jedenfalls erst mal Eltern!«

Auch hier brechen sie nicht in frenetischen Jubel aus. Ganz im Gegenteil. Es wird still am Tisch, so daß die kakophonische Lautspur des Zeichentrickfilms sich plötzlich wie eine vulgäre Verzerrung der peinlichen Stille aufdrängt.

»Na, so was!« ruft Pauls Vater schließlich als erster. »Ich muß schon sagen! Herzlichen Glückwunsch!«

»Ja, das ist ja wirklich eine Überraschung«, bringt Helene mit ihrem künstlichen Lächeln hervor, eine Hand auf den Perlen, was schon alles sagt.

»Also, nie ist man vor seinem kleinen Bruder sicher!« stöhnt Phillip, fügt aber ein lächelndes »Herzlichen Glückwunsch!« hinzu. Nur Marianne scheint sich wirklich über die Neuigkeit zu freuen – oder sie zumindest ohne Vorbehalt zu akzeptieren.

»Wann ist es soweit?« fragt sie in intimem Tonfall und mit einem direkten Blick auf mich, als wäre unsere Beziehung mit einem Mal ganz anders.

»Im September«, antworte ich kurz.

»Am sechzehnten September«, korrigiert Paul.

»Also ich finde, das ist eine phantastische Neuigkeit, aber … ist es nicht ein bißchen früh?« Helene kann sich nicht zurückhalten.

»Früh in Beziehung worauf?« schlägt Paul sofort zu. »Da du schließlich auf die Sechzig zugehst, kannst du dir doch wohl ausrechnen, daß ich inzwischen auch ein gewisses Alter erreicht habe. Und was die Dauer der Beziehung zwischen Therese und mir betrifft, so kann ich dich damit beruhigen, daß ich nie eine Frau finden würde, mit der ich lieber ein Kind hätte, und wenn ich den Rest meines Lebens danach suchen würde!«

Helene blinzelt, und Phillip klatscht ein paarmal wohlwollend in die Hände.

»Hör mal, Kleiner! Vielleicht endest du doch noch als ein Löwe!«

»Sagt mal, wollen wir nicht darauf anstoßen?« schlägt Ernst vor, wie immer der perfekte Gastgeber und konstruktive Schlichter. Und dann stoßen wir auf das Kind an, das ich immer noch nur schemenhaft wie ein winziges Seepferdchen in einem Aquarium vor mir sehe. Unwichtig und ohne Verbindung zu mir.

In der folgenden Woche ist der General krank gemeldet. Grippe. Böse Zungen behaupten, er sei gar nicht krank, wolle nur dem neuen Fernsehdirektor, mit dem er sich bereits öffentlich überworfen hat, eins auswischen. Der Fernsehdirektor will unser Nachrichtenmagazin verschieben und Geld sparen, indem er unsere Direktübertragungen und die Erfindung und das Paradepferd des Generals, das Sonntagsmagazin, kürzt. Endlich ein Punkt, wo er die volle Unterstützung seiner Mitarbeiter hat – aber sich demonstrativ unsichtbar zu machen ist als Kampfmittel ziemlich ungeeignet. Denn es zeigt sich, daß wir in der Woche, in der er nicht da ist, ein paar verdammt gute Nachrichtenbeiträge bringen. Wir haben die richtigen Geschichten, die richtigen Schwerpunkte, und nach der abschließenden Kritik ist die Stimmung so gut, daß selbst die Mitarbeiter, die zeitweise wie geprügelte Hunde davonschleichen, froh und munter wieder an ihre Arbeit gehen. Mit frischem Mut und keimendem Kampfeswillen. Wir haben viele Zuschauer an die Konkurrenz verloren, und auch wenn wir nach außen auf diesbezügliche Bemerkungen mit einem Schulterzucken reagieren, ist es uns klar, daß das unangenehm ist. Vor allem, weil wir doch die Besten sind!

Die Ressortleiter sind begeistert, daß sie einmal beweisen können, wie gut sie selbst sind, und das steckt uns an: Jetzt wollen wir es verdammt noch mal ganz Dänemark zeigen, wie saugut wir sind!

Ich persönlich bin schon eine Weile auf maximaler Drehzahl gelaufen, für mich gibt es keinen großen Unterschied. Aber seine Krankmeldung bedeutet, daß ich noch ein paar Tage Frist habe, bevor ich hinein muß, um ihn über die Schwangerschaft seiner Korrespondentenkandidatin zu informieren. Es ist höchste Zeit – mir werden immer mehr neugierige Blicke zugeworfen –, und als eine der Kantinendamen mich eines Tages verständnisinnig fragt, wann es denn soweit sei, ist mir klar, daß es höchste Eisenbahn ist.

Also gibt es an dem Montag, als ich auf der Tagesliste sehe, daß der General wieder zurück ist, für mich nur eins: tief durchatmen und hochgehen, um es so schnell wie möglich hinter mich zu bringen.

»Er telefoniert gerade, aber du kannst reingehen«, sagt seine Sekretärin und nickt in Richtung seiner offenen Tür. Ich schließe sie hinter mir und kann gerade noch den Gesichtsausdruck der Sekretärin sehen, der von neutraler Freundlichkeit zu offener Neugier wechselt.

Der General redet englisch – mit zähem amerikanischem Akzent und dröhnendem Lachen –, und als er mir andeutet, daß ich mich ruhig setzen kann, wundere ich mich wieder einmal darüber, wie sehr er doch alles daransetzt, dem absoluten Klischee zu entsprechen. Der Mann müßte sich einmal selbst sehen oder hören!

»All right, Bob! We'll keep in touch! Bye-bye und all my

love to Lucy!« beendet er das Gespräch und legt mit einem schiefen Cowboylächeln auf.

»Das war Bob«, erklärt er und greift nach den Griechischen. »Verflucht guter amerikanischer Producer. Hab' ihn in Nam kennengelernt. Eine eiskalte Haut! Er sagt, er könnte mir einen Job in L. A. besorgen, any time!« Der General lacht hinter dem Tabakrauch.

»Das klingt spannend«, sage ich.

»Ja, dann wärt ihr mich los, nicht wahr? Nein, nein, ich bin zu alt dafür, alte Bäume soll man nicht verpflanzen. Also, Tes, was kann ich für dich tun? Du hast wirklich gute Beiträge in der letzten Zeit gebracht!«

»Danke!« sage ich und fixiere meinen Blick kurz über seiner Nasenwurzel, so daß es für ihn aussieht, als würde ich ihn direkt angucken. Optischer Betrug, aber jetzt sind alle Tricks erlaubt. Dann komme ich direkt zur Sache.

»Ich komme, um dich darüber zu informieren, daß ich ein Kind kriege.«

Der General sieht mich teilnahmslos an, als verstünde er meine Sprache nicht und warte auf die Simultanübersetzung in seinem Kopfhörer.

Dann nimmt er die Beine vom Tisch und den Stummel aus dem Mund und sieht mit einemmal wie ein häßlicher Wikinger aus mit seinen buschigen Augenbrauen, dem großen Bart und dem runden Bauch.

»Du bist schwanger?«

Ich nicke und lege unwillkürlich meine Hände schützend auf den Bauch, den sein Blick jetzt prüfend streift.

»Therese Skårup ist schwanger!« sagt er daraufhin finster nickend. »Wie schwanger?«

»Im vierten Monat. Mein Termin ist Mitte September.«

»Mitte September!« wiederholt er und steht auf. Geht ans Fenster und bleibt dort mit dem Rücken zu mir stehen. »Und wie hast du dir das gedacht?« fragt er mit einer jetzt leicht zitternden Stimme. Ich sitze immer noch unbeweglich auf meinem Platz, spüre jedoch, wie meine eigene Wut wie Maiskörner unter einem Topfdeckel zu poppen beginnt.

»Ich werde meine Pläne modifizieren, aber nicht ändern«, antworte ich ruhig.

»Sie nicht *ändern*?« Der General dreht sich um und zeigt mir ein so verzerrtes Gesicht, daß ich nicht länger Grund habe, an Pauls Geschichte zu zweifeln. Instinktiv würde er am liebsten zuschlagen. Es sind nur Formalitäten, die ihn davon zurückhalten.

»Meinst du, ich soll dich mit einem Kind unterm Arm nach Moskau schicken? Glaubst du, ich will mich auf meine eigenen Kosten auch noch lächerlich machen?«

»Soweit ich weiß, haben einige deiner Korrespondenten Kinder!« erwidere ich leise.

»Deren Frauen haben Kinder, Therese! Und jetzt kannst du mich einen Scheißchauvinisten nennen, aber das ist verdammt noch mal was anderes!«

»Und wieso?« frage ich.

»Weil die keinen Busen haben, süße Tes!« schreit er.

»Wenn es das Stillen ist, auf das du hinauswillst, dann sind inzwischen sowohl Nuckelflaschen als auch Muttermilchersatz erfunden worden!« gebe ich mich nicht zufrieden.

»Ach, und dann soll wohl der Herr Vater das Fläschchen geben?«

»Zum Beispiel!«

Der General lacht. Künstlich.

»Und ich gehe davon aus, daß es unser allseits geliebter Paul Weber ist, von dem wir hier reden?«

Ich nicke.

»Entweder kommt er mit mir und sorgt für das Kind, oder er bleibt mit dem Kind in Kopenhagen.«

»Pah!« ruft der General spöttisch. »Wenn du das glaubst, dann bist du ja noch naiver, als ich gedacht habe! Paul Weber ist doch ein Scharlatan! Verzogen, unreif und bereit, alles für seine eigenen Interessen zu tun. Sogar dich hat er verführen können!«

Ich spüre, wie meine Wut inzwischen zu einem frenetischen Trommeln angewachsen ist, und bevor der Deckel wegfliegt, beuge ich mich vor und sehe ihn wie eine Pythonschlange an, die ihren Schlangenzähmer hypnotisieren will.

»Verstehe ich es recht, daß Moskau jetzt für mich nicht mehr in Frage kommt?«

Der General setzt sich. Ausgepowert und mit einer Müdigkeit in den Bewegungen, die ihn alt erscheinen und mich hinter der Maske mehr als den wütenden Chef sehen läßt. Ich habe ihn verletzt. Den Mann in ihm. Aber es hilft nichts. Ich muß Stellung nehmen zu dem, was er tut. Nicht zu dem, was er fühlt.

Er greift nach seiner Kaffeetasse. Setzt sie an den Mund, legt die Beine auf den Schreibtisch.

»Eine logische Schlußfolgerung, ja.«

»Okay«, sage ich gefaßt, stehe auf und muß kurz an Ritt Bjerregaard denken und die Tränen, die sie am liebsten nicht gezeigt hätte, als sie sie das erste Mal feuerten. Dieses Vergnügen gönne ich ihm nicht. Der General wird mich nicht heulen sehen.

Ich komme sogar ohne offensichtliches Zittern aus seinem Büro. Als ich an der Tür bin, greift er zum Telefon, und damit ist das Bild von vorhin wiederhergestellt. Nur mit dem Unterschied, daß ich inzwischen hingerichtet wurde.

Ich mache mich unsichtbar und komme unversehrt in mein Zimmer, wo ich die Tür schließe und mich direkt dahinter setze, um sie für jeden unerwünschten Besucher zu versperren.

Da sitze ich also – leer und müde – und rauche eine verbotene Zigarette aus der verbotenen Packung, die ich für Notfälle in der Schublade habe. Ansonsten habe ich brav aufgehört, und wenn Paul jetzt hier wäre, würde er kleine, mitleiderweckende Hustengeräusche von sich geben, um mir ein schlechtes Gewissen zu machen. Er sieht sich als »Anwalt des Kindes«. Zwei Zigaretten kann ich rauchen, bevor es an die Tür klopft. Zuerst antworte ich nicht. Aber als laut und energisch weitergeklopft wird und ich Ras meinen Namen rufen höre, muß ich reagieren.

»Ja!«

»Darf ich reinkommen?« fragt er, ohne die Klinke hinunterzudrücken, und das verrät mir, daß er es schon weiß.

Ich seufze. Stehe auf, schon etwas beschwerlich. Wische mir über meine knochentrockenen Augen. Sonderbar, daß ich nicht geweint habe.

Ich setze mich auf meinen Schreibtischstuhl und rufe ihn herein. Er lächelt entschuldigend und schließt die Tür hinter sich. Schiebt meine Tasche von meinem Besucherstuhl und setzt sich.

»Ich war gerade beim General oben«, setzt er an.

»Ja«, sage ich tonlos.

»Herzlichen Glückwunsch«, sagt er dann und will sicher lächeln, zeigt jedoch eher einen Gesichtsausdruck, als wollte er mir zu einem Todesfall in der Familie sein Beileid aussprechen.

»Danke«, sage ich im gleichen Ton.

»Ich kann gut verstehen, wenn du traurig bist …«

»Ich bin verflucht noch mal nicht traurig!« protestiere ich und richte mich auf, um weiteren mitleidigen Gefühlsäußerungen entgegenzutreten. »Ich bin stinkwütend!«

»Okay!« lächelt er. Diesmal echt. Und erleichtert. Ras ist ein Typ, der keine Frauentränen erträgt. »Er ist wirklich ein Schwein!«

»Ein dickes Chauvinistenschwein!« füge ich hinzu. »Und verdammter Scheiß, ich bin doch wohl nicht die erste, die in diesem Sender schwanger wird!«

»O nein, im Augenblick erleben wir einen richtigen Babyboom. Aber du weißt doch selbst, daß du für ihn etwas Besonderes bist ...«

»Ach, scheiß drauf!«

Ras zuckt freundschaftlich mit den Schultern.

»Das bist du nun einmal. Und abgesehen davon, daß er einfach unverschämt ist – wäre es nicht ein ziemlich waghalsiges Projekt, mit einem neugeborenen Kind als Korrespondentin in Moskau anzufangen?«

»Da du ja anscheinend ausgezeichnet informiert bist über mein Gespräch mit unserem lieben Chef, kennst du vermutlich auch das andere Lösungsmodell?« fauche ich.

»Daß Paul daheim bleibt und sich ums Kind kümmert?« Ras zeigt ein skeptisches Grinsen.

»Warum grinst du?« frage ich.

»Tes!« Ras breitet die Arme aus. »Ich mag Paul wirklich, aber ich muß zugeben ... Ja, wenn ich du wäre, würde ich mich lieber auf ein gutes Au-pair-Mädchen verlassen.«

»Ihr kennt Paul alle nicht!« erwidere ich und bereue es sofort. Das geht ihn gar nichts an.

»Erstens kenne ich ihn gut genug, daß ich ihn mir als alleinerziehenden Vater in Kopenhagen nur schwer vorstellen kann. Und zweitens wirst du den General nie dazu bringen, Paul Weber als deinen mitreisenden Ehemann zu schlucken ...«

»Glaubst du, der General würde ein Au-pair-Mädchen eher schlucken?«

»Zumindest könnte er in diese Richtung bearbeitet werden. Und soweit ich dich verstanden habe, ist dir der Moskau-Posten verdammt wichtig.«

»Das Wichtigste überhaupt«, nicke ich.

»Und da ich dich nun einmal sehr mag, werde ich persönlich alles tun, was ich kann, um unseren Herrn und Meister zu besänftigen.«

»Danke, Ras!« lächle ich und nehme seine Hand. »Du bist wirklich ein Kumpel!«

»Ja! Und du bist, entschuldige bitte, eine Idiotin! Es gibt Verhütungsmittel!« Ras gibt mir einen Nasenstüber. »Und wenn du jetzt so nett wärst, ein paar Beiträge zurechtzustutzen! Denn auch heute abend haben wir ein Nachrichtenmagazin!«

»Aye, aye, Sir!« sage ich und stehe stramm zum Gruß. Inzwischen wieder zum Leben erwacht.

Ich weigere mich zu glauben, daß ich nicht nach Moskau soll, und Paul bekommt nur ein tendenziöses Resümee meines Treffens mit dem General zu hören. Ich sage ihm eigentlich nichts anderes, als daß ich den General informiert habe.

»Und – findet er nicht, daß das wunderbar ist?« fragt Paul ironisch.

»Vielleicht nicht direkt wunderbar. Er braucht etwas Zeit, um sich an den Gedanken zu gewöhnen«, erkläre ich und glaube fast selbst daran. Daß das Urteil revidiert werden kann.

Paul zieht mein Sweatshirt hoch und küßt mich auf den Bauch. »Papas kleiner Schatz!« murmelt er.

»Warum kannst du nicht statt meiner schwanger sein!« seufze ich und fahre ihm mit einer Hand durchs Haar.

»Das nächste Mal, mein Liebling!« erklärt er und schaut auf.

Wer getratscht hat, der General, Ras oder die Sekretärin, das weiß ich nicht, aber Tatsache ist, daß mein Zustand im Laufe von weniger als einem Tag allgemein bekannt ist.

»Warum hast du das nicht schon längst erzählt?« fragt Kirsten kopfschüttelnd. »Statt heimlich ins Klo zu verschwinden und dich zu übergeben.«

»Weil es mir peinlich ist«, antworte ich, und das ist die Wahrheit. Henriette, die Verschmähte, beglückwünscht mich, als wir uns zufällig in der Schwingtür treffen, und ich sage danke schön, im gleichen falschen Ton wie sie. Sie hatte in letzter Zeit großen Erfolg mit einigen guten politischen Beiträgen, die mehrfach sogar in den Printmedien auf die Tagesordnung gesetzt wurden, und ich bin nicht frei von Neid ihr gegenüber. Dafür kann ich ihr aber ansehen, daß sie mich auch beneidet. Sie hat Paul nicht vergessen.

Lea, die nach Weihnachten die Konsequenz aus ihrer offenbar anstrengenden Mutterschaft gezogen und ins Inland übergewechselt ist, »um nicht mehr reisen zu müssen und Matthias mehr Stabilität zu geben« – strömt vor Freude fast über, als sie meine Hände in ihre nimmt.

»Oh, herzlichen Glückwunsch, Therese! Wie freue ich mich für dich! Wie geht es dir denn?«

Und so weiter und so fort über ihre eigene Schwangerschaft und das kleine Matthiasmäuschen hinten und vorne. Es fehlt nicht viel, und die Übelkeit, die fast verschwunden ist, kehrt wieder zurück. Überhaupt verabscheue ich diese offensichtliche Aufmerksamkeit für meinen Körper. Sie ist aufdringlich und anmaßend und gibt mir das Gefühl, nackt und bloß dazustehen, als würde der Zeugungsakt selbst ausgestellt. Als Søren dagegen nur kurz fragt, ob es stimmt, was er gehört hat, begnüge ich mich mit einer Bestätigung, und dann reden wir nicht mehr darüber.

Bei Paul ist es vollkommen entgegengesetzt. Er verbringt Stunden damit, Freunde und Bekannte unter allen möglichen Vorwänden anzurufen, nur um dann ganz nebenbei zu erzählen, daß er Vater werden wird. Zum Glück hat er keine Zeit, den ganzen Tag an der Strippe zu hängen, denn sein

Buch ist kurz vorm Erscheinen, und als Anreißer schreibt er eine Artikelserie fürs »Ekstra Bladet«, in dessen Verlag das Buch veröffentlicht wird. Er findet es toll, daß es dort erscheint, weil das einen richtigen Donnerschlag geben wird. Ich finde es dumm, weil es die Seriosität unterminiert und früher oder später gegen ihn benutzt werden kann. Außerdem ist es ganz deutlich, daß die Zeitung eigentlich Paul und seine ausgezeichnete Story nur dazu benutzen will, der Regierung und in erster Linie dem Umweltminister einige Salven vor den Bug zu schießen, ist doch letzterer allgemein als arroganter Lackaffe verschrien. Und prinzipiell bin ich der Meinung, daß dennoch jeder einen fairen Kampf verdient, und den bekommt man nicht in der Boulevardpresse.

»Und dein Ziel ist es doch nicht nur, Ärger zu machen?« bemerke ich, und gegen meinen Willen fällt mir die Charakteristik des Generals vom Vater meines ungeborenen Kindes ein.

»Was nützt es, eine edle Perspektive und eine gute Geschichte zu haben, wenn sie nur in der Intellektuellenzeitung ›Information‹ steht und nur von den zwölf Aposteln gelesen wird?« fragt er rhetorisch. »Papier und PC können möglicherweise eine Revolution entflammen. Aber die Ausführung erfordert gezielte Aktion!«

»Was bedeutet …?« frage ich.

»Köpfe müssen rollen …«

»Heutzutage sind Revolutionen friedlich und unblutig!«

»Wieso? Ist Gorbatschows Kopf vielleicht nicht gerollt? Und außerdem – war das überhaupt eine Revolution? ›Schalten Sie um auf Kanal Eins, dann wird Therese Skårup, unsere Korrespondentin in Moskau, Ihnen alles über das russische Paradies berichten, in dem es mehr Schlangen als Äpfel gibt!‹«

»Tss!« schnalze ich. Ich hasse es, wenn er sich in dieser Art und Weise über mich lustig macht.

»Nun ja, du mußt schon entschuldigen, mein Liebling, aber wenn es um Rußland geht, dann steckst du mitten in deiner analytischen Skepsis, durchtränkt von einer fast unerträglichen Sentimentalität!«

Ich schaue weg. Paul weiß immer noch nicht, daß ich im kleinen Buch des Generals gestrichen worden bin, und deshalb ist es mir lieber, wenn das Thema Moskau nicht zu breit diskutiert wird. Aber wenn ich doch mit der Chance konfrontiert werde, die mir möglicherweise genommen worden ist, überfällt mich eine fast unerträgliche Sehnsucht. Ich will Moskau haben! Ich will den Gestank in der Nase haben, das Elend und die hoffnungslosen Gesichter selbst sehen, die mit jedem Tag verkniffener und verbissener werden ...

»Hallo, Tes? Du bist doch nicht sauer, oder?« Paul hebt mein Kinn und küßt mich. Neckend und sanft, so daß ich gar nicht anders kann, ich muß ihm nachgeben.

»Whatever happens«, flüstere ich zwischen den Küssen, »du mußt mir versprechen, einmal mit nach Moskau zu kommen!«

»Ja, aber selbstverständlich! Das ist doch unser Ziel!«

Eine von Pauls provokanten Qualitäten ist sein Faible fürs Unorthodoxe. Deshalb arrangiert er den Presseempfang in einem stinkenden westseeländischen Schweinestall, als »Güllegate« herauskommt. Der Umweltminister ist auch eingeladen, kommt jedoch wie erwartet nicht, was ihm selbst am meisten schadet. Denn Paul bekommt massive Presseunterstützung und kann ohne Gefahr, selbst attackiert zu werden, den Minister anschießen – und die Spitzen der Landwirtschaft, die sich auch nicht zeigen. TV2 und der lokale Fernsehsender haben ein Team geschickt, und abends sitzen wir in Pauls Wohnzimmer, trinken Champagner mit Kiki und Spunk, die beide ein gutgelauntes, solidarisches Publikum darstellen und Paul auf dem Bildschirm bewundern. Was er sagt, höre ich gar nicht – ich bin vollkommen fasziniert davon, wie er, nonchalant gegen einen Strohballen gelehnt, dort steht, in seinem frechsten Anzug und in grünen Gummistiefeln, die Abwesenden lächerlich macht und mit den Anwesenden in seiner bizarren Mischung aus Königsdänisch und Kopenhagener Vorstadt-Slang plaudert.

»Nun, was meinst du?« fragt er – wie Mutter –, sobald der Beitrag zu Ende ist und der Nachrichtensprecher zu eher unwichtigen Meldungen übergeht, der Verabschiedung dänischer UN-Soldaten, die ins jugoslawische Schlachtfeld ziehen, und ähnlichem.

»Gut!« nicke ich anerkennend.

»Gut?« wiederholt er mit dem gleichen beleidigten Ton wie Mutter, wenn nur stehende Ovationen als Bestätigung genügen.

»Souverän!« sage ich und meine das auch. Wirklich so souverän, daß die Botschaft hinter der Ausstrahlung verschwindet. Unheimlich. Ich war ja selbst dabei, und da ich wie eine First Lady nur zwei Schritte hinter ihm stand, war es gar nicht zu vermeiden, daß ich mit ins Bild kam. Und das ist mir unangenehm, denn trotz all meiner Vorsichtsmaßnahmen sehe ich inzwischen eindeutig schwanger aus. Rund.

Paul ist glücklich und in Feierlaune, und wir gehen zu viert essen. Er ist unwiderstehlich in seiner sicheren Überzeugung, daß sein Buch ein Erfolg wird. Daß er selbst bereits ein Erfolg ist. Im Restaurant drehen sich einige Leute nach ihm um, vielleicht haben sie ihn auch in den Nachrichten gesehen, und ich ertappe mich selbst dabei, wie ich mir extra über den Bauch streiche, damit sie sehen können, daß er *mein* Mann ist. Ich sage es ihm zwar nicht, aber mir ist absolut klar, daß Paul nicht zu Hause sitzen und selbständiger Hausmann sein wird. Das wäre eine unverzeihliche Vergeudung von Talent. Paul muß ins Scheinwerferlicht. Er muß sich ins Gefecht stürzen.

Am nächsten Tag ist er in allen Zeitungen. Und in einigen bin ich auch, weil er mich nach vorn gezogen und festgehalten hat. Ich sehe aus, als wollte ich fliehen. Er dagegen sieht aus wie jemand, der nie etwas anderes getan hat, als offen in die Kameras der Fotografen zu lächeln.

Wie erwartet, wird sein Buch im großen und ganzen positiv rezensiert, und bereits am folgenden Tag ist die Diskussion über »Güllegate« in vollem Gange. Die Angegriffenen verteidigen sich, während anonyme Beamte aus dem Umweltministerium Paul anrufen, ihn bestätigen oder ihm neue Geschichten erzählen. Paul kommt in Kontakt mit einem Reporterteam von Ekstra Bladet, und innerhalb einer Woche gerät einiges in Bewegung. Aber auch wenn der Stuhl des Umweltministers wackelt, kriegen sie ihn nicht zu fassen.

Das sagt der General auch, triumphierend, als ich ohne Vorwarnung zu ihm gerufen werde. Über die Sekretärin, eine Erinnerung daran, daß ich degradiert bin. Die Musterschüler werden immer vom lieben Gott selbst aufgerufen.

Ich bin gerade auf dem Weg zum Flughafen, wo ich einen der ersten russischen *kapitalistij* interviewen will, der im Laufe eines knappen Jahres Rubelmultimillionär geworden ist und jetzt plant, den Westen zu erobern. Die gesamte westliche Medienwelt von CNN bis »Le Nouvel Observateur« ist ihm auf den Fersen – vielleicht weil er die Lücke füllt, die Robert Maxwell hinterlassen hat, als sich die Wellen über ihm schlossen.

Aber mir ist klar, daß es nicht der rechte Zeitpunkt ist, eine Einladung von oben abzuschlagen; ich lasse mein Aufnahmeteam draußen im Wagen warten und hoffe, daß es eine kurze Unterredung sein wird. Was immer er auch von mir will. Mich feuern oder mich doch wieder in Gnade aufnehmen?

Nichts davon. Oder doch eher letzteres. Der General bittet mich kurz und knapp – nach einem ironischen Kommentar zu Pauls Buch –, »umgehend« nach Moskau zu fahren. Ferdinand hatte einen Verkehrsunfall, er hat eine leichte Gehirnerschütterung und braucht Entlastung. Zwar hat sich der Rundfunkkorrespondent bereit erklärt, einen Teil seiner Arbeit zu übernehmen, aber nur für eine begrenzte Zeit.

»Es heißt, Baker fährt in ein paar Wochen wieder nach Moskau, um weitere Abrüstungsgespräche zu führen ...«

»Und die Ukraine und Rußland auseinanderzubringen, bevor sie ernsthaft aufeinander losgehen«, werfe ich ein, schließlich habe ich auch die Morgenmeldungen gelesen.

»Ja«, nickt der General. »Das sollst du abdecken oder jedenfalls Ferdinand dabei helfen, das abzudecken ... und dann hätte ich gerne ein paar dieser Reportagen, von denen Ras mir erzählt hat, daß du sie schrecklich gern machen willst. Falls du eine solide Reportage über die Mafia hinkriegen würdest, wäre ich sehr froh!«

Ich sehe ihn unbewegt an. Höfliche Phrasen hat er noch nie gemacht.

»Dann reden wir also von einem zwei-, dreiwöchigen Aufenthalt?«

»Ja oder von vier oder fünf Wochen. Was weiß ich! Du bist schließlich die Reporterin, Tes!« Der General breitet ungeduldig die Arme aus. »Du weißt doch selbst am besten, wieviel Zeit du brauchst. Ich bin bereit, die Mittel zur Verfügung zu stellen, und Ras hat sein Okay dazu gegeben.«

»Und was ist mit Knud?« frage ich. Topkonferenzen und Minitoptreffen sind eigentlich sein Gebiet.

»Er wird langsam etwas träge, findest du nicht auch?« Der General wippt auf seinem Stuhl zurück und greift nach einem seiner griechischen Glimmstengel. »Falls du nicht wegkannst, habe ich mir überlegt, die kleine Miriam zu schicken. Magst du eine?« fragt er.

Ich schüttle den Kopf.

»Ich habe aufgehört.«

»Na ja«, sagt er ablenkend. »Also, was meinst du?«

Eigentlich bin ich begeistert. Oder sollte begeistert sein. Nach Moskau! Ohne Beschränkungen! Das ist ein Geschenk und eine Chance, aber in allererster Linie ist es eine Provokation, und das macht mich auf eine nagende, ohnmächtige Art wütend, genau wie beim letzten Mal, als ich hier saß. Er spielt mit mir ein unfaires Spiel, schreibt einen hinterhältigen Text, bei dem ich nur die Wahl habe, mich auf seine Regeln einzulassen oder das Spiel zu verlieren.

»Okay«, sage ich mit fester Stimme.

»Gutes Mädchen!« sagt er und verzieht sein Gesicht zu einem breiten Lächeln. »Du bist also doch noch zu was zu gebrauchen! Und übrigens ...«, fügt er hinzu, als ich schon auf dem Weg hinaus bin. »Hinterher kann ich dich gut für eine Tour ins zentralasiatische Pulverfaß gebrauchen!«

Ich schäume noch die ganze Fahrt zum Flughafen hinaus und schimpfe laut, als ein dienstbeflissener Flughafenbeamter unsere Pässe gründlichst studiert, bevor wir eingelassen werden. Die Kameraleute tauschen untereinander Blicke aus, aber das soll mir egal sein. Und außerdem ist Wut nicht die schlechteste Motivation, um zu arbeiten, und schon gar nicht, wenn man es mit einem russischen Gulaschbaron zu tun hat. Aus den englischen Pressemitteilungen, die er eleganterweise an die Redaktion geschickt hat, geht hervor, daß er unter anderem hinter zwei kleineren Banken und einer neugegründeten Wach- und Schließgesellschaft steht. In Dänemark hat er gute Kontakte zu ISS Securitas, die – der Pressemitteilung zufolge – an einer Zusammenarbeit hinsichtlich der Installation von elektronischen Anlagen und der Ausbildung von Wachmannschaften interessiert ist.

Ein kurzer Anruf beim Hauptsitz von Securitas genügte, um den Ballon platzen zu lassen – ja, man hat sich mit diesem Russen getroffen, aber die Gesellschaft hat keine aktuellen Pläne für eine derartige Zusammenarbeit. Und warum nicht? Im Vertrauen – »wir sind eine Wach- und Schließgesellschaft und keine Privatarmee«.

Deshalb bestand meine Strategie schon von vornherein darin, den Mann als ein typisches postkommunistisches Wesen darzustellen, geklont aus einem protzigen Geldmann und einem skrupellosen Gangster, und wie ich ihn in dem VIP-Raum sitzen sehe, mit übereinandergeschlagenen Beinen und der goldenen Rolex ums Handgelenk, bleibe ich bei meinem Plan. Glücklicherweise ist heute einer dieser Tage, an denen mein Russisch einfach so fließt, so daß ich mich sofort in ihn verbeißen kann. Zuerst versucht er, mit mir auf eine altmodische, sexistische Art zu flirten. Aber als er merkt, daß die Nummer bei mir nicht zieht, wird er arrogant und großsprecherisch. Das Interview erreicht seinen Höhepunkt, als ich ihm meine Informationen präsentiere und ihn frage, für wen er eigentlich arbeite, ob er Verbindungen zur Mafia habe und ob er nicht der Meinung sei, daß es unmoralisch ist, von der Angst und Polarisierung in dem hart geprüften russischen Volk zu profitieren.

Er wird wütend. Im Laufe von Sekunden hat er all sein westliches Geschäftsmann-Gebaren über den Haufen geworfen und brüllt los, belegt mich mit den schlimmsten Schimpfnamen, so daß ich schließlich den härtesten russischen Fluch benutzen muß, den ich kenne: »Geh nach Hause, und bums deine Mutter!«

Das bringt ihn zum Schweigen. Total, so daß ich dem Team ein Zeichen gebe, daß sie die Lampen löschen und die

Kabel einrollen können. Die Story ist im Kasten. Und ich habe das letzte Wort behalten, auch wenn ich es aus Rücksicht auf unsere russischkundigen Zuschauer leider herausschneiden muß.

Nach dem Kampf gebe ich ihm zum Abschied die Hand. Mein Zorn ist verraucht, weshalb ich ihn freundlich anlächeln kann, ihm höflich meine Visitenkarte überreiche und eine gute Reise wünsche. Er schaut auf die Karte, steckt sie in die Brusttasche und umschließt meine Hand mit beiden Händen, sieht mich taubenblau mit Hundeblick an und fragt, ob er mich zum Essen einladen dürfte. Hier in Kopenhagen – in Paris, Amsterdam, Rom? Ich lache verblüfft und schüttle den Kopf. Nein, danke.

Dann hebt er meine Hand, drückt sie gegen seinen Mund und sagt, daß ich die wunderbarste Frau sei, die ihm jemals begegnet ist.

Ich muß wieder lachen, aber diesmal vor allem über die beiden dänischen Männer, den Tonmann und den Kameramann, in Jeans und Pullovern, die mit offenem Mund dastehen und uns anstarren, als würden wir eine Szene aus »Anna Karenina« spielen.

»Da könntet ihr noch was lernen!« sage ich, nachdem ich ihnen seine Worte übersetzt habe.

»Haha!« räuspern sie sich unsicher und trotten zurück zum Wagen, mit dem gleichen Schlurfgang, mit dem sie gekommen sind.

Den ganzen Nachmittag amüsiere ich mich königlich damit, den Bericht zu redigieren – selten hatte ich einen so offenen Wutausbruch auf dem Schirm, und ich bringe es kaum übers Herz, die Schlußbemerkung herauszuschneiden. Nach Absprache mit der Technikerin, einer netten jungen Frau aus Schonen, rufe ich den Redaktionsleiter, der die ganze Geschichte plus Nachspiel präsentiert bekommt. Auch er amüsiert sich, spielt aber dann doch nicht mit.

»Schneide es raus! Auch seinen Wutausbruch!«

»Aber ...«, protestiere ich.

»Wir können doch derartige Schimpfwörter nicht übersetzen! Und es geht schon überhaupt nicht, daß unsere Reporterin ihrem Interviewopfer sagt: ›Bums doch deine Mutter!‹ Wir sind doch nicht bei TV3!«

Und so geschieht es. Das Interview wird auf anderthalb Minuten gewöhnliches Wortpingpong reduziert, bei dem ich zwar immer noch nach Punkten gewinne, doch es ist nichts Aufregendes mehr dabei.

Aber ich stecke das Band in die Tasche – das wird in meine Privatsammlung besonderer Kleinodien eingehen –, und außerdem würde ich die unzensierte Fassung gerne noch Paul zeigen. Als ich zum Feierabend beim Pförtner in seinem Glaskäfig vorbeigehe, ruft er mich zurück, kommt heraus und überreicht mir ein Riesenbukett.

»Das ist gerade eben per Boten gekommen!«

Ich nehme den Strauß in Empfang und suche nach der Karte. »Alexander Kusnetzow. Direktor«. Reiche Menschen können offenbar alles. Einschließlich Blumen um acht Uhr abends überbringen zu lassen.

»Ein Verehrer?« fragt der Pförtner neugierig. Es ist einer der alten Hasen, der schon viel gesehen hat. Von Bombendrohungen über Hausbesetzer bis zu Verehrern.

»In gewisser Weise ja!« lächle ich und stecke die Karte in die Brieftasche. Just in case. Wo ich doch sowieso bald weg soll.

Heute morgen hat es geregnet, weshalb ich nicht mit dem Fahrrad gekommen bin, was mich aber jetzt ärgert, als ich in den klaren, frischen Aprilabend hinaustrete. Es wäre schön, jetzt, nach einem langen, stickigen Tag in dem aufgeladenen, trockenen Büroklima, nach Hause zu radeln. Dann könnte ich auch in Ruhe über die Herausforderung nachdenken, vor die der General mich gestellt hat. Schwangere Reporterin auf der Reise in ein anarchistisches Reich, in dem überall Gefahren lauern.

Langsam überquere ich den Parkplatz, um zur Bushaltestelle zu gehen. Der Strauß ist unhandlich und meine Tasche wie immer überfüllt und unnötig schwer. Ich gucke auf die markierten Plätze, ob nicht vielleicht ein Kollege gerade auch in die Stadt fährt und mich mitnehmen könnte. Und wirklich kommt ein Auto langsam angerollt, als hätte es vor, mich aufzusammeln. Es ist klein, schwarz, und ich kann es nicht gleich zuordnen, weshalb ich die Augen zusammenkneife, um den Fahrer durch die Windschutzscheibe zu erkennen.

Aber in dem Moment hupt es, und als das Auto bei mir angekommen ist, erkenne ich den flotten Fahrer hinterm Lenkrad.

»Hallo!« rufe ich und reiße die Tür auf, als der Wagen neben mir hält. »Wem gehört der denn?«

»Mir. Uns!« sagt Paul und nimmt den Strauß entgegen, um ihn auf den Rücksitz zu werfen, als ich mich hinsetze.

»Wie bitte?«

»Ich habe ein Auto gekauft. Natürlich gebraucht«, klärt Paul mich kurz auf und blinkt links, nachdem ich den Sicherheitsgurt angelegt habe. »Von wem sind die Blumen?«

»Von einem Verehrer!« lächle ich. »Von einem Russen, den ich heute interviewt habe. Er war gewaltig ...«

»Das glaube ich!« schneidet Paul mir das Wort ab und fährt vom Parkplatz. »Guter *rapport,* was?« sagt er und spricht das Wort Rapport französisch aus.

»Was meinst du?« frage ich. »Ich war wahnsinnig wütend auf ihn! Er hat mich unglaublich genervt! Du kannst dir das Band angucken, wenn wir zu Hause sind! Wir hätten uns fast geprügelt!«

»Und hinterher hat er dich geküßt!«

Ich starre ihn verblüfft an. Woher weiß er das?

»Auf die Hand!«

»Ja, diese Typen kenne ich. Aber du hast ihm doch hoffentlich erzählt, daß du schwanger bist!«

»Das geht ihn doch überhaupt nichts an! Außerdem kann man das ja wohl sehen!« erwidere ich und weiß genau, daß er das nicht konnte. Ich trage heute Schwarz, und das tarnt. Außerdem zweifle ich daran, daß ich eine Einladung zum Essen und Blumen bekommen hätte, wenn er wüßte, daß ich bald eine heilige Mutter bin. »Aber nun erzähl mal, was soll das mit dem Auto!« wechsle ich das Thema.

»Wie ich gesagt habe – ich habe es gekauft«, Paul guckt in den Rückspiegel und wechselt die Spur, um auf die Autobahn Richtung Zentrum zu kommen.

»Es ist ein vier Jahre alter Alfa. Ein Frauenauto, das nur fünfzehntausend Kilometer gefahren wurde und ansonsten in der Garage stand.«

»Aber Paul, du kannst doch nicht einfach losgehen und ein Auto kaufen! Nur mal so!« schnipse ich mit den Fingern. »Kannst du dir das leisten?«

Paul sieht mich von der Seite an und wechselt auf die Überholspur.

»Süße Tes, erstens ist das ein wohlüberlegter, vernünftiger Kauf. Wenn man Kinder hat, ist es äußerst praktisch, ein Auto zu haben. Zweitens kann ich immer noch über mein Geld verfügen, wie ich will, da du auch in diesem Punkt auf deiner absoluten persönlichen Autonomie beharrst.«

Ich scharre unzufrieden mit den Füßen. Er spielt damit auf ein Thema an, das er schon ein paarmal gern diskutiert hätte und dem gegenüber ich mich bisher immer äußerst abweisend verhalten habe. Gemeinsame Kasse. Und noch schlimmer – gemeinsame Wohnung. Glücklicherweise hatte er nicht die Zeit, auf einer Diskussion zu bestehen, solange er mit seiner Buchherausgabe beschäftigt war. Aber jetzt, wo der Rauch verweht ist, hat er offensichtlich massenhaft Zeit und möglicherweise auch das Bedürfnis, sie irgendwie zu füllen. »O Scheiße, was seid ihr nervig!« murmle ich verbissen. Noch so eine Entscheidung unter Druck, das ist wirklich zuviel.

»Wer ist nervig?« fragt Paul.

»Ihr Männer! Wenn es nicht so läuft, wie ihr wollt, dann kommt ihr mit der Daumenschraube!«

Paul wirft mir einen fragenden Seitenblick zu.

»Ich war heute beim General«, erkläre ich und stelle das Autoradio an. »Er will mich nach Moskau schicken, damit ich Ferdinand unterstütze, und außerdem soll ich eine Sendung über die Mafia machen.«

Die Sonderaufgabe in Zentralasien verschweige ich lieber. Hier muß Stück für Stück serviert und verdaut werden.

»Und?« Pauls Augenbrauen heben sich. »Wann?«

»›Umgehend‹. Ich kann es wohl noch eine Woche hinausschieben.«

»Und was ist mit unserer Ultraschalluntersuchung?« fragt er. »Die ist doch erst am nächsten Freitag?«

»Scheiße, die habe ich vergessen!«

Paul schüttelt vielsagend den Kopf.

»Tessie ...«

»Die kann ja wohl verschoben werden! Sonst lassen wir sie ausfallen. Ist doch sowieso nur ein Angebot!« schlage ich vor.

»Das tun wir unter keinen Umständen. Das ist schließlich auch mein Kind! Und außerdem habe ich der Ärztin versprochen, auf dich aufzupassen!«

»Ich bin schwanger, nicht krank!« bemerke ich müde.

»Tessie!«

»Okay!« seufze ich. »Dann machen *wir* also die Ultraschalluntersuchung! Ich werde mir morgen einen neuen Termin geben lassen.«

Paul schaltet und tritt aufs Gas. Er überholt und legt mir eine Hand auf den Schenkel. Zwei Yuppies in einem Alfa Romeo.

Das Krankenhaus ist aus medizinischen Gründen abgeneigt, den Ultraschalltermin zu verlegen. So abgeneigt, daß ich nach diversen telefonischen Verhandlungen hin und her mich schließlich damit zufriedengeben muß, daß es bei dem abgemachten Termin bleibt. Deswegen beschließe ich, den Direktflug am Tag nach der Untersuchung zu nehmen, wodurch ich fast zehn Tage Zeit habe, die Reise vorzubereiten. Nicht zuviel, wenn ich auch noch einiges für den armen Ras vorbereiten will, der voll damit beschäftigt ist, den Dienstplan mit Urlaub, Abbummeln und weggeschickten Reportern zu erstellen. »Das ist nicht deine Schuld, Tes, aber ich bin wirklich ziemlich sauer, daß der General dich für unbestimmte Zeit wegschickt!« jammert er.

»Er hat gesagt, das wäre für dich okay!«

»Wirklich?« Ras nimmt die Pfeife aus dem Mund. »Dann aber mit vielen Wenns und Abers. Du kennst ja seine Befehle!«

»Ras! Du mußt es lernen, nein zu sagen!« ermuntere ich ihn und streichle ihm die Wange.

»Hm!« schnurrt er und wird rot. »Ich werde dich vermissen. Mit Bauch und allem!« Ras schielt zu meinem Nabel hinunter. »Es fällt mir noch schwer, mir vorzustellen, daß …«

»Mir auch!« nicke ich nachdrücklich und wechsle das Thema. »Wollen wir über die Abrüstungskonferenz reden?«

Mehrere Telefonkonferenzen mit Ferdinand finden statt. Dieser wirkt nicht besonders begeistert darüber, daß er mich zur Unterstützung bekommen wird.

»Hat er denn nicht selbst um Hilfe gebeten?« frage ich spitz nach einem dieser lauwarmen Gespräche.

»Doch, schon, aber er hat wohl damit gerechnet, daß Knud kommt.«

Das hat Knud offenbar auch, denn er unternimmt nicht den geringsten Versuch, sein Mißfallen und seine Antipathie mir gegenüber zu verbergen. Weder in Andeutungen auf dem Redaktionsflur noch bei den Konferenzen. Natürlich gekleidet in formale Einwände. Aber der Kern ist doch, daß ich zu jung, zu unerfahren, zu schwanger bin – kurz gesagt, zu sehr Frau.

»Ist das zu fassen!« sage ich kopfschüttelnd zu Miriam, als es mir klar wird. »Als Frau muß man bitte schön ununterbrochen beweisen, daß man genauso gut ist!«

»Doppelt so gut!« nickt Miriam »Und was soll ich da sagen mit doppeltem Handicap. Eine jüdische Frau!«

»Dafür bist du nicht schwanger!« bemerke ich trocken. Miriam lacht.

»Leider! Denn eigentlich ist es mein großer Traum, acht Kinder zu haben!«

»Wirklich?« platze ich heraus.

»Ja! Wirklich!« nickt Miriam mit ihrem schwarzen, kurzgeschnittenen Pagenkopf. »Ich bin verflucht neidisch auf dich. Weißt du, irgendwo haben wir doch immer noch das Bild der alle umarmenden jüdischen Mama im Kopf.«

»Hast du das aus der Synagoge?« frage ich. Halb scherzhaft, halb aus reiner Unwissenheit über ihre Kultur.

»Nein! Das habe ich von Woody Allen!« grinst Miriam. »Aber, apropos Männer, da hast du dir ja auch einen flotten Hecht als Vater deiner Kinder angelacht!«

»Meinst du Paul?« frage ich verblüfft.

Miriam leckt sich die Lippen.

»Natürlich! Was meinst du, wie scharf der mit Babytragetuch aussieht!«

Ich bin so großzügig, das Kompliment an Paul weiterzugeben, der es lächelnd schluckt, aber gleichzeitig betont, daß so etwas für ihn von rein theoretischem Interesse ist.

»I only have eyes for you, und deshalb meine ich auch, du solltest hierbleiben!« sagt er und zieht mich zu sich heran. Wir sitzen auf einer Bank an den Seen – einen Steinwurf von seiner Wohnung entfernt, wie ein Wohnungsmakler sagen würde – und sehen den Enten, Joggern und Liebespaaren zu, saugen die friedliche Frühlingsabendstimmung ein, die einen ruhelos und nervös machen kann, wie läufige Katzen, die nachts im Hinterhof jammern.

Es ist der Abend vor dem Ultraschall-Termin und zwei Tage vor meiner Abreise. Ich freue mich wegzukommen, habe mich gründlich vorbereitet und weiß alles, was man über Verschrottung und die sichere Aufbewahrung von Atomwaffenarsenalen wissen sollte. Daß es Milliarden von Dollar kosten würde, die Waffen loszuwerden, für deren Herstellung man bereits Milliarden von Dollar aufgewandt hat – eine der absurden Paradoxien, die wir nur schwer unseren Kindern werden erklären können. Besonders da sie Gefahr laufen, diese Rechnung bezahlen zu müssen. Sowohl die ökonomische als auch die ökologische. Ich glaube keine Sekunde lang, daß man Tonnen von Plutonium ohne jedes Risiko in der Erde vergraben kann. Wie ich auch äußerst skeptisch im Hinblick auf die Sicherheit bin. Der Weltmarkt ist bereits überschwemmt mit billigem Uran, und früher oder später können radikale Gruppen des einen oder anderen politischen Flügels vermutlich Mini-A-Bomben daheim im Keller selbst fabrizieren.

»Das meine ich!« wiederholt er, um meine Aufmerksamkeit zurückzubekommen.

Ich nicke, immer noch etwas abwesend, bin gerade dabei, den Stoff so in den Griff zu kriegen, daß er auch von Lieschen Müller in Kleinkleckersdorf verstanden werden kann.

»Hallo! Woran denkst du?« Paul schnappt nach meinem Ohrläppchen.

»An Bomben!« antworte ich und kuschle mich an ihn. »Ist es richtig, in diesen unsicheren Zeiten Kinder in die Welt zu setzen?«

»Das waren sie immer!« kommt Pauls Einwand.

»Ja, schon, aber die Dinge waren noch nie so unvorhersehbar wie jetzt. Zumindest nicht in unserer Zeit!«

Ich habe Lust, über Politik und Strategie zu diskutieren. Neue Allianzen, mögliche Konflikte und die Europäische Union. Das Gespräch fortzusetzen, das ich mit meinem außenministeriellen Freund Christian geführt habe, als wir im Eigtveds Pakhus miteinander aßen. Um vertraulich über Dänemarks Haltung zur Baker-Reise informiert zu werden. Und zum Vergnügen. Denn es war vergnüglich und informativ zugleich, und es machte Spaß, eine Fachdiskussion mit einem Mann zu führen, der etwas weiß, statt wie üblich auf Kollegen zu hören, die nur so tun, als wüßten sie etwas. Aber über die Mafia wußte er nicht viel – das sind nicht die Kreise, in denen sich die Diplomaten bewegen. Sonderbarerweise kommentierte er meinen Zustand nicht, und ich selbst erwähnte ihn auch mit keinem Wort. Vergaß ihn sogar, wie so oft, was sich immer noch machen läßt, weil ich noch keinen so enormen Reklameballon mit mir herumtrage.

Normalerweise gefällt es Paul auch ganz gut, »ernste Themen« zu diskutieren. Und heute will auch er über die Zukunft reden. Aber über unsere Zukunft.

»Hast du dir schon mal überlegt, wo wir wohnen wollen?« fragt er. »Und wann kriegst du denn das endgültige Okay für den Moskauposten?«

»Ich nehme an, wenn ich zurück bin«, sage ich ausweichend und beuge mich vor. Unter der Bank liegt ein benutztes Kondom. Es erinnert mich an Simon und Frank. Bei denen ist es in letzter Zeit sehr still gewesen. Drei Wochen nacheinander haben sie unseren Eßclub abgesagt, und abgesehen davon, daß ich einmal nachts aufgewacht bin, weil es bei ihnen so laut polterte, daß ich den Eindruck hatte, die verbalen Argumente wären jetzt von körperlichen abgelöst worden, habe ich lange nichts mehr von ihnen gehört. Leider. Ich muß versuchen, noch einmal bei ihnen reinzuschauen, bevor ich abreise.

»Therese! Wenn du zurück bist, ist es Sommer! Wir haben Hunderte von Dingen, die wir besprechen müssen! Und außerdem mußt du noch umziehen!«

»*Ich* muß umziehen?« frage ich und richte mich so schnell auf, daß mir schwarz vor Augen wird.

»Ja, *du* mußt auf jeden Fall umziehen! Entweder nach Moskau, zu mir oder an einen dritten Ort!«

»Warum muß *ich* umziehen?«

»Weil deine Wohnung die schlechtere ist!«

»Aber mir gefällt sie ausgezeichnet!«

»Ja, dir! Aber wir können nicht zu dritt darin leben«, erklärt Paul ruhig. »Es paßt ja kaum eine Wiege in dein Schlafzimmer. Und es gibt keinen Fahrstuhl. Unpraktisch, wenn man einen Kinderwagen hat.«

»Der kann im Hausflur stehen!«

»Mit Kettenschloß dran? Und außerdem hast du keine Waschmaschine!«

»Um die Ecke ist ein Waschsalon!«

»Und keinen richtigen Hof, in dem der Kinderwagen stehen kann!«

Paul hat recht. Aber erst, als ich mich geschlagen gebe und das Funkeln in seinen Augen sehe, begreife ich, worauf dieses Spiel hinausläuft. Ich muß Entscheidungen treffen. Ganz praktische.

»Du bist stur!« sage ich und stehe auf.

»Nicht mehr als nötig. Das mußt du doch einsehen, Tes!«

sagt er und holt mich ein. Legt mir einen Arm um die Schulter. »Ich freue mich so schrecklich! O Scheiße, wie ich mich freue!«

Wie beim letzten Mal begleitet Paul mich ins Krankenhaus. Und wie letztes Mal ist er rechtzeitig da, während ich völlig abgekämpft mit einem Taxi ankomme und mir die Nägel vor lauter Ungeduld abkaue, als wir warten müssen. Er genießt die Wartezeit zwischen den »trächtigen Kühen«, wie er sagt. Das meint er als Kompliment und starrt ganz ungeniert auf die dicken Bäuche.

»Sieh mal die da!« flüstert er beeindruckt und nickt in Richtung einer gewaltigen Frau, die in einem hellen Mantel hereinkommt, zwei Kleinkinder an den Händen. Sie sieht aus, als stamme sie aus einer anderen Zeit – mit dicken Schenkeln, kräftigen Armen, eine erdgebundene Urkraft ausstrahlend, wie ich sie mit Landfrauen in der Waschküche verbinde. Vielleicht war meine Großmutter väterlicherseits so eine. Die Frau setzt sich auf einen Stuhl, nimmt beide Kinder auf den Schoß und zieht ein Pixi-Buch aus der Manteltasche. Während sie laut von Petzi, Pelle und Pingo vorliest, gelingt es ihr, gleichzeitig zwei Packungen Apfelsaft aus der Vinyltasche herauszuholen, die sie neben sich gestellt hat.

»Picasso!« murmelt Paul beeindruckt. »Ein echter Picasso!«

Paul erkennt sofort die Gliedmaßen und Organe, als ich endlich auf der Liege gelandet bin und von einer freundlichen Schwester gescannt werde.

»Hände und Füße, Gehirn und Herz«, konstatiert er, je nachdem, wie der gräuliche Schmutzfleck auf dem Monitor aufgeteilt und identifiziert wird. »Alles da, oder?« fragt er mit einer Besorgnis, wie ich sie noch nie zuvor bemerkt habe, und die Krankenschwester lächelt und sagt, daß alles normal aussieht.

»Guckt mal, wie schön das kleine Herz schlägt!« sagt sie und hält das Bild an, während Paul meine Hand drückt. Seine Handflächen sind schweißnaß. Ungewöhnlich.

»Phantastisch, nicht wahr?« sagt Paul, und das ist es wirklich. Birgitte hat erzählt, daß sie hemmungslos zu weinen anfing, als sie Maxi das erste Mal auf dem Bildschirm sah. Das tue ich nicht, aber genau wie bei der Untersuchung, als ich das Herzgeräusch zum ersten Mal hörte, fühle ich etwas. Eine Vertrautheit mit dem kleinen Fisch, der sich dreht, einen Fuß streckt und ein Herz hat, das im Takt eines Vogels schlägt. Also ist das kleine Wesen auf dem Schirm gleichzeitig Vogel und Fisch, aber immer noch weit davon entfernt, das Kind zu sein, das ich überhaupt noch nicht vor mir sehe.

»Wißt ihr was«, sagt die Krankenschwester, als sie mit dem Messen fertig ist und einen Schnappschuß von unserem Fisch hat ausdrucken lassen. »Ich denke, es wäre besser, wenn ihr mit dem Resultat noch einmal runter zum Arzt geht.«

»Warum das?« fragt Paul alarmiert und löst seinen Blick von dem Schnappschuß, den er gerade dechiffriert. »Es ist doch alles in Ordnung, oder?«

»Doch, doch«, versichert die Krankenschwester. »Nur daß die Größe nicht zum Termin paßt.«

Ich sehe fragend von einem zum anderen.

»Es ist zu klein?« fragt Paul mit starren Pupillen. Er hat Bücher gelesen, ich nicht.

»Das kann ja auch ein Berechnungsfehler sein. Redet doch mit dem Arzt darüber!« weicht sie aus. Immer noch lächelnd.

Im Fahrstuhl nach unten rechnen wir nach. Das ist ganz

einfach, denn da ich die Pille genommen habe, kam meine Menstruation immer pünktlich und regelmäßig, und außerdem habe ich sie im Kalender notiert. Schon im voraus für ein Jahr. Um besser planen zu können. Paul verdreht die Augen, als ihm das klar wird.

»Betonweib!«

Ich zucke mit den Schultern und schließe meinen Terminplaner. Jedenfalls bin ich sicher, daß *ich* nicht falsch gerechnet habe.

Das wiederhole ich auch dem Arzt gegenüber, der mit gerunzelter Stirn dasitzt, die Datenscheibe dreht und in meinen Mutterpaß guckt, in den das Ultraschallresultat eingetragen wurde.

»Haben Sie schon Kindsbewegungen gespürt?« fragt er.

»Nein. Das heißt, vielleicht doch«, sage ich und denke an das kitzelnde Seifenblasengefühl, das ich ein paarmal hatte. Fast zu vergleichen mit einem winzig kleinen Fisch, der mit seiner winzigen Schwanzflosse ausschlägt.

»Hm!« knurrt er. »Wenn das Datum richtig ist, dann ist er etwas klein, Ihr Fötus. Und Sie haben auch erst drei Kilo zugenommen, das ist nicht besonders viel für die zwanzigste Woche, nicht wahr!« Der Arzt sieht mich über seine Lesebrille hinweg an. »Essen Sie zuwenig und arbeiten Sie zuviel?«

»Nein ...«, will ich ansetzen, werde aber von Paul überfahren.

»Doch, das macht sie! Wissen Sie, Herr Doktor, meiner Frau fällt es nicht ganz leicht, ihre Schwangerschaft zu akzeptieren ...«

»Paul!« knurre ich warnend. Der Arzt nimmt seine Brille ab.

»... und außerdem sieht sie nicht ein, daß sie Rücksicht darauf nehmen muß!«

»Aha!« sagt der Arzt und gewinnt etwas Zeit, indem er

den Mund spitzt, während die bisher unsichtbare Sprechstundenhilfe plötzlich aufdringlich präsent ist. »Nun«, fährt der Arzt fort und sieht mich an. »Ich will mich ja nicht in Ihr Privatleben einmischen, aber als Arzt muß ich Ihrem Mann recht geben, daß es sowohl Ihnen als auch Ihrem Kind nur guttäte, wenn Sie etwas kürzertreten und gut und reichlich essen würden. Wie wäre es mit zwei Wochen Urlaub daheim auf dem Sofa mit hochgelegten Beinen? Natürlich mit Bedienung!« sagt er mit einem verständnisheischenden Mann-zu-Mann-Blick zu Paul, der zustimmend nickt.

Ich atme tief ein. Das ist unmöglich, und das weiß Paul nur zu gut.

»Das kann ich nicht«, sage ich kurz.

Der Arzt sieht mich für einen Augenblick an, als erwarte er eine längere Erklärung. Um nicht zu sagen, eine Entschuldigung. Als diese jedoch nicht kommt, breitet er nur die Arme aus. Denn eigentlich will er sich ja nicht einmischen.

»Das müssen Sie selbst entscheiden. Es gibt auch keinen Grund zur Panik. Aber versuchen Sie trotzdem, ein bißchen mehr Ruhe zu bekommen«, sagt er.

Die Sprechstundenhilfe sieht enttäuscht aus, als hätte sie erwartet, daß wir nicht so glimpflich davonkommen. Und Pauls Lippen sind schmal und zusammengekniffen, als wir uns verabschieden. Wir sind kaum durch die automatischen Krankenhaustüren hindurch auf dem Weg zum Parkplatz, als er schon wütend herausplatzt.

»Du willst wohl trotzdem reisen?« Es nieselt, die Tropfen sitzen wie Perlen in seinem Haar.

»Was denn sonst?«

»Du hast doch gehört, was er gesagt hat!«

»Daß es keinen Grund zur Panik gibt!«

»Hörst du immer nur, was du hören willst?« fragt Paul und wirbelt um mich herum, bis wir das Auto erreichen.

»Paul, was soll ich denn deiner Meinung nach tun?«

»Zu Hause bleiben!« kommt es gepreßt, bevor er den Schlüssel ins Schloß schiebt.

Das tue ich nicht. Ich fahre wie geplant am nächsten Tag zum Flughafen. Mit einem Taxi von meiner Wohnung aus. Paul war wütend und ist nach einem kühlen Abschied in seine eigene Wohnung gefahren. Es tut mir leid, daß wir uns im Streit trennen – andererseits habe ich einfach keine Zeit, lange darüber nachzudenken. Mein Kopf ist voll mit Packen und praktischen Problemen – und die Ecke, die ich noch für allgemein menschliche Dinge übrig habe, ist momentan von Simon und Frank besetzt, bei denen ich spätabends noch vorbeigucken konnte. Wie ich schon befürchtet hatte, war die Lage nicht besonders gut. Vor ein paar Monaten wurde festgestellt, daß Simon HIV-positiv ist, was die beiden verhältnismäßig undramatisch aufgenommen haben in der Hoffnung, mit Hilfe von Karottensaft und Retrovir den Ausbruch der Krankheit so lange hinauszuzögern, bis das Wundermittel, das Aids so harmlos wie die Grippe machen wird, erfunden ist. Rechtzeitig. Aber jetzt war Simon mit einer Lungenentzündung im Krankenhaus, was die Situation von bedrohlich in katastrophal veränderte.

»Vorher war ich nur betroffen. Jetzt bin ich zum Tode verurteilt«, sagte Simon finster und verkroch sich in einer Ecke des Sofas. Bereits gezeichnet und mager und mit Franks heruntergehaspelten Versicherungen, daß Simon locker noch viele Jahre zu leben habe und daß das amerikanische Gesundheitsministerium gewiß kurz vor der Genehmigung für *das* Mittel stehe.

Und ich lächelte beruhigend und gab Frank in allem recht, was er sagte. Doch, doch, ich hatte auch schon von dem Mittel gehört, und außerdem kannte ich selbst einige, die mit Aids-Vollbild noch jahrelang gelebt hatten. Was nur teilweise stimmt und außerdem als Aussage in Anbetracht all der tragischen Schicksale in meinem Bekanntenkreis, bei denen der Tod im Laufe von erschreckend kurzer Zeit eintrat, vollkommen lächerlich ist. Aber irgendwie fühlte ich mich schuldig, wie ich mit dickem Bauch dasaß und mich so verflucht gesund und fruchtbar zeigte. Durch und durch Hetero.

Aber die beiden waren süß und ohne Bitterkeit, als sie mir eine gute Reise wünschten und mich in den Arm nahmen, und ich wurde nur kurz steif, als Simon mich auf die Wange küßte. »Ich hätte so gern ein Kind gehabt!« sagte er, und es war so unerträglich, ihn über sich selbst in der Vergangenheit reden zu hören, daß ich schnell mit einer allzu fröhlichen Bemerkung reagierte, daß er natürlich auf meins aufpassen dürfe.

Er hielt mich ein Stück von sich weg und betrachtete mich mit seinem blassen Lächeln.

»Carpe diem, Therese!« sagte er mit Anspielung auf den stürmischen Oktoberabend, als ich mit ihnen Rumgrog trank und »Der Club der toten Dichter« auf Video sah. Sie waren ganz fasziniert von dem Film, den ich selbst zu kitschig fand, aber in dieser Abschiedsstunde, während Frank schniefend im Hintergrund sitzt, bin ich trotzdem von dieser banalen Aussage gerührt. Carpe diem. Freu dich am Leben, solange du es noch hast.

Am nächsten Morgen, als ich losmuß – im letzten Moment –, überlege ich, ob ich nicht hinaufgehe und Frank bitte, mir mit dem Gepäck zu helfen. Aber einerseits will ich ihren Morgenschlaf nicht stören, und andererseits ertrage ich nicht noch einen herzzerreißenden Abschied. Also trage ich allein meine beiden schweren Koffer und meine mit Büchern, Bändern und Material vollgestopfte Tasche hinunter. Jedes Stück für sich und mit angespannten

Bauchmuskeln, aber als ich das dritte Mal erschöpft unten ankomme, ist mir klar, daß es im Augenblick Grenzen für meine physische Belastbarkeit gibt. Oberhalb der Lenden fühle ich mich wacklig und spüre ein Ziehen im Leistenband, und während ich warte, daß mein Atem sich beruhigt und das Taxi kommt, falte ich mit einer Art Entschuldigung meine Hände über dem Bauch. Vielleicht haben sie ja doch recht, daß ich mehr auf mich achten soll. Aber andererseits habe ich auch recht: Ich bin nicht krank.

Das würde ich gern Paul sagen – dabei mit der weißen Flagge wedeln und ihn beruhigen –, wenn ich ihn irgendwie erreichen könnte. Ich habe versucht ihn anzurufen, bevor ich losfuhr, aber nur seine wohltemperierte Anrufbeantworterstimme und einen stumpfen Frühlings-Vivaldi erreicht.

Wenn ich paranoid wäre, würde ich sofort einige Eifersuchtsphantasien entwickeln, dahingehend, daß er sicher bei einer anderen Frau geschlafen hat, aber ich bin tausendprozentig sicher, daß er das nicht macht. Vielleicht joggt er gerade, ist beim Bäcker oder – wofür ich die Zehen kreuze, als ich im Taxi auf dem Weg nach Amager sitze und mich notdürftig schminke –, oder er ist zum Flughafen gefahren, um sich zu verabschieden. Trotz allem.

In der Abflughalle halte ich nach ihm Ausschau, da ich ihn jedoch nicht sehe und bereits fünf Minuten über die Zeit bin, muß ich mich in einer dichtgedrängten Schlange zum Einchecken anstellen und die Hoffnung begraben. Im Transit kann ich noch einmal versuchen, ihn anzurufen, und wenn er immer noch nicht rangeht, ihm etwas Besänftigendes oder Beleidigtes auf seinen Anrufbeantworter sprechen.

Als ich vor dem Schalter stehe, mit dem Ticket wedle und mein Gepäck vom Wagen auf das Band heben will, ist er endlich da. Als wäre er die ganze Zeit dagewesen, nimmt er mir die Koffer aus der Hand und stellt sie behutsam auf die Waage vorm Laufband.

»Das ist wohl ein bißchen Übergewicht«, erkläre ich mechanisch der sonnengebräunten Bodenhosteß, während ich versuche, Augenkontakt zu Paul zu bekommen, der gemeinsam mit ihr am Gepäck arbeitet.

Sie nickt, rechnet, notiert, sagt, daß ich mit vier Kilo davonkomme, und zeigt zum Schalter, wo ich bezahlen muß.

Ich trete zur Seite, um dem nächsten Platz zu machen – einem jungen Typ mit Rucksack, und erst jetzt kann ich Paul richtig ansehen.

»Mein Gott, wie siehst du denn aus!« stelle ich mit Blick auf sein fettiges Haar, den wilden Bart und die zerknitterte Kleidung fest. Dieselbe wie gestern. Er muß darin geschlafen haben. Paul zieht abwiegelnd die Schultern hoch.

»Aber ich bin froh, daß du gekommen bist«, sage ich und zupfe vorsichtig an einem Hemdzipfel.

»Warum?« fragt er. Ohne mich anzufassen, aber auch ohne meine Hand zu entfernen, die sich jetzt locker auf seine Hüfte gelegt hat.

»Weil man sich nie im Streit trennen soll«, sage ich.

»Nun ja, deshalb bin ich nicht gekommen«, sagt er, immer noch distanziert.

»Warum dann?« frage ich und entsichere.

»Weil ich gern das Bild hätte.«

»Welches Bild?« frage ich dumm.

»Das vom Kind. Vom Ultraschall. Du hast es.«

»Ach«, lächle ich, hole meine Brieftasche aus der Tasche, ziehe den Schwarzweißdruck heraus. »Hier!«

»Danke!« sagt er und faltet es auseinander. Er betrachtet es, vertieft sich so sehr darin, daß er anfängt zu lächeln und sein Erlebnis mit mir teilen muß.

»Guck mal! Man kann Kopf, Knie, Hände und alles mögliche sehen!«

»Aber kein Geschlecht!« sage ich und lehne mich an ihn, um besser sehen zu können.

»Aber wir wissen doch, daß es ein Mädchen wird!«

»Das wissen wir nicht!« protestiere ich.

»Aber ich weiß es! Der Vater des Mädchens!« Er faltet das Blatt zusammen und legt es sorgfältig in seine Brieftasche, während ich gehe, um mein Übergepäck zu bezahlen und den Boardingpaß zu bekommen. Als das geregelt ist, bleibt uns nur noch, uns zu verabschieden. An der Rolltreppe, wo bereits ein Liebespaar steht und sich küßt, als wäre es zum allerletzten Mal. Sie sind sehr, sehr jung, und sie weint wie geprügelt, als er sich endlich losreißt und den ersten Schritt von ihr fort macht.

Wir hätten noch so viel zu sagen, tun es aber nicht.

»Bis bald!« sage ich nur.

Paul nickt.

»Ja, bis bald.«

Dann geben wir uns einen ganz leichten Kuß auf den Mund, und im nächsten Augenblick bin ich es, die mit einem Fuß auf der rollenden Treppe steht. Doch kurz bevor sie mich fortträgt, drehe ich mich noch einmal um, und dann kann ich nicht anders. Ich muß zurück. Muß ihn küssen, bis die Decke einstürzt und die Lautsprecherstimme verstummt. Ihn küssen, daß er begreift, wie leid es mir tut, daß ich so ein elender Amateur bin. Ihn küssen, damit er auch glaubt, daß ich wirklich zurückkomme. Ihn küssen, um ihm zu erzählen, daß ich mich freue, daß, wenn ich schon ein Kind bekomme, es von ihm ist.

»Ich liebe dich!« flüstere ich ihm ins Ohr und schnuppere an ihm, bis mir fast schwindlig wird.

Als ich ganz oben auf der Rolltreppe stehe und ihm zuwinke, spüre ich es. Ein sanfter Stoß im Zwerchfell. Von innen. Von dort.

Unser Baby strampelt. Anerkennend.

Der Scheremetjewo-Flughafen sieht aus wie immer: deprimierend. Die gleichen pickligen Jungs in der Paßkontrolle mit dem gleichen wichtigen Gesichtsausdruck unter der Schirmmütze. Das gleiche endlose Warten am Gepäcklaufband. Der gleiche Kampf um zu wenige Gepäckwagen. Das gleiche aluminiumscharfe Neonlicht und der immer gleiche Geruch nach Rußland.

Und gleich rutscht über mein Gesicht die Moskau-Maske – senkrechte Stirnfalte und resignierte westliche Müdigkeit über diese Halbasiaten, die nicht einmal versuchen, etwas zu organisieren.

Aber schon als ich mich durch den Schwarm der Taxipiraten in der Ankunftshalle kämpfe, spüre ich eine Verzweiflung, die mir neu ist. Eine Stimmung loser Messer, die mich nervös macht und mich unbewußt meine Handtasche fester halten und noch unnahbarer als sonst aussehen läßt, bis ich von Sergej, dem Kameramann, gerettet werde.

»Strastwuij!« winke ich, und er strahlt und sagt »Hello!« und übernimmt sofort den Gepäckwagen.

Ich mochte Sergej schon immer, aber seit den Revolutionstagen, als wir eine wirklich durch und durch harmonische Zusammenarbeit hatten, besteht zwischen uns eine besondere, unausgesprochene Freundschaft. Vielleicht schwindelt und betrügt er wie alle anderen Russen, und wie die meisten anderen russischen Männer, die etwas auf sich halten, verschwindet auch Sergej in irgendwelchen finsteren Wodkalöchern, wenn die Gelegenheit sich bietet. Aber er ist in Ordnung. Ich vertraue ihm, bin mir seiner sicher und setze mich beruhigt auf den Beifahrersitz neben ihn in seinen Volvo-Combi.

Während wir vom Flughafen in die Stadt fahren, erkundige ich mich nach seiner Frau, seiner alten Mutter und seinem Sohn, der schwer sehbehindert ist und nur dank einer speziellen Brille sehen kann, die ihm der Sender in Dänemark besorgt hat. Ich war an diesem Projekt auch beteiligt, und deshalb ist Sergej mir ewig dankbar. Der Junge ist in der Schule jetzt eine Klasse aufgerückt, und selbst der strengste Lehrer muß zugeben, daß er nicht dumm ist. »Er konnte einfach nichts sehen, der Arme!« Als wir die Familie und die schlechten Zeiten durch haben, die Sergej große Sorgen machen, auch wenn er seine Schäfchen dank des guten Valuta-Lohns vom dänischen Sender im trockenen hat, sind wir auf dem Weg zum Leninskij Prospekt. Ich sitze stumm neben ihm und registriere, wie Moskau sich um mich erhebt. Und wie immer, wenn ich die Stadt wiedersehe, fühle ich meine Liebe für diesen Moloch von Hauptstadt. Man sagt, Moskau ist häßlich; es wurde immer verspottet und stand im Schatten von Leningrad, das St. Petersburg zu nennen ich immer noch nicht gewohnt bin. Aber während Leningrad für mich immer eine Art Kulisse war, eine Drei-Sterne-Touristenattraktion, habe ich Moskau stets dafür geachtet, daß es nicht mehr verspricht, als es hält. Es ist groß, brutal und zentralistisch und hat – bis jetzt – so gut wie keine individuelle Prägung. Und auch wenn diese erzwungene Einförmigkeit natürlich wenig inspirierend ist, ist es vielleicht auch diese Form von Anderssein, die die Stadt so faszinierend macht. Uns so nah, so scheinbar vertraut und dennoch so anders.

Ich hole so tief Luft, daß mein Brustkorb sich hebt. Mein Gott, wie schön wäre es, wenn Paul hier wäre. Wenn ich ihm alles zeigen könnte, ihm erklären könnte, wie sehr mein Herz an dieser Stadt hängt. Wieso man sich versenken kann in diese unendlichen Menschenmassen in ihren häßlichen Wintermänteln – auf der ewigen Jagd, das leere Einkaufsnetz an der Seite hängend wie die schlaffe Flagge eines Motels an einem windstillen Tag.

»Immer noch Winter?« frage ich, um etwas zu sagen, als Sergej zu mir herüberschielt.

Er nickt. »Ja, aber in einer Woche kommt der Frühling.«

Ich nicke. Hätte ich den jähen Wechsel des Festlandklimas nicht selbst erlebt, würde ich es nicht glauben. Denn trotz des hellen Abendlichts liegen immer noch schmutzige Eisschollen auf den Kantsteinen, und nur die jungen Wilden und die Ausländer haben nichts auf dem Kopf. Meine *Schapka* aus Kaninchenfell – einst billig im GUM gekauft – liegt zusammen mit einem alten, abgetragenen Daunenmantel und schiefgelaufenen Stiefeln in meinem Koffer. Ich habe geplant, diskret vorzugehen, mich als arme Russin zu verkleiden und nicht als Zielscheibe für herumstreunende Banden durch die Gegend zu laufen.

Natürlich, wenn man den Dollarkurs in Betracht zieht, ist die Kriminalität eskaliert. Immer mehr Ausländer werden überfallen und auf offener Straße beraubt – am hellichten Tag. Und Sergej unterhält mich lange damit, wem die Pistole an die Schläfe gesetzt wurde, und ganz besonders schwelgt er mit unpassender Schadenfreude in der Geschichte von dem Hausmeister der dänischen Botschaft, der buchstäblich bis auf die Unterhose ausgezogen wurde.

»Mitten auf dem Kutusowski!« kichert er, während wir nach Kalinin abbiegen, zum Fluß, wo das Weiße Haus liegt und mich an die Augusttage erinnert. Wir müssen auf die andere Seite, auf den Kutusowski-Prospekt, wo einige der Ghettos für die Ausländer sind und ich im Hotel Ukraine wohnen soll. Ein ausgezeichnetes, durchschnittliches Hotel aus den fünfziger Jahren und inzwischen bekannt aus der Verfilmung von John Le Carrés Roman »Das Rußland-Haus«. Also war Sean Connery auch schon einmal hier – aber ich war schon vor ihm da.

Sergej hilft mir mit dem Gepäck und ist so lieb, auch noch das umständliche Einchecken abzuwarten. Er will mich nicht den schmierigen Hotelkerlen überlassen, die schon die Hand fürs Trinkgeld ausstrecken, sobald sie das Gepäck abgestellt haben. Außerdem, erklärt Sergej, wird das Hotel

Ukraine wie andere Touristenhotels der Stadt zu einem zwielichtigen Etablissement.

»Huren und Taschendiebe?« frage ich, und Sergej nickt und geht mit mir zum Fahrstuhl.

»Und es wird immer schlimmer!« sagt er und fragt, warum ich nicht in einem der neuen, sicheren Dollarhotels absteige, zum Beispiel im Metropol.

»Die anderen sind alle der Reihe nach von der Mafia geschluckt worden!« erklärt er mit finsterer Miene.

»Genau deshalb!« antworte ich. »Wir sollen eine Sendung über die Mafia machen, Sergej! Dann ist es doch nur schlau, das aus erster Hand mitzubekommen. Statt in einer Festung zu wohnen!«

Er zuckt kopfschüttelnd mit den Schultern und schiebt sich in den Fahrstuhl, während er ein paar dunkelgekleidete Aserbaidschaner finster mustert, die sich gegen mich drücken, als der Fahrstuhl losfährt.

Mein Zimmer riecht scharf nach Putzmittel und Kakerlakenpulver. Vor den Fenstern hängt eine großblumige, hotelfarbene Gardine, und auf dem dunklen Parkett liegen fadenscheinige, synthetische Läufer. In der Badewanne fehlt der Stöpsel, das WC hat einen Sprung, und die Handtücher sind dünn wie Löschpapier. Aber Fernseher und Kühlschrank funktionieren. Ich bin noch keine fünf Minuten allein, nachdem ich Sergej mit einer Flasche Gin und einer Schachtel Legosteine für seinen Sohn weggeschickt habe, als das Telefon klingelt. Ich gehe davon aus, daß es Ferdinand ist, der mich begrüßen will oder vielleicht sogar zu einem Pflichtessen einlädt. Aber in der Leitung ist Swetlana, mit der ich in der letzten Woche täglich telefoniert habe.

»Tes!« ruft sie begeistert. »We're having a party for you! Take a taxi and come right away!«

Ich versuche mich rauszureden; ich bin todmüde und

hätte große Lust, mich auf die durchgelegene Matratze zu werfen, das neue russische Fernsehen zu gucken und Teebeuteltee zu trinken. Aber das Fest mir zu Ehren ist bereits im Gang, und auch wenn ich meine russischen Freunde und Bekannten sehr gern mag, weiß ich doch, daß sie mich nicht nur um meiner Person willen *jetzt* sehen wollen. Sondern auch wegen meiner flüssigen Geschenke. Warum ein Fest mit *sok*, Saft, machen, wenn man einen reichen Mäzen dazu bringen kann, Cognac oder Whisky auszugeben?

»Ich habe dir massenhaft Kondome mitgebracht«, sage ich, nachdem ich versprochen habe, Hauptsponsor zu sein und gleich rüberzukommen.

»Prima! Ich habe eh keine mehr!«

»Bist du so aktiv?« frage ich.

»Nein, nein«, kichert Swetlana. »Die Hälfte habe ich benutzt. Aber die andere Hälfte habe ich verkauft. Ich habe ein Paar Nike dafür gekriegt!«

Ich lege seufzend auf. Willkommen im Wilden Osten.

»Hast du kein Foto von ihm?« fragt Swetlana, nachdem ich der Gesellschaft wie ein Tannenbaum präsentiert worden bin. Alle finden es einfach phantastisch, daß ich ein Kind erwarte, auch wenn sie es bedauerlich finden, daß ich nicht verheiratet bin. Selbst die eindeutig westlich Orientierten haben Schwierigkeiten, unsere lockeren Lebensformen zu verstehen – und als ich gestehen muß, daß ich nicht einmal ein Foto vom Kindesvater dabeihabe, spüre ich eine gewisse Skepsis bei den Frauen.

»Kannst du dich denn auf ihn verlassen?« fragt Irina, eine Kinderärztin und alleinerziehende Mutter, die allen Grund hat, Männer als verantwortungslose Schweine zu betrachten.

»Ja!« versichere ich. »Er ist es, der sich um das Kind kümmern wird!«

Sie schlagen lachend die Hände zusammen, die Männer lächeln säuerlich und genehmigen sich einen ordentlichen Schluck von dem Johnny Walker, den ich mitgebracht habe. Das haben sie auch noch nicht hinter sich – die Frauenbewegung des zwanzigsten Jahrhunderts. Auch wenn die sowjetische Frau Kranführerin und Atomphysikern werden konnte und der achte März ein nationaler Feiertag war – gleichberechtigt ist sie nie gewesen. Hinter den lautstarken Huldigungen an die sowjetische Frau stand nie etwas anderes als die knallharte Tatsache, daß sie damit das Recht hat, sich den Arsch in ihrer wattierten Arbeitshose abzuarbeiten, und den Rest ihres Lebens in der Schlange stehen und einen Haushalt trotz Mangelwirtschaft und Rationierung versorgen darf. Und auch wenn es noch nie einfach war – es ist, als lebe man in einer chronischen Nachkriegszeit –, jetzt ist allein der Kampf ums Überleben zu einem fast hoffnungslosen Unterfangen geworden.

»Sogar Brot ist zu einer Delikatesse geworden!« erklärt Irina verbittert, als ich das Thema wechsle und mich nach ihrer Situation erkundige.

Ich nicke und wundere mich nur noch mehr darüber, wie es ihnen in diesen Zeiten gelungen ist, eine traditionelle russische Festtagsmahlzeit auf den wackligen Küchentisch zu zaubern. Alles ist vorhanden – der Hauptstadtsalat, aufgeschnittenes Fleisch, geräucherter Lachs, kaltes Hähnchen und sogar ein Klecks roter Kaviar. Und Ludmillas berühmte Piroggen mit einer Füllung, über die man nicht zu lange nachdenken sollte.

»Wie habt ihr das alles organisieren können?« frage ich beeindruckt und erhalte als Antwort nur ein konspiratives Schulterzucken. Auf die übliche Art und Weise. Mit Telefonketten, Käufen unter dem Ladentisch, auf dem freien und nicht zuletzt auf dem Schwarzen Markt, der dank der westlichen Nothilfepakete äußerst gut bestückt ist.

»Ja, es ist zwar peinlich zuzugeben«, sagt Irina und schlägt die Augen nieder, »aber selbst die Ärzte in meinem Krankenhaus bedienen sich aus den Paketen, die für die Kinder gedacht sind. Nur – was soll man machen, wenn man selbst hungrige Kinder hat?« Irina blickt kampfbereit, aber das ist kein Thema, das die Gesellschaft gern diskutieren würde. Und schon gar nicht vor einer Ausländerin aus einem der Länder, aus denen die Pakete stammen.

»Die Schuldigen werden bestraft«, erklärt Ludmilla mit einem dunklen Funkeln in Richtung Irina.

»Sind wir denn nicht alle schuldig?« fragt Irina rhetorisch, und wenn es nicht so fehl am Platze wäre, dann hätte ich gelächelt. Typisch russisches Pathos!

»So!« Swetlana, die schließlich die Gastgeberin ist, schiebt ihren Stuhl nach hinten. »Jetzt laßt uns hier nicht Trübsal blasen! Jetzt wird gefeiert! Kosha, hol deine Gitarre raus!«

Kosha ist Biochemiker und mit Ludmilla verheiratet, die – abgesehen davon, daß sie hervorragende Piroggen machen kann – auch noch Englischlehrerin ist. Die beiden haben eine bildschöne achtjährige Tochter, die unter dem Tisch auf dem Küchenboden liegt und schläft, und um ihr eine Zukunft zu geben, haben sie beschlossen zu emigrieren. Kosha hat bereits einen Job und eine Wohnung in Libyen angeboten bekommen – von »einer Fabrik« –, aber er möchte lieber in den Westen. Natürlich in die zivile Forschung. Am allerliebsten in die USA, das gelobte Land, in dem Big Macs und Coca-Cola-Flaschen durch die Luft fliegen und in dem die Tochter die Chance bekommen kann, die die Eltern selbst gern gehabt hätten. Doch auch wenn es ihnen gelingen sollte, durch das Nadelöhr in der amerikanischen Botschaft zu kommen und die Erlaubnis, ins Warme zu kommen, in Form einer Einreiseerlaubnis zu erhalten: Es wird trotzdem nicht einfach werden. Das ist an der Wehmut zu hören, mit der Kosha die Wysotzky-Klassiker singt. Er hat bereits angefangen, Abschied zu nehmen. Und das wird schwer werden.

Kurz bevor wir alle in Wehmut versinken, zieht Swetlana Kosha hoch, und dann präsentieren sie ihre Glanznummer: »Kalitjeks und Karolinkas Duett«, mit den Händen auf den Hüften, den Hacken fest am Boden und kokettem Augenzwinkern. Trotz ihrer Depressionsphasen hat sie wie so viele Russen eine Reserve an Frohsinn und ein unerschöpfliches Reservoir, um dennoch zu feiern, oder jetzt erst recht! Sich gemeinsam zu amüsieren, zu singen und zu lachen. Und zu trinken, natürlich. Kein Fest ist zu Ende, bevor nicht die letzte Flasche geleert ist. Diesmal ist das so gegen zwei Uhr, aber ich war schon vorher mehrfach versucht, mich abzusetzen, um auf der Straße ein Taxi zu erwischen.

Als ich das letzte Mal hier war, hätte ich kein Problem damit gehabt; aber auch wenn ich vollkommen nüchtern bin, da ich nur ein Glas Sekt getrunken habe, bin ich nicht besonders scharf drauf, mitten in der Nacht in einem Vorort auf der Straße zu stehen und nach einem Taxi zu winken. Vielleicht liegt es an dem Kind, das ein paarmal zu der Musik gestrampelt hat und mich damit geheimnisvoll lächeln ließ. Jedenfalls nehme ich dankbar an, als Kosha und Ludmilla mir anbieten, mich zum Hotel zu fahren, auch wenn Kosha offensichtlich nicht mehr nüchtern ist. Gemeinsam befördern wir ihre schlafende Tochter auf den Rücksitz, Ludmilla krabbelt hinterher, während ich mich vorn neben Kosha setze.

Die Tochter schmatzt im Schlaf, und es dauert nicht lange, bis auch Ludmilla die Augen schließt. Möglicherweise ist auch Kosha kurz vorm Einschlafen, jedenfalls fährt er bei der ersten – gewiß vollkommen unsinnigen – Ampel bei Rot rüber.

»Das war rot!« rufe ich.

»Ja, und? Das war es siebzig Jahre lang, und was hat es genützt?« antwortet Kosha, jetzt hellwach, und gibt Gas, um in rasender Fahrt die nächste rote Ampel zu überfahren.

»Kosha! Bist du besoffen?« schreie ich.

»Und wenn, das muß man doch!« erwidert er und entblößt seine Zähne zu einem häßlichen Grinsen, wobei er Kurs auf die nächste Ampel hält, die noch Grün zeigt, aber die Farbe wechselt, als wir rüberfahren. Der Tachometer steht kurz vor neunzig. Blitzschnell laufen einige Clips aus amerikanischen Actionfilmen vor meinem inneren Auge ab, aber es ist keiner dabei, der mir hilft, diese rasende Fahrt zu stoppen.

Das einzige, was ich tun kann, ist, die Hände schützend vor mich zu halten und ihn anzubrüllen. Ludmilla wacht mit einem Schrei und die Tochter mit einem Jaulen auf, das sofort in Weinen übergeht; das Ganze wäre in einer Katastrophe geendet, wenn nicht ein Polizeiwagen uns gesehen hätte.

Der fährt neben uns, und das genügt, den Wolf wieder zum Lamm werden zu lassen. Kosha gehorcht, hält den Wagen an und holt seine Papiere heraus, Führerschein und Ausweis. Er muß aussteigen, und Ludmilla folgt ihm, während ich sitzen bleibe, unschlüssig, ob ich mich als Ausländerin zu erkennen geben soll oder nicht.

Aber der Polizeibeamte riecht den Braten und gibt sich mit der Bezeichnung »eine Freundin«, mit der Ludmilla mich zu decken versucht, nicht zufrieden. Ich werde schroff gebeten, auszusteigen und meinen Ausweis zu zeigen, und sobald die Polizisten meinen Rote-Bete-farbenen Paß sehen, reiben sie sich zufrieden die Hände. Bingo!

Ja, das ist nun eine wirklich ernste Sache für uns alle, setzen sie an. Nicht nur, daß Kosha betrunken gefahren ist. Er hat mehrere rote Ampeln ignoriert und die Geschwindigkeitsbegrenzung um fast hundert Prozent überschritten. Damit hat er sich eine Geld-, wenn nicht gar Gefängnisstrafe eingehandelt sowie den Entzug des Führerscheins. Und daß eine Ausländerin neben ihm saß, ist auch nicht gerade ein mildernder Umstand, behaupten sie, ohne näher darauf einzugehen, welches Gesetz damit überschritten worden sei.

Kosha ist unter seinem Vollbart reichlich blaß geworden. Ludmilla ringt die Hände, und ihr hübsches Mädchen sitzt schluchzend im Auto, während die Beamten die Handschellen herausholen, um Kosha abzuführen. Ich bin mir ganz sicher, daß das nur ein Schreckschuß ist, aber andererseits ist klar, daß Kosha nicht unschuldig ist. Es steht zwar nicht zu befürchten, daß er nach Sibirien geschickt wird, dennoch stehen er und seine Familie mit dem Rücken zur Wand. Schlimmstenfalls muß er eine kurze Strafe in einem der berüchtigten überfüllten Gefängnisse absitzen, und daran kann die Familie zugrunde gehen und damit alles verlieren. Es wäre nicht das erste Mal, daß so etwas geschieht. Deshalb gibt es für mich nur eins. Ich zücke meine Brieftasche.

»Wieviel?« frage ich lakonisch, während ein eisiger Wind mir durch meine dünnen Strümpfe bläst.

»Fünfzig Dollar«, sagt der eine und wippt mit seinem Knüppel.

»Hundert!« korrigiert der andere sofort. »Dann vergessen wir alles.«

Kosha will protestieren, und Ludmilla fängt an zu schimpfen, aber ich hebe abwehrend eine Hand. Wenn sie sauer werden, riskieren wir nur, daß der Preis steigt.

»Okay«, sage ich und gebe jedem fünf Zehner. Sie stecken sie ein, heben eine schlaffe Hand zum Gruß und fahren davon.

»Schweine!« sage ich auf dänisch und spucke aus.

Ludmilla bedankt sich überschwenglich, und die Tochter krabbelt aufgelöst aus dem Auto und läuft zu ihrem Vater.

»Was soll nur aus diesem Land werden? Unsere Moral ist eine stinkende Kloake, und wir sind alle beschmutzt!« klagt Ludmilla.

Kosha nickt ernst und legt seiner Tochter eine Hand auf den Kopf.

»Und was sollen wir machen? Wir können weder gehen, noch können wir bleiben.«

Aufgewühlt komme ich ins Hotel zurück, wo die Lobby immer noch geöffnet und hell erleuchtet ist wie ein Bahnhof. In den Kunstledersesseln hängen Gruppen rauchender Männer aus ferneren Republiken und warten auf Beute oder vielleicht auch nur auf bessere Zeiten. Vielleicht sind es auch Zuhälter. Oder Schwarzmarkthaie. Oder kleine Mafiamikroben, die auf den Befehl zu einem Auftragsmord warten. Ich schaue durch sie hindurch und gehe mit festen Schritten zum Fahrstuhl, spüre aber noch im Rücken ihre Blicke. Endlich kommt der Fahrstuhl, öffnet seine Türen, und ich steige ein, um – wie in einem Alptraum – auf zwei des gleichen Schlags zu treffen, die gar nicht erst darüber diskutieren müssen, sondern sofort beschließen, mit mir wieder hochzufahren.

Ich drücke auf die Neun, während sie unbeweglich stehenbleiben, als der Fahrstuhl sich in Bewegung setzt. Mein Blut schäumt, und alle Muskeln sind in Verteidigungshaltung angespannt. Sekunden später ist es überstanden. Unangetastet stehe ich im neunten Stock, schüttle den Kopf und muß über mich selbst lachen, als ich den Flur entlanggehe, den Schlüssel von einer schlaftrunkenen *djezhurnaja* bekomme und aufschließe. Früher hätte ein Abend wie dieser perfekterweise damit geendet, daß man eine Visitenkarte vom KGB vorfand – ein durchwühltes Zimmer. Aber so ist es trotz allem nicht mehr.

Das Zimmer ist so, wie ich es verlassen habe. Hier war niemand außer einigen Kakerlaken, die in wilder Flucht davonrennen, als ich das Licht einschalte. Ich fluche und zerquetsche ein paar, um etwas von der Spannung loszuwerden, die immer noch auf irgendein spektakuläres Finale wartet und jetzt als Pochen in den Schläfen zu spüren ist.

»Indiana Jones erlebt ein neues Abenteuer!« sage ich laut und schneide mir selbst im Badezimmerspiegel eine Fratze, als ich das Zahnputzglas hole. Eigentlich habe ich mir harte Sachen abgewöhnt und sehe auch schon Pauls mahnenden Zeigefinger vor mir, als ich den Chivas-Regal-Verschluß abschraube, der den Rest meines Bestechungslagers ausmacht. Ich muß morgen auffüllen.

Zwei Gläser sind nötig, um mich soweit zu dämpfen, daß ich auch nur an Schlaf denken kann. Und dennoch liege ich noch stundenlang wach und wundere mich darüber, daß ich mich über solche Kleinigkeiten so aufrege. Denn das war sonst immer meine Stärke. Tough sein. So tun, als würde alles an mir abprallen und als könnte ich mich furchtlos durch jeden Großstadtdschungel schlagen mit der sicheren Gewißheit, daß ich alles mit einem Stilettabsatz und einem Drachenfauchen erledigen kann. Und jetzt liege ich hier und wünsche mir, Paul wäre da, damit ich mich an ihn kuscheln kann. Damit er mich beschützt. Erst als ich einen leichten Stich unter den Rippen spüre, komme ich zur Ruhe. Mein Fisch macht Kunstsprünge. Ich bin nicht allein.

Bei Tageslicht hat Moskau nichts offensichtlich Bedrohliches an sich. Eigentlich sieht es aus wie eh und je – wie immer im anbrechenden Frühling fürchterlich dreckig, stinkend und heruntergekommen nach einem weiteren Winter. Der zu Jelzins Glück mild war – und auch wenn die Mägen geknurrt und die Wärmeversorgung unzureichend war, so ist doch niemand an der Kälte gestorben.

Aber trotzdem hat das Straßenbild sich verändert, wie ich feststelle, als ich am Sonntagmorgen aus dem Hotel trete. Es stehen mehr westliche Autos auf dem Parkplatz, und hinten auf dem sechsspurigen Kutusowski Prospekt fällt ein Mercedes oder BMW mit russischem Kennzeichen zwischen den Ladas, Wolgas, Vivas und stinkenden Lastwagen nicht mehr besonders auf.

Ich hole tief Luft, schaue über den Fluß auf das Weiße Haus, das früher kaum Beachtung fand. Jetzt halten davor Touristenbusse, und eine dänische Filmgesellschaft war hier, um alles noch einmal mit Statisten und Panzern zu drehen. Sehr echt, erzählte Swetlana gestern abend. »Wenn man beim ersten Mal nicht dabei war, dann hatte man noch mal Gelegenheit, den Helden zu spielen!« erklärte sie verbittert. Sie hat nicht vergessen, wie wenige es waren, die den Putschisten wirklich aktiven Widerstand geleistet haben. »Vielleicht haben wir die Demokratie gar nicht verdient!« sagte sie bitter, als wir das Risiko eines neuen Putschs diskutierten.

»Taxi! Taxi!« werde ich von einem großen Mann mit Bart angerufen. Ich schüttle den Kopf, knöpfe meinen Daunenmantel zu und gehe zum Bäcker. Der Mann hat mich an meinen Vater erinnert – und das könnte doch sein? Er könnte hier sein, wenn er wirklich einmal KGB-Spion war! Der Alkohol, Mallorca und der Bruch mit meiner Mutter, das war alles nur Tarnung! In Wirklichkeit ist er abgehauen, zu den Sowjets übergelaufen, weil ihm der Boden unter den Füßen brannte! Und die letzten zwanzig Jahre hat er als hochdekorierter Held in Moskau gelebt und fährt jetzt zum Vergnügen ein Piratentaxi. Um mal wieder Dänisch zu hören und vielleicht eines Tages zu erleben, wie seine leibliche Tochter einsteigt und sich auf den Rücksitz setzt …

Gute Geschichte. Aber leider unmöglich, sie zu glauben, selbst für Phantasten. Trotzdem könnte es witzig sein, ihn hier zu treffen, mit ihm über den osteuropäischen Zusammenbruch zu reden. Vielleicht ist das ein Problem für ihn, vielleicht ist es ihm vollkommen gleich. Vielleicht hat er auch sein politisches Engagement hinter sich gelassen.

Vor dem Bäcker ist eine Schlange. Das ist neu. Während früher das subventionierte Brot etwas war, das die Leute in großen Mengen kauften – sogar Gorbatschow erklärte einmal verärgert, daß die Schweine damit gefüttert werden –, sind die Preise inzwischen so gestiegen, daß die Alten und Armen ihre Kopeken zählen müssen, um sich ein halbes Roggenbrot leisten zu können.

Brötchen gibt es nicht, also kaufe ich ein Weizenbrot und ein Roggenbrot mit Fenchel, was jemanden dazu veranlaßt, mich unnötig zu schubsen, als ich endlich die Kasse erreicht habe. Vor dem Geschäft haben sich zwei Bettler auf Pappen und Zeitungen niedergelassen, ein verkrüppelter Mann mit Beinstümpfen, die in graue Fetzen gewickelt sind, und ein Zigeunermädchen mit einem Säugling in Tüchern. Ich ignoriere sie und gehe weiter, aber mein Blick huscht dennoch über das Mädchen mit dem Kind, das sie mir entgegenhält, als ich vorbeigehe. Sie kann höchstens siebzehn, achtzehn Jahre alt sein, vielleicht ist sie sogar noch jünger, und trotz ihrer abstoßenden Hundeaugen tun sie und ihr Kind mir doch leid. Ganz gleich, was kommen wird, die Zukunft wird nicht die ihre sein. Sie sind ausgestoßen.

Nach einem knappen Frühstück mit Pulverkaffee, den ich immer dabeihabe, mache ich mich auf den Weg zum Hotel Mezhdunarodnaja, um dort ein Auto zu mieten. Vor *molokoen,* dem Milchgeschäft, ist um zehn Uhr bereits eine hitzige Diskussion im Gange. Ich frage, wonach sie anstehen, weil sie so aufgeregt sind.

»Eier!« sagt eine mittelalterliche, korpulente, aber ansonsten hübsche Frau. »Nach Eiern!«

Ich verstehe ihre Verbitterung. Schlange stehen zu müssen, um Eier kaufen zu können, das muß entwürdigend sein für Leute, die in ihrer Jugend Junge Pioniere waren und ehrlich glaubten, eine neue, bessere Gesellschaft aufzubauen. Angeführt vom Genossen Stalin, der zwar hart, aber gerecht war. Wenn sie also trotz der neuen Geschichtsschreibung, die von den Missetaten des Despoten erzählt, sich nach einem starken Mann sehnt, so ist das verständlich. Sie hat alles verloren, an was sie geglaubt hat, und falls sie keinen Trost in der Taufe und den wiedergeöffneten Kirchen finden kann, dann gibt es als Zukunftsperspektive nur Chaos und Auflösung für sie.

Wie gestern abend bei Swetlana wünsche ich auch jetzt, ich hätte mein Kamerateam dabei. Ich würde alles filmen – der Welt zeigen, wie diese Helden auf den Knien liegen! Daß Ferdinand nicht den ganzen Tag durch die Straßen rennt, begreife ich nicht. Das muß man doch einfach!

Aber nicht er. Er brummelt etwas darüber, daß es Sonntag ist, als ich gut gelaunt und ungeduldig vor seiner Tür stehe, um mir den Schlüssel für das verschlossene Korrespondentenbüro im Nachbaraufgang zu holen. Eigentlich hatte ich erwartet, ihn dort anzutreffen, aber offensichtlich verbringt er den Sonntag im Schoße seiner Familie, zu der mich hereinzubitten er nicht im Sinn hat. Ich darf draußen auf der Fußmatte warten, während er die Schlüssel holt. Vielleicht gucke ich etwas pikiert, denn zumindest versucht er es mit einer lauwarmen Entschuldigung. »Ich würde dich gern hereinbitten, aber meine Frau ist nicht präsentabel.«

»Ihr habt wohl lange geschlafen?« frage ich mit einem Blick auf seinen Morgenmantel und wundere mich einen Augenblick über die absolute Ruhe in der Wohnung hinter ihm. Schließlich hat der Mann Zwillinge.

»Geh schon mal vor, ich komme gleich nach!« fertigt er mich ab und macht mir die Tür vor der Nase zu. Ich könnte jetzt beleidigt sein, aber irgendwas an ihm macht mich eher neugierig als wütend. Erweckt fast mein Mitleid. Ferdinand geht es nicht gut. Ganz offensichtlich nicht. Und das sind nicht nur die Nachwirkungen der Gehirnerschütterung, unter denen er leidet.

Aber was es auch ist, er hat nicht vor, mir sein Herz auszuschütten. Er sitzt steif und zugeknöpft mit mir im Büro, das sehr viel ordentlicher ist als während der Putschtage, an denen es meine Basis war. I don't care, ich habe weder Lust noch das Talent, mich als Seelsorger zu betätigen, weshalb es mir ausgezeichnet paßt, daß wir gleich an die Arbeit gehen. Es wundert mich nur, daß er so gar nicht engagiert ist, so ohne jede Eigeninitiative, als wir einen Zeitplan aufstellen. Er sagt zu allem, was ich vorschlage, ja und amen – selbst die Stimme des Volkes, die er sonst immer verachtet, läßt er mich machen. Und als ich bei der Redaktionssekretärin in Kopenhagen anrufe und uns für die abendliche Nachrichtensendung anmelde, sitzt Ferdinand passiv über seinem Becher Kaffee, den ich vor ihn hingestellt habe.

Und ich bin es auch, die das Team herbeirufen muß, damit wir anfangen können zu arbeiten. Als er schließlich auch das Klingeln des Telefons ignoriert und ich abnehmen muß, mache ich mir doch langsam Sorgen.

Es ist Anna, die schwedische Korrespondentin, die gehört hat, daß ich in der Stadt bin. Sie lädt mich zum Essen nach Redaktionsschluß ein, und ich sage zu. Ich beeile mich, das Gespräch zu beenden, bevor sie richtig in Fahrt kommt. Wenn ihr danach ist, kann sie anderthalb Stunden ununterbrochen reden.

»Ist was nicht in Ordnung?« frage ich, nachdem ich aufgelegt habe.

»Nur ein bißchen Kopfschmerzen«, murmelt er und kippt den Rest kalten Kaffee hinunter.

»Wäre es dann nicht besser, wenn du rübergehst und dich etwas hinlegst?« schlage ich vor. Mit einer gewissen Schärfe, aber die überhört er. Nickt nur schwach wie ein Schuljunge, dem erlaubt wird, die Klasse zu verlassen.

»Ja, doch. Das ist wohl besser. Du kommst ja gut allein zurecht«, sagt er ohne jeden Anflug von Sarkasmus. »Wenn was ist, kannst du mich anrufen.«

Wenn was ist! Ich brauche nicht lange, bis ich die Erklärung für den aufgeräumten Zustand des Büros finde. Stapelweise offensichtlich unberührte Papiere liegen da, ungelesene Zeitungen in ihren Luftposthüllen und ungeöffnete Umschläge mit Material und Bulletins. Tickermeldungen seit Freitagnachmittag, als die Sekretärin gegangen ist, hängen immer noch am Telex, und auf seinem Tisch liegt ein ganzer Stapel Post und Telefonnotizen von ein paar Wochen, auf die er sicher auch nicht reagiert hat.

Er antwortet nicht, als ich bei ihm anrufe. Er muß den Stecker rausgezogen haben, oder er ist abgehauen und macht mit seiner Familie einen Sonntagsausflug in den Silberwald. Auf jeden Fall muß ich mir die Freiheit nehmen, aufzuräumen und das Büro durchzuforsten, um sicher zu sein, daß hier keine übersehenen Schätze herumliegen.

Und die sind da. Zwischen unzähligen, mäßig interessanten Telefonmitteilungen gibt es eine, die mir sofort ins Auge sticht. Vom Moskauer Büro von CNN. Sie bitten Ferdinand, so bald wie möglich zurückzurufen. Das ist fünf Tage her, und ich zögere nur zwei Sekunden, bevor ich es tue.

Das Büro ist natürlich voll besetzt, auch am Sonntag. Und sofort werde ich mit dem Zuständigen – dem Chef selbst – verbunden, der sich wundert, mich und nicht Ferdinand zu hören. Ich erkläre, daß Ferdinand »is not well« und daß ich die angeforderte Verstärkung bin.

»Geht es ihm immer noch nicht besser?« fragt der CNN-Typ und bohrt wie ein echter amerikanischer Reporter nach, was ihm denn fehle, da er in letzter Zeit nirgends mehr zu sehen sei. Ich murmle etwas von einem »car-accident« und überlege, was Gehirnerschütterung auf englisch heißt. Leider gehöre ich nicht zu diesen Sprachtalenten, die mühelos zwischen mehreren Sprachen gleichzeitig jonglieren können. Darum fällt mir nur der russische Ausdruck ein, und leider kann ich auch nicht sagen, wann Ferdinand wieder ganz gesund sein wird.

Aber ich kann einen Bescheid weitergeben, und der CNN-Mensch erzählt mir, worum es geht. Er würde Ferdinand gern während des Gipfeltreffens als »ausländischen Beobachter« einsetzen. Bildschirmfüllend im World Report. Direkt. »Skandinavien ist ja fast ein Nachbar. Und ihr seid es, bei denen die ukrainischen Missiles im Hinterhof landen, right? Deshalb interessiert uns eure Beurteilung der Situation.«

Ich gebe ihm vollkommen recht und stimme zu, daß es eine ausgezeichnete Idee ist, Ferdinand als Mr. Scandinavia dorthin zu schicken.

»Weißt du, ich kenne Ferdinand schon seit vielen Jahren und schätze seinen Intellekt sehr. He's a very smart guy!«

Das verspreche ich weiterzugeben und außerdem Ferdinand zu bitten zurückzurufen. Später am Tag.

»Sonst rufen wir die Schweden an!« neckt mich der CNN-Boß, den ich nur zu gut vom Bildschirm kenne. Er war es, der, assistiert von einer jungen Kollegin, die Neujahrsinterviews mit Jelzin und Gorbatschow gemacht hat. Und wenn Ferdinand nur einen Funken Verstand hat, dann reißt er sich jetzt zusammen.

Ferdinand ist »nicht interessiert«. Das ist die kurze Mitteilung, die er mir zukommen läßt, als ich ihn endlich nach stundenlangem Klingeln per Fernhypnose dazu gebracht habe, sein fucking Telefon hochzunehmen.

Zuerst bin ich verblüfft, dann werde ich wütend. Es ist eine Sache, wenn ihm sein eigenes Prestige scheißegal ist, aber er hat nicht das Recht, auch mit dem Prestige des Senders so umzugehen. Als eine klitzekleine Insel im internationalen Medienzusammenhang haben wir ohnehin schwierige Arbeitsbedingungen – wir werden vom Präsidenten nicht zum vertraulichen Gespräch vor laufenden Kameras eingeladen, und wir drängeln nicht bei den Pressekonferenzen im Pressezentrum, damit unsere brillanten Fragen auf der ganzen Welt zitiert werden –, wenn wir also endlich einmal die Gelegenheit geboten bekommen, uns darzustellen, dann können wir es uns einfach nicht leisten, dankend abzulehnen. Schon gar nicht, wenn wir damit riskieren, den Schweden das Feld zu überlassen.

Das alles halte ich meinem verehrten Kollegen vor, der aber überhaupt nicht daran denkt, seinen Entschluß zu ändern. Ich seufze demonstrativ in den Hörer.

»Okay, bist du dann jedenfalls so freundlich und rufst deinen alten Freund selbst an. Ich habe ihm versprochen, daß du das noch heute tust!«

»Morgen. Ich habe Kopfschmerzen!«

Ich gebe auf. Wünsche ihm säuerlich gute Besserung und lege auf. Damit muß er selbst klarkommen.

In der Zwischenzeit ist das Team eingetrudelt. Es ist auch höchste Eisenbahn. Hier ist es zwar erst Mittag, aber durch den Zeitunterschied haben wir zwei Stunden Vorsprung, wir müssen also die Ärmel hochkrempeln, wenn wir den versprochenen Stoff noch zu den Abendnachrichten abliefern wollen.

Ich habe frischen Kaffee gekocht, und sie dürfen es sich am Küchentisch gemütlich machen, bevor ich sie mit Forderungen und Wünschen überfalle. Sie haben viel zu lange gefaulenzt, das ist ihnen anzumerken. Aber auch wenn der Tonmann wie immer abwehrt, spüre ich doch, daß sie Lust haben loszulegen.

»Was ist mit Ferdinand?« fragt Sergej, der wie ein vierschrötiger Granitblock dasitzt und mir zugehört hat.

»Ihm geht es nicht gut!« sage ich kurz. »Deshalb bin ich es, die hier bis auf weiteres entscheidet. Klar?«

»*Ladno!*« nickt Sergej freundlich. »Verstanden.«

»Und was ist damit?« fragt er mit einem Nicken auf meine Körpermitte. »Meine Frau ist Krankenschwester, sie hat gesagt ...«

»Gar nichts. Mir geht es gut!«

»Ladno!« nickt er erneut.

Seit damals auf dem Dzierżyński-Platz, wo er meine Hand drückte, hat Sergej eine Art beschützender Haltung mir gegenüber. Obwohl er in seiner Rücksichtnahme sehr diskret ist, merke ich, daß er die ganze Zeit während der Aufnahmen versucht, mich zu schonen. Ich darf nichts aufheben, keine Geräte tragen, und immer wieder sagt er mir, ich könnte im Auto sitzen bleiben, während sie aufbauen.

Wir drehen eine Straßenszene über den »Sonntag in Moskau«, filmen am Bahnhof Kiew, der wie der Rest der Stadt in einen privaten Markt für alles mögliche umfunktioniert wurde. Alles bekommt man hier – Kugelschreiber, Kaffee, Kanonen, Kurzwaren.

»Privatwirtschaft!« sage ich zu Sergej, als wir vor einer zahnlosen Babuschka stehen, die uns ein Videogerät hinhält: »Dollars! Cheap!«

Sergej schnaubt verächtlich.

»Vor ein paar Monaten war hier einer, der versucht hat, ein Baby zu verkaufen. Wenigstens *das* wurde verboten!«

Um die Handelstreibenden, die entweder hinter dem Tresen erlaubter Buden stehen oder wie die alte Frau einfach einen Pappkarton neben sich haben, wimmelt es von jungen Männern, die Geld wechseln, geschmuggelten Kaviar verkaufen oder einfach klauen wollen. Wieder ist es Sergej, der mich warnt, und ich drücke meine Handtasche fester an meinen Körper, während ich versuche, mich an diese neuen Gefahren zu gewöhnen. Früher hätte ich mich ohne jede Angst mitten in der Nacht auf eine Bank im Gorkipark schlafen gelegt, jetzt muß ich mich mit der gleichen Aufmerksamkeit zwischen den Moskowitern bewegen wie ein Richter in Palermo.

»Wo ist die Polizei?« frage ich in Erinnerung an früher, als allein das Gerücht einer Fußstreife alle Straßenhändler in der Arbat-Fußgängerzone vom Erdboden verschwinden ließ.

»Macht Geschäfte«, lächelt Sergej schwach. »Die machen sich doch nur lächerlich, wenn sie hier auftauchen. Die Jungen zeigen ihnen den Finger. Oder sie schmeißen mit Flaschen nach ihnen.«

»Moderne Zeiten!« bemerke ich, wappne mich mit Selbstbewußtsein, das immer die beste Verteidigung ist, und beginne meine Arbeit unter Haien. Filme Skinheads, die mit dreckigem Lachen ihre Springmesser direkt in die Linse halten, interviewe desillusionierte Soldaten auf Urlaub und Grimassen schneidende Schicksen mit toupierten Haaren und Kaugummilippenstift. Bakers Besuch, von dem hier niemand etwas weiß, interessiert auch keinen. Das einzige, woran sie interessiert sind, ist, reich zu werden und ins Ausland gehen zu können.

»Wohin?« frage ich.

»*V Ameriku*. Nach Amerika!«

Und dann:

»Hast du Zigaretten?«

Ich habe Übertragungszeit nach Kopenhagen um acht Uhr, weshalb wir gegen sechs zurückfahren, um zu redigieren und alles fertigzumachen. Ich rufe beim Sender an, um zu hören, was sie an Tickermeldungen und Bildern haben, und wir verabreden, daß der Moderator die Meldungen als Kurznachrichten verliest. Außerdem ist ein Militärexperte im Studio als Livegast, der Hintergrundinformationen zum Abrüstungsgipfel liefern soll.

»Und wie läuft es sonst?« fragt die Redaktionssekretärin, als wir alles besprochen haben.

»Sonst?« frage ich.

»Ja, wie geht es deinem Kollegen? Liefert er auch was ab?«

»Ferdinand?« frage ich rhetorisch und hole tief Luft. »Jedenfalls nicht heute. Er hat immer noch Kopfschmerzen«, sage ich und gebe mir Mühe, keinen Unterton mitklingen zu lassen.

»Nun ja, dann grüße ihn mal!« antwortet die Redaktionssekretärin genauso neutral. Was sind wir doch alle flink und geschickt!

Ich bin auch immer noch die gute Kollegin, als der CNN-Boß kurz darauf anruft und fragt, ob Ferdinand sich entschieden habe.

»Hat er nicht angerufen?« frage ich peinlich berührt im Namen meines Kollegen, meines Senders und meines Landes.

»No!«

»Er hat es versucht«, lüge ich und wünsche Ferdinand ganz, ganz weit weg, weil er mich zwingt, der Überbringer der schlechten Neuigkeiten zu sein. So bedauere ich, daß Ferdinand sich leider nicht in der Lage sieht und so weiter. Aber, füge ich in einem Anfall von Übermut hinzu, wenn ich helfen kann, mache ich das gern.

Der CNN-Boß lacht überrascht.

»I'll think about it! What was your name again?«

Und dann muß ich meinen unmöglichen Nachnamen mit dem unmöglichen å buchstabieren, das zu einem Doppel-a wird. Schon mein Name steht mir im Weg zu einer internationalen Karriere!

Es wird spät, bis ich das Büro hinter mir schließen und zu Anna fahren kann, wo das Essen bereits angefangen hat. Es ist wie immer – sie glaubt, sie hätte vier eingeladen, und dann kommen zwölf, so daß das Menü etwas improvisiert ist. Ein Eintopf, ein paar aufgetaute Pizzen und ein paar Spiegeleier. Aber es ist charmant und herrlich unschwedisch, und außerdem kommt niemand um des Essens willen. Wir kommen wegen Anna, die uns alle an ihren wogenden Busen drückt und uns wie behütete Kinder fühlen läßt.

»Therese, du siehst wirklich gut aus!« sagt sie, streicht mir über den Bauch, zieht damit die Aufmerksamkeit der gesamten Gesellschaft auf das Magnetfeld um meinen Bauchnabel, und ein Chor überraschter Glückwünsche ertönt. Ich beiße die Zähne zusammen und antworte lächelnd auf alle Fragen, schlage ein paar angeschnittene Aufschlagbälle derjenigen männlichen Kollegen zurück, mit denen ich früher geflirtet habe, wenn auch nur zum Spaß. Darunter auch der Rundfunkmensch vom Norwegischen Staatssender, Thorbjørn, der sicher die schärfste Stimme der Welt hat und mit dem ich gern einmal ins Gebirge fahren würde, wenn es sich ergäbe. Aber als mir der Sinn nach Langlauf und Schneeballschlacht stand, hatte er nur Augen für sein Frauchen, und jetzt ist es zu spät, und es ist nicht mehr übrig geblieben als ein bißchen verbal-erotisches Pingpong.

Anna findet schnell einen Platz für mich und drückt mir einen Teller mit irgend etwas Undefinierbarem drauf in die Hand. Da ich einen Mordshunger habe, schaufle ich das Essen nur so in mich hinein und spüle es beherrscht mit dem schwefelhaltigen georgischen Rotwein hinunter, den sie literweise irgendwo günstig bekommen hat, übrigens eine ganz ausgezeichnete Quelle. Überhaupt gehören Annas Quellen immer zu den besten – zumindest was die Geschichten aus dem »Volk« betrifft. Anna weiß alles – und immer mehr, als sie schreibt.

Die Verbindung heißt Garij, und als die Gesellschaft – glücklicherweise ziemlich schnell – mit meinem Bauch fertig ist, geht man dazu über, die Tagesgerüchte auszutauschen. Garij, erzählt Anna, hat nämlich gesagt, daß ein Putsch der Altkommunisten bevorstehe. Ein Gerücht, das seit dem Augustputsch zweimal in der Woche in Umlauf gebracht wird, das aber diesmal durch immer größere Demonstrationen gegen Jelzin unterstützt wird.

»Vielleicht kommt der Wolf ja diesmal«, sagt Anna.

»Wäre es nicht dumm, einen Putsch vor der Nase des amerikanischen Außenministers und der ganzen Weltpresse zu machen?« fragt mein norwegischer Freund.

Damit hat er vollkommen recht, aber mir fällt auf, daß unser Kollege von »The Independent« nicht da ist.

»Ist John nicht eingeladen?« frage ich Anna.

»Doch!« nickt sie. »Er kommt vielleicht später. Er hatte so viel zu tun.«

»Was denn?« frage ich, und die ganze Gruppe wird ganz aufgeregt, da uns allen klar wird, daß wir uns möglicherweise zur falschen Zeit am falschen Ort befinden. Anna nimmt den Hinweis sofort auf und ruft ein paar ihrer achttausend Bekannten an, die alle versichern, daß alles still und friedlich ist. Nichts kräuselt die Wasseroberfläche.

Als sie mit einem spekulativen »Hm!« auflegt, klingelt es an der Tür, und John kommt herein. Die ganze Gesellschaft wendet sich mit fragendem Gesichtsausdruck ihm zu, und die Spannung wächst, weil auch er ziemlich aufgeregt erscheint. Wie ein Internatsschüler, der gerade die Frau seines Rektors beim Strippoker gesehen hat.

»Was ist los?« fragt Anna.

»Ich habe ein Bild gekauft!« erklärt er mit glänzenden Augen.

»Ja, und?« fragt Anna und gibt ihm ein Glas. »Was für ein Bild?«

John nimmt das Glas und läßt sich auf einen Stuhl fallen.

»Einen Chagall!«

»What!« rufen wir im Chor. »Einen Chagall?«

»I certainly hope so!« sagt er und schüttet den Wein hinunter. »Denn wir haben gleich gegen gleich getauscht …«

»???«

»Er hat meinen BMW gekriegt und ich seinen Chagall.«

Wir kriegen den Mund nicht zu. Anne ist stehengeblieben, die Hand vor dem Mund, dann fängt sie an zu lachen.

»Aber John!« ruft sie voller Anerkennung. »You are a man of passion!« Dann gibt sie ihm auf beide Wangen einen Kuß, und John zwinkert geniert und sieht mit einemmal aus, als bereue er schon, daß er uns in sein Geheimnis eingeweiht hat. Denn Anna hat ganz recht – diese kleine bleiche Milbe ist *a man of passion*! Wer hätte das gedacht!

»Eine phantastische Geschichte!« murmelt Thorbjørn, als John den ganzen abenteuerlichen Ablauf schildert – und zwischendrin ins Schwärmen gerät, als er das Bild beschreiben soll –, ein Hochzeitsbild mit Marc und Bella, in Grün und Violett schwebend, Witebsk 1918.

»Ein phantastisches Bild!« sagt er. »Voller Liebe und russischer Poesie!«

Anna lächelt entzückt. Den Blick kenne ich – noch bevor die Nacht vorbei ist, wird sie ihn verführt haben. Und ich hoffe für ihn, daß es gelingt, denn es würde mich nicht wundern, wenn es bei ihm das erste Mal wäre. Abgesehen von der Schönheit des ganzen Projekts ist es natürlich ein ganz offensichtlicher Akt der Sublimation, wenn ein durch und durch vernünftiger Brite in diesem Grad von einem Gemälde verführt wird. Ich kenne die Symptome – von mir selbst. Ich bin nicht mehr eine so engagierte Reporterin, wie ich es einmal gewesen bin.

»Und was ist, wenn es gefälscht ist?« fragt einer.

John zuckt mit den Achseln.

»Manchmal muß man es einfach wagen. Ein Chagall wird einem nur einmal im Leben angeboten!«

»Du solltest eine Geschichte darüber schreiben!« erklärt Anna mit schräg geneigtem Kopf.

»Absolutely! In zehn Jahren!« lächelt John, exklusiv für Anna.

Später, als ich mit ihr in die Küche gehe, um Kaffee zu kochen, frage ich sie, ob sie etwas über die Mafia weiß.

»Die georgische oder die aserbaidschanische?« fragt sie trocken. »Natürlich weiß ich was. Die hat ihre Finger jetzt überall drin ...«

»Hast du was drüber geschrieben?«

»Nur Oberflächliches. Mehr traue ich mich nicht. Ich habe eine Tochter, verstehst du.«

Das tue ich. Nicke jedenfalls.

»Könntest du mir ein paar Tips geben?« frage ich dann. »Mein Chef möchte gern eine größere Sache über die Moskau-Mafia haben ...«

Anna nimmt gerade die Milch aus dem Kühlschrank, finnische, fünfzehn Kronen der Liter. Sie guckt mich von der Seite an. »Dann bitte ihn doch, das selbst zu machen. Das ist nichts für eine schwangere Frau!«

»Warum nicht?« werfe ich locker ein.

»Warum nicht? Weil es zu gefährlich ist!« Anna sieht mich streng an. »Wenn du eine wirklich gute Geschichte haben willst, dann mußt du die Großen zu fassen kriegen. Und wenn du mit denen spielen willst, dann solltest du besser vorher eine Runde im Trainingslager in Beirut absolvieren! Die sind nicht besonders interessiert an der Einmischung Unbeteiligter!«

»Kennst du einen Namen?« frage ich.

»Du hast sie ja nicht mehr alle!« schüttelt sie den Kopf. Aber dann kritzelt sie doch etwas auf einen Kaffeefilter. »Sascha, 243 43 43.«

»Neureicher Bankdirektor, scharf auf skandinavische Frauen und rammelt wie ein Karnickel. Und vergiß gleich, von wem du die Nummer hast!« ermahnt sie mich. Sie wendet sich John zu, der herausgekommen ist, um zu schmusen. Mit ihr.

»Wann darf ich dich besuchen und mir deinen Chagall angucken?« fragt sie einschmeichelnd.

»Any time!« lacht er und klaut sich einen Danish Buttercookie aus der offenen Dose auf dem Küchentisch.

Als ich aufbreche und zurück ins Zentrum fahre, schließe ich alle vier Autotüren von innen. Ich bin immer noch etwas paranoid; als ich bei Rot halten muß und im Rückspiegel auf der ansonsten leeren Straße ein Auto herankommen sehe, drücke ich auf die Tube. Ich habe keine Lust, von Autopiraten gekapert zu werden, und gucke steif geradeaus, als der Wagen neben mich fährt. Auch auf sein Hupen reagiere ich nicht. Als ich hundert Meter weiter zur nächsten Ampel komme, überlege ich, ob ich es wie Kosha machen soll. Auf Rot scheißen und einfach durchrasen. Aber ein Lastwagen kreuzt, so daß ich auf die Bremse treten und brav an der Linie anhalten muß. Kurz darauf höre ich, wie jemand ans Seitenfenster klopft und meinen Namen ruft.

»Bist du sauer auf mich?« fragt Thorbjørn mit seinem lebendigen Baß, als ich das Fenster herunterdrehe. Ich lächle peinlich berührt extra lieb.

»Entschuldige, aber ich habe geglaubt, ich werde verfolgt.«

»Da tust du auch ganz recht dran. Letzte Woche ist einem deutschen Kollegen ein Reifen zerschossen worden. Deshalb habe ich gedacht, ich lotse dich lieber nach Hause.«

Ich lächle wieder.

»Okay, ich wohne im Hotel Ukraine.«

Thorbjørn nickt und setzt sich hinters Steuer seines Volvo 740 metallic-blau – mit zwei Kindersitzen auf der Rückbank. Dann fahren wir fast Hand in Hand in die Stadt hinein.

»Danke schön!« sage ich, als er bis auf den Parkplatz vor dem Hotel gefahren ist, wo ich mich zwischen ein paar schwarze Limousinen klemme, die immer stärker das Straßenbild bestimmen. »Jetzt finde ich sicher heim!«

»Nein, ich bringe dich bis an die Tür!«

Und das tut er – galant und höflich bis in den neunten Stock und im wahrsten Sinne des Wortes bis an meine Tür.

Aber er will nicht mit reinkommen. Sein Motiv war durch und durch edel, er wollte nur mein Beschützer sein. Ich bin kurz davor, gerührt zu sein, jedenfalls spüre ich einen unwiderstehlichen Drang, ihn zu küssen. Also tue ich es, stelle mich auf die Zehenspitzen und küsse ihn auf seinen breiten Mund.

»Danke, Thorbjørn. Du bist ein phantastischer Mann!«

Er wird rot, schiebt seine Hornbrille mit dem Zeigefinger hoch und zieht sich rückwärts zurück. Verschwindet hinter dem ersten Knick des Flurs.

Ohne den Mantel auszuziehen, stürze ich zum Nachttisch, auf dem mein Adreßbuch liegt. Die Visitenkarte habe ich lose hineingelegt – und es ist genau, wie ich es mir gedacht habe. »Alexander Kusnetzow, Direktor. 243 43 43.«

»Sascha, scharf auf skandinavische Frauen, rammelt wie ein Karnickel«, sage ich laut in den Raum.

Ich bleibe noch eine Weile im Mantel auf dem Bett sitzen. Ich bin müde und sollte vernünftigerweise ins Bett gehen. Aber dann entscheide ich mich anders. Lasse das Licht brennen, als wäre das eine Sicherheitsmaßnahme, und verlasse das Zimmer. Nehme den Fahrstuhl wieder nach unten und fahre ins Moskau by night, um zu sehen, ob ich die Geschichte machen kann. Jedenfalls einen Anfang ...

Es ist schon nach Mitternacht, und Moskaus Puls schlägt zu dieser Tageszeit schwach. Die imposanten Fassaden sind dunkel, in den Seitenstraßen liegt das hartgebeutelte Volk und schläft hinter undichten Fenstern. Ich gönne ihm diesen Schlaf, spüre ihn wie einen kollektiven Atemzug und sehe die Menschen vor mir, wie sie zusammengedrängt in kleinen, stickigen Wohnungen liegen, Mutter, Vater, Kinder und Großmutter, mit offenen Mündern und schlaffen Zügen. Ohne wirklich hoffen oder glauben zu können, daß der kommende Tag besser wird, aber mit dem Urinstinkt, überleben zu wollen.

In dem schwachen Verkehr komme ich schnell über den Puschkinplatz, wo Alexander Kusnetzow sein Hauptbüro haben soll. Trotz der Straßenbeleuchtung ist es nicht einfach, die Hausnummern zu erkennen, und wie ein alter dänischer Stalinist einmal, als er sich verirrt hatte, sagte: »Das Katasteramt hat jedenfalls noch keine Perestroika eingeführt!« Also fahre ich straßauf, straßab, bevor ich ein Gebäude mit Licht in drei Fenstern im dritten Stock entdecke. Ich gehe vom Gas und rolle langsam vorbei; jetzt springt mir das frischgeputzte Messingschild geradezu in die Augen: »Moskowski Bank«, »Interbank« und »Safe«.

Vor dem Gebäude parkt ein riesiger Mercedes. Ich fahre vorbei und parke zwanzig Meter weiter, vor einem schwarzen Wolga. Es ist fast halb eins. Sascha, der Rammler, arbeitet noch spät.

Ich stelle den Motor ab und warte. Worauf, das weiß ich

eigentlich selbst nicht. Denn schließlich ist es nicht verboten, nachts zu arbeiten, bei uns im Westen ist es ja fast verboten, es nicht zu tun, wenn man ein Image als Arbeitstier in seinem Job haben will.

Nachdem ich zwanzig Minuten gewartet habe, nur abgelenkt von einem Liebespaar, das sich auf einer Bank vor dem Puschkindenkmal gegenseitig ableckt – für einen Augenblick vermisse ich Paul ganz intensiv –, habe ich in jeder Hinsicht kalte Füße bekommen. Ich beschließe, noch fünf Minuten zu warten und dann zurück ins Hotel zu fahren, wo mein zumindest warmes Bett wartet.

Aber genau in dem Moment, als ich den Schlüssel in der Zündung umdrehen will, wird das Licht gelöscht, und fünfzehn Sekunden später geht die Haustür auf. Heraus kommen drei Männer – zuerst ein junger, adretter Typ in Lederjacke und Turnschuhen. Er schaut die Straße auf und ab, als wolle er sehen, ob die Luft rein ist, bevor er der folgenden Person die Tür offenhält: einem ungefähr zwei Meter hohen und gut hundert Kilo schweren Mann mit stahlgrauem, gelocktem Haar über dunklen Gesichtszügen. Er trägt einen eleganten Leder-Trenchcoat, maßgeschneidert, und einen teuren Wollschal um den Hals. Er ist barhäuptig, trägt Slipper mit Quaste und keine Handschuhe. Offensichtlich rechnet er nicht damit, viele Meter in der eiskalten Aprilnacht gehen zu müssen. Oder er ist es einfach nicht gewohnt, mehr anzuziehen. Das Klima in Georgien ist milder.

Hinter ihm erscheint Alexander, mein alter Freund. Sein Gesicht hat diesen servilen Ausdruck, den ich noch schwach vom ersten Teil meines Interviews erinnere. Die beiden Männer küssen einander auf beide Wangen und sehen äußerst zufrieden aus. Alexander bringt seinen Gast bis zum Wolga, aus dem überraschend ein Mann herausgesprungen ist, um die Tür zu öffnen. Da drin hat also einer gesessen und gewartet – hoffentlich hat er gelesen oder geschlafen und die Dame im roten Golf nicht bemerkt. Der junge, adrette Typ deckt seinen Boß den ganzen Weg bis zum Auto und setzt sich erst auf den Rücksitz, als er sicher ist, daß er seinen Job ordentlich gemacht hat. Das hat er aber nicht, denn die Dame im roten Golf bleibt offensichtlich weiterhin unbemerkt.

Alexander winkt dem Wolga nach, als dieser sich in Bewegung setzt. Dann schließt er seinen Mercedes auf, steigt ein und fährt los. Ich zähle bis zwanzig, dann starte ich auch.

Ich habe meinen Anfang und absolut nicht vor, mein kleines Spiel weiterzutreiben, indem ich eines der beiden Autos vor mir beschatten würde. Als ich sehe, wie sie zweihundert Meter vor mir an der ersten Ampel abbiegen, plane ich, geradeaus zu fahren und mich heimzuschleichen. Aber ich muß bei Rot halten, und während ich warte, sehe ich noch einen Wolga hinter mir herankommen, dessen Nase dicht an meiner Stoßstange hängt. Und auch wenn es nicht derselbe wie vorhin ist, so erkenne ich den Typen im Rückspiegel. Ein junger, adretter Georgier bei der Arbeit.

»Kein Verfolgungswahn!« beruhige ich mich selbst, aber mein Test, zuerst rechts und dann links abzubiegen, bestätigt meinen Verdacht. Ich werde verfolgt. Jemand hat mich gesehen und will jetzt herausfinden, wer das wohl ist, der da durch die Nacht schleicht.

Ich lache laut und hysterisch. Da ist doch lächerlich. Ich meine, so etwas passiert mir doch nicht. Aber dann werde ich von hinten geblendet, und auch meine Fröhlichkeit hat ihre Grenzen.

Mein Gehirn teilt mir kurz und bündig mit, daß ich gar keine andere Möglichkeit habe, als abzuhauen. Sofort! Und das tue ich. Im besten Gangsterstil biege ich scharf nach links ab, fahre im Zickzack durch kleine, unbekannte Straßen und Gassen, fahre von der falschen Seite in Einbahnstraßen und mache unerlaubte Wendemanöver. Aber die Typen – denn ich gehe davon aus, daß es noch einen auf dem Rücksitz gibt – sind mit quietschenden Reifen hinter mir her, und es macht mir angst, daß sie die Verfolgung einfach nicht beenden. Entweder sind sie von der Jagd selbst berauscht, oder sie wollen mich um jeden Preis haben. Vielleicht müssen sie das! Vielleicht haben sie den Befehl, nur mit mir zurückzukommen, tot oder lebendig. Ein paar Sekunden lang fühle ich mich fast gelähmt vor Angst, der Schweiß bricht mir aus, mein Fuß auf dem Gas ist bleischwer und läßt sich nicht mehr bewegen. Aber dann entdecke ich, daß ich die Straßen kenne, durch die ich rase. Kiril, ein russischer Liebhaber aus längst vergangener Zeit, wohnte in dieser Straße, und mir fällt ein, daß es von seinem Hof eine direkte Verbindung zur nächsten Ecke gab. Ich weiß nicht, ob ein Auto dort durch die Einfahrt paßt, aber ich muß es riskieren. Es gelingt mir tatsächlich, mich in den Hof zu zwängen und dort zu verstecken, als meine Verfolger die Straße entlangdonnern. Ich rolle so leise wie möglich in den nächsten Hof, um niemanden zu wecken. Und ich schalte den Motor aus und warte eine Viertelstunde, bevor ich mich traue, die Nase aus dem Tor zu stecken und durch die Seitenstraße zum Hafenring zu fahren. Ich weiß nicht, ob sie in der ganzen Stadt Alarm geschlagen haben, aber ich nehme an, daß die Verfolgung meiner Person eher eine diskrete Operation war. Auf jeden Fall gelingt es mir, unbemerkt im dritten Gang nach Sad Sam zu tuckern, dem Korrespondentenghetto, wo Ferdinand seine Wohnung hat und auch das Büro liegt.

»Bist du dir klar darüber, wie spät es ist?« faucht Ferdinand, als er mir aufmacht.

»Viertel vor drei!« sage ich, schiebe mich, ohne zu zögern, an ihm vorbei, in die Wohnung, und schließe die Tür hinter uns. »Gib mir erst mal einen Whisky und dann höre zu!«

Er will protestieren, aber ich laufe schnurstracks ins Wohnzimmer, und ohne Licht zu machen gehe ich zum Fenster und hebe die helle Gardine ein wenig an. Der Sadowaja ist ruhig – sie sind weg. Ich drehe mich zu Ferdinand um, der wie eine schlaffe Silhouette in der Tür zum Flur steht. Merkwürdigerweise angezogen, aber es sieht so aus, als hätte er in seinen Kleidern geschlafen. Er macht keinerlei Anstalten, uns Drinks zu mixen, deshalb gehe ich zum Barfach und hole eine Flasche heraus. »Hast du keinen Whisky?« frage ich und untersuche die Flaschen.

Ferdinand schüttelt den Kopf, also nehme ich die Cognacflasche und schenke in ein Kristallglas ein, das auf einem Tablett steht.

»Willst du auch einen?« frage ich.

»Nein danke. Aber ich wüßte gern, was das Ganze soll!«

»Entschuldige!« lächle ich versöhnlich. »Ich glaube, ich werde von der Mafia verfolgt!« setze ich an und schwenke den Cognac in dem Glas, bevor ich einen Schluck nehme und ihm dann die Ereignisse der Nacht berichte.

Sein abweisender Blick wird im Laufe meiner Schilderung etwas milder, und schließlich setzt er sich auf einen der Stühle am Eßtisch.

»Therese«, sagt er kopfschüttelnd, als ich fertig bin. »Deine Arbeitsmethoden erscheinen mir reichlich extrem, um nicht zu sagen, dummdreist. Vor allem, weil die Wahrscheinlichkeit, daß der Einsatz Erfolg bringt, äußerst gering ist!«

»Und was soll das heißen?« frage ich. »Auf dänisch?«

»Daß dein Abenteuer dir ein paar unangenehme Erfahrungen bescheren kann.«

»Du meinst, daß ich in Gefahr bin? In Lebensgefahr?«

Ferdinand zuckt mit den Achseln und schenkt sich nun auch einen Cognac ein.

»Wenn du meinst, es wäre interessant, in ›Lebensgefahr‹ zu sein, dann können wir es gern so ausdrücken. Jedenfalls ist klar, daß du heute nacht hier schlafen mußt.«

Ich nicke. Ich habe selbst auch keine große Lust, mich weiter in der Stadt herumzutreiben, und allein der Gedanke an einen Gang durch die Hotellobby genügt, daß ich mich freiwillig fürs Sofa entscheide.

»Das ist lieb von dir. Geht es auch für deine Frau in Ordnung?«

Ferdinand guckt in sein Glas, dann hebt er es hoch, hält jedoch in der Bewegung inne, bevor er es an den Mund setzt.

»Ich habe keine Frau. Sie ist vor drei Monaten abgereist und hat die Zwillinge mitgenommen.« Er lächelt unbeholfen mit Augen, schwarz wie frischer Asphalt. »So, jetzt weißt du's.«

»Danke«, murmle ich verlegen. »Deshalb also?«

»Ja«, nickt Ferdinand schwerfällig. »Deshalb.«

Ich werde gegen neun Uhr vom Kaffeeduft wach und richte mich verärgert auf. Ich hätte schon lange unterwegs sein sollen.

»Nach deinen Eskapaden brauchtest du etwas Schlaf!« erklärt Ferdinand, frisch rasiert und fast fröhlich. Wir trinken den Kaffee in der Küche, die sauber und ordentlich ist, offensichtlich hat er seiner russischen Haushaltshilfe nicht gekündigt.

»Kam was in der BBC?« frage ich und massiere meine steifen Schultern. Nachwirkungen von der gestrigen Anspannung.

»Über dich? Leider nicht!«

»Sehr witzig!« erwidere ich. »Über die neuesten Putschgerüchte? Ich habe gestern gehört, daß …«

»Das glaube ich gern. Nein, es ist nichts los. Alles ist normal, Baker kommt heute nachmittag an. Jelzin, Krawtjuk und Nazarbajew holen ihn in Wnukowo ab.«

»Was meinst du, was das war, was ich heute nacht gesehen habe?« frage ich und nehme mir ein Stück Toastbrot.

»Gespenster!« antwortet Ferdinand trocken.

Ich lache. Seine Reaktion ist verständlich. Die Grenzen für das normal Erwartbare sind verblüffend eng – bis zu dem Moment, in dem man sie überschreitet und mit einemmal alles möglich ist. Als würde man in einem Märchenland durch einen Spiegel gehen. Wenn man erst einmal den Weg kennt, kommt man auch zurück.

»Ferdinand! Ich schätze dich sehr wegen deines Wissens, deiner Intelligenz und deiner Analysen. Aber ein richtiger Reporter bist du nie gewesen, oder?«

»Also!« sagt er gekränkt und weiß es doch selbst. Er ist Akademiker, und ganz gleich, wie sehr er es auch versucht, er wird nie das gleiche entspannte Verhältnis zu seinem Medium bekommen wie die frisch geschlüpften Jungs von der Journalistenhochschule.

»Dafür bin ich keine große Analytikerin, und über Schrott und Alteisen weiß ich nicht besonders viel. Deshalb habe ich überlegt, daß ...«

»Was hast du überlegt?« Ferdinand sieht mich ausdruckslos an.

»Ich habe überlegt, daß ich, wenn du das Abrüstungstreffen heute übernimmst, meine Spur weiterverfolge. Wenn ich die Sache in den Kasten kriege, machen wir fifty-fifty! Zwei Direktschaltungen und gemeinsamer Weltruhm!«

»Das ist absolut unverantwortlich! Entweder du vergeudest deine Zeit mit nichts oder Bagatellen, oder aber ... Nun ja, ich muß zugeben, daß ich nicht besonders viel von diesen Mafiamärchen halte, aber wenn was dran ist, dann ist das gefährlich. Noch dazu, wo du ...« läßt er mit einem Nicken auf meinen Bauch den Satz unvollendet.

»Ich werde vorsichtig sein. Haben wir eine Abmachung?« nerve ich ihn.

»Ja, die haben wir dann ja wohl«, seufzt er. »Aber sei so gut und halte mich da raus!«

Als erstes schicke ich Sergej und den Tonmann zum Mezhdunarodnaja, um den Golf abzuliefern. Sie sollen ihn nur hinstellen und die Schlüssel beim Pförtner einwerfen. Möglichst alle Fragen vermeiden und auf keinen Fall irgendwas antworten. Danach sollen sie ins Hotel Ukraine, meine Sachen packen und für mich auschecken. Ebenfalls so diskret wie möglich.

Sie sehen mich neugierig an, als ich ihnen sage, was sie tun sollen, aber ich gebe ihnen ein paar Schachteln Zigaretten, und die beiden lieben ohnehin eine gewisse Spannung.

Sie kommen mit meinem Gepäck zurück, ohne etwas Außergewöhnliches erlebt zu haben, aber davon soll man sich nicht täuschen lassen. Ich sitze eine Weile nur da und starre konzentriert ins Blaue, bevor ich beschließe, den direkten Weg weiterzugehen.

Ich schließe die Tür, schalte das Radio ein und drehe die Nummer auf dem verblichenen russischen Telefon. Zuerst habe ich die falsche Nummer, aber das ist immer so, und beim zweiten Mal wird der Hörer von einer Sekretärin abgenommen, die mitteilt, daß ihr Chef »in einer Besprechung ist«.

Die kriegen es ja doch schnell raus, denke ich, als ich mich mit meinem richtigen Namen und dem Sender vorstelle. »Es ist äußerst wichtig, bitten Sie deshalb Ihren Chef, so schnell wie möglich zurückzurufen!« sage ich in einem Ton, den man bei uns zu Hause als beleidigend empfinden würde, der hier jedoch notwendig ist, um überhaupt durchzukommen.

Es vergehen keine fünf Minuten, da ruft er schon zurück, der Rammler.

»Alexander? Erinnern Sie sich? Therese Skårup«, frage ich mit honigsüßer Stimme und hoffe, daß mich niemand hört. »Ich habe Sie in Kopenhagen interviewt.«

Und ob er sich erinnert! Diese faszinierende Frau wird er nie in seinem Leben vergessen! Ob ich wirklich in Moskau bin? Wann können wir uns treffen?

Wir könnten ja einen späten Nachmittagsdrink nehmen, schlage ich vor. Gut. Im Hotel Metropolis um siebzehn Uhr.

Mein Fisch zappelt mit der Schwanzflosse, wie ich feststelle, als ich zu Ferdinand hinübergehe und ihm mitteile, daß ich kurz weg muß. Er selbst will mit dem Team gerade los, um Bilder für seinen Kommentar zu drehen, den er am Vormittag geschrieben hat.

»Ja?« Ferdinand schaut von der Schreibmaschine auf. Er verabscheut Computer. »Wohin gehst du?«

»Nur etwas raus. Ich will ein bißchen Luft schnappen«, lächle ich beruhigend.

»Und was soll ich denen in Kopenhagen sagen?«

»Daß ich in heimlicher Mission unterwegs bin!« Ich zwinkere ihm zu und gehe auf den Sadowaja hinaus.

Ohne länger nachzudenken, biege ich um die Ecke zum Zentralmarkt. Zuerst genieße ich es einfach – lasse mich von den würzigen Gerüchen und Cézanne-Farben einfangen, spiele Hausfrau mit einem kritischen Blick auf frisch geschlachtete Hühner und eingelegten Knoblauch. Falle in ein Loch und werde in einen Tagtraum hineingezogen, in dem Paul und ich an einem dunklen Nachmittag in der Küche sitzen, Gemüse putzen und Pilze dünsten … Paul würde der Zentralmarkt gefallen, Paul würde Moskau gefallen, Paul würde meine Hand in seine nehmen …

Ich kaufe ein wenig ein – ein paar Äpfel hier, Gurken und Tomaten dort. Den alten Georgier, der mir Rosinen in einer aus Zeitungspapier gedrehten Tüte verkauft, kenne ich noch vom Sommer, und wir plaudern ein wenig. Über Politik und die Wirtschaft – auf Straßenniveau. Ich stimme ihm in allem zu, und nachdem er seine erste Wut so ziemlich losgeworden ist, beuge ich mich über den Tresen und frage, ob er jemanden kennt, der mir ein Auto leihen würde.

»Dollars?« fragt er höflich und ist nicht mehr der bedauernswerte Alte, für den der Zug schon lange abgefahren ist.

»Fünfzig Dollar auf die Hand und zehn Dollar pro Tag plus zwanzig Dollar für Sie«, sage ich schnell. »Möglichst einen Lada.«

»Kein ausländisches?« fragt er.

Ich schüttle den Kopf und tue, als begutachte ich seine Granatäpfel.

»Kommen Sie in einer Stunde wieder!« nickt er und spuckt die Schalen von Sonnenblumenkernen aus.

In der Stunde gehe ich zurück ins Korrespondentenbüro, lade die Einkäufe in der Küche ab und frage mich selbst, was ich da eigentlich tue.

Das gleiche fragt Ras, als er mich anruft. Ich versuche mich rauszureden, indem ich ausführlich erzähle, daß Ferdinand mit dem Team unterwegs ist und anscheinend aus dem kryptischen Dunkel wiederauftaucht, was ich Ras aber nicht näher erkläre.

»Ich habe bereits mit Ferdinand gesprochen. Er konnte mir nicht sagen, was du heute ablieferst. Könntest du das vielleicht?«

»Ich recherchiere«, versuche ich es, »Sologeschichte ...«

»Das kann jeder sagen. Soweit ich weiß, kommt der amerikanische Außenminister heute in Moskau an, oder? Das ist wohl nicht gerade eine Sologeschichte?«

»Ras! Nun hör mal!« seufze ich. »Zufällig habe ich etwas entdeckt, das ich weiterverfolgen will. Was mit der Mafia.«

»Was ist mit der Mafia? Also, Tes, jetzt aber ehrlich!«

»Eine große Sache. Vielleicht verdammt groß sogar«, sage ich bedeutungsvoll und gucke auf die Uhr. »Ich muß jetzt los! Ich muß dafür ein paar Dollar extra investieren und vielleicht sogar *under cover* arbeiten ...«

»*Under cover!*« ruft Ras. »Denkst du, wir spielen Miami Vice! Du bist schwanger, mein Schatz! Dafür kann ich auf keinen Fall die Verantwortung übernehmen!«

»Dann laß mich mit dem General reden!« bitte ich sauer.

»Bitte schön!« erwidert er ebenso sauer und stellt mich durch. Wir trennen uns eigentlich nie in diesem Ton, Ras und ich. Aber er ist ein Jammerlappen, und das kann ich im Augenblick wirklich nicht gebrauchen.

Der General gibt zu allem sein Okay.

»Go ahead! Aber vermeide jeden Skandal, für den ich dann einstehen muß! Und laß dich nicht umbringen! Das gibt immer so schlechte Schlagzeilen!« poltert er.

»Ich werde mir Mühe geben!« sage ich und weiß, daß er mit einem Grinsen im Gesicht dasitzt. Dieser Zyniker.

Der alte Georgier blinzelt mir konspirativ zu, als ich mich seinem Stand nähere.

»Fräulein! Sie haben das hier vergessen!« ruft er mir zu und winkt mit einer Tüte Walnußkernen.

»*Spasibo!*« bedanke ich mich und nehme die Tüte. »Noch einen schönen Tag!« Ich gebe ihm die Hand, und man müßte es wirklich in Zeitlupe sehen, um mitzubekommen, daß ich ihm dabei achtzig Dollar überreiche. Absolut professionell.

Erst auf der Straße, in einer Toreinfahrt, kippe ich die Walnüsse aus der Tüte. Er hätte mich anschmieren können, aber ich bin mir ziemlich sicher, daß er das nicht macht. Nein, da sind die Autoschlüssel und eine hastig hingekritzelte Beschreibung des Autos und seines Standorts.

Es ist in einer Seitenstraße nicht weit entfernt geparkt. Ein pipigelber Lada mit georgischem Kennzeichen. Als ich mit einigen Schwierigkeiten die Tür aufbekomme, schlägt mir ein scharfer Gestank entgegen, so daß ich nach Luft schnappen muß. Blumenkohl. Der Rücksitz ist herausgenommen, der ganze kleine Wagen vollgestopft mit Blumenkohl zum Markt gefahren worden. Und der Vermieter hatte offenbar keine Lust, die bräunlichen Blätter und kleinen Kohlteile zu entfernen, die beim Entladen aus den Kisten gefallen sind. Ich mache oberflächlich sauber und öffne alle Fenster, die zu öffnen sind. Das kann man wirklich eine originelle Tarnung nennen!

Zu meiner großen Freude fährt er. Er hustet ein wenig beim Start, aber nachdem er erst einmal seine Heiserkeit überwunden hat, arbeitet der Motor gut und solide. Vielleicht haben sie ihn frisiert, die Georgier. Dafür ist der Benzinanzeiger in bedrohlicher Nähe der Nullmarke, was natürlich auch heißen kann, daß er nicht funktioniert. Aber sicherheitshalber fahre ich zur nächsten Tankstelle, die nicht weit entfernt an der Krasinastraße ist.

Erst als ich in der Schlange stehe, fällt mir ein, daß ich keine Benzingutscheine habe. Die, die ich hatte, liegen im Handschuhfach des Golfs. Aber weiter vorn habe ich bereits ein 010-Diplomatenauto erspäht, das muß jemand von der Botschaft sein. Wahrscheinlich eine der Ehefrauen, die im Valuta-Supermarkt einkaufen war. Ich will gerade aussteigen und fragen, ob ich ihr ein paar Gutscheine abkaufen kann, als der dicke Tankwart in seinen schwarzen Gummistiefeln herauskommt und die Benzinschläuche um die Tanks wickelt, das Zeichen dafür, daß er nichts mehr hat.

»Schluß!« winkt er mit den Armen. Kein Benzin mehr. Vielleicht am Nachmittag. Vielleicht morgen. Typisch, aber andererseits auch gut, daß ich keine Chance habe, mich zu erkennen zu geben. Es gibt keinen Grund, mich zum Tagesgesprächsthema in der dänischen Botschaft werden zu lassen. »Dänische Fernsehreporterin in blumenkohlstinkendem Lada mit georgischem Kennzeichen gesehen.«

Ich parke in einer Seitenstraße und gehe zurück zum Büro. Ich darf nicht vergessen, später noch zu tanken. Es ist jetzt eins, Ferdinand und das Team müssen eigentlich zurück sein.

»Dein Mann hat angerufen!« sagt die Sekretärin, als ich hereinkomme.

»Paul?« frage ich. »Er ist doch nicht mein Mann!«

»Das hat er aber gesagt«, entschuldigt sich die Sekretärin.

»Hat er was ausrichten lassen?« frage ich und hänge meinen Daunenmantel an die Garderobe.

Die Sekretärin errötet leicht.

»Daß er dich liebt. Und du möchtest doch zurückrufen.«

Das mache ich sofort, während die anderen in der Küche Mittag essen.

Ich habe Herzklopfen, als ich die Nummer auf dem Telefon mit direkter Verbindung zum Ausland wähle, ein enormes Privileg, das nur hier lebende Korrespondenten nach langen, zähen Verhandlungen mit der unausrottbaren Staatsbürokratie erhalten, und warte auf seine Stimme.

»Ja, ich bin's!« sagt er, und es klingt, als hätte er den Hörer an sich gerissen.

»Und ich bin's auch!« lächle ich. Meine Freude ist wie ein Orgelbrausen.

»Oh, Tes! Ich vermisse dich so schrecklich!« jammert er. »Geht es euch gut?«

»Euch?«

»Ja, dir und dem Baby! Ich habe das Gefühl, als hätte ich euch einfach im Stich gelassen. Ich hätte dich nicht fahren lassen dürfen, oder zumindest hätte ich mitfahren sollen!«

»Ich kann ganz gut auf mich selbst aufpassen!« sage ich.

»Soll ich nicht nachkommen?« fragt er. »Ich habe die Flüge rausgesucht, und ...«

»Nein!« unterbreche ich ihn kategorisch, um auch nicht einen Moment lang der unpassenden Versuchung zu unterliegen, beschützt zu werden. »Alles geht ruhig und wie üblich seinen Gang, und, wie gesagt, ich kann ganz gut auf mich selbst aufpassen.« Ich beiße mir auf einen Finger, um der pochenden Sehnsucht etwas entgegenzusetzen, die seine Stimme in mir geweckt hat.

»Und paßt du auch gut aufs Kind auf?«

»Natürlich!« antworte ich und streiche mit einer Hand über den Bauch. »Es strampelt!«

»Das tut es, weil es Papas Stimme hört!« sagt Paul, ruft dann »Hallo, Baby!«, und ich lache und nicke Ferdinand zu, der seinen Kopf hereinsteckt, ihn aber sofort wieder zurückzieht, als er sieht, daß ich beschäftigt bin.

»Und wie geht es dir?« frage ich, um auf ein anderes Thema zu kommen. »Abgesehen davon, daß du dich vor Sehnsucht verzehrst?«

»Ganz okay. Ich habe mich bei TV2 beworben.«

»Willst du Fernsehdirektor werden?« frage ich ironisch mit Anspielung auf eine heiß diskutierte vakante Stelle beim Sender. »Ich dachte, du wolltest als Freier arbeiten? Als Schriftsteller?«

»Ja, ja, das will ich ja auch. Das Ganze ist nicht so ernst gemeint. Nur das Ergebnis einer sonntagnachmittäglichen Unruhe, wenn die eigene Frau sich in der Weltgeschichte herumtreibt.«

»Für welche Stelle hast du dich denn beworben?« frage ich.

»Sie suchen einen Umweltmitarbeiter und einen Moderator für die Nachrichten«, sagt er locker. »Sicher kriegen sie drei-, vierhundert Bewerbungen.«

»Und was ist, wenn sie dich haben wollen?« frage ich scharf.

»Das wollen sie bestimmt nicht. Bei meinem zweifelhaften Ruf!«

Ferdinand steckt erneut den Kopf rein. Er muß etwas Wichtiges auf dem Herzen haben.

»Du Paul, ich muß aufhören. Ferdinand ...«

»Wie geht es mit ihm?«

»Gut. Erstaunlich gut.«

»Ich hoffe, nicht zu gut, oder?« fragt er unruhig.

Ich lache laut auf.

»Paul! Bei dem Bauch!«

»Du bist so schön! Mein Gott, ich wünschte, ich könnte sofort auf dich springen!«

»Paul!« weise ich ihn zurecht. »Ich muß jetzt wirklich Schluß machen.«

»Okay! Wenn du nicht mit mir reden willst! Aber paß gut auf unser Kleines auf. Und komm verdammt noch mal bald nach Hause!«

»Küßchen, Küßchen, Paul. I love you!« sage ich und lege auf.

Ich gehe zu Ferdinand, der am Ticker steht.

»Ja?«

»Glaube nur nicht, daß ich deine Netze weiterspinne«, leitet er ein, und dann erzählt er mit gesenkter Stimme, daß er ein Gerücht im Pressezentrum gehört hat. Anscheinend hat »The Post« einen Mann gekauft, der erzählt hat, daß in der Heeresspitze ein organisierter Uranverkauf im Gang sei, an alle, »die entsprechend bieten«.

»Aber«, Ferdinand zuckt mit den Schultern, »heutzutage erzählt dir jeder, was du hören willst, wenn du ihm ordentlich zahlst.«

Ich sehe durch ihn hindurch, und wie früher bei der Lösung von Gleichungen zweiten Grades, von denen man glaubte, man würde sie nie begreifen, entsteht in meinem Kopf plötzlich eine wahnwitzige Theorie.

»Interessant«, sage ich. »Darf ich dein Badezimmer für ein paar Stunden ausleihen?«

»Möchtest du den Rücken geschrubbt bekommen?« Ferdinand lächelt breit, so daß mir zum ersten Mal auffällt, daß er zwischen den Vorderzähnen eine Lücke hat. Das Lächeln steht ihm.

»Danke, nein, aber ich schätze das Angebot«, lache ich. Schließlich sind wir doch wieder Freunde.

Das Wasser schwappt über meinen Bauch, der wie eine kleine Insel herausragt, als ich entspannt in Ferdinands Badewanne liege. Ich habe mir erlaubt, den von seiner weggelaufenen Ehefrau hinterlassenen Badeschaum großzügig zu benutzen, und bleibe so lange liegen, bis die Haut an meinen Fingern und Zehen geriffelt und aufgeweicht ist. Wenn ich angezogen bin, sieht man es kaum. Aber in der Badewanne ist es ganz offensichtlich, daß mein Körper sich verändert hat. Daß er sich auf etwas vorbereitet, das für mich noch in weiter Zukunft liegt. Ich, die ich Fett und Wülste verabscheue, ende trotz meines strikten Reglements wohlbeleibt, wie Tante Mo es anerkennend ausdrücken würde. Ich schiebe Schaum auf die vollen Brüste, auf denen das Adernetz wie ein bläuliches Astwerk unter der Haut zu sehen ist, und lege eine Hand auf meinen Venusberg. Schließe die Augen und lasse die Hand dort liegen, während ich versuche, mir Paul ins Gedächtnis zu rufen, wenn er mir am allernächsten ist, seinen Kopf in meinem Schoß vergraben.

Aber ich bin zu angespannt, um mich meiner Lust hinzugeben. Ich lasse das Wasser ablaufen und steige aus der Wanne, um meine Rendezvous-Vorbereitungen fortzusetzen.

Mit steigendem Kribbeln lackiere ich meine Nägel, schminke mich und ziehe ein zweigeteiltes Kleid an, das, zumindest wenn ich sitze, meinen Bauch tarnt. Ich wünschte, ich könnte das Filmteam zusammenklappen und in die Tasche stecken oder ich hätte einen von diesen kleinen flinken Sonys, wie meine schreibenden Kollegen sie immer bei sich haben. Aber ich habe nichts außer geschärfter Wahrnehmung und der Ahnung, daß Alexander mich ans Ende des Regenbogens führen wird.

Ich hülle die femme fatale in den Daunenmantel, lege die Hochhackigen in ein dunkelblaues Einkaufsnetz, schlüpfe in meine ausgelatschten Stiefel und gehe zu meinem Blumenkohltransporter, den ich nach einigen Umleitungen wegen Bakers Besuch in sicherem Abstand vom Hotel Metropol parke.

Der Pförtner mustert mich abweisend, aber da ich ihn englisch anspreche und Alexanders Namen erwähne, tritt er mit arroganter Resignation zur Seite. Ich gebe Mantel und Stiefel an der Garderobe ab, ziehe meine Schuhe an und kann aus den Augenwinkeln den verblüfften Blick des Portiers sehen, der meine Verwandlung mitbekommt.

Ich bin absichtlich zu früh gekommen – ich will ihn sitzend empfangen. Die Illusion, daß mit mir was zu machen wäre, soll so lange wie möglich erhalten bleiben – denn ansonsten habe ich nicht viel zu bieten. Und ich bin mir ziemlich sicher, daß der Rammler nicht mit ein paar Zehndollarscheinen zu kaufen ist.

Ich setze mich an einen Tisch in der halbleeren Bar, von dem aus ich den aufgehängten Fernseher sehen kann. Auf CNN wird gerade von Bakers Empfang durch die Troika auf dem Wnukowo-Flughafen berichtet. Der Reporter spricht von der wachsenden Spannung zwischen Rußland und der Ukraine und erklärt den kasachstanischen Präsidenten, der bereits in Washington war, um das Nichtverbreitungsabkommen zu unterschreiben, zum Vermittler zwischen den beiden streitenden Parteien. »Und es muß vermittelt werden«, erklärt der Reporter. »Das letzte, was die SNG brauchen könnte, wären Machtdemonstrationen und die Gefahr eines Bürgerkriegs zwischen den Großen. Und«, fügt er hinzu, »die ganze Welt wird in eine ernsthafte Krise gestürzt, wenn die Falschen die Kontrolle der gewaltigen Atomwaffenlager an sich reißen, die sich noch auf dem Boden der Sowjetunion befinden.«

Der Kellner kommt freundlich lächelnd, das Personal vom Metropol war in einer Hotelschule im Westen, und ich bestelle Coca Cola mit Zitrone, wirklich. Mein Blutzucker ist am Boden, und auch wenn ich aufgedreht bin wie Monika Seles vor dem Match, bin ich nach einer kurzen, hektischen Nacht doch ein wenig müde.

Fünf Minuten nach fünf kommt er herein, Alexander, genauso aalglatt und von sich selbst überzeugt wie das letzte Mal, als ich ihn sah. Ich schicke ein Stoßgebet zu den Genen, die ich doch von meiner Mutter geerbt haben muß, um wenigstens ein winziges bißchen Theater spielen zu können.

»Therese!« ruft er und greift wie beim letztenmal nach meiner Hand, die ich ihm sitzend reiche, während ich versuche, das »strahlende Lächeln« zu imitieren, das eine der Erfolgsnummern meiner Mutter ist.

Er bestellt französischen Champagner und setzt sich mit einem sehr komischen Tête-à-tête-Ausdruck mir gegenüber. »Ich habe oft an Sie gedacht«, sagt er und will wieder meine Hand greifen, die es gerade noch schafft, den Stiel des Glases zu umfassen und damit zu entkommen, bevor er zuschlägt. Ich lächle wieder verführerisch und lache schelmisch, als er mir erzählt, wie schrecklich ich doch während des Interviews war.

»Such a cruel woman! I couldn't believe it!« sagt er, ins

Baryschnikow-Englisch wechselnd. »Was machen Sie hier, Therese? Wie lange bleiben Sie? Wie gefällt Ihnen Moskau?«

Ich winde mich heraus, indem ich Baker die Schuld an meiner Anwesenheit gebe, was teilweise ja sogar stimmt. Erkläre, daß ich bereits den heutigen Kommentar abgeliefert habe und mein Kollege jetzt »auf dem Schlachtfeld« ist. Ich werde noch »eine Weile« hierbleiben, und Moskau ist »wunderbar, aber anders«.

»Bereits viel westlicher«, vertiefe ich meine Meinung. »Lacôme, Estée Lauder, Benetton. Dieses phantastische Hotel hier!«

»Ja, so langsam kriegen wir alles!« sagt er stolz und entzückt über meine Schmeicheleien. »Auch reiche Menschen, und das ist gut so! You see, die haben Geld, das sie auf die Bank bringen können, und Werte, auf die sie achten müssen. Und wer tut das – das mache ich!« lacht er und stößt seinen Champagnerkelch gegen meinen.

»Dann laufen die Geschäfte also?« schmunzle ich, nachdem ich meine Lippen mit Champagner benetzt habe.

»Oh yes, very good!« nickt er vielsagend und zieht ein flaches, silbernes Zigarettenetui aus der Innentasche. Öffnet es, bietet mir eine an und klopft selbst seine Dunhill kurz auf den Deckel, bevor er uns beiden Feuer gibt und dann das Etui wieder einsteckt. »Das hier ist ja Pionierland. Good business, if you're smart!«

Und das ist er sicher?

»Very smart!« nickt er, und der Kellner, der langsam alle Hände voll zu tun hat, um die Cocktailkunden zu bedienen, schenkt nach und stellt die Flasche in den Kühler. Wir stoßen an.

»Wollen wir uns nicht duzen?« schlägt er auf russisch vor, was nach einer so kurzen Bekanntschaft ziemlich dreist ist.

»Doch, ja«, nicke ich. »Das können wir!«

Das ist hoch gepokert, denn damit sind wir schon halb im Bett, aber ich muß aufs Ganze gehen.

»Therese, auf deine Schönheit!« sagt er, und dann trinken wir Brüderschaft.

»Sascha«, sage ich. »Ich habe eine Geschichte gehört, die ich einfach nicht glauben kann. Und jetzt habe ich um hundert Dollar mit einem amerikanischen Kollegen gewettet ... Vielleicht kannst du mir helfen?«

»Ja?« Alexander lächelt entgegenkommend, aber dann steht er plötzlich mit weit ausgebreiteten Armen und einem Lächeln wie ein Fettfleck auf. Ich drehe mich um, und da kommt er. Don Corleone mit seiner grauen Mähne, einem Ledermantel und einer schwarzhaarigen Frau an jedem Arm – beide grell geschminkt und über und über mit vulgärem Goldschmuck behängt. Alexander begrüßt beide mit einem Handkuß und küßt den großen Mann auf die Wangen. Anschließend werde ich auf englisch als »my Danish girlfriend, Therese!« vorgestellt. Don Corleone nimmt meine Hand und schüttelt sie ohne größeres Interesse. Die Frauen, eine junge und eine etwas ältere, wie ich sehe, als wir uns gegenüberstehen, begrüßen mich leicht herablassend und opfern mir nur widerwillig ihre kostbare Aufmerksamkeit, als die Gesellschaft sich auf Alexanders Aufforderung hin an unserem Tisch niederläßt.

Alexander bestellt eine weitere Flasche Reims, die trotz aller Geschäftigkeit umgehend serviert wird. Und danach folgt eine unendlich lange halbe Stunde, in der ich all meine Sinne benutze. Alexander redet mich nämlich konsequent auf englisch an, und ich begreife, was er damit signalisieren will – ich soll mein fließendes Russisch nicht zur Schau stellen. Und als Don Corleone mich – über Alexander, der als Dolmetscher fungiert – fragt, ob ich das erste Mal in Moskau bin, nicke ich lächelnd. Alexander fügt schnell hinzu, daß ich mit einer dänischen Reisegesellschaft unterwegs bin.

»Sie ist Lehrerin. Ich habe sie auf dem Roten Platz kennengelernt«, blinzelt er verständnisinnig Don Corleone zu, der lacht und ihm anerkennend auf die Schulter klopft.

Es läuft gut, auch wenn die Frauen, die offensichtlich Ehefrau und Tochter sind, mich die ganze Zeit mit säuerlicher Kälte betrachten. Sie akzeptieren es, für andere Männer in den Hintergrund zu treten, aber von einer anderen Frau wollen sie nicht an die Seite geschoben werden. Doch ich tue, als ob ich nichts merkte, spiele die Rolle der naiven Skandinavierin, lächle und schlage kokett die Augen nieder, daß meine Mutter stolz auf mich wäre. Alexander meistert die Situation in überlegener Manier, nur das Kettenrauchen und die schnell geleerten Gläser verraten seine Nervosität. Er hat Angst, und die bekomme ich auch, als eine weitere wohlbekannte Gestalt hereinkommt und sich mit einem kurzen Nicken zu seinem Chef an die Bar setzt. Der adrette junge Mann mit dem modischen Haarschnitt bestellt eine Pepsi, nachdem er seinen Blick lange auf mir hat ruhen lassen. Komisch, daß er hier Zutritt bekommen hat – in Jeans und Lederjacke.

Die Damen gehen auf die Toilette, und Don Corleone bespricht mit Alexander in seinem schlechten Russisch Geschäfte, was diesen in ein schreckliches Dilemma bringt. Soll er den Mann reden und mich das Gespräch mithören lassen? Oder soll er ein anderes Thema anschneiden und damit riskieren, seine eigene Lüge aufzudecken?

Er läßt Don Corleone reden, antwortet selbst aber fast flüsternd, so daß auch der Don leiser spricht und ich bei der Muzakberieselung, dem CNN-Kommentar und dem ansteigenden Stimmengewirr der anderen Gäste kaum etwas verstehen kann. Aber ich schnappe die Worte »Ware«, »kommt morgen an« und »gute Freunde« auf. Außerdem ist sowieso klar, daß es Don Corleone ist, der fragt, und Alexander derjenige, der antwortet und beruhigend nickt. Alles unter Kontrolle.

Als die Damen frisch gepudert in einer Wolke schweren Parfums zurückkommen, steht der Don auf und hat gleich wieder an jedem Arm eine Frau. Sie wollen in einem Chambre séparée etwas feiern – wozu wir natürlich herzlich eingeladen sind.

Alexander dankt, aber wir haben andere Pläne, höhöhö ... Und das versteht Don Corleone, höhö, nur zu gut, und so verabschieden wir uns. Diesmal küßt Don Corleone meine Hand, und die Damen lächeln vor Erleichterung, mich endlich los zu sein. Die Gesellschaft verschwindet im Restaurant – und kurz danach rutscht der Adrette von seinem Barhocker und schließt sich ihnen an. Ich wende ihm den Rücken zu und starre auf den Tisch, während Alexander ihm unmerklich zunickt.

Auch wenn ich nur zu gut Bescheid weiß, wäre es unnatürlich, um nicht zu sagen Mißtrauen erweckend, wenn ich nicht fragen würde, wer dieser große Mann war.

»Ein guter georgischer Freund«, wehrt er ab.

»Reich und mächtig?« erdreiste ich mich zu fragen.

Alexander nickt.

»Reich und mächtig, ja. Wir machen Geschäfte miteinander.«

Aha. Mehr sage ich nicht, obwohl es noch genug Fragen zu stellen gäbe. Er sieht mich forschend an, dann winkt er dem Kellner mit seiner »never leave home without it«-American Express Card.

»Laß uns etwas herumfahren!« sagt er dann, nachdem die Rechnung beglichen ist.

Da ich pinkeln muß, entschuldige ich mich und gehe zur luxuriösen, antiseptischen Toilette. Ansonsten gilt die ungeschriebene Regel, daß man öffentliche Toiletten in Moskau meiden sollte. Aber jetzt, nachdem der Klassenunterschied so deutlich geworden ist und die Privilegien der Nomenklatura öffentlich anerkannt sind, gibt es auch Unterschiede, was die Klos betrifft. Und dieses hier besteht – wie der Rest des Hotels – fast nur aus Messing und Marmor. Vor dem Spiegel spritze ich mir Wasser ins Gesicht, ziehe die Lippen nach und reibe mir über die Lenden, wo es ein wenig zieht wie kurz vor der Menstruation. Ich sage zu mir selbst, daß es jetzt an der Zeit ist, ein Hintertürchen zu suchen. Aber ich tue es nicht, sondern gehe zurück zu Alexander, der in der Lobby telefoniert.

Ich hole meinen Mantel und meine Stiefel aus der Garderobe und beeile mich, beides anzuziehen, bevor er mir eine helfende Hand reichen und damit verdächtig nahe kommen kann. Als er entschuldigend zu mir kommt, habe ich bereits den Mantel zugeknöpft, und nichts an seinem Verhalten deutet darauf hin, daß ihm etwas aufgefallen ist. Falls er meinen Mantel und meine Stiefel sonderbar findet, läßt er sich zumindest nichts anmerken. Paul hätte sofort die Stirn gerunzelt. Aber nicht alle Männer haben einen Blick für weibliche Eitelkeit.

Ich schicke Paul einen telepathischen Kuß und erflehe seinen und Gottes Segen, als ich mich in Alexanders Mercedes-Flaggschiff setze.

Er hat einen CD-Player im Wagen und fragt, was ich hören will. Als ich mich nicht entscheiden kann, legt er Madonna auf, »Like a Virgin«. Ein wenig zu deutlich mit seinen Assoziationen; ich hätte Mozart oder The Beatles vorgezogen. Er redet nicht besonders viel, während wir in dem, was ganz offensichtlich sein Schwanzverlängerer ist, durch die Stadt rasen. Aber er raucht weiter eine Dunhill nach der anderen, und ich öffne das automatische Fenster, weil mir langsam übel wird. Übrigens ist es lange her, daß mir schlecht war. Vielleicht habe ich nur Hunger.

Er schaut ungewöhnlich oft in den Rückspiegel, und sein abrupter Kurswechsel vom Ring in ein paar kleine Seitenstraßen erscheint mir auffallend paranoid.

»Wohin fahren wir?« frage ich kokett.

»An einen Ort, wo wir allein sind!« sagt er und entblößt seine schlechten Zähne. Die hat er noch nicht gegen ein westliches Modell eingetauscht.

Wir müssen einige der großen Ausfallstraßen kreuzen, und auch wenn ich so tue, als interessiere es mich nicht besonders, wo wir uns befinden, merke ich mir, daß wir die Stadt in südöstlicher Richtung verlassen. Nachdem wir durch einige Trabantenstädte, in denen Hunderttausende wie in übereinandergestapelten Schuhkartons leben, gekommen sind, bittet Alexander mich, den Kopf zwischen die Beine zu beugen.

»Warum?« frage ich und verdecke meine Unruhe mit einem Lächeln. Die müssen bald aufgebraucht sein, die Lächeleinheiten.

»Damit du nicht gesehen wirst, und damit du selbst nicht zuviel siehst«, sagt er. Ich gehorche mit einem resignierten Schulterzucken, auch wenn es mir schwerfällt, mich über meinem Bauch zusammenzukrümmen, und gleich darauf wird mir ein Mantel übergeworfen.

»Okay!« sagt er und biegt nach links ab. Und nach rechts und wieder nach links. Ich höre, daß der Verkehr schlagartig abnimmt, und ich kann mir ausrechnen, daß wir in eines der Industrieviertel gefahren sind, die die Trabantenstädte ablösen. Wenn ich aufmerksam lausche, kann ich vielleicht den Weg an den Geräuschen erkennen. Aber Alexander ist nicht dumm – er dreht Madonna auf.

Ich nehme an, daß wir gut zehn Minuten lang eine holprige Asphaltstraße mit vielen Löchern entlangfahren, bevor der Straßenbelag sich ändert und zu Kies oder Erde wird. Nein, Kies. Ein Stein springt hoch und schlägt hart gegen den Wagenboden, was Alexander fluchen und den Fuß vom Gas nehmen läßt.

»Not good for the car!«

Kurz darauf höre ich ein Auto hupen, im Zweiklang, das muß ein Gruß sein, denn Alexander erwidert das Signal, fährt an die Seite und hält an. Er springt aus dem Wagen, vielleicht um zu verhindern, daß jemand zu ihm kommt und das Bündel auf dem Vordersitz bemerkt. Was gesprochen wird, bekomme ich nicht mit, aber als er nach ein paar Minuten wieder ins Auto steigt, höre ich, daß er *»Zavtra!«* sagt. Morgen.

Er fährt ohne jede Erklärung weiter, und nach ein paar Minuten Fahrt biegt er erneut rechts ab. Dieser Weg muß noch schmaler sein, denn er geht deutlich mit der Geschwindigkeit herunter, und es fühlt sich an, als führen wir in einer rutschigen Spur. Ein Landweg, gespurt von schweren Fahrzeugen. Lastwagen.

»Jetzt sind wir gleich da!« sagt er und hält wieder an. Springt aus dem Wagen, läßt aber den Motor laufen, und ich höre ein leises Quietschen von Scharnieren, als er ein Tor öffnet, durch das wir im nächsten Augenblick fahren und das er sorgfältig hinter uns wieder verschließt.

Madonna hat ihr letztes Lied gesungen, aber jetzt ist ihm die Beschallung offenbar vollkommen gleichgültig. Was an und für sich etwas beunruhigend ist, denn solange er sich die Mühe machte, mir nicht zuviel zu zeigen, hatte er wohl die Absicht, mich wieder zurückzufahren.

»Okay«, sagt er schließlich und stellt den Motor aus. »Jetzt darfst du gucken!«

»What a joke!« sage ich, als ich mich aufgerichtet habe und die Augen öffne. Es ist rabenschwarz.

»Komm, wir machen Licht!« Er steigt aus, geht um den Wagen und öffnet mir die Tür. Reicht mir seine Hand, die ich nehme, um nicht aus dem Wagen zu kippen. Ich war schon immer leicht nachtblind, aber er führt mich sicher durch die Dunkelheit.

Plötzlich beginnt ein Hund zu bellen, und ich zucke zusammen.

»Keine Angst, das ist nur mein Wachhund! Er ist drinnen!«

Wo drinnen? hätte ich am liebsten gefragt, halte aber lieber mein kleines Frauenmündchen.

Das aufgeregte Kläffen des Hundes kommt immer näher, und plötzlich stoßen wir gegen eine Mauer, an der Alexander entlangtastet, um das Licht einzuschalten. Einen grellen Scheinwerfer, der über der Tür eines langen, niedrigen Gebäudes sitzt.

Ich blinzle. Alexander ruft dem Hund etwas Beruhigendes zu, worauf dieser umgehend aufhört zu bellen. Aber seine Pfoten kratzen an der Tür, und er fiepst jetzt wie ein nicht beachtetes Kind.

»Hast du gar keine Angst?« fragt er.

Ich schüttle verneinend den Kopf, während meine Knie zittern.

»Wovor sollte ich denn Angst haben?«

»Vor mir!« lacht er.

»Okay, ich gebe zu, daß ich ein klein bißchen Angst habe!« räume ich ein. Es gibt keinen Grund, unnötig provokant zu sein.

»Was ist das hier?«

»Meins.«

»Dein was?« frage ich und sehe mich um. Parallel zu diesem Gebäude gibt es noch ein zweites, gleiches.

»Mein Papierlager!« antwortet er.

»Dein Papierlager? Du meinst, hier hast du dein Geld?«

»Haha, Therese! Very funny! Nein, ich habe das Lager einer unrentablen Fabrik gekauft«, sagt Alexander. »Komm! Ich will dir was zeigen!«

Er nimmt mich bei der Hand und zieht mich an dem Gebäude entlang. Ganz am Ende gibt es noch eine Tür; er löst einen Schlüsselbund von seinem Gürtel und schließt auf. Mir kommt der Gedanke, daß er möglicherweise eine Pistole an der Hüfte hängen hat.

Der Hund fängt wieder an, hysterisch zu bellen, weshalb ich unwillkürlich zögere einzutreten.

»Nur ruhig! Der kann hier nicht rein! Außerdem gehorcht er mir aufs Wort«, sagt Alexander und knipst das Licht an. Durch einen kleinen, rauhen Betonflur werde ich in ein geheiztes, verblüffend elegant eingerichtetes Büro geführt. Englischer Country-Club-Stil mit hohen Holzpaneelen, schweren Ledermöbeln und einem Couch- und Schreibtisch in glänzendem Mahagoni und dunkler Auslegeware. Die Bar hat einen eingebauten Minikühlschrank, und an der Wand hängt ein vergoldetes Telefon.

»Ist das nicht ziemlich pompös für ein Papierwarenlager?« bemerke ich. Es gibt keinen Grund, sich dumm zu stellen.

Alexander lehnt sich mit geöffnetem Mantel an den Schreibtisch.

»Meine Kunden erwarten einen gewissen Stil«, sagt er. »Vor allem meine arabischen Kunden. Und man kann zwar sagen, daß wir Russen etwas plump sind, aber meine russischen Kunden sind – oder soll ich lieber sagen waren – eine gewisse Form von Pomp gewohnt. Die mögen es, beeindruckt zu werden. Das gilt übrigens auch für die Georgier. Wie du gesehen hast, lieben sie die Dekadenz.«

Was soll ich darauf sagen? Selbst die Steinchen zu dem Mosaik zusammenfügen, das sich langsam zeigt? Wie klug darf ich sein, bevor es gefährlich wird? Und wie dumm, bevor es unglaubwürdig wird?

Ich lächle unsicher, und das ist nicht einmal gespielt.

»Ich verstehe nicht …«

»Wirklich nicht?« fragt er mit einem intensiven Blick.

Ich schüttle stumm den Kopf, und Alexander bewegt sich langsam auf mich zu. Mein Hals wird trocken, mein Herz flippt aus, und ich muß mich zusammenreißen, um nicht loszuschreien. Entweder er schießt mich jetzt über den Haufen, oder – und das fürchte ich fast noch mehr – er will mich küssen.

Ich werde steif, als er mich umarmt.

»Sch! Take it easy!« murmelt er mir ins Ohr, und dann führen wir fast eine Art Tanz ohne Musik auf, wobei er mir ins Ohr spricht und ich die Antworten stammle.

»Du wolltest mich doch in der Bar etwas fragen – bevor wir unterbrochen wurden. Was war das, was du wissen wolltest, Therese?«

»Öh, ach nichts«, weiche ich aus.

»Doch, doch, nun komm schon. Du hast mit einem amerikanischen Kollegen um hundert Dollar gewettet. Worum habt ihr gewettet?« Alexander schiebt mich an die Wand und öffnet meinen Mantel, Druckknopf für Druckknopf.

Okay. Ich wage es. Begebe mich aufs Glatteis.

»Daß die Spitzen der russischen Armee einen schwunghaften Uranhandel organisiert haben.«

Alexander gluckst unterdrückt. Legt seine Hände auf meine Brust. Widerlich.

»Und du glaubst, daß ich etwas davon weiß?« fragt er.

»Ja, das glaube ich, Sascha«, sage ich mit fester Stimme und bekämpfe meinen Drang, ihm in die Hand zu beißen.

»Weißt du was, honey, du hast hundert Dollar verloren.«

»An wen verkaufen sie?« frage ich atemlos. »An dich?«

Alexander schüttelt den Kopf. Er amüsiert sich, wie ein Junge, der eine Fliege aufgespießt hat und ihr jetzt die Flügel ausreißen will. Ich habe ihn unterschätzt, habe geglaubt, er wäre ein idiotischer Narr. Aber Sascha, der Rammler, ist gefährlich.

»Ich bin nur das praktische Schwein.«

»Für deinen georgischen Freund?« hake ich nach.

»Du bist gar nicht so dumm, was? Vielleicht bist du sogar etwas zu klug!«

Er drückt seinen Oberschenkel gegen meinen, so daß ich seine Erektion an meinem Schambein fühle.

»Und ist es noch mehr, was du wissen willst?« Er beginnt mit dem Unterleib zu kreisen.

»Was wollen sie mit dem Geld machen, die Offiziere? Ein professionelles konterrevolutionäres Heer aufstellen?« schieße ich los. Die Zeit ist knapp, wenn ich etwas erfahren will, dann jetzt.

»No idea. Nerz und Mercedes. Ein angenehmes Leben in Südamerika. Da mische ich mich nicht ein, ich sorge nur dafür, daß das Geld auf ihre Schweizer Konten gelangt!« sagt er und sucht mit seinem Mund meinen.

Ich kann ihn nicht küssen. Ganz gleich, wie vernünftig es wäre, es ist mir einfach unmöglich. Ich presse die Lippen zusammen, und als er das merkt, versucht er sie erregt mit den Fingern aufzudrücken.

»Warum willst du mich nicht küssen, Therese?« stöhnt er und geht über in eine unverhohlene Körpersprache, die eindeutig in einer Vergewaltigung enden wird.

»Darum!« rufe ich und drehe den Kopf zur Seite, um seinen Angriff abzuwehren.

»Magst du mich nicht? Ich jedenfalls bin so scharf auf dich, wie ich es noch nie auf eine Frau war! Seit damals träume ich davon, dich zu besitzen ...« Alexander stöhnt mit glasigem Blick, und ich weiß, daß ich mich übergeben werde, wenn er seine Zunge in meinen Mund steckt. Andererseits muß ich so diplomatisch wie möglich sein, um hier lebend wieder rauszukommen. Die Taktik, ihn mit einem Tritt in den Unterleib außer Gefecht zu setzen, ist nicht angesagt.

»Sascha!« jammere ich flehend. »Hör mir zu! Ich finde, du bist ein toller Typ, aber ich kann nicht mit dir schlafen. Das geht nicht!«

»Und warum nicht?« stöhnt er, die Hände auf dem Weg unter meinen Rock. »Bist du verheiratet?«

»Ich bin schwanger!« sage ich, packe resolut seine Hände und lege sie auf meine Rundung.

Eiskaltes Wasser oder ein elektrischer Schlag hätten nicht effektiver sein können. Er läßt mich sofort los, tritt zurück und schaut mich an, schnaubend vor Wut, die breiten Lippen in häßlicher Verachtung geschürzt.

»Du hast mich reingelegt!«

»Entschuldige«, sage ich und denke, daß es durchaus denkbar ist, daß er mich jetzt erschießt.

»Ich könnte dich einfach umlegen!« sagt er kurz.

Ich nicke. Sonderbarerweise vollkommen ruhig.

Dann lacht er. Schüttelt den Kopf und lacht. Reißt das Papier einer neuen Schachtel Dunhill ab und schiebt sich eine Zigarette zwischen die Lippen. Ich würde jetzt auch gern eine rauchen, aber mir wird keine angeboten.

»You're crazy! Wenn du meine Frau wärst, würde ich dich übers Knie legen! Weiß dein Mann, daß du hier Räuber und Gendarm spielst, mit seinem Kind im Bauch?«

»Das geht ihn nichts an!« erwidere ich. »Außerdem ist er selbst Journalist. Er weiß, daß es notwendig sein kann, für eine gute Geschichte was zu riskieren.«

»Und? Hast du jetzt eine gute Geschichte? Woher weißt du denn, daß ich nicht gelogen habe? Und wie willst du deine Story beweisen?«

»Früher oder später beweist sie sich von selbst, oder?« antworte ich. »Wenn du mir nicht selbst die Beweise liefern willst.«

Alexander lehnt seinen Kopf lachend zurück. Diesmal mit mehr Wärme.

»Du bist wirklich eine! Meinst du, ich gehe freiwillig aufs Schafott und riskiere mein Leben und meine Geschäfte, nur für deine Geschichte? Damit *du* berühmt wirst?«

»Hast du denn gar keine Ideale, Sascha?« frage ich. »Glaubst du nicht, daß es etwas gibt, für das es sich zu kämpfen lohnt? Oder dagegen zu kämpfen?«

»Für die Demokratie, gegen die Diktatur? Therese, ich bin sechsunddreißig, und ich glaube an nichts anderes als an mich selbst. Was mich betrifft, so ist alles vorbei, wenn es mit mir vorbei ist. Glücklicherweise bin ich schlau genug, um in diesem *ballgame* zu überleben – abgesehen davon, daß ich eine gefährliche Schwäche für kluge Frauen habe.« Alexander seufzt. »Ich sollte dich wirklich umbringen. Aber ich kann doch keine schwangere Frau erschießen.«

»Was für ein Glück!« Ich verziehe das Gesicht.

»Ja! Aber ich habe eine ganze Menge Freunde, für die das überhaupt kein Problem wäre.«

»Tell me about it!« sage ich trocken und sehe den Adretten mit dem feschen Haarschnitt und das ganze Kontingent seiner Kollegen vor mir.

»Deshalb denke ich, es ist für deine Gesundheit das beste, wenn du die ganze Geschichte vergißt.«

»Vielleicht auch für deine Gesundheit? Du warst ja auch nicht gerade scharf darauf, daß dein georgischer Freund meine wahre Identität herausfindet.«

Alexander ballt die Hände und kneift seine Augen zusammen, seine Nasenflügel vibrieren; noch nie war er so kurz davor, mir eine zu verpassen. Aber merkwürdigerweise tut er es nicht. Er knurrt nur.

»Nein, mein georgischer Freund mag keine Journalisten. Er möchte bei seiner Arbeit nicht gestört werden. Und er soll ja sein Vertrauen in seinen Vermittler nicht verlieren, nicht wahr«, erklärt Alexander. »Deshalb die kleine Lüge. Willst du einen Whisky?«

Dummerweise zittern meine Hände ziemlich, als ich das Glas mit drei, vier Zentiliter Scotch nehme. Er kippt seinen in ein paar Schlucken, und ich folge seinem Beispiel. Das ist Medizin gegen zerfranste Nerven und kein gemütliches Besäufnis in einer Kneipe.

Dann verlassen wir das Büro und gehen wieder auf den Parkplatz hinaus. Ich merke mir, daß es keine Alarmanlage gibt. Nur ein gewöhnliches, solides Schloß. Primitiv für einen Mann, der eine Wachgesellschaft besitzt.

Als wir auf den Parkplatz kommen, setzt der Hund sofort wieder mit seinem Gebell ein. Alexander sagt, daß er ihn kurz streicheln will und nachsehen, ob »sie ihm auch Futter gegeben haben, wie ich gesagt habe«. Vielleicht war es ja der Hundeaufpasser, den wir auf dem Weg hierher getroffen haben.

Ich kann mit der Situation nichts anfangen. Er hat die Autoschlüssel, also kann ich nicht abhauen, und warum sollte ich. Die Situation hat sich wieder normalisiert, der Blutdruck ist gefallen, und ich bin mir ziemlich sicher, daß ich brav in die Stadt zurückgebracht werde.

Aber während ich warte, stolperte ich buchstäblich über etwas. Eine Dose, die ich schnell aufhebe und in die Manteltasche stecke, bevor Alexander zurückkommt.

»Mein einziger Freund!« sagt Alexander, als der Hund wieder jaulend im »Papierlager« zurückgelassen wird. »Hörst du, wie er weint?«

Er öffnet mir die Wagentür, und ich beuge von allein meinen Kopf nach unten.

»Ich mache dir eine Augenbinde. Das muß doch furchtbar unbequem mit deinem Bauch sein. Wie weit bist du denn schon?« fragt er fast besorgt.

»Im fünften Monat«, antworte ich und finde mich brav damit ab, seinen Schal fest um die Augen gebunden zu bekommen.

»Na, das tarnst du aber gut!« sagt er, und dann fahren wir die gleichen holprigen Wege wieder zurück.

»Wo wohnst du?« fragt er, als wir uns dem Zentrum nähern.

»Im Hotel Ukraine«, lüge ich, auch wenn ich nicht weiß, ob das überhaupt noch etwas bringt. Wenn sie mich finden wollen, finden sie mich sowieso.

Er bringt mich bis in die Lobby. Glücklicherweise habe ich immer noch meinen Hotelausweis in der Tasche, so daß ich an den Türwächtern vorbeigehen und Alexander zum Abschied winken kann.

Er legt mahnend einen Finger auf den Mund, und ich nicke eifrig. Natürlich habe ich verstanden. Kein Wort zu jemandem. Ich fahre ein paarmal mit dem Fahrstuhl rauf und runter, dann steige ich im fünften Stock aus und sinke erschöpft auf einen Sessel. Erst nach einer halben Stunde, in der ich versuche, mich ganz normal zu verhalten, fahre ich nach unten. Gehe auf den Parkplatz und atme erleichtert auf, als ich keinen Mercedes entdecke.

Ich ertrage keine weitere Fahrt mit einem ekligen Mann; deswegen gehe ich den ganzen Weg zu Fuß zu der Seitenstraße in der Nähe vom Metropol, wo ich den Blumenkohltransporter geparkt habe. Der ist jedenfalls unbeschädigt – wenn auch immer noch kräftig stinkend. Aber beinahe erscheint mir das schon vertraut.

Diesmal wartet Ferdinand, als ich endlich auf wackligen Beinen in seine Wohnung komme. Er ist dabei, Aufzeichnungen zu machen, legt aber Notizblock und Marker weg und überläßt mir das Sofa, sobald ich hereinkomme.

»Wo bist du gewesen?« fragt er und hebt meinen Mantel und meine Stiefel auf, die ich noch ausgezogen habe, bevor ich mich völlig fertig aufs Sofa fallen lasse. Ich fühle mich wie ein Marathonläufer, der es gerade noch geschafft hat, über die Ziellinie zu krabbeln.

»Unterwegs«, antworte ich, während mir die Augen zufallen.

»Du siehst mitgenommen aus«, stellt er besorgt fest.

»Ich bin etwas müde. Du kriegst gleich den Bericht«, murmle ich.

»Tee? Und Käsebrote?« fragt er, und ohne eine Antwort abzuwarten, geht er in die Küche.

Er muß mich wach rütteln, als er mit einem Tablett mit lecker dekorierten Käsebroten und mit einem Steingutbecher zurückkommt.

»Entschuldige, aber ich muß wissen, was passiert ist, bevor ich dich schlafen lasse. Ist das in Ordnung?«

Ich setze mich auf, ziehe die Beine unter mich und stopfe mir ein paar Sofakissen in den Rücken. Still und friedlich esse ich alle Brote – ich habe Hunger, und auf einem Ikeasofa zu sitzen, Käsebrote zu essen und Tee zu trinken, hat etwas ungemein Wohltuendes und Heilendes an sich. Das krasse Gegenteil zu dem set up, von dem ich gerade komme.

»Soll ich noch mehr machen?« fragt Ferdinand lächelnd und schüttelt den Kopf.

»Nein, danke. Aber wenn du eine Zigarette hättest?«

Ich bekomme eine Mentholzigarette aus einer offenen Schachtel, eine Hinterlassenschaft seiner Frau, und mit schlechtem Gewissen inhaliere ich und berichte von den Ereignissen des Abends. Schließe damit, daß ich die Dose, die ich gefunden habe, auf den Couchtisch stelle. Gekochter Schinken vom Dänischen Roten Kreuz.

»Und was schließt du aus dem Ganzen?« fragt Ferdinand.

Dankenswerterweise hat er mir bisher noch keinen einzigen Vorwurf gemacht.

Vielleicht bin ich altmodisch. Aber lieber altmodisch als naiv. Ich stehe auf und lege die heißeste Platte auf, die ich in

Ferdinands Diskothek finde. Strawinskys »Feuervogel«. Drehe laut auf und hocke mich neben seinen Stuhl, damit das, was ich zu sagen habe, wirklich unter uns bleibt.

»Punkt eins: Alexander hat zwei Lagerhäuser voll mit Hehlerware, darunter westliche Hilfsgüter, die für den Weiterverkauf bestimmt sind.

Punkt zwei: Die Mafia kauft Waffen vom russischen Heer, die an arabische Waffenhändler weiterverkauft werden. Alexander ist Dealer und Mädchen für alles. Er kümmert sich um den Transport, die Lagerung und stellt die Räume für Verhandlungen und Übergabe zur Verfügung.

Punkt drei: Alexander ist dabei, für seinen Kunden einen größeren Uranhandel vorzubereiten.«

Ferdinand nickt.

»Punkt vier: Alexander ist gefährlich! Und recht hat er auch noch: Du hast überhaupt keine Geschichte! Du hast kein Tonband, keine Fotos, nicht einmal eine Adresse!«

Ich stehe auf und gehe in dem hübschen, hellen Wohnzimmer auf und ab. Skandinavischer Stil. Wie ein Blumenstrauß auf einer Müllhalde.

Dann drehe ich mich abrupt um.

»Was man nicht hat, muß man sich besorgen! Und jetzt möchte ich gern ins Bett! Ich habe Kopfschmerzen!« sage ich, um jedem Protest zuvorzukommen. »Sei so lieb und wecke mich gegen acht!« bitte ich, und Ferdinand zieht sich kopfschüttelnd mit dem Tablett zurück, wobei er etwas davon murmelt, daß ich total verrückt bin.

Beim Frühstück, bei dem ich mich wirklich zusammenreißen muß, um einigermaßen munter zu erscheinen, nimmt er das Thema wieder auf. Versucht mich von dem nicht Ausgesprochenen abzubringen.

»Du weißt doch selbst, wie gefährlich er ist!« warnt er mich. »Du hast jetzt schon zweimal Glück gehabt!«

»Warum dann nicht ein drittes Mal?« schneide ich seine

Argumentation ab und lege eine lindernde Hand auf den Bauch. Die menstruationsartigen Schmerzen haben zugenommen, und wenn Paul mich nicht dahingehend belehrt hätte, daß man während der Schwangerschaft kein Kodymagnyl nehmen darf, hätte ich ein paar eingeworfen.

»Weil du deine Nase immer weiter hineinsteckst. Außerdem darfst du nicht nur an dich denken, oder?« sagt er mit einem Blick auf meinen Bauch.

»Uns geht es gut«, sage ich bewußt munter.

»Wenn es gestattet ist: So seht ihr aber nicht aus.«

»Das ist nur Morgenmuffeligkeit!« lächle ich abwehrend und kippe die letzte halbe Tasse Kaffee hinunter. »Wollen wir rübergehen?«

Wir haben eine kurze Morgenbesprechung mit dem Team, legen den Tagesplan fest und fahren zum Pressezentrum. Die Vermittler waren den ganzen Abend und den größten Teil der Nacht am Werk, und bis jetzt sind die Verlautbarungen positiv. Krawtschuk und Jelzin wollen offensichtlich vor der Weltpresse als verantwortungsbewußt und versöhnungsbereit erscheinen, zumindest so lange, wie Baker und sein Hof vor Ort sind. Und der Kasachstane, den das »Time Magazine« zu einem der Toppolitiker der neunziger Jahre ernennt, nickt während der Pressekonferenz altväterlich und erklärt, daß sich ganz gewiß eine vernünftige Erklärung dafür finden wird, warum nach Angaben des amerikanischen Verteidigungsministeriums vier Sprengköpfe im kasachstanischen Atomwaffenlager fehlen. »An die Mafia verkauft!« murmle ich Ferdinand zu, der trotz seiner Distanz zu meiner verwegenen Expedition in die Unterwelt leicht erschüttert ist.

Aber dieser scheinbare Konsens zwischen den Supermännern bedeutet, daß dieses Treffen, wenn wir ehrlich sind, reichlich langweilig abläuft. Die guten Storys gibt's in der Stadt, wo eine bezaubernde Mischung aus Kommunisten, Nationalisten und Militaristen einander untergehakt hat und zu Zehntausenden gegen die »Demilitarisierung des Vaterlands« demonstriert, angeführt von dem heißesten Anwärter auf den Posten eines Diktators, dem Führer der Liberal-Demokratischen Partei Rußlands, Wladimir Schirinowski. »Mutter Rußland wird zahnlos gemacht!« lautet sein demagogischer Slogan.

Ferdinand fährt mit dem Team los und filmt die Demonstration, während ich im Pressezentrum bleibe. Auf Neuigkeiten warte, mit Kollegen von daheim und aus anderen Ländern plaudere. Ich lese die »Newsweek«, die einen Artikel über neunzig fehlende Missiles bringt, von denen man annimmt, daß sie aus einer Waffenfabrik in Wotkinsk, nordwestlich von Moskau, geschmuggelt wurden ... auf Lastwagen ... Wo die Missiles, vermutlich vom Modell SS-25 ICBM, jetzt sind, das weiß niemand.

Am Buffett, wo ich mich für Kaffee und einen trockenen Kuchen anstelle, entdecke ich den weißhaarigen CNN-Korrespondentenbürochef. Ich gehe zu ihm, um mich vorzustellen.

»Oh yeah! I remember!« sagt er und schenkt mir ein Lächeln, als erinnerte ich ihn an etwas besonders Komisches. »How do you find it?!« fragt er. Und ich antworte, ich hätte gerade überlegt, daß es ja eigentlich nicht hier ist, wo etwas passiert. Diese mächtigen Männer können zwar mit ihren weitreichenden Abmachungen über jede einzelne Handgranate östlich von Malmö in die Geschichte eingehen – solange die innenpolitischen Spannungen jedoch so groß sind, kann nichts garantiert werden. Man denke nur an die vier verschwundenen Sprengköpfe in Kasachstan und die neunzig fehlenden Missiles.

»I know!« nickt er. »It's frightening, isn't it? And how's Ferdie?« fragt er, worauf ich lächeln muß. Das klingt eher nach einer Comicfigur als nach meinem ganz und gar seriösen Kollegen.

Ich sage, daß es ihm viel bessergeht und er wieder voll dabei ist.

»Sag ihm doch, er soll mich anrufen!« Eine Hand auf meinem Arm, nickt er mir entschuldigend zu, als er von einem seiner Leute weggezogen wird. »Nice to meet you!«

Ich rufe Ras an, der immer noch etwas kühl wirkt, aber erleichtert darüber ist, daß ich im Stall bin und die heutigen stand ups mache, während Ferdinand sich im Getümmel befindet. Wir besprechen, wie viele Minuten er von mir bekommt, und ich mache mich an die Arbeit. Gegen sechs bin ich fertig mit der letzten Version, und kurz vor sieben kommt Ferdinand mit dem Team zurück. Meinen Kommentar drehen wir direkt vor dem Pressezentrum, weil wir uns beeilen müssen, wenn wir den Unilateralen, den Satelliten, noch um acht Uhr Ortszeit erreichen wollen.

Ich drehe zuerst und warte nicht auf Ferdinand, obwohl wir locker verabredet haben, zusammen essen zu gehen. Wenn ich in Ruhe etwas machen will, dann jetzt. Jetzt oder nie. Ferdinand hat recht. Es ist gefährlich, und das Risiko wird nicht kleiner. Und auch wenn es mir im Lauf des Tages besserging und ich glücklicherweise ein paar Tritte gespürt habe, so weiß ich nur zu gut, daß ich schon lange die empfohlene Streßgrenze überschritten habe. Andererseits … Ich bin stark, und warum sollte mein Abkömmling es nicht auch sein? Und habe ich überhaupt eine Wahl? A woman must do, what a woman must do … Es geht nicht nur um mich und die Geburt meines Kindes, sondern um die Geburt einer ganzen Demokratie. Ist es da nicht meine Pflicht, das aufzudecken, was ich gesehen habe? Das Ungeheuer zu töten, um die Prinzessin zu retten?

Vom Pressezentrum aus rufe ich Kosha an. Ansonsten habe ich mich entschlossen, meine russischen Freunde nicht in diese Geschichte mit hineinzuziehen, um sie nicht in Schwierigkeiten zu bringen. Deshalb habe ich auch Swetlana nicht zurückgerufen, die den ganzen Tag versucht hat, mich zu erreichen. Aber wie ein Zombie lasse ich mich auf der Jagd nach der Story treiben, die mich nicht mehr losläßt.

»Kosha«, sage ich, nachdem ich Ludmillas überwältigende Dankbarkeit für meine Rettungsaktion überstanden habe, »wie transportiert man Uran?«

»Stark angereichertes oder schwach angereichertes?« fragt er.

»Stark angereichertes. Für die Herstellung von Atomwaffen«, frage ich mit einer Hand über dem Hörer.

Kosha zögert.

»Warum fragst du?« möchte er wissen, offensichtlich unangenehm berührt.

»Kosha, du schuldest mit noch einen Gefallen!« sage ich unverfroren.

»Ja, das stimmt.« Kosha holt tief Luft. »Du meinst einen unerlaubten Transport?«

»Zum Beispiel«, sage ich und nicke einem Kollegen vom Büro Ritzau zu, der sich in die Telefonbox neben mir stellt.

»Das läßt sich in einer Plastiktüte machen«, erklärt Kosha. »Oder in einem Koffer. Das wiegt ja nicht viel.«

»Danke, Kosha! Sag mal, hast du vielleicht gehört, ob einige deiner Verehrer aus dem Nahen Osten interessierte Käufer sein könnten?«

»Ja«, druckst Kosha herum. »Es heißt, sie wären in der Stadt, um alles zu kaufen, was sie kriegen können. Auch Techniker, wie du weißt«, fügt er leidgeplagt hinzu.

»Kosha, tausend Dank für deine Hilfe«, sage ich und schicke Küßchen durch die Leitung.

»Sind wir jetzt quitt?« fragt er.

»Mehr als quitt!« erkläre ich und lege auf. Kosha ist ein aufrechter Mensch. Völlig ungeeignet für diese Zeiten.

Ich nehme die Metro zu meinem eigenen Auto, von dem nicht einmal Ferdinand etwas weiß. Steige ein, stecke den Schlüssel ins Zündschloß und sehe plötzlich in einer Vision den Wagen explodieren. Aber es ist keine Autobombe, sondern nur das übliche Husten, bevor er losfährt. Ich habe aufgehört nachzudenken, ich fahre einfach Richtung Südost. Komme, was da wolle.

Erst als ich halb aus der Stadt bin, kommt mir der Gedanke, daß, ganz gleich, was ich finden werde, ich so nicht weiterkomme. Ich habe keine Kamera, kein Tonband, nicht einmal einen Fotoapparat. Okay, ich muß in den sauren Apfel beißen und einen Unschuldigen mit hineinziehen. Sergej. Wir kommen ohne Ton klar, aber ohne Bilder hat die ganze Mission keinen Sinn.

Ich halte an einem Münztelefon, wähle seine Nummer und bekomme ihn nach kurzem Warten an den Apparat. Ich frage ihn, ob er mich an der Straßenecke, an der ich stehe, treffen kann.

»Sage niemandem etwas. Nimm nur deine Kamera mit und komm her!«

Nach gut einer halben Stunde, in der ich alles mehrere Male bereut habe, taucht er endlich auf. Entschuldigt sich, daß es so lange gedauert hat, aber er mußte ins Büro, um die Kamera zu holen.

»Hast du Ferdinand getroffen?«

Sergej schüttelt den Kopf.

»Nein, ich habe niemanden getroffen.«

Ich bitte ihn, in den Lada umzusteigen, und das tut er mit stoischem Gesichtsausdruck.

»Ein neues Auto?« fragt er nur kurz und setzt sich hinters Steuer. Ich lächle. Erzähle von unserer Mission in kurzen knappen Sätzen. Er reagiert weniger erstarrt, als ich erwartet hatte.

»Die Stadt ist ein Sumpf von Verbrechen geworden.«

»Es kann sein, daß es gefährlich wird, Sergej. Wenn du nicht mitmachen willst, dann kannst du einfach nein sagen oder wieder zu deiner Familie fahren.«

»Und? Kehrst du dann auch um?« fragt er. »Gibst du dann auf?«

Ich schüttle den Kopf.

»Ich denke nicht.«

»Gut, dann bin ich auch dabei.«

Sergej fährt, und nachdem wir die Trabantenstadt hinter uns gelassen haben, gehe ich in die gleiche zusammengekauerte Haltung wie gestern. Schließe die Augen, um wie eine Blinde zu lauschen, während wir uns immer weiter in das öde Industrieviertel vortasten.

»Kies?« frage ich, nachdem ich ihn gebeten habe, noch einmal nach links abzubiegen.

»Ein paar kleine Steine, aber wir kommen gleich auf Kies. Hast du ein gutes Gehör?«

»Ich bin es ja gewohnt, die O-Töne im Bandarchiv herauszusuchen«, erkläre ich und konzentriere mich wieder. »Kannst du was sehen?« frage ich, als wir den Kiesweg erreicht haben.

»Nichts Besonderes. Aber es wird auch schon dunkel ...«

»Keine Lagerhäuser hinter einem Zaun?«

»Nein.«

»Auch kein Feldweg?«

»Auch nicht. Nur dieser Kiesweg hier.«

Nach ein paar Minuten mündet der Kiesweg wieder in eine Asphaltstraße. Ich richte mich auf und öffne die Augen. Shit, wir sind in einem anderen Trabantenviertel mit Bushaltestelle und einem *Produkti,* der örtlichen Supermarktkette.

Aber eine von Sergejs vielen guten Eigenschaften ist, daß er nicht aufgibt. Er findet von allein eine Straße zurück in das Industriegebiet, und für eine Weile überlasse ich ihm die Führung, während ich vor mich hin döse und zerstreut in die Dunkelheit gucke. Ich verliere langsam die Inspiration, wie bei einem Vorspiel, das zu lange dauert. Komme zur Vernunft. Und als es auch noch anfängt zu nieseln, beschließe ich, uns noch fünf Minuten zu geben. Danach können wir guten Gewissens die ganze Operation abblasen und nach Hause fahren. Dann nehme ich ein heißes Bad, das vielleicht die Schmerzen im Unterleib lindert, die immer offensichtlicher werden.

»Ich muß mal die Scheibenwischer holen!« erklärt Sergej, blinkt nach rechts, als das Wasser die Scheiben herunterzulaufen beginnt. Er steigt aus und öffnet den Kofferraum, wo die meisten russischen Autofahrer ihre Scheibenwischer verstaut haben. Damit sie nicht geklaut werden.

Während er die Scheibenwischer montiert, braust plötzlich ein Auto mit einem wütenden Hupen vorbei und bespritzt Sergej mit Wasser und Dreck.

»Schwein!« flucht er, als er wieder einsteigt.

»Sergej!« rufe ich. »Der Hundesitter! Die Hupe mit Zweiklang!«

»*Ladno!*« Sergej startet durch, und der Blumenkohltransporter zeigt wirklich verborgene Kräfte, denn er geht ab wie ein Formel-1-Wagen.

Erst als wir die roten Rücklichter in dem zunehmenden Regen erahnen können, geht Sergej mit dem Gas runter. Und als sollten wir direkt vor die Tür geführt werden, blinkt der Wagen vor uns kurz darauf rechts.

»Fahr einfach vorbei!« sage ich. »Er hat uns ja gesehen.« Als wir ankommen, sehen wir, daß der Wagen ein paar hundert Meter weiter in der Stichstraße – dem Feldweg – angehalten hat und der Hundeaufpasser ein Tor aufschließt. Und hinter dem Zaun erspähen wir zwei Lagerhäuser.

»Okay, hier ist es«, flüstere ich heiser.

Sergej sagt nichts, aber seine Wangenmuskeln werden fest, als er langsam weiterrollt.

»Was machen wir jetzt?« frage ich unsicher. Trotz allem war ich noch nie Polizeireporter. »Es gibt hier keine Möglichkeit, sich irgendwo zu verstecken, oder?«

Sergej fährt im zweiten Gang weiter, während er überlegt. »Willst du unbedingt da rein?« fragt er schließlich.

»Nun ja, unbedingt ...«, zögere ich. Plötzlich habe ich nicht die geringste Lust, dieses Sperrfeuer von Angst und Schrecken noch einmal zu durchlaufen, das mich auf der anderen Seite des Zauns erwartet.

»Aber wenn du Bilder haben willst, dann von da drinnen, nicht wahr?«

Ich nicke. Wenn er mitmacht, kann ich jetzt nicht einen Rückzieher machen.

»Gut«, nickt Sergej. »Dann gibt es nur eins: Du wartest hier, während ich den Wagen irgendwo abstelle. Wenn ich zurückkomme, suchen wir ein Loch im Zaun. Oder wir machen eins.«

»Aber es regnet!« protestiere ich.

»Ja!« bestätigt Sergej. »Aber ich habe einen Regenmantel für die Kamera dabei.«

Ich steige aus und laufe zum Zaun, wo ich mich hinter einem spärlich belaubten Baum verstecke. Wenn es nur einen Monat später wäre, wäre es schon viel grüner. Aber andererseits wäre es dann auch heller ...

Ich knöpfe den Daunenmantel zu und klappe die Ohrenklappen meiner *Schapka* runter. Dennoch fröstele ich und weiß, daß es nicht lange dauern wird, bis mir das Wasser in die Stiefel läuft. Normalerweise stört mich das nicht, doch jetzt fühle ich mich empfindlich und verletzbar und eigentlich in keiner Weise fit for fight. Aber eigentlich ist es wohl so, daß man nie Ort und Zeit selbst wählt, und vielleicht fühle ich mich nur schlecht, weil ich einfach Angst habe.

Als jedoch der Hundesitter mit seinem Niva mit Vierradantrieb nach zehn endlosen Minuten wieder ans Tor kommt, vergesse ich Regen und Kälte. Er steigt aus, schließt auf, fährt hindurch, schließt hinter sich wieder zu und verschwindet in derselben Richtung, aus der er gekommen ist. Ungefähr gleichzeitig kommt Sergej angeschnauft, die Kamera in einem Regenmantel über der Schulter.

»Er ist weggefahren!« informiere ich ihn, und Sergej nickt. Dann tasten wir uns am Zaun entlang. Der ist alt und rostig, Alexander muß sich wirklich sicher hier fühlen. Aber wer wollte auch Papier stehlen?

Wir finden bald ein kleineres Loch, das Sergej mit ein paar gezielten Tritten groß genug macht, daß wir hindurchkriechen können. Dann stehen wir auf dem Grundstück, nur ein paar Meter von dem vorderen Gebäude entfernt.

»Laß uns hintenrum gehen!« flüstere ich, und Sergej geht voran, vorsichtig wie durch ein Minenfeld. Wir bewegen uns fast lautlos, aber offenbar nicht lautlos genug, denn plötzlich fängt der Hund wie ein Wahnsinniger an zu bellen.

»Keine Sorge! Wir erschießen ihn, wenn er rauskommt!« sagt Sergej nach hinten, worauf ich hysterisch kichere.

Aus irgendeinem Grund habe ich den Verdacht, daß hinter den Gebäuden etwas Spannendes zu finden ist. Doch als wir dort ankommen, sehen wir zunächst nichts anderes als einen Haufen Mauersteine und altes Eisen.

Sergej hockt sich in den Matsch und leuchtet mit seiner kleinen Taschenlampe, die er immer bei sich hat.

»Fußspuren«, berichtet er. »Hier muß irgendwas vor sich gegangen sein … Genau! Guck mal!«

Er hat einen Griff entdeckt, der an einem Deckel befestigt

ist. »Was ist das?« frage ich atemlos und hocke mich auch hin.

»Auf alle Fälle kein Gulli!« erklärt er und kratzt die Erde weg. »Das ist ein Betondeckel! Und guck mal hier! Beton unter dem Schlamm!«

»Ein Bunker? Alexanders privater Schutzraum?«

»Eher ein Lager!« preßt Sergej zwischen den Zähnen hervor, während er den Griff packt, um den Deckel hochzuziehen. Das geht so einfach, daß er fast das Gleichgewicht verliert, als er den Deckel in die Hand nimmt.

»Ach so, darum!« sagt er, als er sich wieder mit der Lampe hinunterbeugt. »Hier ist erst der eigentliche Deckel. Blei mit Nummernschloß!«

Wieder einmal muß ich feststellen, daß ich Alexander unterschätzt habe. Natürlich hat er das wirklich Wertvolle gründlich gesichert. Der problemlose Zugang zu dem Rest dient nur dazu, den Feind in die Irre zu führen. Mich und die Mafia. »Wie kriegen wir den auf?« frage ich, während ich mich weiter hinunterbeuge, um Sergejs Fund näher im Lichtkegel zu begutachten.

»Man könnte ihn sicher aufsprengen, aber das ist wohl nicht zu empfehlen ... Ich meine, falls da unten Bomben liegen.«

Er sagt das ganz ernst, und ich muß erneut hysterisch kichern. »Aber wir könnten auch ... Ich habe einen Kumpel, der kennt sich gut aus mit Nummernschlössern. Wenn wir mit ihm und etwas Werkzeug zurückkommen, dann könnten wir ...«

Sergej richtet sich auf, ich bin klatschnaß, es geht mir nicht gut, und deshalb bin ich sofort bereit, alles auf unbestimmte Zeit zu verschieben oder zumindest bis morgen. Da höre ich Motorengeräusche. Sergej und ich sehen uns an, auch er hat die Ohren gespitzt. Das kann ein Auto sein, das den Weg entlangfährt, aber als wir hören, wie der Motor heruntergeschaltet wird, um gleich darauf anzuhalten, wissen wir, was das bedeutet. Jemand ist auf dem Weg durchs Tor – was kurz darauf von dem leisen Quietschen der Scharniere bestätigt wird. Das Hundegebell wird ausgelassen und ungeduldig, demnach ist es niemand anders als Alexander selbst.

Ich will etwas sagen, aber Sergej heißt mich still sein und macht die Taschenlampe aus.

»Pst! Da kommen noch mehr!« flüstert er, und jetzt höre ich es. Mindestens ein, vielleicht sogar zwei Autos kommen näher. Offenbar wickelt Alexander heute ein Geschäft ab.

Sergej schiebt schnell den Deckel wieder an seinen Platz, während ich in den Schatten der Wand springe, um nicht gesehen zu werden, wenn die Scheinwerfer über den Hof streifen. Auch Sergej schafft es. Wir drücken uns an die Wand und stecken nach einer Weile unsere Nasen einen Millimeter weit vor, um zu sehen, wer Alexanders Geschäftspartner sind. Richtig: Zwei schwarze Wolgas, die keine unnötige Aufmerksamkeit auf sich ziehen, plus ein geliehener BMW und Alexanders Mercedes. Alexander steigt als erster aus und schaltet den Scheinwerfer ein, so daß wir ohne Probleme sehen können, wie zwei adrette Georgier mit feschem Haarschnitt in fast gleicher Kleidung jeweils aus einem Wolga springen. Der eine überwacht den Hof, der andere hilft Don Corleone beim Aussteigen. Aus dem BMW steigen zwei arabisch aussehende Männer in maßgeschneiderten dunklen Mänteln. Auch sie haben einen Fahrer, der ebenfalls Lederjacke und Jeans trägt; der hellwache Blick über seinem Schnurrbart verrät, daß er mindestens genauso durchtrainiert ist wie seine georgischen Kollegen.

Ich will mich umdrehen und Sergej etwas sagen, als ich höre, wie die Kamera anfängt zu surren. Sergej ist etwas vorgetreten und filmt! Die vier Männer begrüßen einander und lächeln jovial. Was gesagt wird, ist in dem frenetischen Hundegekläff nicht zu hören, aber Alexander breitet entschuldigend seine Arme aus und verläßt seine Partner, um zu »my best friend« zu gehen.

Alexander bleibt so lange im Haus, daß die Untergebenen Regenschirme herausholen müssen, die sie über ihre Chefs halten. Aber auch wenn zu Don Corleones offensichtlicher Irritation noch weitere Minuten vergehen, kann Alexander den Hund offenbar nicht beruhigen. Don Corleone ruft so laut, daß wir es hören können, Alexander soll »den Scheißköter endlich zum Schweigen« bringen und zusehen, »daß er zurückkommt!« und erst in dem Moment wird mir klar, warum der Hund nicht aufhört zu bellen.

»Sergej!« rufe ich gedämpft. »Wir hauen ab! Sofort!«

In dem Moment kommt Alexander mit dem Hund an der Leine heraus, und ich brauche nicht lange, um meine Hypothese bestätigt zu bekommen. Aber ich höre vier Autotüren knallen, als die Männer in Deckung gehen.

»Der Hund!« rufe ich Sergej zu, der mich fest bei der Hand packt und mit mir am Gebäude entlang zurückläuft, denselben Weg, den wir gekommen sind. Wir müssen nur zum Loch, dann sind wir in Sicherheit. Doch Alexander muß den Hund losgelassen haben, und ich höre ihn wütend seinen Befehl schnarren: »Faß, faß sie!«

Einmal blicke ich mich um und sehe den Hund mit hängender Zunge und entblößten Zähnen um die Ecke kommen. »Komm schnell! Wir haben es fast geschafft!« ruft Sergej, und ich kann das Loch wenige Meter vor uns erahnen. Aber dann rutsche ich im Schlamm aus, schlage mit dem Kopf gegen einen Stein, und die Sekunden, die ich brauche, um wieder auf die Beine zu kommen, genügen, den Hund so weit herankommen zu lassen, daß ich spüre, wie er nach meinem Stiefel schnappt.

Sergej ist bereits durchs Loch gekrochen und will mich

mit sich ziehen, aber der Hund hat jetzt meinen Knöchel gepackt, und ich schreie, als sich seine spitzen Eckzähne durch das Leder bohren.

Hinter mir höre ich Alexander rufen, und über die Schulter sehe ich, daß er auf dem Weg hierher ist.

Sergej versucht, den Hund wegzutreten, aber das macht ihn noch wilder, und wie in Zeitlupe sehe ich, wie Sergej die Pistole zieht.

»Entschuldige!« murmelt er beschwörend, zielt und drückt ab. Der Hund läßt los, bevor der Schuß zu hören ist und Alexanders Schreien zu mir durchdringt.

Ich bin wie gelähmt und kaum imstande, mich zu bewegen, Sergej zieht mich durch das Loch, und mit meinen letzten Adrenalinreserven jage ich hinter ihm her zum Auto, das er hinter ein paar Öltonnen auf einem nahe gelegenen Feld abgestellt hat.

Ich habe kaum die Autotür zugezogen, da rasen wir ohne Licht schon den Weg entlang. Ich gehe davon aus, daß wir verfolgt werden, aber merkwürdigerweise sind wir weit und breit allein.

»Er kommt nicht hinter uns her!« stöhne ich außer Atem.

»Er ist bestimmt damit beschäftigt, sich um den Hund zu kümmern. Ich nehme an, er ist verletzt«, erklärt Sergej überlegen. »Aber wir sollten trotzdem zusehen, daß wir wegkommen. Hältst du dich fest?«

Ich nicke und klammere mich an den Sitz, während Sergej den Lada auf hundertdreißig Stundenkilometer hochzieht, was eigentlich unmöglich sein sollte. In einigen Kurven kommen wir ins Schleudern, und ich schreie auf. Ich kann nicht mehr. Meine Zähne beginnen zu klappern, kalter Schweiß bricht mir aus, und ich habe ein Gefühl, als müßte ich mich augenblicklich übergeben.

»Wie geht es dir?« fragt er plötzlich alarmiert und wendet seinen Blick von der Fahrbahn ab.

»Ich fürchte, nicht so gut«, antworte ich schwach und halte mir den Bauch. »Ich habe Schmerzen ...«

»Bist du krank? Soll ich dich ins Krankenhaus fahren? Nach Bodkin?«

Ich will den Kopf schütteln, kann es aber nicht. Kann gar nichts. Spüre nur, wie sich meine Poren weiten und ich plötzlich das Gefühl habe, als würde die Welt verschwinden und zu einer einzigen Finsternis werden ...

»Hilfe!« schreie ich wie eine Ertrinkende und greife nach ihm. Dann gehe ich unter.

Was danach und im Lauf des folgenden Tages geschieht, erlebe ich nur wie von fern und im Nebel; alles entzieht sich wohltuend meiner Kontrolle. Sergej nimmt mich mit zu sich nach Hause, wo ich in dem Doppelbett aufwache, auf dessen Bettkante seine Frau sitzt, ihre Hand in meiner. Ich trage außerdem ihr Flanellnachthemd und ihre Unterwäsche, was mir natürlich in einer Ecke meines Bewußtseins peinlich ist.

Deshalb will ich aufstehen, lachen und erklären, daß ich nur etwas müde war, jetzt aber alles wieder in Ordnung ist. Aber sie drückt mich zurück ins Bett und erklärt, daß ich liegen bleiben soll, und zwar ganz, ganz ruhig. Und dann werden ihre Augen ernst, fast streng.

»Du blutest. Gleich kommt der Arzt. Zusammen mit Ferdinand.«

»Ich blute?« frage ich stumm und sehe, wie der Hund seine Zähne in mein Bein schlägt.

»Das Kind«, sagt sie ernst, als würde das alles erklären. Und das tut es ja auch, denn ich sinke in die Kissen zurück und spüre das klebrige Gefühl getrockneten Bluts zwischen meinen Schenkeln, was mich anscheinend wieder ohnmächtig werden läßt. Denn als ich das nächste Mal die Augen aufschlage, sitzt Ferdinand auf der einen Seite des Betts und ein ernst dreinblickender Mann mit Brille und über die Halbglatze drapierten Haaren auf der anderen. Er hält mein Handgelenk in seiner Hand und mißt meinen Puls.

»Das ist der Arzt der finnischen Botschaft, Dr. Antonen«, erklärt Ferdinand. Ich begrüße den Arzt schwach, der mir kurz zunickt und fragt, wie weit ich sei.

»Einundzwanzigste Woche«, antworte ich und bin plötzlich unsicher, ob das auch stimmt. Aber ich habe hämmernde Kopfschmerzen und bin viel zu müde, um nachzurechnen.

Dr. Antonen nimmt das Gerät zum Blutdruckmessen aus seiner Tasche, wickelt mir die Manschette um den Oberarm, pumpt sie auf und läßt die Luft wieder raus, bis er mit dem Resultat zufrieden ist.

»Ich möchte Sie gern einmal abhören!« sagt er in schleppendem Finnland-Schwedisch und zieht sein Holzstethoskop aus einer Arzttasche. Er schiebt das Nachthemd mit einer genierten Handbewegung hoch und setzt das Stethoskop auf meinen Bauch, beugt sich darüber und horcht.

»Ziehen Sie bitte Ihren Slip aus!« fordert er mich auf und wirft Ferdinand einen Blick zu, der ihn sich sofort mit einer gemurmelten Entschuldigung ins angrenzende Wohnzimmer zurückziehen läßt. Ich bin allein mit dem Arzt, als ich den Po hebe und die gräuliche Unterhose auf die Unterschenkel hinunterschiebe. Am liebsten würde ich ihm erklären, daß das nicht meine ist. Aber eigentlich ist das völlig egal.

»Sie bluten etwas, aber der Muttermund ist nicht geöffnet, und es sind keine richtigen Wehen. Wir müssen eine Ultraschall-Untersuchung machen, um festzustellen, ob dem Kind etwas fehlt. Jedenfalls sind die Herztöne zu hören, auch wenn sie nicht besonders gut sind.«

Ich nicke schwach. Höre, was er sagt, erfasse jedoch nicht die Bedeutung.

»Haben Sie in den letzten Tagen Bewegungen gespürt?« fragt er, und ich nicke wieder.

»War Ihnen übel? Unterleibsschmerzen? Kopfschmerzen? Ist das Ihr erstes Kind?«

Ich bestätige alles.

»Im Augenblick habe ich fürchterliche Kopfschmerzen, aber ich bin mit dem Kopf auch auf einen Stein gefallen ...«

Dr. Antonen sieht mich ernst an.

»Bevor der Eiweißgehalt im Urin untersucht worden ist, kann ich noch keine sichere Diagnose stellen. Aber ich nehme an, Sie haben Präeklampsie. Schwangerschaftsvergiftung.«

»Was bedeutet das?« frage ich, idiotisch unwissend.

»Daß Sie nach Hause und eingewiesen werden müssen. Morgen. Bis dahin müssen Sie so ruhig wie möglich liegen. Ihr Kollege und ich werden dafür sorgen, daß Sie morgen auf einer Bahre nach Hause fliegen und am Flughafen von einem Krankenwagen abgeholt werden. Wenn Ihr Zustand sich verschlechtert, besteht große Gefahr für Sie und den Fötus. Dann muß sofort die Geburt eingeleitet werden.«

Er verabschiedet sich und verläßt das Zimmer, und kurz darauf kommt Ferdinand mit einer Flasche Wodka und einem Glas herein.

»Befehl des Doktors«, erklärt er und schenkt mir einen ordentlichen Drink ein. »Wirkt wehenhemmend und beruhigend!« zitiert er und drückt mir das Glas in die Hand.

Ich trinke alles auf einmal aus, so daß ich es fast wieder hochhuste, und lasse mich in einem Zustand zwischen Schlaf und Bewußtsein dahintreiben. Vielleicht könnte ich ganz wach werden, aber das will ich gar nicht. Ich will nicht das Wort sehen, das mit dicken Lettern fettgedruckt auf der Titelseite steht und das ich mich nicht traue auszusprechen: Tod.

Sergejs Frau kommt herein und stopft mir krankenschwestersicher Kissen in den Rücken. »Es ist für die Sauerstoffversorgung wichtig zu sitzen.« Die alte Babuschka kommt mit frischer, heißer Gemüsesuppe und Brot.

»Iß!« fordert sie mich auf, und als sie sieht, daß ich Probleme habe, den großen Löffel zu halten, macht sie sich ohne Umschweife daran, mich wie ein Kind zu füttern. Erst als die Schale leer ist, darf ich wieder schlafen.

Ferdinand bleibt den ganzen Abend wie eine Krankenwächterin auf einem Stuhl neben der Bettkante sitzen, und wenn ich zwischendurch aufwache, sehe ich jedesmal, daß er mich betrachtet. Oder etwas ganz anderes, denn sein Blick ist weit weg.

»Woran denkst du?« frage ich einmal.

»Was?« fragt er zurück und reibt sich die Augen, als wäre er geweckt worden. »An meine Frau. Und meine Kinder. Ich vermisse sie sehr ...«

Ferdinand starrt vor sich hin. Bleich und durchsichtig in dem orangefarbenen Schein der Nachttischlampe mit dem plissierten Plastiklampenschirm. Ich würde ja gern, doch ich bin einfach zu müde, um ihm zu helfen. Aber vielleicht ist das gar nicht notwendig.

»Wie spät ist es?« frage ich statt dessen.

»Fast Mitternacht.«

»Willst du nicht nach Hause gehen?«

»Ich habe Paul versprochen, auf dich aufzupassen. Ich soll dich übrigens grüßen.«

»Hat er angerufen?« frage ich und hebe leicht meinen Kopf.

»Nein, ich habe angerufen. Ich dachte, er sollte Bescheid wissen.«

»Worüber? Du hast ihm doch nicht erzählt ...!« setze ich an und höre den Schuß wie in einer Grotte widerhallen.

»Nein, nein! Ich habe ihm nur erzählt, daß es dir nach ein paar stressigen Tagen nicht gutgeht und ...«, Ferdinand unterbricht sich selbst. »Er hätte am liebsten ein Flugzeug gekidnappt, um herzukommen!«

»Das glaube ich gern«, lächle ich.

»Aber das habe ich ihm ausgeredet. Er holt dich morgen am Flughafen ab.«

»Muß ich wirklich nach Hause?« frage ich.

Ferdinand nickt.

»Keine Diskussion, Tes! Erstens im Hinblick auf dein Kind und deinen Zustand. Und zweitens bist du, um es vorsichtig auszudrücken, in der Stadt etwas gefährdet.«

»Wo ist Sergej?«

»Unterwegs«, sagt er vage. »Wir haben das Band angeschaut. Es hat zwar keine Cinemascope-Qualität, aber man kann den Deckel und die Personen erkennen ...«

»Aber das ist noch kein Beweis.«

»Höchstens ein Indiz. Dafür aber ein ziemlich spektakuläres Indiz«, tröstet Ferdinand mich.

Sergejs Frau kommt mit einem großen Becher »beruhigendem und heilendem« Kräutertee herein und wünscht mir eine gute Nacht. Sie und die Großmutter schlafen im Wohnzimmer, und dafür brauche ich in keiner Weise dankbar zu sein. Basta. Der Junge ist bei seiner Tante, und Sergej kommt erst später zurück. Und jetzt ist sie der Meinung, daß Ferdinand lieber nach Hause fahren und mich schlafen lassen soll. Sie werden schon auf mich aufpassen.

»All right«, sagt er und streicht mir tröstend mit unsicherer Hand übers Haar. »Gute Besserung!«

»Du, Ferdinand«, sage ich schnell, als er schon auf dem Weg aus dem Zimmer ist. »Dein Freund von CNN möchte, daß du ihn anrufst!«

Der Spalt zwischen den Vorderzähnen kommt zum Vorschein, als sich die Lippen zu einem jungenhaften Grinsen öffnen. »Ich habe mit ihm gesprochen. Ich soll morgen auf den Schirm.«

»Stark!« sage ich und strecke einen Daumen nach oben.

Kurz darauf, als Ruhe eingekehrt ist und ich den Tee in kleinen Schlucken getrunken habe, schlafe ich wieder ein. Tief und traumlos schlafe ich, bis Sergej mich frühmorgens wachrüttelt. Er ist vollständig angezogen und unrasiert, riecht scharf nach Schweiß und hat blutunterlaufene Augen. Entweder ist er betrunken, oder er hat die Nacht nicht geschlafen.

»Entschuldige, aber ich mußte dich wecken. Du mußt woanders hin. Der Hund ist leider gestorben, und Kusnetzow hat eine Belohnung von fünftausend Dollar auf unsere Köpfe ausgesetzt. Es ist also nur eine Frage der Zeit, wann wir die Mafia auf dem Hals haben. Entschuldige«, sagt er noch einmal, erschreckend höflich.

Ich schüttle den Kopf und setze mich im Bett auf, und als Sergejs Frau hereinkommt und mich mit meinen Sachen anzieht, die inzwischen gewaschen und gebügelt worden sind, lasse ich es geschehen. Sie geht auch mit mir zusammen auf die schmutzige Gemeinschaftstoilette im Hausflur und bleibt vor der Tür stehen, während ich pinkle. Es sieht so aus, als würde ich nicht mehr bluten. Auf dem gestrickten Baumwollappen, den ich als Binde benutzen mußte, ist nur noch wenig dunkles, eingetrocknetes Blut.

»Wie geht es?« fragt sie besorgt, als ich mit der Rolle Klopapier in der Hand wieder herauskomme, das Sergej sicher im Büro organisiert hat. Ich kenne das Muster.

»Ich blute fast nicht mehr«, sage ich und gebe ihr die Rolle zurück.

»Gut«, nickt sie zufrieden. »Das kommt vom Tee. Du kriegst gleich noch eine Tasse, aber sei trotzdem vorsichtig. Dein Kind ist immer noch in Gefahr.«

Die Betäubung, in der ich mich befunden habe, muß langsam abnehmen, denn als ich sie sagen höre, »dein Kind ist in Gefahr«, durchfährt es mich wie ein Messerstich.

Babuschka reicht mir einen dampfenden Becher, und Sergej kippt sich einen halben Liter Kefir direkt aus der Packung in den Mund, bevor er am Küchenwaschbecken eine Blitzrasur vornimmt.

»Wohin gehen wir?« frage ich und betrachte sein eingeschäumtes Gesicht im Spiegel. Einen Augenblick lang erinnert er mich an meinen Vater. An eins der ersten Bilder, die ich von ihm habe. Vor einem Küchenwaschbecken mit Rasierschaum im Gesicht. Vielleicht auf dem Land oder auf Læsø.

»Hast du vielleicht eine Idee?« fragt er. »Heutzutage traue ich niemandem ...«

Das tue ich schon, aber die russischen Freunde, denen ich vertraue, will ich möglichst nicht gefährden. Also gehe ich blitzartig in Gedanken mein alternatives Adreßbuch durch, und der Pfeil bleibt blinkend bei Anna stehen.

Ich rufe sie an und brauche gar nicht erst in Details zu gehen. »Ich komme und hole euch!« sagt sie knapp. Was alles sagt in Anbetracht der Tatsache, daß es erst kurz vor sieben und Anna absolut kein Morgenmensch ist.

Eine Dreiviertelstunde später liege ich auf dem Rücksitz ihres Saab, während Sergej auf dem Beifahrersitz Platz genommen hat und sie in die Vorgeschichte einweiht. Sie antwortet mit einer Reihe erschrockener Ausrufe auf schwedisch und russisch und rammt fast eine Straßenbahn, als sie sich vorwurfsvoll zu mir umdreht.

»Wie kannst du nur so was machen, Therese!«

»Man bekommt nur einmal in seinem Leben einen Chagall angeboten!« antworte ich.

»Mein Gott!« stöhnt Anna. »Ich bin schuld. Ich hätte dir niemals diesen Tip geben sollen.«

»Ich hätte ihn auch allein gefunden«, murmle ich und beobachte den flimmernden Streifen blauen Himmels durch das Autofenster. Heute kommt der Frühling.

Wir erreichen mit heiler Haut Annas Wohnblock, werden anscheinend nicht verfolgt, und Anna behauptet, daß nicht mehr suspekte Personen im Viertel zu sehen sind als sonst. Sergej trägt zuerst mein Gepäck hoch, das er bereits aus der Korrespondentenwohnung geholt hat, aus der Ferdinand vorsichtshalber auch evakuiert ist. Danach trägt er mich im Feuerwehrgriff nach oben – und auch wenn ich zaghaft protestiere, werde ich direkt ins Bett gelegt.

»Jetzt will ich kein Gemecker mehr hören!« sagt Anna. »Und keine Sorge – ich habe das Bettzeug nach dem letzten Besuch gewechselt.«

»John?« frage ich, und Anna wirft mir einen langen Blick zu, bevor sie das Gästezimmer für Sergej zurechtmacht.

»Da ist das Badezimmer!« sagt sie freundlich, aber sehr bestimmt und wirft ihm ein Handtuch zu. »Und außerdem haben wir im Augenblick heißes Wasser!«

Er gehorcht und trottet ins Badezimmer, nicht ohne ihr vorher seine Pistole zu geben. Ich zucke zusammen, aber Anne nimmt sie eiskalt entgegen und hört aufmerksam zu, als Sergej ihr das Modell erklärt. Ein Souvenir aus Afghanistan.

»Ich habe gelernt, mit Waffen umzugehen, als ich in Afrika gearbeitet habe«, erklärt sie, nachdem Sergej im Badezimmer verschwunden ist. »Einmal habe ich sogar auf einen Einbrecher geschossen. O Mann!«

Wieder höre ich den Schuß und das Jaulen des Hundes, wieder spüre ich die Zähne im Fleisch und das Brennen, als er losließ. Und plötzlich schüttelt mich ein Weinen. Ich kann nicht anders, werfe mich schluchzend Anna in die Arme, die mich an sich drückt und ausheulen läßt, bis die Tränen versiegen und zu einer destillierten Angst werden.

»Es darf nicht sterben! Es darf nicht sterben!« rufe ich panisch in den bodenlosen Abgrund des Verlusts, der sich plötzlich vor mir auftut. Ich laufe Gefahr, es zu verlieren.

Mein Kind stirbt. Mein Kind. Meins. Unseres. Ich habe es von mir gestoßen. Ich schreie hysterisch, trommle mit den Fäusten auf Annas Brust und komme erst wieder zu mir, als sie mich mit der flachen Hand schlägt.

»Beruhige dich!« sagt sie hart, und ich schluchze verblüfft auf und reibe mir die Wange.

»Entschuldige!« sagt sie und gibt mir dort einen Kuß, wo sie mich geschlagen hat. »Aber du mußt zur Ruhe kommen! Du brauchst Ruhe. Ihr beide braucht Ruhe.«

Ich kann nicht mehr schlafen. Liege nur da und starre ins Nichts, während Anna kyrillische Kirchenmusik auflegt, die eigentlich sehr schön ist, mich aber heute nur an Beerdigungen mit kleinen weißen Särgen in schwerer Erde denken läßt, wie die Erde, auf der ich ausgerutscht bin, als der Hund hinter mir her war. Gegen Mittag macht sie etwas zu essen, das sie in mich hineinzwingt.

»Kann schon sein, daß du keinen Hunger hast, aber dein Kind braucht die Nahrung. Eier, Käse, Fleisch! Außerdem bist du zu dünn, Tes! Wie soll denn ein Kind in so einem mageren Spaghetti wachsen!« sagt sie und bleibt bei mir sitzen, bis ich alles aufgegessen habe.

Ich bekomme keinen Kaffee hinterher und auch keine Zigarette. Nur Milch und einen kleinen Wodka zur Entspannung.

Nach dem Essen fährt sie ins Pressezentrum, um Ferdinand zu treffen und die letzten Neuigkeiten zu erfahren. In ein paar Stunden fahren der Außenminister und sein Gefolge wieder heim, und kurz darauf reisen alle Journalisten ab, die genau die Storys geschrieben haben, die sie schon vorbereitet hatten. Das Treffen ist vollkommen nach Plan verlaufen. Absolut vorhersehbar, und laut Anna gibt es keinerlei Anzeichen dafür, daß es noch unvorhersehbar enden könnte.

Sie hat mich taktvollerweise nicht gedrängt, ihr zu erzählen, was ich erlebt habe, und auch wenn Ferdinand das Band in meine Tasche gesteckt hat, habe ich es ihr noch nicht gezeigt. Vielleicht weil ich mich selbst nicht traue, es anzusehen. Weil ich dann möglicherweise einsehen muß, für wie wenig ich das Leben aufs Spiel gesetzt habe, das jetzt Gefahr läuft, mich zu verlassen. Ferdinand ist zu barmherzig, es direkt zu sagen, aber das Band ist sicher zu nichts nutze; es kann höchstens als ein Kuriosum in meiner Sammlung enden, gut fürs Heimvideo oder als Erinnerung, bei seinen Leisten zu bleiben, wie es Hemingway immer gepredigt hat.

Das ist schmerzhaft, aber ich benutze die Nachmittagsstunden, in denen Sergej mit der Pistole unterm Kopfkissen im Gästezimmer schläft, um übers Kind nachzudenken. Jetzt, wo ich Gefahr laufe, es zu verlieren, greife ich nach ihm. Sehe es vor mir, spreche mit ihm, entschuldige mich. Gebe ihm Namen und Geschlecht, und mit einemmal bin ich mir vollkommen sicher, daß es ein Mädchen wird. Ich sehe sie vor mir auf Pauls Arm, sehe ihre zarte Haut vor seinem Pelz, sehe mich selbst, die beiden fotografierend, Vater und Tochter, fühle mich fast ausgeschlossen, was ich jedoch akzeptieren kann. Und ich flehe sie an, doch zu bleiben, am Leben zu bleiben, meine Tochter zu werden ... Gebe Versprechen und garantiere, mich zu bessern, wenn sie nur nicht stirbt.

»Ich will deine Mutter sein!« flüstere ich und beiße in das Federbett, als ich fast wieder anfange zu weinen. »Gib mir ein Zeichen, Kind! Nur einen ganz, ganz schwachen Tritt!« bettle ich.

Und ich muß so lange warten, daß ich bereits ihren Tod fühle und selbst zu Asche werde, bis sie mir ein Zeichen gibt. Einen kleinen, zögernden Tritt unter der Rippe, und kurz darauf noch einen.

»Danke!« flüstere ich, und im gleichen Moment hält der

Fahrstuhl in unserem Stockwerk, und ein Schlüssel wird ins Schloß geschoben. Zuerst erstarre ich, dann höre ich jedoch Annas und Ferdinands Stimmen. Sie kommen, um mich abzuholen, mich zum Flughafen zu bringen.

»Jetzt geht's nach Hause«, sage ich und lege meine Hände auf den gewölbten Bauch. »Nach Hause zu Papa.«

MAEVE HARAN

»... ist eine wundervolle Erzählerin!«
The Sunday Times
Exklusiv im Goldmann Verlag

41398

43584

42964

43055

GOLDMANN

ROBERT JAMES WALLER

Die Wiederentdeckung der Liebe –
vom Autor des Welterfolgs
»Die Brücken am Fluß«

41498

43773

43578

43265

GOLDMANN

JANE HELLER

Die Erfolgsautorin exklusiv bei Goldmann
im Taschenbuch

43065

43403

43763

43619

GOLDMANN

NICHOLAS EVANS

Der erfolgreichste Roman der letzten Jahre
erstmals im Taschenbuch

»Eine tiefbewegende,
einzigartige Liebesgeschichte!«
Robert Redford

43187

GOLDMANN

BLANVALET

EVA IBBOTSON

Die verarmte Russin Anna Gratzinsky verdient sich ihren Lebensunterhalt bei einer englischen Adelsfamilie. Eines Tages bringt der junge Graf seine Verlobte mit nach Hause...

»Das allerschönste, rührendste, amüsanteste und beschwingteste Aschenputtelmärchen der Welt. Ein Buch, das man mit Lachtränen in den Augen liest.« *Verena C. Harksen*

Eva Ibbotson. Sommerglanz 35015

GOLDMANN

Das Gesamtverzeichnis aller lieferbaren Titel erhalten Sie im Buchhandel oder direkt beim Verlag.

Taschenbuch-Bestseller zu Taschenbuchpreisen
– Monat für Monat interessante und fesselnde Titel –

*

Literatur deutschsprachiger und internationaler Autoren

*

Unterhaltung, Thriller, Historische Romane
und Anthologien

*

Aktuelle Sachbücher, Ratgeber, Handbücher
und Nachschlagewerke

*

Esoterik, Persönliches Wachstum und
Ganzheitliches Heilen

*

Krimis, Science-Fiction und Fantasy-Literatur

*

Klassiker mit Anmerkungen, Autoreneditionen
und Werkausgaben

*

Kalender, Kriminalhörspielkassetten und
Popbiographien

Die ganze Welt des Taschenbuchs

Goldmann Verlag · Neumarkter Str. 18 · 81673 München

Bitte senden Sie mir das neue kostenlose Gesamtverzeichnis

Name: ______________________________

Straße: ______________________________

PLZ / Ort: ______________________________